TABEA ROMPF

Das Spiel zwischen Licht und Schatten

ROMAN

SCM
Hänssler

SCM

Stiftung Christliche Medien

SCM Hänssler ist ein Imprint der SCM Verlagsgruppe,
die zur Stiftung Christliche Medien gehört, einer gemeinnützigen Stiftung,
die sich für die Förderung und Verbreitung christlicher Bücher,
Zeitschriften, Filme und Musik einsetzt.

MIX
Papier | Fördert gute Waldnutzung
FSC® C014496

Max-Eyth-Straße 41 · 71088 Holzgerlingen
Internet: www.scm-haenssler.de · E-Mail: info@scm-haenssler.de

Lektorat: Christina Bachmann
Umschlaggestaltung und Bildkomposition: Oliver Häberlin, oha.swiss
Satz: typoscript GmbH, Walddorfhäslach
Druck und Bindung: GGP Media GmbH, Pößneck
Gedruckt in Deutschland
ISBN 978-3-7751-6246-3
Bestell-Nr. 396.246
Bestell-Nr. 956.096.246

Für Dorle

INHALT

TEIL 1

Seid still und erkennt,
dass ich Gott bin.

Psalm 46,11 (SLT)

1

Geheimes Gestapogefängnis außerhalb von Hamburg,
Deutsches Reich
3. Mai 1945

Die metallene Tür war schalldicht, und erst als sie aufschwang, drang Licht in die dunkle, fensterlose Zelle. Wenn sie genauso geschnitten war wie die anderen, würde sie kaum zwei mal drei Meter messen.

Eine grausame Stille lag über dem Kellerkomplex. Die britischen Soldaten hielten respektvoll den Blick gesenkt, während sie die Leichen, die die Nationalsozialisten nicht mehr hatten wegschaffen können, hinaustrugen. Gleichzeitig wurden Zellen durchsucht, bei denen noch Hoffnung bestand, dass in ihnen Leben gefunden werden konnte.

Langsam atmete er ein, doch die Luft hatte sich nicht verändert. Es waren immer noch dieselben Gerüche von Schweiß, Blut und Verwesung. Sie alle wussten, dass sie diesen Geruch und auch das, was sie heute und die letzten Monate gesehen hatten, nicht mehr vergessen würden. Umso mehr hegte er die Hoffnung, dass sie wenigstens ein Leben retten können würden. Er blieb stehen und gab den Soldaten ein paar Sekunden. Auch er trug eine Waffe und war Soldat, aber er war als Sanitäter hier – um Leben zu retten.

»Sani?« Der Tonfall des Unteroffiziers klang fragend, anders als die drei Male zuvor, bei denen sie die Zellentüren geöffnet hatten.

Mit zusammengekniffenen Augen trat er in die Zelle und kniete sich hin. »Ich brauche mehr Licht.« Seine Stimme war angespannt. Nur der unmittelbare Lichtkegel der Taschenlampen ließ ihn erkennen, was er vor sich hatte. Im Türrahmen positionierten sich weitere Soldaten, die nicht mehr in die kleine Zelle passten, mit Lampen.

»Ist sie am Leben?«

Sie. Das war das Erste, das er gesehen hatte: dass er eine Frau vor sich hatte. Sie war fast nackt. Nur ein dünnes Hemd bedeckte ihren mageren Körper. Ihr Kopf war zur Seite gedreht und sie lag reglos und ohne Anspannung da. Er tastete nach ihrem Puls am Handgelenk und hoffte, dass sie kämpfte. Seine Fingerspitzen fuhren über Dreckkörnchen und getrocknetes Blut, das beides an ihrer glühenden Haut klebte. Er drückte fester zu.

Alle hielten die Luft an und warteten auf ihn. Auf sein Urteil.

Er streckte den Arm aus und tastete nach ihrer Hauptschlagader am Hals. Während er sich darauf konzentrierte, etwas zu spüren, hörte er seinen eigenen Herzschlag in seinen Ohren pulsieren. »Sie ist am Leben.«

Ein kollektives Ausatmen hallte von den Wänden wider. Es war die Erleichterung der Soldaten, die mit dieser Nachricht noch ein Lichtfünkchen in dieser dunklen Welt sahen. Doch er wusste, dass die Frau an der Schwelle des Todes stand und es jetzt an ihm war, sie zurück ins Leben zu bringen.

»Ich brauche mehr Platz. Wir müssen sie hier rausbringen.« Er streifte seine Jacke ab und legte ihn über den Körper der Frau. Ein Soldat trat neben ihn, um ihm sein Gewehr, das er auf den Rücken geschnallt trug, abzunehmen, als sein Kopf plötzlich hochfuhr. Vorsichtig tastete er unter sich. Glasscherben. Sie waren so klein, dass man sie kaum noch hörte, wenn man auf sie trat. Erst jetzt hatte er sie durch die Schritte neben sich wahrgenommen und spürte nun auch, dass sie sich auf Höhe des Knies durch sein Hosenbein bohrten.

Wieder streckte er den Arm aus und der Lichtkegel einer Taschenlampe folgte seiner Bewegung. Er strich der Frau die Haare aus dem Gesicht und sah dann, wo das ganze Blut, das an ihr klebte, herkam. Schnittwunden auf ihrer Stirn, der Nase, um die Augen herum – und auch ihre Augen selbst waren betroffen. Die Glaspartikel, die immer noch in den Wunden klebten, glänzten im Licht.

»Ich bringe dich hier raus«, flüsterte er und nahm sie vorsichtig auf seine Arme, während er den Tränen nah war. »Ich bringe dich in Sicherheit.«

Er machte nicht im Gang vor den Zellen halt. Er ging den Weg durchs Haus zurück, den sie gekommen waren, und trat dann hinaus an die frische Luft und ins Licht der Tagessonne.

2

Vier Zellen hatten sie in einem Kellerkomplex unterhalb der Villa entdeckt. Es war ein Zufallsfund gewesen, als die britischen Soldaten das Haus durchsucht hatten. Umso größer war auch das Entsetzen, an einem eigentlich so schönen Ort wie einer Villa auf etwas so Grausames zu stoßen. Zwei Tote. Eine Überlebende.

Craig Brodie leuchtete mit seiner Taschenlampe jeden Winkel der Zelle aus, um sich alles genau anzusehen. Die zwei noch unidentifizierten Leichen waren erschossen worden, bevor die Nationalsozialisten vor den anrückenden alliierten Truppen geflohen waren.

Er war sich sicher, dass die Frau nicht nur überlebt hatte, weil sie in der letzten Zelle inhaftiert worden war. Die Nazis hätten eigentlich keine Zeugen am Leben gelassen. Sie hatten sich die Zeit genommen, alle Unterlagen zu verbrennen, somit hätten sie sich auch der letzten Person entledigen können, die bezeugen konnte, was hier unten geschehen war.

»Warum, warum, warum?«, murmelte Craig. Die Glasscherben glänzten auf dem Boden. Zimperlich waren sie nicht mit ihr umgegangen. Aber aus irgendeinem Grund war etwas an ihr besonders. In den deutschen Konzentrationslagern hatte er viele Opfer des NS-Regimes gesehen – Menschen, die nicht in die Ideologie gepasst hatten. Aber hier ging es ganz speziell um diese eine Frau und es war nicht klar, warum die Gestapo solch ein Interesse an ihr gehabt hatte. Craigs Aufgabe war es, dies herauszufinden.

Schritte näherten sich. Wäre die Tür geschlossen, würde man keinen Mucks hören. »Agent Brodie, ich habe etwas gefunden.«

Ruckartig erhob Craig sich aus seiner knienden Position. Bereits nach den paar Minuten, die er in diesem Raum verbracht hatte, fühlte er sich eingeengt und konnte es nicht erwarten, schleunigst die Zelle wieder zu verlassen.

»Was genau gefunden?«, fragte er und trat in den Türrahmen. Er griff nach dem Dokument, das ihm der britische Unteroffizier, der an der gründlichen Hausdurchsuchung beteiligt war, entgegenhielt.

»Ein Ausweisdokument. Sie ist Deutsche. Irma Bender.«

Craigs Augen flogen über den Namen, das Alter, den Reichsadler mit Hakenkreuz. Sie war dreiundzwanzig. In der Spalte Beruf stand »Hausmädchen«.

»Sie hat hier im Haus gewohnt.«

Craigs Kopf fuhr hoch. »Sie hat hier gewohnt? Als Hausmädchen?«

Der Soldat nickte. »Der«, er zeigte mit seinem Kinn in Richtung des Ausweises, »war in einer Handtasche in den Zimmern des Dienstpersonals. Wir haben auch überprüft, ob die ... anderen Insassen Angestellte waren, doch bisher gab es nichts, was darauf hindeutet.«

Craig starrte das Bild der jungen Frau an. Er war nicht hier gewesen, als sie gefunden worden war, aber einige Soldaten hatten ihm ihren Zustand beschrieben. Er erschauderte.

Seit Oktober 1942 war er im Rahmen seiner Tätigkeit beim MI6 Teil der United Nations War Crimes Commission (UNWCC), die mit der Aufgabe betraut war, Beweismittel für die Verbrechen der Achsenmächte zu sichern. Und die junge Frau war eine Zeugin – vorausgesetzt, sie würde überleben.

»Was können Sie mir über den Besitzer des Hauses sagen?« Sie verließen den Kellerkomplex und Craig hoffte, das Gefühl der Enge in ihm würde auch weichen. Wie viel schlimmer würde es wohl Irma Bender damit gehen.

»Erich Heckler. Er ist Kunsthändler.«

Craig zog beide Augenbrauen hoch, ließ den Private First Class aber ausreden. Er konnte es kaum erwarten, das Haus mit einem Experten kleinlich genau auseinanderzunehmen, in der Hoffnung, dass sie Raubkunst der Nazis fanden.

»Er ist untergetaucht. Weder er noch irgendwelche Angestellten sind gefunden worden.«

Während sie zurück zur Haustür gingen, ließen Craig bereits einen Blick über die Gemälde, die im Eingangsbereich hingen, schweifen. Ihm kam nichts bekannt vor, aber Erich Heckler würde wohl kaum einen Monet sichtbar ausstellen und dann auch noch zurücklassen.

»Was wissen wir noch über ihn? Es muss doch eindeutige Verbindungen zur Gestapo geben?«

»Ein Freund von ihm, Karl Schäfer, ist SS-Obersturmführer. Doch bisher konnte er nicht ausfindig gemacht werden. Er selbst ist NSDAP-Mitglied.«

»In Ordnung.« Craig ging durch die offene Haustür nach draußen, während der Private Officer im Türrahmen stehen blieb. »Geben Sie mir Bescheid, wenn Sie noch weitere interessante Dinge finden.« Als Beispiel hob er den Ausweis von Irma Bender hoch.

»Natürlich.« Der Soldat nickte und kehrte zurück zur Durchsuchung.

Craig notierte sich die wichtigsten Informationen aus dem Personalausweis sowie den Namen Karl Schäfer und riss dann das Papier vom Notizblock. Er faltete es und schob es in seine Jackentasche. Später würde er Recherchen anstellen lassen, ob man noch mehr über Irma Bender und die zwei Männer herausfinden könnte.

Er sah auf, als ein weiteres Fahrzeug des Militärs sich näherte. Der grüne Ford GP kam neben ihm zum Halten und der Motor verstummte. Henry Poker schwang sich vom Fahrersitz und mit einem leichten Lächeln hielt Craig ihm die Hand zur Begrüßung hin.

»Ich könnte mir keinen besseren Mann wünschen.« Aus Craigs Stimme sprach echte Freude. Auch wenn die Umstände alles andere als erfreulich waren, wusste er es zu schätzen, wenn man Kameraden und guten Freunden begegnete. Henry Poker war einer von ihnen, der US-Amerikaner war auch Teil der UNWCC und für die fotografischen Beweise zuständig. Er würde die Zellen fotografieren, Beweise protokollieren und, wenn sie Kunstschätze fanden, auch diese zur Publikation und Dokumentation ablichten.

»Ich habe gehört, es gibt eine Überlebende.« Nachdem er Craigs Händedruck erwidert hatte, lehnte Poker sich über den Fahrersitz und wuchtete sein Equipment über seine Schulter. Eine Tasche drückte er ohne Umschweife Craig in die Hand.

»Ja. Aber wir wissen noch nicht, ob sie durchkommt. So oder so werden wir eine Fotografie von ihr brauchen und auch von den toten Insassen.« Mit dem Kinn deutete Craig in die Richtung, in der die Leichen in Säcken aufbewahrt wurden, bevor sie genauer untersucht werden würden.

»Mach ich. Ich muss mich aber sputen, das alles scheint kein Ende zu nehmen.«

Sowohl kein Ende in Bezug auf die Arbeit, die auf sie wartete, als auch auf den immer schlimmer werdenden Schrecken, der überall langsam ans Tageslicht sickerte. Sie alle hatten die Berichterstattung über die Befreiung des Konzentrationslagers Dachau mitbekommen.

Craig schluckte, um den bitteren Geschmack in seinem Mund loszuwerden. Jetzt fing die Arbeit für ihn und seine Kollegen erst so richtig an.

Sie stiegen die fünf Stufen zur Eingangspforte hinauf. Dann ging Craig in Richtung Kellerkomplex voran.

~

4. Mai 1945

Kurz nach Mitternacht wurde Craig geweckt, weil das Telefon für ihn klingelte. Er hatte es gerade erst vor wenigen Minuten geschafft, einzuschlafen. Er kämpfte gegen die Müdigkeit in seinem Blick an und blinzelte mehrere Male, doch das Schlafbedürfnis ließ sich nicht abschütteln.

Er stemmte sich aus der liegenden Position hoch und schwang die Beine über die Kante des Feldbettes. Als er nach oben sah, traf ihn der fokussierende Blick des Unteroffiziers, der ihn geweckt hatte. Craig schüttelte den Kopf und wedelte mit der Hand. »Wollen Sie mich zum Telefon eskortieren, für den Fall, dass mir etwas passiert?«, murmelte er. Der Soldat erwachte aus seiner Starre und verschwand.

Craig stand auf und stopfte sich im Gehen das Hemd in die Hose, konnte sich aber nicht erinnern, wann er es das letzte Mal ordentlich gebügelt hatte. Er war es gewohnt, in Anziehsachen zu schlafen, und er war es gewohnt, nach nur wenig Schlaf geweckt zu werden. Die Arbeit forderte auch körperliche Kraft, selbst wenn er den Tag nur mit Berichten verbracht hatte. Er war froh, wenigstens an Weihnachten zu Hause in Schottland gewesen zu sein und dort seine Energiereserven aufgefüllt zu haben. Auch wenn der Krieg vorbei war, würde seine Arbeit und die der anderen noch lange nicht getan sein. Nach Abschluss des Grauens mussten nun der Wiederaufbau und die Installation eines richtigen Systems und ein Umkrempeln der Gesellschaft erfolgen. Es würde noch Jahre dauern, bis man wirklich sagen können würde, dass die sichtbaren Spuren und die Prozesse, die tagtäglich an die Verbrecher und ihre Taten erinnerten, vorbei waren.

Um Craig herum ging es zu wie in einem Taubenschlag. Er war in einem Feldlager der britischen Soldaten und teilte sich mit ihnen den Schlafsaal. Manche Männer standen gerade erst auf, manche gingen nun ins Bett, es war ein Kommen und Gehen unabhängig davon, welche Tages- oder Nachtzeit herrschte.

Das Telefon befand sich in der Offiziersmesse, die gerade nur von zwei Soldaten besucht war. Craig war froh darum, seine Ruhe zu haben. Es war besser, dass so wenige Leute wie möglich mitbekamen, was er zu besprechen hatte. Es war auf einer Seite einfach eine Sache der Geheimhaltung und auf der anderen die Angst, dass die Soldaten, egal aus welchem Land, noch einmal ausrasten würden, wie sie es in Dachau getan hatten. Es war Craigs Aufgabe, dafür zu sorgen, dass alles in geordneten Bahnen und nach dem Gesetz verlief. Das Lynchen von Tätern war nichts anderes als Selbstjustiz und nicht die richtige Art, die Sache anzugehen.

Er nahm den Hörer ab. »Ja?«

Er hörte ein leicht genervtes Seufzen am anderen Ende. Es war verständlich, dass der Arzt ungeduldig war. Obwohl er den Anruf selbst ja kaum hatte erwarten können, hatte es dennoch nicht dazu geführt, dass er zum Telefon gerannt war.

»Sie ist stabil«, sagte der Anrufer. »Die Operation hat mehrere Stunden gedauert und es wird noch eine folgen müssen, aber momentan braucht ihr Körper Zeit, um sich zu regenerieren und zu Kräften zu kommen.«

»Kann ich morgen …« – Craig warf einen kurzen Blick auf das Ziffernblatt seiner Armbanduhr und korrigierte sich – »heute mit ihr sprechen? Je schneller, desto besser.« Er hatte sich den Hörer zwischen Schulter und Ohr geklemmt und zog sich eine Zigarette aus einer Schachtel, die immer in seiner Hosentasche steckte. Er drehte sie zwischen den Fingern, während er die Schachtel zurück an ihren Platz schob.

»Selbst wenn sie heute aufwacht, kann ich nicht sagen, ob sie bei klarem Verstand sein wird«, antwortete der Arzt. »Die wiederholte Gewaltanwendung auf ihren Kopf könnte langfristige Folgen haben.«

Craig fuhr sich unruhig mit der Hand über die müden Augen. Die Zeit lief ihnen davon. Sie wussten nicht genau, wann Erich Heckler verschwunden war, doch das musste schon einige Tage her sein. Wenn sie nicht schnell genug waren, würde der Kunsthändler es schaffen, sich ins Ausland abzusetzen – wenn er nicht sogar schon dort war. Craigs Kollegen streckten zwar schon die Fühler aus, um herauszufinden, wohin Heckler geflohen war – das war nämlich nicht seine Aufgabe –, aber für eine Suche gab es noch nicht mal Anhaltspunkte.

»Ich werde trotzdem in ein paar Stunden kommen und es probieren. Dann sehe ich mir auch ihre medizinische Akte an.«

»Na dann.« Der Arzt legte ohne Umschweife auf.

Auch Craig legte den Hörer zurück auf die Gabel. Er ließ sich an einen der Tische fallen, streckte die Beine aus und schob sich seine Zigarette zwischen die Lippen. Sein Sturmfeuerzeug klickte, als er es auf- und zuschnappen ließ, bevor es zurück in seine Hosentasche glitt. Er würde sich den kurzen Moment der Ruhe gönnen, bevor er wieder versuchen würde zu schlafen. Die Eindrücke des Tages hallten noch in ihm nach, und auch wenn sein Körper zur Ruhe kam, tat es sein Verstand nicht.

Wir entdecken den Dreck und Sie kategorisieren den Dreck.

Craig schnaubte, als er an die Worte eines Soldaten dachte, mit dem er sich unterhalten hatte. Er klopfte seine Zigarette über einem Aschenbecher ab und faltete die Hände dann hinter dem Kopf, war aber vorsichtig, um sich die Haare nicht zu versengen.

Hermann Göring, der Reichsluftfahrtminister und durch seine Rolle als Reichsmarschall der zweite Mann im Deutschen Reich war, war ein Kunstliebhaber. Bislang hatten sie jedoch keine Verbindung zu Erich Heckler herstellen können. Einer von Görings Handlangern für Kunst im besetzten Frankreich, Bruno Lohse, war von den Amerikanern inhaftiert worden und kooperierte. Auf Craigs Anfrage hin war er nach Erich Heckler gefragt worden und die Aussagen deckten sich mit dem, was sie bisher herausgefunden hatten. Heckler war Kunsthändler, der vermutlich auch Raubkunst der Nazis in einem privaten Rahmen verkaufte. Er machte es nie öffentlich, sondern man brauchte eine Einladung. Niemand wusste oder wollte sagen, wo er war. Aber er war reich genug, um unterzutauchen, nicht nur, was Geld anging, sondern auch an materiellen Dingen. Um eine andere Identität anzunehmen.

Er ist der Geist unter den Kunsthändlern. Interagiert nicht mit uns anderen Händlern, als wäre er etwas Besonderes und hätte es nicht nötig, sich mit uns abzugeben. Und es gibt keine Fotografie von ihm. Er ist paranoid und benimmt sich, als wäre allein ein Abbild von ihm zu besonders, um zu existieren. Ich habe nie eine Einladung für seine Versteigerungen bekommen. Du musstest in seinen Augen jemand sein, sonst hast du keine Möglichkeit gehabt, dorthin zu kommen. Aber niemand wusste, wann man es schaffen würde, jemand zu sein.

Das war Lohses Aussage gewesen. Es klang ganz so, als hätte Heckler das Mysterium um sich genutzt, um exklusiv zu wirken, sodass er auch weniger wertvolle Gemälde verkaufen konnte. Das stellte nun allerdings ein Problem dar, weil sie niemanden hatten, der ihnen eine Beschreibung des Mannes liefern konnte – außer Irma Bender.

3

Die Sterilität des Verbandes, der um ihren Kopf gewickelt war, und das Weiß der Bettdecke ließen Irma Bender angesichts ihrer Verletzungen nur noch verletzlicher wirken, als es der Dreck vor dem Waschen getan hatte, dessen war sich Craig sicher. Ihr rechtes Auge war komplett bedeckt, ihr linkes, blutunterlaufenes Augenlid war frei und hin und wieder sah man es zucken, auch wenn sie bislang nicht aufgewacht war.

In der Hand hielt Craig die angelegte Akte, die um Henrys Bilder ergänzt worden war und der außerdem der Bericht des Militärarztes hinzugefügt worden war. In dem Verletzungsmuster von Irma Bender schlüsselte sich auf, wie sie behandelt worden war und mit was für Methoden. Sie hatte eine Vielzahl von Verbrennungen, die auf Zigaretten zurückzuführen waren, und Craig war sich sicher, dass ihm seine nächste Zigarette nur noch halb so gut schmecken würde. Sie hatte diverse Prellungen und eine Gehirnerschütterung. Die gebrochenen Finger ihrer linken Hand waren gerichtet worden, die gebrochenen Rippen bandagiert. Ihr ganzer Körper wies Schnittwunden auf.

»Ihr linkes Auge wird zwar nicht mehr die vollständige Sehkraft wiedererlangen, aber es sollte gut heilen. Ihr rechtes hingegen …« Doktor Mayfield, der ebenfalls neben dem Bett stand, machte eine kurze Pause und Craig konnte dem Arzt seine emotionale Erschöpfung ansehen. »Wir konnten es zwar retten, es ist aber fraglich, ob sie damit jemals wieder sehen können wird, selbst wenn wir sie morgen oder übermorgen noch einmal operieren. Sie ist Nierenschlägen ausgesetzt gewesen, deren Folgen wir aber unter Kontrolle haben sollten, genauso die Lungenentzündung. Die drei gebrochenen Rippen sind momentan stabil und es gibt kein Anzeichen von weiteren inneren Verletzungen, was mir fast wie ein Wunder erscheint.«

»Ich glaube, dass sie überhaupt noch am Leben ist, ist ein Wunder«, sagte Craig und stützte sich mit den Händen auf der Rückenlehne eines Stuhls ab. Er kannte von zu Hause genug Menschen, die das direkt einem Gott zuschreiben würden. Er selbst war sich da nicht so sicher.

»Das auch«, entgegnete Mayfield. »Ich schätze, sie ist zwei Monate inhaftiert gewesen.«

Mit verwirrter Miene sah Craig den Arzt an, sagte aber nichts. Es war ungewöhnlich, dass jemand so lange am selben Standort von der Gestapo festgehalten wurde. So etwas wie der Zellenkomplex in der Villa war eigentlich für vorübergehende Angelegenheiten gedacht, nur eine Durchgangsstation. Wenn die Nazis durch Folter nicht das bekamen, was sie wollten, richteten sie die Insassen ziemlich schnell hin oder verlegten sie in ein Konzentrationslager. Warum also war diese Frau so lange dort gewesen?

Der Arzt sprach weiter: »Deswegen ist sie auch unterernährt und dehydriert. Nach ihrem Zustand bei der Einlieferung zu schließen, war sie mindestens einen ganzen Tag lang ohne Wasser.«

Einen Tag mehr, den die Nazis hätten nutzen können, um Spuren zu beseitigen, doch sie hatten es nicht getan.

»Ist sie sexuell missbraucht worden?«

»Nein, zumindest nicht in letzter Zeit. Die Schmerzmittel, die sie bekommen hat, sind stark. Sie müssen also nicht hier warten, bis sie aufwacht. Das kann ein langwieriger Prozess sein, besonders in Anbetracht der zweiten Operation, die noch folgt.«

»Würden Sie das Verletzungsmuster auch vor Gericht wiedergeben und erläutern?«

Überrascht hob Doktor Mayfield den Kopf. Sein Blick wechselte von Craig zu Irma Bender und wieder zurück. »Vermutlich schon.« Auch wenn er zumindest ansatzweise wusste, was für eine Geschichte hinter seiner Patientin stand und weshalb Craig hier war, hatte er mit dieser Frage nicht gerechnet.

»Danke.«

»Geben Sie einer Schwester Bescheid, wenn Sie etwas brauchen.« Der Arzt nickte zum Abschied.

7. Mai 1945

Es ließen sich einfach keine nützlichen Informationen über Irma Bender finden. Da war lediglich ein Eintrag im Haushaltsbuch von Erich Heckler, der bewies, dass sie wirklich Angestellte in seinem Haus gewesen war.

Craig kniete im Schlafzimmer des Mannes vor einer Kiste. Man hätte meinen können, in dieser intimen Umgebung ließe sich etwas finden, was ihnen helfen könnte, aber es gab keine Familienbilder, die auf ein Kind oder eine Frau in Hecklers Leben hinwiesen, und auch in keiner anderen Form Informationen über ihn oder seine Kunden. All das ließ für Craig diesen Mann nur noch weniger menschlich erscheinen. Genau zu so jemandem passte die Vorstellung, dass er einen Zellenkomplex unter seiner Villa hatte, in dem die Gestapo ihr grausames Werk verrichten konnte.

»Craig, komm mit.« Henry war im Türrahmen erschienen und winkte ihn mit einer Handbewegung zu sich. Um seine Taille trug er immer noch die Schürze für das Filmentwickeln. Er hatte sich seine Dunkelkammer in einem Abstellraum eingerichtet, der für seine Funktion ziemlich groß war und nichts Relevantes für ihre Untersuchungen beherbergte.

Craig erhob sich aus seiner knienden Position. Er folgte Henry in eins der vorderen Zimmer der Etage, die näher am Treppenaufgang lagen. Hier hatte sich Heckler Ausstellungsräume eingerichtet, deren Türen während der privaten Auktionen geöffnet worden waren. Leere Halterungen und Nägel prangten an vielen Stellen der Wand. Das gab ihnen einen Eindruck und Überblick darüber, wie viele Bilder er bei seiner Flucht mitgenommen hatte.

Craig zuckte unmerklich zusammen, als er David Baumgarten sah, der an einem für ihn aufgestellten Tisch saß und die Kunstunterlagen durchsah, die sie gefunden hatten. Er war ein Jude, der aus dem Konzentrationslager Bergen-Belsen befreit worden war. Ein Schatten von Bartstoppeln deutete sich auf seinem Gesicht an. Dass seine Haare und sein Bart noch nicht nachgewachsen waren, ließ ihn nur noch gebrechlicher und erschreckender wirken.

Ein Kollege vom UNWCC hatte ihm von Baumgarten erzählt und Craig hatte selbst mit ihm gesprochen, als er kurz nach der Befreiung des Konzentrationslagers dort gewesen war. So war der Kontakt zustande gekommen und trotz seiner geschwächten körperlichen Konstitution hatte Baumgarten sich bereit erklärt, den Briten zu helfen. Da er vor der Enteignung seiner Besitztümer ein Kunsthändler gewesen war, war er denkbar für diese Aufgabe geeignet.

»Erzählen Sie ihm, was Sie gefunden haben«, forderte Henry David auf, während er die Hände in die Seiten stemmte.

»Ich habe mir das System angeschaut, nach dem die Gemälde katalogisiert worden sind.« Die Stimme des Mannes klang dünn und trocken, als hätte er nach seiner Befreiung immer noch nicht genug getrunken, trotz des Kruges und des Bechers Wasser, die vor ihm standen. Fast griff Craig selbst danach, denn sein Mund war auf einmal auch staubtrocken, als er dem Mann zuhörte. Vor ihm lag eines der wenigen Dokumente, die nicht bis zur Unkenntlichkeit verbrannt waren und teilweise noch Aufschluss über ihren Inhalt gaben.

»Hier ist ein Gemälde mit dem Titel ›Laternenschein‹ aufgelistet.« Der zittrige, knorrige Finger des Mannes fuhr über das Papier. »Als Stilrichtung ist der Impressionismus angegeben und als Künstler V. W.« Er hob den Kopf und seine Augen schienen bedeutungsvoll zu leuchten.

»Und wer ist V. W.?«, fragte Craig, der mit einem Blick auf Henry, der leicht den Kopf schüttelte, wusste, dass keiner von ihnen beiden nachvollziehen konnte, was David Baumgarten gefunden hatte.

»Ich glaube, V. W. steht für Vincent Willem.«

Stirnrunzelnd machte Craig ein paar Schritte in Richtung der großen Sprossenfenster, die viel natürliches Licht hereinließen, und wandte sich Baumgarten zu. »Vincent Willem?«

Der Kunsthändler lehnte sich in seinen Stuhl zurück und deutete erregt mit seinem Finger in die Luft. »Vincent Willem ist der Vor- und Zweitname des Malers van Gogh. Das Aufregende ist jedoch, dass es kein Gemälde von ihm gibt, das ›Laternenschein‹ heißt. Das bedeutet, dass es ein Bild aus einem Privatbestand ist, von dem die Öffentlichkeit nichts weiß. Wissen Sie, was für eine Sensation es wäre, wenn ein bisher unbekannter van Gogh auftauchen würde?!«

»Oder V. W. steht nicht für van Gogh, sondern für einen anderen, unbekannten Künstler«, stellte Craig sachlich fest. Aus dem Augenwinkel nahm er wahr, dass Henry ihn mit schief gelegtem Kopf anstarrte. »Ist es verkauft worden?«, fragte Craig weiter und ignorierte sowohl den Fotografen als auch den entrüsteten Blick des Kunsthändlers, den Craigs sachliche Feststellung zu empören schien.

»Ich weiß es nicht. Von den Gemälden, die ich bisher hier gesichtet habe, ist keines impressionistisch oder passt zu van Gogh und dem Titel. Und die Liste hier ist nicht vollständig. Die Sparte Käufer ist leer.«

»Gibt uns die Information irgendeinen Aufschluss über Erich Heckler?«

Baumgartens Lippen öffneten sich. Sein Blick wanderte fragend zu Henry, um zu sehen, ob dieser seine Aufregung teilte. Craig löste sich aus seiner Position und baute sich vor dem Tisch auf. Der Geruch von Chemikalien, der an Henry hing, kribbelte in seiner Nase. »Ja oder nein?«

»Nein, solange er nicht versucht, das Bild loszuwerden.«

Zufrieden, endlich eine Antwort bekommen zu haben, nickte Craig. »Na dann, geben Sie Bescheid, wenn Sie etwas finden, das mir weiterhilft.« Er verließ das Zimmer. Ihm war bewusst, dass er den alten Mann verletzt hatte, doch er musste sich auf das Wesentliche und Wichtige konzentrieren. Sie mussten zügig arbeiten, sonst würde Erich Heckler vom Erdboden verschluckt werden und nie wieder auftauchen. Noch hatten sie eine gewisse, wenn auch geringe Möglichkeit, etwas zu finden, das ihnen Aufschluss über seine Flucht geben könnte.

Apropos. Er warf einen Blick auf das Ziffernblatt seiner Armbanduhr. Es war kurz nach achtzehn Uhr. Er würde heute noch zurück ins Lazarett gehen und schauen, ob er mit Irma Bender würde sprechen können. Als einzige Überlebende konnte sie ihnen vielleicht wertvolle Informationen liefern.

~

Der Schwindel in ihrem Kopf hatte aufgehört. Das Pochen war geblieben. Doch die Schmerzen in ihrem Körper waren erträglich und ... sie lag auf einer weichen Unterlage. Langsam atmete sie tief ein und spürte, wie sich ihre Lungen mit sauberer Luft füllten. Sie blinzelte. Einmal, dann zweimal. Ihr rechtes Auge war bandagiert. Und auf ihrem linken sah sie alles nur verschwommen. Eine große, breite Gestalt saß auf einem Stuhl ihr gegenüber. Sie lag in einem richtigen Bett. Verwirrt von den vielen Eindrücken schloss sie wieder die Augen.

Wo war sie? Was war passiert? Wer war der Mann?

Sie hörte, wie der Stuhl knarrte, als er sich erhob, und öffnete schnell wieder die Augen, um zu beobachten, was er tat.

»Fräulein Bender?«

Seine Stimme. Der Akzent, der in der deutschen Sprache mitschwang ... sie hatte Probleme, sich zu konzentrieren.

»Können Sie mich verstehen?«

Sie starrte ihn an. Was war hier los? Als sie eine Hand hob, um sich die Haare aus dem Gesicht zu streichen, sah sie die Bandagen um ihre Finger. Sie blickte an ihrem restlichen Körper herunter. Ihr Brustkorb war auch verbunden worden, das spürte sie.

»Fräulein Bender?«

Er klang penetrant, ungeduldig.

Ein kurzes Klopfen an der Tür ließ sowohl sie als auch den Mann aufschauen. Ein Mann in einem weißen Kittel kam herein.

»You're awake«, sagte er auf Englisch eher zu sich selbst als zu den Anwesenden. – »Sie sind wach.«

»Das ist Doktor Evan Mayfield, der Arzt, der sich um Sie kümmert«, erklärte der Mann, der immer noch neben ihrem Bett stand. Er wandte sich zu dem Mediziner um. »Sie reagiert in keinster Weise auf das, was ich sage.« Er klang unzufrieden und verhielt sich, als wäre der Arzt daran schuld.

Dieser presste die Lippen aufeinander und trat zu ihr. Er fühlte ihren Puls.

»Why doesn't she respond?«, fragte der fremde Mann mit verschränkten Armen nun auch auf Englisch. – »Warum reagiert sie nicht?«

Jetzt endlich schaffte sie es, sich zu fokussieren. Er sprach mit schottischem Akzent. Ihre Lippen öffneten sich und eine Mischung aus Seufzen und Schnauben kam aus ihrem Mund. Unruhig sprang ihr Blick umher. Sie war noch nie so froh gewesen, einen schottischen Akzent zu hören.

»Fräulein Bender, das ist Mr Brodie, er arbeitet für die englische Regierung und die UNWCC und möchte mit Ihnen über ... Ihre Inhaftierung durch die Gestapo reden.« Der Arzt klang nicht erfreut über die Anwesenheit des britischen Beamten und sein holpriges Deutsch schien diese Botschaft umso mehr zu unterstreichen.

»Sie sind Briten«, murmelte sie leise. Sie konnte es nicht fassen.

Ist das wirklich real, Gott? Bin ich frei? Haben die Deutschen diesen verdammten Krieg endlich verloren? O Gott, du bist so gut. Tränen der Freude liefen ihr übers Gesicht. Die Männer schienen von dieser Reaktion nur noch verwirrter.

Aber da war noch etwas gewesen. Der Name des Mannes. Bradie – nein, Brodie. Sie kannte diesen Namen. Aber woher? Sie starrte den Mann an. Sie hatte ihn noch nie gesehen.

»Fräulein Bender, Sie sind von der britischen Armee befreit worden. Doch wir brauchen Ihre Hilfe. Erich Heckler befindet sich auf der Flucht und wir müssen alles wissen, was Sie uns über ihn sagen können.« Eindringlich hielt Craig ihren Blick mit seinen Augen fest, doch sie schien unfokussiert und mit den Gedanken ganz woanders. Er wartete einige Zeit, und als keine Antwort kam, wandte er sich an den Arzt. »Hat sie den Verstand verloren?«

»Sie ist erst seit wenigen Minuten wach, jetzt geben Sie ihr etwas Zeit.« Der Arzt tastete vorsichtig ihre verletzte Hand ab, und da er mit dem Rücken zu Brodie stand, konnte nur sie sein Augenrollen sehen. Er war genervt von dem Schotten. Ihre Mundwinkel zuckten und fast lächelte sie. Wachsam und verwirrt bewegte sich der Beamte zum Fenster, schien ihre Mimik aber nicht deuten zu können.

Er hält mich für verrückt, der Gedanke ließ sie fast laut auflachen. Vielleicht war sie das sogar. Aber im Augenblick störte sie das nicht.

»Haben Sie Schmerzen?« Der Arzt drückte ihre Hand fester und sie zog die Luft ein, als hätte er schon damit gerechnet, keine verbale, sondern nur eine körperliche Antwort auf seine Frage zu bekommen. »Ich lasse Ihnen Schmerzmittel bringen.«

Es klopfte wieder, diesmal länger als vorher. Ein Mann steckte den Kopf durch die Tür. Er blickte nur kurz zu ihr und dem Arzt und sah dann schnell weg, als würde er ihre Privatsphäre verletzen. »Craig, hast du einen Moment?«

Der Schotte nickte und löste sich aus seiner Position. Mit großen Schritten ging er auf die Tür zu, stoppte jedoch, als sie auf einmal hauchte: »Sie sind Craig Brodie.« Nicht die Tatsache, dass sie seinen Namen vollständig zusammengesetzt hatte, ließ ihn innehalten – sondern dass sie es in einem einwandfreien Englisch mit amerikanischem Akzent gesagt hatte. Mit einer Handbewegung bedeutete er dem Mann in der Tür, dass er warten solle. Dann näherte er sich ihr wieder.

»Craig Brodie«, wiederholte sie, diesmal jedoch undeutlicher.

»Was geht hier vor?« Er taxierte sie mit seinem Blick, als würde er damit eine schnellere Antwort bekommen.

Sie reagierte nicht. Sie starrte vor sich auf die Wand. *Craig Brodie.*

Auf einmal schnellte seine Hand vor und packte sie um den Oberarm. Sie schrie auf – vor Schmerz und Schrecken. Sie schnappte nach Luft, als das Brennen von ihren Verbrennungen und Prellungen durch ihre ganze linke Körperhälfte zog.

»Was fällt Ihnen ein?«, fuhr der Arzt Brodie an und drängte sich zwischen ihn und seine Patientin.

Selbst als seine Hand längst nicht mehr ihren Arm berührte, brauchte sie einige Sekunden, damit der Schmerz abklang und sie wieder ruhig Luft holen konnte. Sie musste sich bewusst machen, dass der Schmerz nicht zurückkehren würde. Es war nicht die Gestapo, die sie fest im Griff hatte und nur für einen Augenblick losließ, um gleich darauf wieder auszuholen.

»Wow, Craig, lass sie.« Der Mann von der Tür hatte sich ins Zimmer bewegt und blickte Brodie prüfend an. Er sah aus, als würde er zur Not seinen Freund zu Boden ringen.

»Was für ein Spiel spielen Sie hier?« Craig Brodie ignorierte die Männer um sich herum und fokussierte sich nur auf sie. Er fühlte sich bedroht.

»Ich spiele kein Spiel.« Ihre Stimme war dünn, ihr Mund trocken. Es war Monate her, dass sie das letzte Mal Englisch gesprochen hatte. »Bitte … rufen Sie Stewart Menzies an.«

Überrascht drehte sich der Arzt zu ihr um. Stewart Menzies war der Leiter des britischen Geheimdienstes. Und Mayfield wusste nicht, dass Brodie Teil davon war.

»Warum sollte ich das tun?«, fragte er interessiert und verdrängte die Tatsache, dass der Doktor nun Bescheid wusste.

»Ich bin Margret Nelson.«

Es traf Craig wie ein Schlag ins Gesicht. Margret Nelson. Eine junge Frau, die vom amerikanischen Geheimdienst, dem Office of Strategic Services (OSS), hinter die deutschen Linien geschleust worden war und seit Monaten als vermisst galt. Das war nicht gut. Ganz und gar nicht. Dass sie in den Händen der Gestapo gewesen und hier halb tot zurückgelassen worden war, bedeutete, dass die Gestapo Informationen bekommen hatte. Informationen über die Arbeit des Geheimdienstes der Vereinigten Staaten von Amerika.

4

4. Mai 1945

Liebe Maggie,
ich lasse mich nicht davon beirren, dass du mir nicht antwortest, ich werde dir weiter schreiben, und selbst wenn du die Briefe ungelesen wegwirfst, spüre ich, dass es mir besser geht, wenn ich dir schreibe. Vielleicht erleichtere ich so mein Gewissen, weil ich nur dadurch Kontakt zu dir haben kann – auch wenn er sehr einseitig ist. Du musst bitte auch mich verstehen, immerhin kann ich nicht einfach weitermachen, als würde mir Gott nicht sagen, dass ich in irgendeiner Form für dich da sein soll.
Das erste Mal seit Wochen spüre ich so etwas wie Erleichterung. Ich weiß nicht genau, warum, doch Gott gibt mir auf einmal ein überraschendes Gefühl von Ruhe. Ich hoffe und bete, dass du in Sicherheit bist und es dir gut geht. Ich befinde mich gerade auf einem Truppentransporter im Pazifik – Genaueres darf ich dir nicht sagen, das unterliegt der Zensur. Doch ich schicke diesen Brief an jemanden, der ihn schließlich an dich weiterleitet. Ich weiß nicht, wann ich zurück in die Staaten komme, aber immerhin in Europa scheint sich ein Ende dieses verdammten Krieges abzuzeichnen.
Verzeih, dass ich dir nur so kurz schreibe. Wir haben nicht nur die Japaner zum Feind, sondern auch die Malaria, die uns alle niederrafft, und meine Kraftreserven sind auch schon am Ende. Auch die verwundeten Männer haben Malaria und für viele sieht es nicht gut aus … bete für ein schnelles Ende.

Ich kann es nur wiederholen: Melde dich bitte, damit ich weiß, wie es dir geht. Sag mir, wie ich dir helfen kann. Das wäre wenigstens einen Stückchen Hoffnung in diesem trüben Alltag.
Möge der Friede Gottes, der höher ist als alle Vernunft, dein Herz und deine Sinne bewahren.
Nathanael

Als Craig Brodie den Raum verließ, ließ er Maggie verwirrt zurück. Mit solch einer offensichtlichen Ablehnung hätte sie nicht gerechnet. Und auf eine ungeahnte Weise verletzte sie sein Verhalten.

Als der Arzt nun erneut seine Finger an ihr Handgelenk drückte, wurde ihr klar, dass er ihr rasendes Herz, das sie selbst gegen ihren Brustkorb schlagen spürte und in ihren Ohren pochen hörte, bemerken würde.

Sie zog ihren Arm zurück. Vielleicht lag es daran, dass ihr immer noch nicht voll und ganz bewusst war, dass sie in Sicherheit war und nicht mehr verstecken musste, wie sie sich fühlte.

Der Arzt stieß einen Seufzer aus, der ihm nicht bewusst zu sein schien, und machte sich eine Notiz in einer Akte. »Wie stark sind die Schmerzen?« Er machte da weiter, wo sie vorhin unterbrochen worden waren. Vielleicht war das seine Art, sich mit der Routine zu beruhigen, nachdem die Situation eskaliert war.

Trotz der Schmerzen, die ihr die Wunden am ganzen Körper bewusst machten, sagte Maggie: »Es geht schon.«

Evan Mayfield kniff leicht die Augen zusammen, akzeptierte trotz ihrer offensichtlichen Lüge aber ihre Antwort. Und auch wenn sie es nicht sagte, schien das eine beruhigende Wirkung auf sie zu haben, denn der Druck, der ihr das Atmen schwerer machte, wurde ein wenig leichter.

»Ist Ihre Sicht auf dem linken Auge verschwommen?«

Sie nickte nur.

»Ich werde morgen einen Sehtest machen, um einschätzen zu können, wie stark die Einschränkung ist, und Sie werden dann in geraumer Zeit eine Brille bekommen, denn mit der ersten Operation haben wir unser Bestes getan, aber eine weitere Besserung ist nicht in Sicht.« Er machte eine Pause, um ihr die Möglichkeit zu geben, nachzufragen. Doch sie schwieg. Sie sah ihn nicht mal an. »Ihr rechtes Auge ist heute zum zweiten Mal operiert worden, aber es sieht nicht gut aus.«

Welcher Tag war heute? Maggie hatte versucht, den Überblick zu behalten, doch sie war gewarnt worden, dass bei einer möglichen Gefangennahme die Zeit gegen sie eingesetzt werden würde. Es waren Wochen vergangen, seit sie inhaftiert worden war, dessen war sie sich sicher. Aber welches Datum war heute? War schon Mai? Wie stand es um den Krieg? War er schon längst vorbei und sie hatte es nicht mitbekommen? Craig Brodie hatte gesagt, sie bräuchten ihre Hilfe, um Erich Heckler zu finden. Sie hatten ihn also nicht. Er war entkommen. Unwillkürlich blickte sie zur Tür, als könnte er jeden Augenblick auftauchen.

»Sie sind hier in Sicherheit«, sagte Doktor Mayfield, als hätte er ihre Gedanken gelesen.

»Welches Datum haben wir?«

»Miss Be...Nelson.« Er wartete, bis ihr Gedankenkarussell scheinbar aufgehört hatte, sich zu drehen, und er ihre Aufmerksamkeit hatte. In der Zeit zog er sich einen Stuhl an die Seite ihres Bettes und setzte sich ernst. »Haben Sie mir zugehört?« Er schien zu wissen, dass er keine Antwort zu erwarten brauchte, deswegen fuhr er fort: »Ihr rechtes Auge ist schwer geschädigt worden, Sie werden auf ihm vermutlich dauerhaft blind bleiben.«

»Gott kann heilen. Er hat einen blinden Mann geheilt, da ist die Heilung von einem Auge doch eine Kleinigkeit.«

»Miss Nelson, ich habe das Gefühl, Sie verstehen nicht. Sie werden langfristige, wirklich irreparable Schäden davontragen. Es wurde über einen längeren Zeitraum hinweg Gewalt auf ihren Kopf ausgeübt. Auch das kann – und wird mit ziemlich großer Wahrscheinlichkeit Folgen haben.«

Diesmal erwiderte sie nichts.

Evan Mayfield lehnte sich nach vorn und stützte die Ellenbogen auf den Knien ab, in den Händen ihre Akte. »Sie haben Kopfschmerzen und Konzentrationsprobleme.« Er wollte ihr seine vorherigen Erklärungen damit nur noch bewusster machen. »Und Ihre röchelnde Atmung, zurückzuführen auf Ihre Lungenentzündung, stellt ein Problem dar. Ich will ganz ehrlich sein: Sie könnten daran sterben, wenn sich in nächster Zeit keine Besserung einstellt.«

Die Aussage, dass sie sterben könnte, machte ihr keine Angst. Sie glaubte nicht, dass Gott sie jetzt, nachdem sie all das überstanden hatte und in Sicherheit war, zu sich holen würde. Aber der Arzt erinnerte sie an ihre Symptome. Sie nahm es kaum noch wahr, dass sie glühte und ihr jeder Atemzug schwerfiel. Es schien schon voll und ganz zu ihr zu gehören.

»Welches Datum haben wir?« Sie war nun den Tränen nahe und das schien den Arzt wenigstens insofern zu erweichen, dass er bereit war, seinen Monolog zu beenden und ihre eine Antwort zu geben.

»Den siebten Mai.«

Maggie holte tief Luft. »Danke«, hauchte sie fast unhörbar. »Würden Sie mich bitte allein lassen?«

Schweigend akzeptierte er ihren Wunsch.

Siebter Mai, siebter Mai. Das Datum hämmerte in ihrem Kopf. Sie schloss die Augen und lehnte sich zurück. Sie versuchte sich zu fokussieren, wegzukommen von dem Sog an Gedanken in ihrem Kopf. Dies war das Erste, das ihr wieder ein Stück Kontrolle gab: Sie wusste, welcher Tag war.

Sie hatte in den letzten Wochen gelernt, Kontrolle abzugeben. Sie hatte in der Stille ihrer Zelle Gott so viel Aufmerksamkeit geschenkt wie noch nie und sich bewusst gemacht und immer und immer wieder in Erinnerung gerufen, dass er Gott war und die Macht über alles hatte. Und seine Kraft hatte sie zurück in die Freiheit geführt.

»Wiederholen Sie das.«

Genervt schloss Craig die Augen, wusste aber, dass Major General William Joseph Donovan, der Chef des amerikanischen Geheimdienstes OSS, es ernst gemeint hatte.

»Margret Nelson«, wiederholte er daher in den Hörer. »Wir haben sie in einem geheimen Gestapogefängnis gefunden. Sie ist am Leben.«

Er wartete. Er hatte zuerst ein kurzes Gespräch mit dem Leiter der UNWCC geführt und dann mit seinem Chef vom MI6 telefoniert, der ihn direkt mit seinem amerikanischen Kollegen verbunden hatte. Stewart Menzies hatte klargestellt, dass er trotz des Sicherheitsrisikos, das von Miss Nelson ausging, unter allen Umständen versuchen sollte, an so viele Informationen wie möglich zu kommen, die ihnen helfen würden, Nazis zu überführen. Und ganz klar war, dass sie als Zeugin fungieren würde, sollte es einen Gerichtsprozess geben.

»Was hat sie gesagt?«

Craig hob abrupt den Kopf und sein Mund wurde schlagartig trocken. Einen Fehler beziehungsweise eine Fahrlässigkeit zu gestehen, besonders vor dem Leiter des weltweit wichtigsten Geheimdienstes, war etwas, was er bisher überaus selten hatte tun müssen. »Sie hat nur gesagt, dass ich meinen Chef Stewart Menzies anrufen soll, und dann ihren Namen gesagt.«

Hoffentlich gab er sich mit der Antwort zufrieden und konnte seine unmittelbare Entscheidung, erst diese Telefonate zu führen, verstehen.

»Bringen Sie mehr in Erfahrung.« So ziemlich das, was auch sein Chef gesagt hatte.

Er hörte den Mann einatmen und bereits für die nächsten Anweisungen ansetzen, da kam er ihm zuvor: »Haben Sie von ihr Informationen erhalten? Wie ist sie hinter die Grenze gekommen? Wann haben Sie das letzte Mal von ihr gehört?«

»Ich werde auf diesem Weg keine Einzelheiten mit Ihnen besprechen. Sie werden noch ausführlich informiert werden, doch momentan hat die Beschaffung von Informationen oberste Priorität. Sie stellt ein Sicherheitsrisiko dar und es ist an Ihnen, es einzuschätzen. Ich werde Ihnen einen meiner Mitarbeiter schicken, doch das wird ein, zwei Tage Zeit brauchen. Ich bin mir aber sicher, dass Sie genauso kompetent sind, die Aufgabe vorerst zu erfüllen.«

Vorerst. Der Mann schaffte es tatsächlich, ein Kompliment über die Lippen zu bringen und es im nächsten Moment wieder zunichtezumachen.

»Natürlich.«

»Was können Sie mir über ihren Zustand sagen?«, wollte Donovan außerdem wissen.

Im Hintergrund hörte Craig Stimmengemurmel. Der Chef des OSS war nicht allein. Wahrscheinlich war durch die Tatsache, dass eine Spionin in Feindeshand geraten war, gerade eine Ereigniskette losgetreten worden, die eine Menge Personal auf den Plan rief.

»Sie war schwerster Gewaltanwendung ausgesetzt und hat sich noch eine Lungenentzündung eingefangen. Das Gravierendste ist aber, dass ihre Sehfähigkeit eingeschränkt ist und auch ihr Verstand in Mitleidenschaft gezogen sein könnte – sowohl durch die Gewalt als auch die Umstände der Inhaftierung.« Ihm lief immer noch ein Schauer über den Rücken, wenn er an die kleine Zelle dachte, in der sie über Wochen hinweg eingesperrt gewesen sein musste – wie lange genau, wussten sie noch nicht einmal.

»Hei–«

»Wann ist der Kontakt zu ihr abgebrochen, Sir?«, unterbrach ihn Craig und wiederholte damit eine seiner Fragen, die ihn am brennendsten interessierte.

Der Mann ließ sich jedoch nicht irritieren und fuhr fort: »Heißt das, sie könnte nicht mehr in der Lage sein, die vergangenen Monate zu rekapitulieren?«

Unzufrieden, keine Antwort erhalten zu haben, presste Craig kurz die Lippen zusammen und ließ ein paar Sekunden verstreichen, bevor er antwortete. Donovan würde diese Zeichen zu verstehen wissen. »Ja.«

»Probieren Sie es. Lassen Sie nicht locker. Wir brauchen die Informationen und wir brauchen sie jetzt.«

»Natürlich, Sir.« Er hängte den Hörer in dem Moment zurück auf die Gabel, als das Tuten in der Leitung ihm zu verstehen gab, dass auch am anderen Ende aufgelegt worden war.

Langsam holte er Luft. Es würde ihm nicht leichtfallen, diese Befragung zu führen. Auch wenn er sich in den letzten Monaten ausgiebig mit den Nazis und ihren Taten auseinandergesetzt hatte, war dieser Punkt seiner Arbeit, bei dem es an das Konkretisieren und aktive Katalogisieren ging, kräftezehrend. Und dass Margret Nelson nebenbei nicht nur ein Opfer war, sondern auch ein Gefahrenpotenzial barg, was die Arbeit eines Verbündeten anging, machte die Sache nur noch komplizierter. Craig fragte sich, ob es nicht ein Fehler von Donovan oder wem auch immer gewesen war, eine Frau ins Deutsche Reich einzuschleusen.

5

9. Mai 1945

Maggie war sofort hellwach, als eine Krankenschwester leise das Zimmer betrat. Ihr Kopf pochte trotz der Schmerzmittel immer noch unaufhörlich, aber es störte sie nicht mehr. Irgendetwas tat immer weh.

»Ich wollte Sie nicht wecken.« Obwohl sie beide allein im Zimmer waren, flüsterte die Schwester. Nur durch die offene Tür fiel Licht vom Gang in den Raum.

»Ich war schon wach«, log Maggie, ohne nachzudenken. Sobald sie es ausgesprochen hatte, bereute sie ihre Lüge, konnte sie aber nicht mehr rückgängig machen, ohne verwirrt zu wirken.

»Haben Sie Schmerzen? Brauchen Sie etwas?«

»Nein, danke.«

Die Krankenschwester zog ein Fieberthermometer aus ihrer Schürzentasche und schob es Maggie in den Mund. Während sie auf das Ergebnis wartete, legte sie ihren Handrücken auf Maggies Stirn und schenkte ihr dann ein Glas Wasser ein.

»39,2 Grad. Das Fieber sinkt, das ist gut. Aber Sie müssen viel trinken.« Sie drückte ihr das Glas in die Hand und wartete, bis sie ein paar Schlucke genommen hatte. Doch egal wie viel Maggie trank, sie hatte immer das Gefühl, einen trockenen Mund zu haben.

»Danke«, krächzte sie und lehnte sich zurück in die Kissen. »Wann kommt der Verband ab?« Sie berührte die Mullbinden, die um ihren Kopf gebunden waren und ihr rechtes Auge bedeckten.

Die Krankenschwester blinzelte mehrmals verwirrt, bevor sie in ihrem normalen Tonfall sagte: »In ein, zwei Tagen. Das muss der Arzt entscheiden.«

Anscheinend hatte Maggie schon einmal diese Frage gestellt, sie konnte sich aber weder daran noch an die Antwort erinnern.

»Mr Brodie war vorhin wieder da, Sie haben aber geschlafen und der Arzt hätte ihn ohnehin nicht zu Ihnen gelassen, nachdem er sich so danebenbenommen hat.«

»Craig Brodie«, murmelte Maggie undeutlich. An den Namen und an ihn konnte sie sich noch erinnern.

»Keine Sorge.« Die Stimme der Schwester wurde weich. »Er möchte nur so schnell wie möglich die Informationen bekommen, die er braucht, und dann haben Sie nichts mehr mit ihm zu tun. Ich bin sicher, Sie wollen ja auch, dass die Deutschen zur Rechenschaft gezogen werden.« Gegen Ende wurde sie immer leiser und auf einmal schien sie es eilig zu haben, Maggie eine gute Nacht zu wünschen und wieder zu verschwinden. Ihre Art, einen Rückzieher zu machen, auch wenn die Worte nicht rückgängig zu machen waren.

Die Seite der Alliierten verfiel oft in eine Haltung, alle Deutschen zu verurteilen und Gerechtigkeit zu fordern. Es war offensichtlich, dass das ganze Gesellschaftssystem umgekrempelt werden müsste, um einen Rechtsstaat etablieren zu können. Die deutsche Niederlage war unausweichlich und es war nur noch eine Frage von Tagen bis zu einem offiziellen Ende – das hatte Maggie erfahren. Es war ihr schon bei ihrer Inhaftierung klar gewesen, bloß war sie sich zu dem Zeitpunkt nicht sicher gewesen, ob sie es noch erleben würde.

Doch nicht alle waren das, was man über sie sagte, nicht alle Deutschen waren Nazis, genauso wenig wie alle Japaner schlechte Menschen waren, nur weil Japan Pearl Harbor angegriffen hatte. Es schien das Wesen des Menschen zu sein, dass er alles kategorisieren wollte. Momentan war sie sich nicht sicher, zu welcher Gruppe sie gehörte. Zu den Geisteskranken? Sie erschrak selbst manchmal über die Worte, die ihr über die Lippen kamen.

Du bist mein Kind.

Trotz des Fiebers und der Decke, die über ihr lag, fröstelte Maggie. In der Zelle war ihr trotz der Kälte ein Hitzeschauer durch den Körper gejagt, nun fror sie trotz der Wärme. Es schien ihr, als wolle Gott dadurch ihre Aufmerksamkeit auf sich lenken. Sie atmete tief ein. Seit sie hier im Lazarett aufgewacht war, nickte sie immer wieder ein, erholsam war der Schlaf aber nicht. Dafür war er nicht tief und lang genug.

Sie begann, sich vor ihrem inneren Auge ein weites Feld vorzustellen, frisch gerodet. Der Duft von Erde hing in der frischen Luft, die Sonne brannte auf angenehme Weise auf ihrer Haut. Es war ihre Flucht in eine andere Welt, weg von der bedrückenden Enge und der Stille. In dieser Welt grub sie die nackten Zehen in die feuchte Erde, ließ ihre Haare vom Wind zerzausen. Vögel zwitscherten und irgendwo rauschte ein Bach.

9. Mai 1945

Der Wecker klingelte um fünf Uhr in der Frühe. Craig brauchte eine Viertelstunde, um sich anzuziehen und einen Tee zu trinken. Gestern war die bedingungslose Kapitulation der Deutschen in Kraft getreten. Der Tag ging als *Victory in Europe Day* – der Tag des Sieges in Europa – in die Geschichte ein.

Craigs Kollege Richard war dabei, alle Unterlagen aus dem Haus von Erich Heckler durchzusehen und zu katalogisieren, während er selbst wieder zum Lazarett fahren und versuchen würde, Informationen von Margret Nelson zu bekommen. Er hatte vor zwei Tagen überreagiert, das war ihm bewusst. Als sie seinen Namen und seinen Chef in Verbindung miteinander gebracht hatte, war irgendetwas in ihm ausgerastet. Sie war ein Opfer, aber sie war auch ein Sicherheitsrisiko und hatte in diesem Augenblick ihn und seine Arbeit gefährdet.

Das Seltsame war, dass sein Chef, Stewart Menzies, nicht wusste, warum sie augenscheinlich informiert war, dass Craig beim MI6 war. Das war auch eine Frage, auf die er eine Antwort finden wollte. Doch momentan hatte Erich Heckler Vorrang. Mit den Amerikanern hatten sie bereits koordiniert, dass alle relevanten Informationen, die aus Margret Nelsons Zeit als Spionin im Hause Heckler stammten, bei ihren Ermittlungen gebündelt und geteilt würden, damit sie ihre Chance erhöhten, eine Spur zu finden, wo der Mann sein könnte. Vermutlich würde es nur noch ein paar Stunden dauern, bis ein amerikanischer Kollege kommen würde, und diese Zeit wollte Craig noch nutzen. Gestern hatte der Arzt es geschafft, ihn von Margret Nelson fernzuhalten, doch heute würde er sich nicht abwimmeln lassen.

Auf seiner BSA M20, einem Motorrad der britischen Marke Birmingham Small Arms Company, fuhr er zum Lazarett. Es war die effektivste Methode, um vorwärtszukommen. Viele Straßen waren für Autos nicht befahrbar, und wenn, dann waren sie voller Militärfahrzeuge.

Im Lazarett lief gerade die Schichtübergabe und mehr Personal als sonst war in den Gängen unterwegs. Er fiel ohne Uniform auf, doch niemand sagte etwas. Kurz warf Craig einen Blick den Gang hinunter und dann über seine Schulter, bevor er, ohne groß anzuklopfen, in das Zimmer von Margret Nelson huschte. Es ehrte Doktor Mayfield, dass er das Wohlergehen seiner Patientin über die Möglichkeit stellte, einen Nazi zu finden. Doch Craigs Arbeit verlangte von ihm, dass er an das höhere Ziel dachte, dass viele Menschen Gerechtigkeit erfuhren, statt dass Miss Nelson ihre Ruhe vor ihm und seinen Fragen hatte.

Abrupt stoppte er, als er sah, dass das Bett leer war. Er roch das Waschmittel, das Bett war frisch bezogen worden, der Nachttisch freigeräumt. Sein Puls beschleunigte sich. Wo war Margret Nelson?

Mit zusammengebissenen Zähnen und großen Schritten eilte er in Richtung Schwesternzimmer. Wenn Margret Nelson gestorben war, hatten sie ihren einzigen Trumpf verloren. Und das alles, weil er sie nicht früher hatte befragen können.

»Wo ist Margret Nelson?«, blaffte er die erste Krankenschwester an, die ihm begegnete. Sein schottischer Akzent ließ seine Stimme noch rauer und bedrohlicher klingen, als sie durch den Tonfall ohnehin schon war.

Entsetzt weiteten sich die Augen der Frau Anfang vierzig. »Ich bitte Sie, das hier ist ein Lazarett! Senken Sie gefälligst Ihre Stimme! Und hat Ihnen niemand beigebracht, dass …«

»Ist schon gut, Sally.« Doktor Mayfield kam aus einem Patientenzimmer. Er hielt eine Akte in der Hand, die er der Schwester übergab, und entließ sie dann mit einem Kopfnicken. Er stieß leicht genervt die Luft aus. »Mr Brodie, bringen Sie wieder Chaos in mein Lazarett?«

»Wo ist Margret Nelson?« Diesmal zügelte Craig seinen Tonfall und dadurch konnte man die Sorge aus seiner Stimme heraushören. Auch der Arzt schien es zu hören und seine Gesichtszüge entspannten sich etwas. Anscheinend erkannte er, dass Craig wirklich besorgt war und nicht einfach nur unhöflich.

»Sie ist in einem Behandlungszimmer. Sie wird gleich untersucht und solange können Sie nicht zu ihr.«

Erleichtert holte Craig Luft. Sie war nicht tot. Aber die Angst, dass sie es hätte sein können, hatte ihn darin bestärkt, dass er keine Zeit mehr verlieren sollte. »Es sind nun schon über zwei Tage vergangen, seit sie hier ist. Die britische Regierung und auch die amerikanische haben keine Geduld mehr.«

»Mich unter Druck zu setzen …«, begann der Arzt.

»Es ist in Ordnung.«

Die Köpfe der beiden Männer fuhren in die Richtung, aus der Margret Nelsons Stimme kam. Auch wenn sie sehr leise gesprochen hatte, hatten beide Männer sofort reagiert.

Margret hatte eine Hand gegen ihre geprellte Hüfte gepresst und stützte sich mit der anderen am Türrahmen ab. Das Laufen war unangenehm und jeder Schritt kostete sie enorme Kraft. Sie hatte die laute Stimme von Agent Brodie bereits gehört, als er die Krankenschwester angefahren hatte. Doch erst als sie die Stimme von Doktor Mayfield vernommen hatte, hatte sie sich getraut, die Tür zu öffnen.

»Sie sollten sich besser wieder hinsetzen.« Der Arzt musterte sie besorgt, doch Maggie vertraute ihrem Körper, dass er das durchhielt. Ihre Lungenentzündung war abklingend, sie war auf dem Weg der Besserung.

»Lassen Sie uns am besten ins Zimmer gehen.« Craigs Gemüt beruhigte sich. Er war nahe daran, diese Sache endlich hinter sich zu bringen.

»Ich werde danach zu Ihnen kommen«, sagte Doktor Mayfield gepresst, bevor er auf dem Absatz kehrtmachte und zu seinem nächsten Patienten ging.

Maggie ging – humpelte – zurück in das Untersuchungszimmer. Da ihr rechtes Auge immer noch von einem Verband bedeckt war, stieß sie öfter gegen irgendwelche Dinge und hatte schon mehr als eine Tasse versehentlich zu Boden geworfen. Es machte sie verrückt! Es wurde höchste Zeit, dass der Verband abkam und sie wieder ihre gewohnte Sicht hatte. Sie setzte sich auf die Liege. Ihre rechte Hand fuhr in die Tasche ihres Morgenmantels und sie zog ein zerknittertes, zusammengefaltetes Papier heraus. »Hier.« Sie hielt es Brodie hin. Sie verstand seinen Drang, schnell Informationen über Erich Heckler zu bekommen.

»Was ist das?«

Sie gab ihm keine Antwort, sondern wartete, dass er es auseinanderfaltete. Mit zittriger Handschrift hatte sie eine Adresse notiert. In Österreich. »Dort ist das Ferienhaus eines Freundes von Erich Heckler. Es ist gut möglich, dass er über Österreich versucht zu entkommen und vielleicht unterzutauchen.« Ihre linke Hand lag schlaff in ihrem Schoß.

Langsam hob Brodie den Blick. »Wann haben Sie ihn das letzte Mal gesehen?«

Maggie schluckte. »Ihn habe ich nach der Inhaftierung nur einmal gesehen. Das war ...« Sie schüttelte leicht den Kopf, konnte aber keine weitere genaue Angabe machen.

»Wann sind Sie inhaftiert worden?«, versuchte er ihr zu helfen, den Fokus zu behalten.

»Mitte März.« Sie klang unsicher.

Craig versuchte, sich sein Unwohlsein nicht anmerken zu lassen. Über eine so lange Zeit hinweg von der Gestapo verhört zu werden kam einer Erfahrung in der Hölle gleich. »Was ist passiert? Wie sind Sie enttarnt worden?«

Ihr Blick sprang hin und her, selten sah sie ihn direkt an. Ihre Konzentrationsprobleme machten es ihr schwer, die richtigen Informationen zur Beantwortung seiner Fragen herauszufiltern. »Wir sprachen gerade über die Planung bezüglich der Feierlichkeiten von Hitlers Geburtstag.«

Ein Schaudern überkam Craig. Sie sprach in der Wirform. Ja, es war Teil ihrer Arbeit gewesen, sich so zu verhalten, wie es ein Großteil der deutschen Bevölkerung getan hatte, doch es klang ziemlich abstrus.

»Mitten im Gespräch wurde Luftalarm ausgelöst und ein alliiertes Flugzeug von den Flakgeschützen vom Himmel geholt. Ein Freund von Erich Heckler, der Teil der SS ist, wurde verständigt. Ich habe das Gespräch belauscht und dann versucht, den Fallschirmspringer zu finden.«

»Und dabei sind Sie entdeckt worden?«

Sie nicke. »Ich wurde als Landesverräterin dargestellt.«

»Was für Informationen haben Sie ihnen über sich, Ihre Arbeit und die amerikanische Regierung preisgegeben?« Vor Aufregung verdoppelte sich Craigs Puls. Er war sich ziemlich sicher, dass sie keine geheimdienstlichen Informationen, die von elementarer Bedeutung waren, hatte und deswegen auch nicht hätte verraten können, doch er musste sichergehen, dass es kein Sicherheitsrisiko gab.

Sie blinzelte heftig, während ihr Brustkorb sich schnell hob und senkte. Auch sie war offensichtlich angespannt – kein gutes Zeichen. »Ich habe Ihnen gesagt, dass die Amerikaner mich geschickt haben und wie ich über die deutsche Grenze gekommen bin.«

Langsam ging Craig im Raum auf und ab, die Arme fest verschränkt, um zu verhindern, dass sie womöglich in wilder Gestikulation durch den Raum flogen. Maggie musste ihren Kopf weiter drehen als sonst, um ihn im Blick behalten zu können.

»Das war es? Mehr haben Sie nicht erzählt?«, hakte er nach.

Maggie schüttelte den Kopf, bereute diese Bewegung aber schnell und verzog das Gesicht. »Nein«, fügte sie hinzu.

»Sie waren über sieben Wochen inhaftiert. Tut mir leid, aber angesichts der Folter, die Ihnen widerfahren ist, glaube ich nicht, dass das das Einzige war, was Sie preisgegeben haben. Ich habe Ihre Zelle gesehen.« Er macht eine Pause, doch Maggie sagte nichts. »Das hält niemand auf Dauer aus.«

Unruhig rieb Maggie mit ihrer Hand über den Stoff ihres Morgenmantels. Sie hatte Angst vor den Worten, die ihre Antwort sein würden. Sie entsprachen der Wahrheit, davon war sie im ersten Moment überzeugt, doch dann kamen die Zweifel. Merkte man überhaupt, wenn man verrückt war? Und was würde Craig Brodie denken? Er kannte durch seine Arbeit Geschichten wie ihre und würde ihr sicher nicht glauben, wenn sie versuchte zu erklären, was sie getan hatte, um nicht den Verstand zu verlieren.

»Ich habe die Stille genutzt. Für … nennen wir es persönliche Wiederherstellung.« Wir. Durch das Pronomen versuchte sie, ihn in ihre Situation persönlich einzubinden. Etwas, was ihr in ihrem Vorbereitungstraining gezeigt worden war. Eine Möglichkeit, um zu versuchen zu verhindern, dass man selbst und sein Gesprächspartner auf völlig unterschiedlichen Seiten standen – wie es momentan den Anschein hatte. »Ich habe Zeit mit Gott verbracht.«

Sie hob den Kopf und suchte den Blickkontakt, auch wenn sie wusste, dass ihr das, was sie in seinem Gesicht sah, Angst machen konnte. Dass Brodie zunächst keinerlei Regung zeigte, erschreckte sie. Sie wusste nicht, welche Reaktion sie sich gewünscht hätte, aber sicher nicht, dass er sie mit diesem durchdringenden Blick ansah.

Craig kannte Menschen, die an einen Gott glaubten, doch in solch einer Situation, in der Margret Nelson gewesen war, konnte man nicht auf diese Weise überleben. Was im Umkehrschluss bedeutete, dass sie log und nicht alles sagte, und um das zu vertuschen, verwendete sie eine Ausrede.

»Was für Informationen haben Sie noch preisgegeben?«

Es fühlte sich an wie ein Donnerschlag, der durch ihren ganzen Körper jagte und ihn erschütterte. Er glaube ihr nicht und würde nicht so schnell lockerlassen.

»Nichts.« Sie nahm sich einen Atemzug Zeit, um zu entscheiden, dass sie ihm nicht die Möglichkeit geben wollte, mehr Zweifel zu äußern. »Sie haben sicherlich mit Donovan geredet. Wann schickt er jemanden von seinem Team?« Ein Amerikaner, am besten noch einer, den sie kannte und der sämtliche Hintergrundinformationen über sie hatte, würde weitaus geeigneter sein, um mit ihr über all das zu sprechen, als dieser misstrauische Schotte.

»Woher wussten Sie, dass ich für den Geheimdienst arbeite?« Die Ungeduld ließ seine Stimme vibrieren.

»Wann?«, wiederholte Maggie lauter – ungewöhnlich laut für sie, wo sie sonst nur ziemlich leise sprach.

»Mein–«

»Jetzt halten Sie endlich die Klappe, solange Sie nicht meine Frage beantworten!«, herrschte Maggie ihn an. »Wir stehen doch auf derselben Seite, oder? Ist es da zu viel verlangt, dass Sie mir diese eine

Frage beantworten? Es ist ja nicht so, dass sie wahnsinnig kompliziert wäre, als ob ich verlangte, mit Roosevelt persönlich zu telefonieren!« Ihr Tonfall war das Ventil, das sie für ihre Wut brauchte.

Es überraschte sie, dass er plötzlich tatsächlich schwieg. Die Augen leicht zusammengekniffen und den Mund geöffnet, sah er verwirrt aus.

»Truman«, sagte er schließlich.

»Was?«, fragte Maggie verwundert.

Schließlich glätteten sich seine Stirnfalten, als hätte er eine Erkenntnis. »Sie sind hier die ganze Zeit von Briten umgeben«, erklärte er. »Ihr Präsident – Roosevelt – ist Ende April gestorben. Harry S. Truman ist Ihr neuer Präsident.«

Überrascht öffneten sich Maggies Lippen. Dass Roosevelt schon seit Monaten in keiner guten Verfassung gewesen war, war kein Geheimnis gewesen, doch dass er tot war, schockierte sie dennoch.

»Ein amerikanischer Agent soll im Laufe des Tages ankommen«, beantwortete Craig Brodie endlich ihre Frage. »Er wird sich wahrscheinlich erst mit mir in Verbindung setzen und dann auch mit Ihnen sprechen wollen.«

Maggie nickte, den Blick wieder von ihm abgewandt. »Ein Bekannter von mir, Calvin Stork, arbeitet in England als Experte für deutsche Geschichte«, klärte sie ihn nun ihrerseits auf. »Er hat mich während meiner Ausbildung beim OSS in diesem Bereich geschult, besonders was die deutsche Kultur anging. Bei einem Telefonat erzählte er mir beiläufig, dass Menzies und ein Schotte namens Craig Brodie, der zusätzlich als Ermittler für die UNWCC arbeite, ständig versuchen würden, ihn abzuwerben.« Ein leichtes Lächeln zuckte um ihre Lippen, als sie an das Telefonat zurückdachte.

»Ja«, erinnerte sich Craig. »Er fand die Arbeit der UNWCC auch sehr spannend, hat aber eine Mitarbeit abgelehnt, trotz seines Wissensstandes.«

Maggie schluckte schwer. »Verständlich«, sagte sie leise.

Craig fand es seltsam, dass sie sich so detailliert an die Gegebenheit mit Calvin Stork erinnern konnte, sich dagegen in manchen Situationen nicht erinnern konnte oder wollte. Doktor Mayfield hatte zwar gemeint, dass das ganze Erinnerungsvermögen beeinträchtigt sei, aber das hier bedeutete, dass sie log und ihm nicht alles erzählte. Als er seine Finger bewegte, knisterte das Papier, das sie ihm gegeben hatte, in seiner Hand.

»Danke«, sagte er stumpf. Trotz seiner Zweifel an ihrer Integrität war es eine interessante Komponente, dass sie ihm noch seine Frage beantwortet hatte, obwohl ihre Wut auf ihn unübersehbar gewesen war.

Sie sagte nichts mehr, folgte ihm nur mit dem Blick in Richtung Tür.

Craig würde es seinem amerikanischen Kollegen überlassen, sich mit ihr auseinanderzusetzen. Seine Arbeit in Bezug auf persönlichen Kontakt mit ihr war getan.

6

10. Mai 1945

Die Temperatur war seit dem Morgen auf etwa achtzehn Grad gestiegen, und auch wenn Maggie schnell fror, öffnete sie das Fenster, während sie auf Doktor Mayfield wartete. Das Geräusch des Straßenverkehrs, die Menschenstimmen und die Vögel, deren Gesang ein Stück Himmel auf die Erde brachte, beruhigten sie und schienen auch eine besänftigende Wirkung auf ihre Schmerzen zu haben. Trotzdem machte sie die Aufregung wegen der bevorstehenden Untersuchung nervös.

»Entschuldigen Sie, dass Sie haben warten müssen.« Doktor Mayfield klang gehetzt, als er hereinkam.

»Das macht nichts.«

»Wie geht es Ihnen? Wenn man Mr Brodie mal außer Acht lässt.«

Innerlich schmunzelte sie kurz. Die Seitenhiebe, die der Arzt gegen den MI6-Agenten austeilte, amüsierten sie. »Besser als gestern. Aber das Schlimmste sind die Kopfschmerzen.«

Evan Mayfield nickte stirnrunzelnd. Er warf einen Blick auf die Nähte der Schnittwunden in Maggies Gesicht. »Die Fäden können wir in ein paar Tagen ziehen.«

»Und der Verband?« Maggie berührte den weißen Mull, der immer noch um ihren Kopf gewickelt war. Sie hatte gesagt, dass Gott einen Blinden heilen könne und ein Auge im Gegensatz dazu eine Kleinigkeit sei. Und sie hatte die ganze Nacht gebetet, dass sie auf dem rechten Auge würde sehen können, wenn der Verband abkam. Auch jetzt betete sie, doch trotzdem hegte sie Zweifel, die sie nur noch aufgeregter werden ließen.

»Der kommt jetzt dran.« Doktor Mayfield schnitt vorsichtig den Verband auf, während Maggie ganz still dasaß, um ihm die Arbeit mit der Schere zu erleichtern. Er legte die Schere beiseite und wickelte den Mull ab. »Sie werden erst einmal nicht viel sehen, Sie müssen sich an das Licht gewöhnen.«

Er warf den Mull in eine Metallschale, während er mit einer Hand die Kompresse, die unter dem Verband gewesen war, noch auf ihr Auge drückte. Er hielt sie mit mehr Kraft fest, als nötig gewesen wäre. Normalerweise war er sehr ruhig und professionell, wenn er sie untersuchte. Dass er nun unabsichtlich grob war, war vermutlich auf seine Anspannung zurückzuführen. Aber warum war er angespannt? Wegen ihr? Weil er wusste, wie das schlimmste Szenario aussehen könnte? Oder hatte er Ärger mit einem Patienten oder sogar mit Craig Brodie selbst?

»Es hat ein wenig nachgeblutet«, stellte der Arzt fest, als die Kompresse sich nicht löste. »Halten Sie sie bitte selbst fest und legen Sie sich hin.«

Maggie tat es und widerstand dem Drang, die Kompresse selbst von ihrem Auge zu reißen, um endlich Gewissheit zu haben. Mayfield nahm ein kleines Handtuch und legte es rechts neben ihr Gesicht. Er drehte ihren Kopf leicht in diese Richtung. »Ich befeuchte die Kompresse mit Wasser, damit sie sich löst«, erklärte er und begann, etwas lauwarmes Wasser über ihr Gesicht zu gießen.

Trotz der Vorwarnung schrak Maggie zusammen. Als die Feuchtigkeit über ihr Gesicht lief und nicht nur die Kompresse traf, sondern auch ihre Wange und ihr Kinn hinabrann, machte sich Panik in ihr breit.

»Lassen Sie das!« Abrupt richtete sie sich auf und vor Schreck machte der Arzt einen Satz nach hinten. Zitternd fuhr sich Maggie durch die Haare und griff dann hastig nach dem Handtuch, um sich das Gesicht abzutrocknen. »Nur Wasser. Du bist in Sicherheit«, murmelte sie unverständlich, während sie immer wieder tief einatmete aus Angst, dass ihr der Sauerstoff ausgehen würde.

»Vorsichtig! Lassen Sie mich das machen.«

Maggies Blick fuhr zu dem Arzt, als hätte sie vergessen, dass er da war. Er zog das Handtuch aus ihrer Hand. »Die Nähte und Ihr Auge. Sie müssen vorsichtig sein.« Er tupfte ihr Gesicht ab, doch seine Stimme klang bitter. Als Maggie ihre Hände herunternahm, spürte sie die Kompresse in ihrem Schoß liegen und brauchte einige Sekunden, um zu verstehen. Sie war abgefallen, als sie abrupt hochgefahren war, doch sie hatte es nicht bemerkt – weil sie auf dem rechten Auge blind war.

»O Gott.« Erst schwangen keine Emotionen in ihrem Ausruf mit. Es war nur der Ausdruck dafür, dass sie langsam zu verstehen begann. Sie dachte gar nicht mehr daran, was für Erinnerungen das Wasser auf ihrem Gesicht ausgelöst hatte, sondern begriff mehr und mehr den irreparablen Schaden, der nun offenkundig war. Oder hatte sie sich geirrt? Sie blinzelte. Einmal. Zweimal. Doch nichts änderte sich.

Als sie zu schluchzen begann, fing ihr ganzer Körper an zu beben. Die Enttäuschung darüber, dass Gott ihre Gebete nicht erhört hatte, wog schwerer als die reine Tatsache, dass sie auf einem Auge blind war. Sie war Gottes Plan gefolgt, hatte die Gestapo ertragen müssen und nun das?! Das war ihr Lohn?

»Das darf nicht sein, nein, nein.« Sie beugte sich vor und schlang die Arme um sich. Ihr Gesicht brannte, ihre Augen schmerzten, als die Tränen kamen, doch es war nichts im Vergleich zu dem Chaos in ihrem Inneren. Sie hatte Gott vertraut. In der Zelle. In der Einsamkeit. Doch es hatte nicht ausgereicht, damit er sie heilte.

~

Man roch, dass das kleine Zimmer seit Wochen nicht gelüftet worden war. Trotzdem sah es aus, als sei es gerade erst verlassen worden. Eine Haarbürste lag auf dem Nachttisch, ein Nachthemd war zusammengeknüllt und nicht weiter beachtet unter das Kopfkissen geschoben worden. Die Tür des Kleiderschranks war unbedacht geschlossen worden, sodass noch ein Teil eines Rockes heraushing.

Margret Nelsons Zimmer war nicht angerührt worden. Dabei konnte man stark davon ausgehen, dass die Sachen einer Landesverräterin, die zudem als Spionin des amerikanischen Geheimdienstes enttarnt worden war, unter dem Dach eines Nationalsozialisten keine lange Lebensdauer gehabt hätten.

Sie log – oder sagte zumindest nicht alles, was sie wusste. Craig hatte die österreichische Adresse direkt, als er das Krankenhaus verlassen hatte, an seine Kollegen in Österreich weitergeleitet und hoffte, dass ihnen dieser Tipp wirklich helfen würde. Wenn er das tat, hatte Margret einen wichtigen Beitrag zu ihrer Arbeit geleistet, doch trotzdem hatte sie nicht sehr enthusiastisch dabei gewirkt oder mehr Informationen weitergegeben. Wusste sie wirklich so wenig?

Unterdessen hatte er auch die ersten Unterlagen von den Amerikanern bekommen. Demnach war Margret Nelson im Frühjahr 1944 mit einem gefälschten Ausweis über die Schweizer Grenze nach Deutschland gekommen. Das OSS hatte die Tatsache, dass ihre Mutter aus der Schweiz kam und durch Geburtsrecht ihre Tochter deswegen ebenfalls zu einer schweizerischen Staatsbürgerin geworden war, für sich genutzt – und zwar nicht nur, dass sie dadurch einwandfrei Deutsch sprach. Sie hatte mit dem Geburtsnamen ihrer verstorbenen Mutter, Margarete Blum, ein Einreisevisum bekommen. Auf deutschem Boden sollte sie dann die Ausweispapiere vernichten und hatte durch einen Mittelsmann ihre vereinbarte Identität Irma Bender bekommen. Die meisten Informationen waren nicht gegengeprüft worden, sondern basierten auf dem Plan, der für ihren Einsatz gemacht worden war. Wenn Margret Nelson Kontakt mit den Amerikanern hatte, hatte sie nie viel Zeit gehabt und musste sich zu kurz fassen, als dass sie viel über ihre Reise hätte berichten können. Sie hatte den Auftrag, eine Anstellung bei einem möglichst hohen NS-Funktionär zu bekommen. Mit der Gewissheit, dass Hitler nicht mehr allzu lange in Europa bestehen würde, hatte sie die Order, so viele Informationen wie möglich zu beschaffen, besonders die, die

die Nazis noch versuchen würden zu vernichten. Welche Art von Informationen sie letztendlich geliefert hatte, wusste Craig nicht. Jedoch war fast ein Jahr seit ihrer Ankunft auf deutschem Boden vergangen, in dem sie genug Zeit gehabt hatte, Informationen zu sammeln, und das Einzige, was sie ihnen bisher geliefert hatte, war eine Adresse.

Craig hoffte inständig, sie würde ihrem amerikanischen Kollegen mehr vertrauen. Es ärgerte ihn nicht, dass sie ihm persönlich vielleicht Informationen vorenthielt, sondern der ganzen UNWCC. Wie konnte sie trotz ihres Hintergrunds und des persönlichen Grolls, den sie gegen die Deutschen hegen musste, so wenig kooperativ sein?

»Man hat mir gesagt, dass Sie hier oben seien. Ich habe allerdings angenommen, dass Sie arbeiten, und nicht, dass Sie Löcher in die Luft starren.« Die Stimme mit dem amerikanischen Dialekt war gespickt mit einem Hauch von Humor, aber auch mit einiger Ernsthaftigkeit.

Langsam drehte sich Craig zu dem Amerikaner um. »Denken gehört auch zu meiner Arbeit – und zu Ihrer auch, wenn Sie Steve Adams sind.« Er streckte die Hand in Richtung seines amerikanischen Kollegen aus.

»Der bin ich.« Steve erwiderte den Händedruck.

»Craig Brodie.«

»Also, Brodie, über was haben Sie nachgedacht?«

Der Amerikaner ging zum Dachfenster und öffnete es. Craig beobachtete die Bewegung, sagte aber nicht, dass er es extra geschlossen gehalten hatte, um tiefer in die Atmosphäre des Zimmers eintauchen zu können – eine Eigenart von ihm, die er auch nicht gerne mit anderen diskutierte.

»Dass Miss Nelson uns etwas verheimlicht«, sagte er.

Adams tippte die Fingerspitzen seines Daumens und Mittelfingers zusammen – eine unbewusste Geste. »Das kann ich verstehen, nachdem ich Ihren vorläufigen Bericht gelesen habe. Haben Sie sich in unsere Akten eingearbeitet?«

»Ja. Aber eine Zusammenfassung Ihrerseits hätte ich trotzdem gerne.« Craig hoffte, dadurch ein besseres Verständnis für die Gesamtsituation zu bekommen und möglicherweise auch Nachfragen stellen zu können.

»Natürlich.« Adams warf einen Blick auf seine Armbanduhr. »Ich will heute noch zu Miss Nelson, damit wir schneller vorwärtskommen.«

»Kennen Sie sie persönlich?«

»Nur flüchtig. Ich war zwar Teil der Kommandostruktur, die ihr Training organisiert und ihren Auftrag definiert hat, aber gesehen haben wir uns nur einmal. Sollen wir runtergehen? Einer der Private Officers hat Kaffee besorgt.«

Craig stimmte zu. Die beiden Männer holten sich etwas zu trinken und gingen auf die Terrasse. Sie genossen die Sonnenstrahlen, umso mehr, nachdem seit Jahren der Krieg einen Schatten auf das Leben eines jeden geworfen, wenn nicht sogar in völlige Dunkelheit getaucht hatte.

Margret Nelson war Anfang 1942 rekrutiert worden – ursprünglich hatte sie sich über eine Zeitungsannonce als Sekretärin für eine Organisation der Regierung beworben, doch ziemlich schnell wurde ihr Potenzial genutzt und sie wurde in die Spionagetätigkeit eingeführt. Da war sie gerade einmal zwanzig Jahre alt gewesen. Zwei Jahre lang war sie darauf vorbereitet worden, hinter die deutschen Grenzen geschleust zu werden. Besonders von Major General Donovans Deutschlandberater William D. Whitney war sie instruiert worden, genauso wie von Calvin Stock. Seit letztem Frühjahr hatte sie es geschafft, Geheimnisse an einen Mittelsmann weiterzugeben.

Nachdem Adams diese Geschehnisse bis zu ihrer Enttarnung geschildert hatte, erzählte Craig das wenige, das er von Margret Nelson erfahren hatte. »Anfang April ist ein alliiertes Flugzeug von Flakgeschützen vom Himmel geholt worden. Ein hochrangiger SS-Freund von Erich Heckler, Karl Schäfer, war zu dem Zeitpunkt bei ihm zu Besuch und wurde darüber informiert, dass es einen Überlebenden gebe, der mit Fallschirm abgesprungen sei. Miss Nelson hat versucht, den Fallschirmspringer zu finden und in Sicherheit zu bringen, doch dabei ist sie entdeckt worden. Und wie in meinem Bericht steht: Sie behauptet, sie hätte nur verraten, dass sie vom amerikanischen Geheimdienst geschickt worden sei und wie sie hinter die deutschen Grenzen gekommen sei: über die Schweizer Grenze. Und mehr nicht.«

Adams holte eine Zigarettenschachtel hervor und bot auch Craig eine an, während er sich eine Zigarette zwischen die Zähne schob. Craig lehnte mit einer Handbewegung ab, auch wenn das Verlangen groß war. Während er über Miss Nelson sprach, konnte und wollte er nicht rauchen. Er würde nur zu sehr daran denken müssen, dass sie Verbrennungen von glühenden Zigaretten hatte.

»Als ich davon gelesen habe, habe ich Nachforschungen angestellt«, sagte Adams. »Laut den Aufzeichnungen der Nazis ist eine North American P-51 Mustang am zwölften März in der Nähe der Villa von Heckler abgestürzt. Es ist quasi vollständig zu Asche verbrannt. Es gibt keine Angaben über den Piloten oder eine Kennnummer. Es ist nur klar, dass es zur United States Air Force gehörte. Aber zu diesem Zeitpunkt gab es keine vermisste P-51, die bei Hamburg von ihrem Verband getrennt wurde und die unser besagtes Flugzeug sein könnte.«

Craig beugte sich vor, stützte sich mit den Unterarmen auf das Geländer der Terrasse und blickte in den Garten, während er versuchte, den Zigarettenrauch zu ignorieren. »Haben Sie eine Vermutung, von wo sie kam?«

»Ich glaube, sie war ein Begleitflugzeug von Bombern, die Swinemünde bombardiert haben. Wie es scheint, wurde sie von ihrem Verband getrennt und hat ihre Navigationsinstrumente verloren, sodass sie in Richtung Hamburg flog und dort so schwer von Flakbatterien getroffen wurde, dass der Pilot abspringen musste.«

Craig verzog das Gesicht. Armer Kerl mit richtig viel Pech, denn eigentlich war das deutsche Abwehrfeuer bei Swinemünde ziemlich wirkungslos geblieben – bloß bei ihm nicht. In der Statistik war der Verlust solch eines Begleitflugzeugs nicht nennenswert groß, aber ärgerlich für den einen, der im Cockpit saß.

»Miss Nelson wusste anscheinend nicht, ob die Nazis ihn getötet oder gefangen genommen haben«, entgegnete er.

»Das konnte ich auch nicht herausfinden«, sagte der Amerikaner. »Vielleicht ist er deportiert, vielleicht getötet und verbrannt worden. Jeden Tag wird die Liste mit befreiten Kriegsgefangenen und auch mit Toten länger. Zum jetzigen Zeitpunkt können wir es nicht genau sagen.«

Craig konnte es nicht länger aushalten und zündete sich selbst auch eine Zigarette an. Tatsächlich schaffte er es, sich zu entspannen, während das Nikotin zu wirken begann. Eine Weile rauchten die beiden nachdenklich nebeneinander, bis Adams seinen Zigarettenstummel auf den Boden warf und austrat. Er atmete den verbleibenden Rauch aus. »Wie bewerten Sie Miss Nelsons Geisteszustand?«

Mit der Frage hatte Craig nicht gerechnet – zumindest nicht hier und so schnell. »Ich bin kein Arzt. Sie macht keinen klaren Eindruck auf mich. Allerdings könnte das auch eine bewusste Manipulation ihrerseits sein.«

»Warum sollte sie versuchen, uns zu manipulieren, und nicht mit der ganzen Wahrheit herausrücken?« Adams Frage klang eher, als würde er wie in einem Quiz abfragen und selbst die Antwort schon kennen.

»Ich weiß es nicht.« Craig zuckte mit den Schultern. »Vielleicht fühlt sie sich von ihrem Land im Stich gelassen, nachdem ihr solch ein Grauen widerfahren ist.«

»Dieses Gefühl von Verrat muss dann aber ganz schön groß sein, wenn sie dafür die Möglichkeit, Deutsche, die es verdient haben, ihrer Strafe zuzuführen, nicht nutzt.«

»Da haben Sie recht.«

»Haben Sie schon Rückmeldung von den Kollegen aus Österreich?«, fragte Adams nach.

»Nein, aber ich hoffe, spätestens morgen wird es so weit sein.«

»Wird dann auch höchste Zeit.«

Ein Petty Officer erschien in der Terrassentür. »Sir, ein Funkspruch für Sie.«

Craig drehte sich um, doch der Blick des Unteroffiziers war auf Adams gerichtet.

»Ich komme.«

Craig blieb allein draußen stehen. Er starrte seine Zigarette an, während sie abbrannte, nahm aber keinen Zug mehr von ihr. Kurz bevor das glühende Ende seine Finger erreichte, ließ er los und trat sie wie schon sein Kollege aus.

7

»Um Gottes willen, jetzt hat er auch noch einen Kollegen im Schlepptau«, murmelte Evan Mayfield, während er mit zusammengezogenen Augenbrauen Craig beobachtete, wie er zusammen mit Adams auf das Schwesternzimmer zukam, in dem Evan gerade einen Medikationsplan in die Akte eines Patienten eingetragen hatte.

»Das ist Doktor Mayfield, der behandelnde Arzt von Miss Nelson«, erklärte Craig, ohne sich die Mühe zu machen, den Arzt zu begrüßen.

»Steve Adams«, erklärte der Amerikaner und hielt ihm die Hand hin.

»Ah, ein Amerikaner. Jetzt fehlen nur noch ein Franzose und ein Russe und der Verein der Alliierten ist vollständig.« Trotz des Spotts in seiner Stimme nahm sich der Doktor die Zeit, die ihm entgegengestreckte Hand zu schütteln. Die beiden Agenten tauschten einen Blick. Angesichts des heiklen Verhältnisses der westlichen Alliierten zur Sowjetunion war es eine seltsame Art von Humor, die der Mediziner an den Tag legte.

»Wie sieht der Zustand von Miss Nelson aus, Doc?«

Immer noch mit mürrischer Miene schob Mayfield seinen Füllfederhalter in die Kitteltasche und ließ die Akte vor sich schwungvoll zuschlagen. »Doc«, wiederholte er mit übertriebener Betonung. Schnaubend sprach er weiter: »Amerikaner. Werfen mit Abkürzungen um sich und nehmen sich nicht einmal die Zeit, einen Akademikertitel ganz auszusprechen. Wie werden Sie von Ihren Freunden genannt? Stevie?«

Bevor Adams eine spitze Bemerkung über die Lippen kommen konnte, ertönte eine Lautsprecherdurchsage: »Doktor Mayfield in den OP, Doktor Mayfield bitte.«

Die Mundwinkel des Arztes zuckten. »Als hätte ich es geplant«, spottete er, bevor er ernst wurde und fortfuhr: »Miss Nelson ist in keiner guten Verfassung. Wenn Sie mich fragen, dann sollten Sie sie aus Deutschland herausholen. Ich benutze zwar nicht gerne die Bezeichnung wahnsinnig, aber im übertragenen Sinne machen sie die Situation und das Gefangensein hier im Lazarett wahnsinnig. Insbesondere, da nun klar ist, dass sie auf dem rechten Auge dauerhaft blind sein wird.«

Craig verzog kurz das Gesicht. »Wir müssen mit ihr reden.« Ein kranker Verstand würde vielleicht auch erklären, warum sie unkooperativ war.

»Das habe ich mir schon gedacht. Benehmen Sie sich anständig.« Mayfield setzte ein gekünsteltes Lächeln auf, bevor er sich mit einem stummen Nicken verabschiedete.

~

Maggie blickte lange in den Spiegel und versuchte, sich an ihr neues Äußeres zu gewöhnen. Eine Schwester hatte ihr geholfen, die Haare zu waschen, und hatte sie ihr zu einem Zopf geflochten, aber sobald sie den Raum verlassen hatte, hatte Maggie das Gummi gelöst und die einzelnen Haarsträhnen entwirrt. Auch wenn das ganze Personal sie kannte, fühlte sie sich mit offenen Haaren, die Teile ihres Gesichts verdeckten, wohler.

Als ihre Beine zu zittern begannen, klammerte sich ihre gesunde Hand krampfhaft um den Rand des Waschbeckens. Ihr Körper war immer noch schwach und nicht gewohnt, so lange auf den Beinen zu sein.

Warum hast du mir das angetan?!

Die Enttäuschung, dass Gott ihr nicht geholfen hatte, nagte ununterbrochen an ihr. Und dann war da auch noch dieses ungute Gefühl, das sie angesichts von Craig Brodies Misstrauen hatte. Warum glaubte er ihr nicht, dass sie die Wahrheit sagte?

Schließlich wandte sie den Blick von ihrem Spiegelbild ab, als ihr Magen zu rebellieren begann. Sie hatte sich gezwungen zu essen, auch wenn ihr eigentlich nicht danach war, aber sie hatte nicht mitansehen können, wie das Essen übrig blieb und weggeschmissen werden musste.

Gerade noch rechtzeitig ließ sie sich vor der Kloschüssel auf die Knie fallen und übergab sich. Schnell strich sie sich die Haare nach hinten, als sich ihr Magen wieder zusammenzog und ihr ganzer Körper sich aufs Neue verkrampfte.

Als es vorüber war und nur noch die Magensäure in ihrer Speiseröhre brannte, sackte sie nach hinten und lehnte sich gegen die Wand. Sie zuckte mit schmerzverzerrtem Gesicht zusammen. Die Art der Bewegung ließ ihren ganzen Körper, insbesondere ihren Brustkorb, förmlich brennen. Sie biss sich auf die Lippen, um nicht zu weinen. Es würde sie nur noch tiefer in die Verzweiflung reißen.

Sie blieb noch einige Sekunden sitzen, bevor sie sich wieder aufrappelte. Sie wollte doch einfach nur ihre Ruhe haben. Eine andere Form der Ruhe als in ihrer Gefangenschaft, die Ruhe der Freiheit. Auch wenn sie von den Schatten der Vergangenheit befleckt wurde, war sie schön.

Gegen die Schmerzen ankämpfend stemmte sie sich langsam hoch, wusch sich den Mund aus, strich ihre Haare zurecht und atmete tief ein, um ruhiger zu werden und nicht die Aufmerksamkeit der Krankenschwestern auf sich zu lenken. Dann ging sie mit kleinen Schritten zurück in ihr Zimmer. Langsam gewöhnte sie sich an ihr eingeschränktes Sichtfeld und lief nicht mehr alle zwei Meter gegen irgendetwas. Sie ließ aber die Tür angelehnt. Ihr Raum war nah genug am Schwesternzimmer, sodass sie das Radio hören konnte, das dort lief.

Heute Morgen hatte sie nach der Visite noch einmal kurz mit Doktor Mayfield gesprochen. Sie hatte ihn gefragt, ob es in England oder den USA Ärzte gebe, die ihr helfen könnten. Er war die einzige Person, die sie noch direkt ansah, und so sah sie auch seinen

Gesichtsausdruck, der deutlich von Bedauern gekennzeichnet war. Er hatte sich Zeit genommen, einen Stuhl zu nehmen und sich zu ihr zu setzen.

»Mir ist nichts von einer Forschung bekannt, die vielleicht gerade noch in der Entwicklung ist und erfolgsversprechend wäre«, hatte er ihr erklärt. »Weder in England oder den USA noch sonst irgendwo auf der Welt.« Sein Mund blieb noch einen Moment geöffnet, bis er ihn schließlich schloss, aber dieses Zögern ließ Maggie ganz nervös werden, dass es da noch etwas gab, was er ihr verschwieg.

»Was? Was wollten Sie noch sagen?« Auch wenn sie leise sprach, überschlug sich ihre Stimme fast, während ihre Hand sich um das Bettende krallte – ein Weg, ihre Spannung zu entladen.

Evan seufzte. Er verschränkte seine Finger miteinander und blickte sie an, bevor er den Kopf wieder hob. »Ich weiß, dass es einen britischen Arzt gibt, Harold Ridley, der sich mit der Tatsache beschäftigt, dass Acryl-Kunststoffsplitter, die Jagdflugzeugflieger durch den Beschuss ihrer Cockpitfenster ins Auge bekommen haben, vom Auge nicht als Fremdkörper wahrgenommen werden.« Während er sprach, weiteten sich Maggies Augen, und sie wäre fast aufgesprungen, bis Doktor Mayfield schnell hinzufügte: »Das hat aber nichts mit Ihrem Problem oder der Behandlung davon zu tun. Er versucht nur darauf aufbauend seine Forschung zur Behandlung von Augenkrankheiten zu entwickeln, wofür Implantate oder Ähnliches verwendet werden können. Sie sind nur in einer ähnlichen Situation wie manche Jagdflieger, mit dem Unterschied, dass Sie Glas abbekommen haben, aber wie gerade gesagt: Zu einer möglichen Heilung Ihrerseits trägt diese Forschung nicht bei.«

Bei der Erinnerung an dieses Gespräch sackten Maggies Schultern und auch ihr Herz ein Stück tiefer, obwohl sie sich gerade im Badezimmer alle Mühe gegeben hatte, keinen zerbrochenen Eindruck zu machen.

Erschöpft setzte sie sich auf die Bettkante und starrte das Buch an, das auf dem Nachttisch lag. Eine der Schwestern, deren Namen sie immer wieder vergaß, obwohl sie immer neu danach fragte, hatte es ihr gegeben. Allerdings würde es noch ein paar Tage dauern, bis Maggie eine provisorische Brille bekommen und damit hoffentlich scharf genug sehen können würde, dass sie es lesen konnte. Dass sie keine Bibel hatte, störte sie nicht im Geringsten. Die letzten Monate hatte sie auch darauf verzichten müssen und hatte sich an die Verse geklammert, die sie auswendig konnte.

Ihr Blick wanderte von dem Buch – irgendein Roman, um was es genau ging, wusste sie nicht mehr – zu dem Kalenderblatt mit Stift, damit sie jeden Tag das aktuelle Datum umkreisen konnte. Was gab es Schöneres, als zu wissen, welcher Tag es war? Genauso, was für eine Uhrzeit es war. Viele hätte das laute Ticken des Weckers gestört, doch sie empfand es als beruhigend …

Doch Moment, was war das? Der Wecker stand nicht dort, wo sie ihn hingestellt hatte, dessen war sie sich plötzlich sicher. Er war sonst immer im perfekten Winkel platziert, sodass sie die Uhrzeit sowohl vom Bett als auch von dem kleinen Tisch aus sehen konnte.

In Maggies Kopf begann sich ein Gedankenkarussell zu drehen und sie ging die Möglichkeiten durch. Eine Krankenschwester war bereits heute Morgen da gewesen und hatte die Flächen im Zimmer abgewischt und ihr Trinkglas und den Krug ausgetauscht, sie konnte es also nicht gewesen sein, die ihre Sachen bewegt hatte.

Maggie sprang auf und drehte sich im Kreis, eigentlich, um zu schauen, ob sich im Zimmer noch mehr verändert hatte, doch sie war viel zu schnell, um irgendetwas erkennen zu können. Als Schwindel sie erfasste, blieb sie stehen, verlor fast das Gleichgewicht, konnte sich aber noch fangen und ließ sich auf einen Stuhl fallen – der Stuhl, auf dem Doktor Mayfield am Morgen Platz genommen hatte.

Es klopfte. Vom medizinischen Personal hatte jeder seinen eigenen Rhythmus, wie er an eine Tür klopfte. Dieses Mal klang es aber so, als wäre es keiner von ihnen.

Die Tür schwang auf.

Craig Brodie und ein anderer Mann traten ein. Bevor einer von ihnen ein Wort an sie richten konnte, sprang Maggie wieder auf.

»Waren Sie das? Haben Sie meine Sachen durchsucht, als ich nicht da war? Was haben Sie sich dabei gedacht? Dass ich Ihnen irgendwelche Nazidokumente vorenthalte?!«, fuhr sie Craig in Rage an. In dem Augenblick war es ihr egal, wer der andere war. Dass er in der Begleitung des MI6-Agenten war, sagte bereits so viel über ihn aus, dass sie keine Lust hatte, sich näher mit ihm auseinanderzusetzen.

Craigs Stirn war erst von Verwirrung gezeichnet in Falten gelegt, bevor er abwehrend die Hände hob und den Kopf schüttelte. Dass Margret Nelson ihn plötzlich und unerwartet auf diese Weise angriff, deutete er als kein gutes Zeichen. Er musste gar nicht zu seinem Kollegen sehen, er wusste, dass es in dessen Kopf genauso arbeitete wie in seinem eigenen.

»Miss Nelson, ich versichere Ihnen, dass wir nicht an Ihren Sachen waren. Wir sind gerade erst gekommen.« Er machte eine kurze Pause, entschied sich aber in dem Wissen, dass Doktor Evan Mayfield ihr immer als eine Art Verbündeter gegenüber Craig begegnete, schnell weiterzusprechen: »Wenn Sie wollen, können Sie sich auch bei Doktor Mayfield davon überzeugen, dass wir gerade erst gekommen sind.« Er zeigte Richtung Tür, als wäre er bereit, direkt loszuziehen und den Arzt zu suchen.

Seine Versicherungen und seine Bereitschaft, einen Zeugen zu holen, ließen Maggie zumindest aufhören, ihn zu beschuldigen, er hätte sich heimlich in ihr Zimmer geschlichen. Ob sie ihm wirklich glaube, wusste Craig nicht. Statt ihn verbal weiterzuattackieren, fing Maggie nun an, im Raum auf und ab zu gehen, einen Handrücken gegen die Stirn gelegt und die andere in die Hüfte gestützt. Sie brauchte einige Sekunden, um wieder zu Atem zu kommen, denn überall in ihrem Körper signalisierten ihr Schmerzen, dass sie zu weit gegangen war. Eigentlich sollte sie sich hinsetzen, bevor sie noch stürzte, aber dafür war sie zu aufgeregt.

»Miss Nelson, was ist passiert, dass Sie so … aufgewühlt sind?« Craig Brodies Stimme klang gezwungen nett, vermutlich, um sie nicht noch mehr zu provozieren und zum Ausrasten zu bringen.

»Ich … der Wecker …« Aufgewühlt deutete sie auf ihren Nachttisch, während sie sich mit der anderen Hand mehrere Haarsträhnen, die ihr ins Gesicht gefallen waren, beiseiteschob. Sie schluckte und atmete tief ein, um sich wenigstens so weit zu beruhigen, dass sie in der Lage wäre, eine ordentliche Erklärung zu liefern. Deutlich ruhiger setzte sie neu an: »Der Wecker steht falsch. Er steht immer gleich da, damit ich von überall eine gute Sicht auf ihn habe, und nun …« Sie deutete auf den Wecker und auf einmal beschlichen sie Zweifel. Warum machte sie so ein Theater? War ihre Sorge überhaupt berechtigt, dass irgendjemand ihre Sachen – die alle nichts Persönliches an sich hatten, ihr nur durch die Briten gegeben worden waren – durchsucht haben könnte?

»Wir können uns beim Pflegepersonal erkundigen, ob jemand von ihnen in Ihrem Zimmer gewesen ist oder ob irgendwelche Fremde hier waren.« Craigs Verdacht, dass Miss Nelson nicht mehr im Vollbesitz ihrer geistigen Fähigkeiten war, wuchs zu einer belegten Feststellung heran. Er hatte schon öfter mit psychisch kranken Menschen zu tun gehabt und wusste aus Erfahrung, dass man sie in so einem Zustand besser beruhigte und auf sie einging.

»Durch das Fenster kann niemand gekommen sein. Es war zwar offen, aber niemand würde in den zweiten Stock klettern. Es sei denn …«, spekulierte sie weiter.

Abrupt trat Adams nach vorne und erregte damit Maggies Aufmerksamkeit – auch wenn sie ihm nicht direkt in die Augen sah. Craig war schon aufgefallen, dass sie, wenn sie irgendetwas rechts von sich ansehen wollte, den Kopf weiter drehen musste, um es mit dem linken Auge zu erfassen. »Miss Nelson, wir kennen uns zwar schon, aber ich möchte mich trotzdem noch einmal vorstellen, immerhin ist es für uns beide schon eine Weile her.« Er setzte ein kurzes Lächeln auf.

Während er sprach, rümpfte Maggie leicht die Nase, da beide Männer Zigarettenrauch an sich haften hatten. Ihr wurde übel, und hätte sie sich nicht schon übergeben, hätte sie es spätestens jetzt getan. Es war nicht der Geruch an sich, sondern die Erinnerungen, die mit ihm einhergingen, auch wenn sie teils nur schemenhaft waren, als hätte sie alles nur geträumt. Schnell trat sie ans Fenster, sog die frische Luft ein und lehnte sich gegen das Fensterbrett, um ihren Körper wenigstens ein wenig entlasten zu können.

»Mein Name ist Steve Adams vom OSS. Wir haben uns 1942 kurz gesehen, als Sie vor dem Ausschuss vorgesprochen haben.« Er machte eine kurze Pause, falls Maggie das Wort ergreifen wollte, doch sie schwieg. »Ich bin hier, um von amerikanischer Seite zusammen mit den Briten«, er deutete beim Sprechen kurz auf Craig, der die Hände in die Hosentaschen geschoben hatte, »die Ermittlungen zu führen und auch dafür zu sorgen, dass Sie alles haben, was Sie brauchen. Immerhin haben Sie einen hohen Preis bezahlt, um Ihrem Land zu dienen.«

Es stieß Craig sauer auf, dass Adams sie fast in den Himmel lobte, immerhin waren die Informationen von ihr bisher mehr als dürftig gewesen.

»Mr Brodie scheint Ihre Meinung nicht zu teilen«, stellte Maggie nüchtern fest. Craig hob den Kopf. Er hatte nicht bemerkt, dass sie ihn direkt angesehen hatte, doch als er sie nun anschaute, hatte sie den Blick schon längst wieder von ihm abgewandt.

»Es ist nicht sein Land, dem Sie gedient haben« schien als Erklärung seitens des Amerikaners auszureichen und Craig kommentierte es nicht. »Also, Miss Nelson, erzählen Sie uns, was nach Ihrer Einreise über die Grenze ins Deutsche Reich geschehen ist.«

Maggie schloss die Augen, aber nicht, weil sie sich so besser in ihren Erinnerungen verlieren konnte. Sie tat es, um nicht permanent den Blick der Männer auf sich spüren zu müssen. Außerdem hatte es eine lindernde Wirkung auf ihre Kopfschmerzen.

Sie nahm sich Zeit, auf eine sachliche Weise ihre Erlebnisse zu schildern. Um keinen Zusammenbruch zu erleiden, musste sie ihre Gefühle von den Erinnerungen trennen. Sie stellte sich vor, wie sie von oben auf die zurückliegenden Erlebnisse schaute, fast schon wie ein Puppenspieler – bloß dass sie keinerlei Einfluss darauf gehabt hatte, was passiert war.

Der Grenzübergang war reibungslos verlaufen, denn die dafür zuständige C&D-Abteilung des Geheimdienstes hatte dafür gesorgt, dass Maggies Papiere einwandfrei waren. Zudem waren die deutschen Kontrollen nicht so effektiv gewesen wie zuvor durch das OSS angenommen. Sie fand am vereinbarten Treffpunkt ihre neue Kennkarte, Lebensmittelrationierungskarten, die sie auf dem Schwarzmarkt eintauschen konnte, und eine Parteimitgliedskarte vor und verbrannte die alten Papiere. Außerdem erhielt sie dort ein sogenanntes Joan/Eleanor-Funkgerät, das extra für die Arbeit des OSS entwickelt worden war. Durch die Besonderheit, dass es mit Flugzeugen in zehntausend Meter Höhe Kontakt halten konnte und somit vertikal kommunizierte, war die Gefahr, durchs Funken entdeckt zu werden, gering. Aber da sie dafür auch immer an einem vereinbarten Treffpunkt sein musste, hatte sie den ersten Funkkontakt abwarten müssen, bevor sie sich bewegen konnte.

»Wo ist das Funkgerät geblieben? Haben die Deutschen es in die Hände bekommen?«, fragte Adams in ihren Bericht hinein. Maggie rümpfte die Nase und sprach einfach weiter, um sich nicht aus dem Konzept bringen zu lassen.

Nicht jedes Mal hatte sie es geschafft, pünktlich zu den Funkkontakten da zu sein, entweder wegen Verzögerungen auf ihrer Reise, technischer Probleme oder eines ungünstigen Zeitmanagements. Auf ihrer Reise musste sie verhindern, dass ihr Gepäck von den Deutschen kontrolliert wurde. Zum Schutz hatte sie das Funkgerät in einen Beutel mit Hygieneartikeln und Unterwäsche gepackt. Spätestens an dem Punkt ließen die Kontrolleure von ihrem Gepäck ab, wenn nicht schon das Flirten sie davon abgehalten hatte, ihre Sachen zu durchsuchen. Immerhin war sie doch eine anständige junge, deutsche Frau. Wenn sie gefragt wurde, wohin ihre Reise ging, sagte sie immer, sie sei auf dem Weg zu ihrem Verlobten, der Heimaturlaub habe, damit sie endlich eine deutsche Familie gründen konnten. Hatte sie Funkkontakt mit einem Flugzeug, war sie die *Grüne Fee*, denn das OSS benannte seine Agenten nach hochprozentigen Drinks. Zwar war die *Grüne Fee* – ein Absinth, der ursprünglich aus dem Grenzbereich zwischen Frankreich und der Schweiz kam – verboten und nicht direkt ein Drink, sondern reiner Alkohol, aber trotzdem hatte man im Vorfeld den Namen passend gefunden. Allerdings funktionierte die Kommunikation nur selten einwandfrei, höchstens drei Mal im Laufe der fast zwölf Monate Spionage.

Damit Maggie nicht durch Gestapospitzel enttarnt werden konnte, schloss sie sich keiner Widerstandsgruppe an und hatte auch keinen Kontaktmann, den sie traf. Sie operierte vollständig allein und unabhängig, um so unauffällig wie möglich vorgehen zu können, ohne Verdacht auf sich zu lenken.

»Weiter?«, fragte Craig Brodies ungeduldige Stimme, als Maggie für einen Moment innehielt und nachdachte. Sie ließ die Augen geschlossen und nahm sich die Zeit, die sie brauchte.

Schließlich erklärte sie den Männern, wie sie nach Hamburg gekommen war und erst eine Anstellung in einem Hotel gehabt hatte. Als Erich Heckler geschäftlich dort war, sorgte Maggie durch

Bestechung ihrer Kollegen dafür, dass sie für ihn zuständig war, weil sie wusste, dass er einen Freund hatte, der bei der SS ziemlich hoch in der Hierarchie stand. Und sie schaffte es tatsächlich, diesen mysteriösen Mann so sehr von sich einzunehmen, dass ihre Bewerbung für seinen Haushalt einige Wochen später angenommen wurde.

»Wie sieht Erich Heckler aus?«, fragte Craig in einer von Maggies Atempausen.

Sie öffnete zu seiner Überraschung die Augen. Adams, der alles in rasend schneller Handschrift dokumentiert hatte, um es später auf einer Schreibmaschine abtippen zu lassen, hielt inne.

Maggie war sich sicher, dass sie diese Frage schon einmal beantwortet hatte – auch wenn ihr Gedächtnis nicht das verlässlichste war, war sie sich dessen sicher. Wollte er sie auf die Probe stellen? Versuchen, sie durch widersprüchliche Antworten, die sie eventuell lieferte, der Lüge zu überführen? Sie lieferte ihm dieselbe Beschreibung wie das letzte Mal und setzte dann ihren eigenen chronologischen Erzählstrang fort: Sie hatte das Vertrauen der anderen Mitarbeiter im Haushalt Heckler gewonnen und auch das des Hausherrn selbst, sodass er sie auch mit auf Reisen wie nach Österreich genommen hatte.

Während Craig sich wunderte, wie detailliert und genau Miss Nelson in der Lage war, alles zu schildern, wo sie doch eigentlich eine Kopfverletzung hatte, die ihre Erinnerungen trübte, fragte Adams nach: »Können Sie uns Genaueres über die Mitarbeiter sagen? Bislang konnten wir keinen einzigen ausfindig machen.«

Maggie zuckte mit den Schultern, nannte aber nur ein paar Namen. »Ich weiß nicht, was die letzten Wochen nach meiner Inhaftierung passiert ist. Ich weiß nicht einmal, ob Erich Heckler noch im Haus war.« Dann erzählte sie wieder wenig detailreich, von der Nacht, in der sie aufgeflogen war.

»War Erich Heckler an Ihrer Folter beteiligt?«

»Nein. Er ist einmal, ganz am Anfang, in die Zelle gekommen, dann habe ich ihn nie wieder gesehen.«

»Wussten Sie als Angestellte bereits von den Zellen unter dem Haus?«

»Nein. Natürlich fiel mir auf, dass SS und Gestapo wie die Fliegen kamen und gingen und oft im Keller waren, aber der war für uns tabu.«

Verwundert blickten Adams und Craig sich an. »Und die anderen Gefangenen? Wie konnten sie in den Keller gebracht werden, ohne dass Sie es mitbekommen haben?«

Von dieser Frage schien Margret Nelson verwirrt zu sein, denn ihre Stirn kräuselte sich, während sie sich die Schläfen massierte. Die Kopfschmerzen wurden wieder stärker. »Es gab auch Zeiten, in denen ich und die anderen nicht im Haus waren.«

»Wer waren die anderen Gefangenen?«

»Ich weiß es nicht. Wie sie in die Zellen gekommen sind, habe ich nicht mitbekommen. Und als ich selber dort unten war, war ich sowieso von allen Informationen abgeschnitten.«

Unwillkürlich musste Craig an den Gestank denken, der immer noch seine Nase kitzelte und seinen Magen rumoren ließ.

»Was haben die Gestapomänner getan? Was haben sie gefragt? Und vor allem, was haben Sie ihnen verraten?«

Maggie blinzelte angesichts der vielen Fragen von Adams. »Lesen Sie es nach. Es steht alles in meiner medizinischen Akte«, sagte sie leise als Antwort auf die erste Frage.

Craig gab ein Geräusch von sich, das wie ein unzufriedenes Knurren klang. Vor Gericht müsste sie schildern, was die Männer getan hatten. Aber Maggie ignorierte seine Reaktion. Mittlerweile war sie sich sicher, dass er mit ihr ein Problem hatte. Deswegen sah sie auch keinen Grund darin, ihm die Antworten zu geben, die er hören wollte.

»Sind Sie vergewaltigt worden?«

Maggie spürte die aufsteigenden Tränen und den Kloß in ihrem Hals und schüttelte als Antwort nur den Kopf. Es war eigentlich klar gewesen, dass solch eine Frage kommen würde. Während ihres Trainings war ihr deutlich gemacht worden, dass die Nazis keine Skrupel hatten, was den Missbrauch an Frauen anging. Daher diese Frage – doch tatsächlich war Maggie verschont geblieben. Der Gedanke, dass sie Gott dankbar sein sollte, dass er ihr zumindest das erspart hatte, ließ sie wütend werden und gleichzeitig fast weinen. Der Umstand, dass ihr etwas Bestimmtes nicht widerfahren war, machte ihre Erlebnisse keineswegs weniger schlimm.

»Welche Fragen haben die Männer gestellt?«, wiederholte Craig die vorherige Frage von Adams.

Maggie räusperte sich. »Woher kommen Sie? Welche Informationen haben Sie weitergegeben? Gibt es noch mehr Spione? Wie sind Sie hierhergekommen? Wann sind Sie hierhergekommen?« Sie listete eine ganze Reihe an Fragen auf. Zwischendurch verhaspelte sie sich oder nannte eine doppelt, doch im Großen und Ganzen konnte sie die meisten rekapitulieren, immerhin hatte sie sie über Wochen hinweg immer wieder gehört.

»Und was ich den Deutschen verraten habe, habe ich Agent Brodie schon erzählt.« Sie wollte sich nicht auf diese Spiele des Geheimdienstes einlassen, dafür behandelten sie sie mit zu wenig Respekt und Anstand. Warum sahen sie nicht die Opfer, die sie gebracht hatte? Das anfängliche Lob von Agent Adams nahm sie ihm nicht wirklich ab. Vielmehr stellte sie offenbar nur eine Belastung dar.

»Warum sind Sie nicht getötet worden, die anderen Häftlinge aber schon?«

Craig hielt die Luft nach dieser sehr direkten Frage von Adams an. Doch Maggie blieb stumm. Erklärte nicht, mutmaßte nicht. Wieder zuckte sie nur mit den Schultern. Bei den beiden Männern hinterließ ihr Schweigen Zweifel an ihrer Aufrichtigkeit.

8

»Sie ist förmlich ausgetickt«, sagte Craig, als sie im Büro von Doktor Mayfield saßen.

»Ausgetickt?« Die Stimme des Arztes klang missbilligend aufgrund von Craigs Wortwahl, doch er schien zu verstehen, was er damit hatte sagen wollen.

»Paranoid ist das Wort, was wahrscheinlich mehr Ihrer Fachsprache entsprechen würde«, erklärte Adams.

»Ja, sie legt ein Verhalten an den Tag, was durchaus als solches bedenklich ist.« Dann schwieg Mayfield nachdenklich, während er mit den Fingern auf den Tisch trommelte, als würde das das Arbeiten seines Gehirns beschleunigen. »Sie sollten sie schnellstmöglich ausfliegen«, sagte er schließlich. »Wen würde es nicht verrückt machen, immer noch in dem Land zu sein, dass bis vor Kurzem noch in der Hand der Männer war, die einem so etwas Schreckliches angetan haben.«

Angesichts seiner Formulierung dachte Craig wieder an den Moment, als Adams Miss Nelson gefragt hatte, was die Gestapo ihr angetan habe. Ihr Körper sprach eigentlich Bände, damit hatte sie recht, aber es war Craigs Aufgabe, Zeugen auf Prozesse vorzubereiten, und mit ihrer derzeitigen Einstellung war das nicht möglich.

»Das OSS…«, begann Adams.

»Verzeihen Sie. Ich habe mich wahrscheinlich falsch ausgedrückt«, unterbrach Doktor Mayfield ihn, während er sich nach vorne über seinen Tisch lehnte. »Ich habe nicht die Vereinigten Staaten gemeint, sondern das Vereinigte Königreich. Die USA… das wäre ein viel zu langer Flug. Aber London bringt sie weit genug weg von dem Ort des Schreckens und ist immer noch nah genug, dass sie die Reise antreten kann.«

»London ist jetzt auch nicht das vom Krieg unberührteste Stück Land«, murmelte Craig mehr, als dass er es laut sagte. Trotzdem verstanden die beiden anderen ihn.

»Nein, das ist es wahrlich nicht.« Der Arzt klang verärgert. »Aber dort ist das Royal Westminster Ophthalmic Hospital, das die dritte notwendige Operation vornehmen kann.«

»Ich dachte, es gäbe keine Maßnahmen mehr, die etwas an Miss Nelsons Zustand verändern könnten«, sagte Adams.

»Nichts, das eine Besserung erzielen könnte, aber etwas, das noch Schlimmeres verhindern würde.«

Stille. Craig wartete ab, bis Adams sich äußern würde. Es war an seinem amerikanischen Kollegen zu entscheiden, ob sie den Vorschlag des Arztes annehmen würden.

»Würden Sie Miss Nelson diese Gastfreundschaft erweisen, Brodie?« Der Amerikaner blickte Craig nicht an, erwartete aber durchaus eine Antwort.

»Ja.«

»Dann bereiten Sie alles vor, was nötig ist, Doc.«

TEIL 2

Warum bist du so fern
und hörst
meine Hilferufe nicht?

Psalm 22,2b

9

London, Vereinigtes Königreich
8. Juni 1945

Das Zimmer fühlte sich nicht wie ein Zuhause an. Es war anders und definitiv besser als die Lazarett- und Krankenhauszimmer, in denen Maggie die letzten Wochen ihre Zeit hatte verbringen müssen, und im Vergleich zu ihrer Zelle war dieser Raum ein Paradies, aber sie fühlte nichts. Nur Einsamkeit.

Die Pension, in der der MI6 sie nach der dritten und kurzfristig durchgeführten vierten Operation einquartiert hatte, lag außerhalb von London und wurde laut Craig Brodie oft von Agenten benutzt. Diese Tatsache löste in Maggie Unbehagen aus. Sie war hier sicher, solange man außer Acht ließ, dass sie den britischen Agenten misstraute, die hier ein und aus gingen und immer ein Auge auf sie hatten.

Ein Bett mit Steppdecke, eine Kommode mit einer Waschschüssel, obwohl es ein Badezimmer gab, und ein Tisch mit Stuhl. Und wie überall im Haus roch es auch hier nach Waschmittel, ganz so, als sei es in die Bausubstanz des Gebäudes integriert worden.

Maggie schob die dicke Nickelbrille auf ihrer Nase wieder nach oben. Mittlerweile war diese Bewegung zum Automatismus geworden, selbst wenn die Brille gar nicht verrutscht war. Es war eine Geste, die Maggies Händen etwas zu tun gab. So auch jetzt, wo sie in diesem Zimmer stand und nicht wusste, was sie tun sollte. Das Erste, was sie getan hatte, als sie hereingekommen war, war, das Fenster zu öffnen. Und nun stand sie hier. Ihr Koffer, in dem sich einige gebrauchte Kleidungsstücke befanden, die dem Roten Kreuz gespendet worden waren und auch ihr zugutekamen, stand unberührt am Bettende. Maggie sah keinen Grund, sich hier häuslich einzurichten und dann auch noch zu versuchen, mit fremden Sachen ein Leben zu führen, das den Anschein erwecken sollte, normal zu sein.

Zwei Wochen musste sie noch mindestens in England bleiben, da sowohl der MI6 als auch das Royal Westminster Ophthalmic Hospital das wollten. Sie würde noch ein paar Mal zu Untersuchungen ins Krankenhaus müssen. Dass das OSS diese Entscheidung unterstützt hatte, wunderte sie nicht. Die waren vermutlich froh, dass sie sie vorerst los waren, glaubte Maggie, immerhin gaben sie sich keine Mühe, eine große Präsenz in ihrem Leben zu zeigen, obwohl sie ihrem Land gedient hatte, wie es selbst Steve Adams ausgedrückt hatte. Wenn sie versucht hatte, mit Major General William Joseph Donovan zu telefonieren, war ihr immer gesagt worden, dass er beschäftigt sei. Über ein Monat war nun seit ihrer Befreiung vergangen. Die Mitarbeiter der UNWCC hatten sich bemüht, so viele Informationen wie möglich von ihr über die Nationalsozialisten zu bekommen, aber das hatte nicht dazu geführt, dass Erich Heckler gefunden worden wäre. Ein paar seiner früheren Hausangestellten waren entdeckt worden, doch sie schwiegen – über ihren Chef und die Arbeit der Gestapo in ihrem Haus.

Nun war es nur noch Craig Brodie, der regelmäßig mit ihr in Kontakt stand. Ein wenig tat er Maggie wegen dieser Aufgabe leid. Im Mai noch hatte es ausgesehen, dass er etwas Wichtiges hätte herausfinden und bewirken können, doch nun war er an einem Punkt, wo er nur Papierarbeit erledigen konnte, wenn er sie nicht betreute.

Schließlich rührte sie sich. Die Bibel, die sie schließlich doch erbeten hatte, war das Einzige, das sie auspackte und auf den Nachttisch legte. Sie hatte nicht viel, mit dem sie sich beschäftigen konnte. Und ein Teil von ihr schien zu glauben, dass die Antworten auf ihre verzweifelten Fragen immer noch im Wort Gottes zu finden waren. Für einen Moment blieb ihre Hand, die inzwischen ohne Schiene auskam, auf dem ledernen Einband liegen, bevor sie sie ruckartig zurückzog. In letzter Zeit hatte sie kaum noch darin gelesen. Am

Anfang konnte sie nicht, denn ohne Brille verschwammen die Buchstaben vor ihren Augen. Als sie dann eine Brille hatte, bekam sie schnell schlimmere Kopfschmerzen vom Lesen, als sie ohnehin schon hatte. Die leise Stimme in ihr, die gesagt hatte, sie solle auf Gottes Wort hören und es lesen, verstummte mit den Tagen zusehends. Ja, die Bibel lag genauso da, als würde sie sie lesen, aber allein bei dem Gedanken an die Anstrengung, die das mit sich brachte, steigerte sich das Hämmern hinter ihren Schläfen ins Unermessliche. Mittlerweile starrte sie das Buch höchstens in Gedanken versunken an. Es war so, als würde der Besitz zumindest ein Stück weit ihre Dankbarkeit gegenüber Gott zeigen, dass er sie aus der Zelle befreit hatte.

Maggie warf einen Blick auf den tickenden Wecker, der neben ihrer Bibel stand. Es war früher Abend. Sie konnte sich nicht mehr erinnern, wann es Abendessen gab. Sie wusste nicht einmal mehr den Namen des Hausvaters, doch beides war ihr im Augenblick egal. Sie wollte nichts essen.

Sie zog sich eins der gespendeten Nachthemden an und setzte sich auf die Bettkante. Der dünne Stoff schützte sie nicht vor dem abendlichen kühlen Wind, der durch das offene Fenster kam, aber sie schloss es nicht. Sie bürstete ihre Haare, die nicht mehr so lang waren wie früher. Eine Lazarettschwester hatte die verfilzten Stellen herausgeschnitten und auch die Spitzen gekürzt. Nun waren die Strähnen ungleichmäßig lang, doch das kümmerte Maggie nicht. Sie trug ihre Haare trotzdem offen – nur abends flocht sie sie zu einem Zopf.

Sie schaltete das Licht aus und schaute dem Glühfaden zu, wie er langsam abkühlte. Erst dann krabbelte sie ins Bett. Sie drehte sich mit dem Rücken zur Tür und wartete, dass der Schlaf sie überkam. Träume, so schlimm sie auch sein mochten, brachten sie an einen Ort, an dem nicht der Kopfschmerz ihren Verstand rauben wollte. Doch die Tiefschlafphase erreichte sie nicht. Sie döste nur. Als sie Schritte hörte, dann ein Klopfen und das Öffnen der Tür, bemühte sie sich um gleichmäßige Atemzüge. Ein paar Sekunden verstrichen, dann ging die Person wieder – und endlich konnte Maggie sich gewiss sein, dass sie heute nicht mehr gestört werden würde, denn der Hausvater würde annehmen, dass sie schliefe und das Abendessen ausfallen ließe.

Sie rappelte sich auf, warf das Kopfkissen auf den Teppich neben dem Bett und rollte sich auf dem Boden zusammen, die Decke fest um sich gewickelt. Sie hasste alles, was sie an ihre Zeit in der Zelle erinnerte. Doch auch wenn die Härte des Fußbodens unter ihr auch dazu zählte, schlief sie kaum in einem Bett. Es schien, als würden ihre Gedanken erst dann zur Ruhe kommen, wenn ihr Körper den Boden spürte, weil ihr dieses Gefühl auf eine schreckliche Weise vertraut war. Und so fiel sie erst jetzt in einen tiefen Schlaf.

~

Fast einen Monat hatte es gedauert, bis Dokumente von dem Ferienhaus aus Österreich in London angekommen waren. Doch endlich konnte Craig sie nun in seinem Büro durchsehen. Seine Kollegen hatten schon ihre Arbeit getan und dokumentiert, was wichtig war. Nun war es an ihm, etwas zu finden, was die anderen nicht entdeckt hatten – und auch nicht entdecken konnten. Er war der verbindende Faktor zwischen Erich Hecklers Haus bei Hamburg und dem Ferienhaus dessen Freundes in Österreich. Craigs Chef hegte die Hoffnung, dass er etwas finden würde.

Er öffnete den ersten Karton. Gleich zuoberst lagen Fotografien von bestimmten Gegenständen aus dem Haus. Er blätterte sie durch. Hauptsächlich waren Gemälde abgebildet, und da Craig nichts von Kunst verstand, wollte er sie schon beiseitelegen, als er stutzte. Zwar hatten sich schon einige Kunstexperten die Gemälde angesehen, es war jedoch kein Sensationsfund dabei gewesen. Aber jetzt starrte Craig das Bild einer Laterne in vollkommener Dunkelheit an, um die herum offenbar Glühwürmchen schwirrten. *Laternenschein*, kam ihm der Titel des Gemäldes in den Sinn, das David Baumgarten in dem Verzeichnis der Villa gefunden hatte und von dem er vermutet hatte, es sei von Vincent van Gogh. Craig konnte das weder bestätigen noch dementieren, aber er machte sich eine Notiz, dass er Herrn Baumgarten Bescheid geben würde. Er würde vielleicht mehr dazu sagen können – und vielleicht käme es so doch noch zu einem Sensationsfund.

Aus irgendeinen Grund reizte es Craig, unter den Sachen von Erich Heckler etwas Bedeutendes zu finden. Es wäre ein Triumph zu wissen, dass es wieder vor den Nazis in Sicherheit wäre, dass ihnen so etwas Kostbares durch die Lappen gegangen war, wo sie doch so viel zerstört hatten.

Als Craig vor einigen Wochen mit dem amerikanischen Leiter der Hausdurchsuchung in Österreich telefoniert hatte, war ihm gesagt worden, es seien nur wenige Fotografien mit Personen gefunden worden, diese seien aber an ihn geschickt worden. Er könne Margret Nelson fragen, ob sie jemanden davon identifizieren könne, womöglich sogar Erich Heckler selbst, von dem sie bisher kein einziges Bild, sondern nur eine vage Beschreibung hatten, mit der nicht viel anzufangen war.

Wie bereits angekündigt befanden sich im Karton nur ungefähr ein Dutzend Fotos. Zwei davon waren erst im Nachhinein von den Dokumentaren entwickelt worden, nachdem sie den Film in einer Kamera gefunden hatten. Eine Veranstaltung, vielleicht eine Kunstausstellung, musste vor einiger Zeit im Ferienhaus stattgefunden haben. Die Menschen waren festlich gekleidet, hinter Tanzenden, die trotz des tobenden Krieges lächelten, erkannte man einen geschmückten Weihnachtsbaum. Der Zeitpunkt der Aufnahme war damit ziemlich genau auf Dezember 1944 zu datieren.

Craig blätterte weiter. Alle Bilder, sowohl die bereits entwickelten als auch die im Nachhinein angefertigten, waren offenbar am selben Abend entstanden. In der Annahme, ohne Miss Nelsons Hilfe nichts Interessantes ausmachen zu können, warf er nur einen flüchtigen Blick auf die Personen. Doch dann sah er hinter einem Paar, das Champagnergläser in der Hand hielt, Miss Nelson. Nicht in Dienstbotenkleidung, wie man es erwarten würde, sondern in einem Abendkleid. Die Haare waren zurückgesteckt, weshalb ihr Gesicht deutlich zu erkennen war. Es war ungewohnt, sie in solch einer Aufmachung zu sehen, aber viel interessanter war der Mann, der einen Arm um ihre Taille geschlungen hatte. Er war nicht ganz zu sehen, nur schräg von der Seite, und Craig wusste nicht, wer es war, doch er konnte es kaum erwarten, Miss Nelson danach zu fragen. Vielleicht hatte er endlich den Grund für ihre Verschlossenheit gefunden – wenn sie die Geliebte eines Nazis gewesen war.

~

9. Juni 1945

Wie Maggie feststellte, war es tagsüber angenehm ruhig im Haus. Sie konnte im Bibliothekszimmer sitzen und Radio hören, ohne befürchten zu müssen, dass jemand sie störte. Wenn es momentan andere Gäste gab, zeigten sie sich nicht. Sie wusste nicht, warum, aber selbst in diesem Raum herrschte der Geruch von Waschmittel vor, der wie eine Dunstwolke über dem ganzen Haus zu schweben schien.

Sie hatte nicht in der Küche gefrühstückt, wie es eigentlich angedacht war, sondern war mit ihrem Teller Porridge direkt in die Bibliothek gegangen. Der Hausvater Samuel Clark wirkte zwar nicht so, als würde er sie ständig beobachten, aber dass er für den MI6 diese Pension betrieb, ließ ihn in Maggies Augen nicht vertrauenswürdig erscheinen. Nachdem sowohl die Briten als auch die Amerikaner ihr gegenüber abweisend und misstrauisch gewesen waren, dass sie wichtige Informationen an die Deutschen weitergegeben haben könnte, hatte auch sie ihr Vertrauen verloren.

Maggie zwang sich zu essen. Bisher hatte sie nur den halben Teller, auf den sowieso nur eine kleine Portion geladen war, geschafft, aber je länger sie wartete, desto schlimmer würde es werden, den kalten Brei herunterzuwürgen. Sie versuchte, meist nur Speisen zu essen, die nicht zu geschmacksintensiv und auch nicht zu stark gewürzt waren. Tat sie es doch, musste sie sich übergeben, manchmal reichten sogar schon viel geringere Auslöser. Doch sie wusste, dass sie nicht wieder zu Kräften kommen würde, wenn sie nicht ausreichend aß. Aber sie wollte niemanden an ihrem Problem teilhaben lassen. Im Krankenhaus hatte sie es immer geschafft, sich herauszureden. Dass sie es noch nicht wieder gewohnt sei, so viel zu essen, dass ihr Magen noch empfindlich sei – und tatsächlich hatte sie es geschafft, die Krankenschwestern zu überzeugen. Sie glaubte nicht, dass der Hausvater in seinen Befehl, ein Auge auf sie zu haben, auch ihre Essgewohnheiten einschloss.

In der Einsamkeit der Bibliothek brauchte Maggie keine Angst zu haben, beobachtet zu werden, und so fiel auch keinem die Anstrengung auf, die es sie kostete, die Buchstaben der Zeitung zu erkennen. Mit größtem Interesse las sie alles, was es über die aktuelle Lage in den vier Besatzungszonen gab. Da sie eine britische Zeitung las, lag der Fokus auf dem britisch besetzten Teil Deutschlands. Vor ein paar Tagen hatte sich das britische Oberkommando in Bad Oeynhausen niedergelassen. Die westlichen Alliierten bezogen mit ihren Verwaltungen nicht zerstörte Kurorte, um eine gute Infrastrukturanbindung zu haben.

Als die Berichterstattung der BBC zu den aktuellen Nachrichten beendet war und Musik gespielt wurde, drehte Maggie das Radio etwas leiser. Sie begann gerade, zum fünften Mal einen Absatz zu lesen, Geräusche lenkten sie dabei nur ab.

Die Haustür der Pension ging auf und man konnte hören, wie sie wieder ins Schloss gedrückt wurde. Mit einem Blick auf die Uhr stellte Maggie fest, dass es wahrscheinlich Craig Brodie war, der immer zwischen zehn und zehn Uhr dreißig kam. Sie vermutete, dass er eigentlich immer plante, zur vollen Stunde hier zu sein, aber ihm Pünktlichkeit einfach nicht im Blut lag. Die Uhrzeit hatte sich etabliert, seit sie in London im Krankenhaus gewesen war.

Die Teppiche, die in jedem Raum im Haus außer der Küche auslagen, dämpften die Schritte umherlaufender Personen und so bemerkte man erst, wenn jemand anklopfte, dass sich jemand genähert hatte. Doch zu ihrer Überraschung hatte es diesmal nicht vorher geklopft, als die Klinke nach unten gedrückt und die Tür geöffnet wurde. Ein kleines Mädchen huschte durch die Tür, bevor es sie anständig wieder schloss. Ihre braunen Haare waren zu zwei Zöpfen gebunden, die allerdings nicht bis auf die gleiche Länge geflochten waren. Es sah so aus, als hätte sie sich selbst frisiert.

Noch hatte das etwa fünfjährige Mädchen sie nicht gesehen. Um sie nicht zu erschrecken, sagte Maggie nichts und wartete, bis es sie sah. Als es sich umdrehte, ließ Maggie augenblicklich ihre offenen Haare los, die sie zurückgehalten hatte, sodass sie ihr Gesicht fast wie ein Vorhang bedeckten. Sie wollte das Mädchen mit ihren Narben im Gesicht nicht ängstigen. Ob es wohl auch hier in der Pension wohnte und Maggie die Familie bloß noch nicht zu Gesicht bekommen hatte? Oder hatte sie es schon wieder vergessen?

Erschrocken japste das Mädchen, als es sah, dass es nicht allein war. »Entschuldigung«, nuschelte die Kleine und sah aus, als hätte man sie mit den Fingern in der Keksdose erwischt.

»Du hast mich nicht gestört«, sagte Maggie. »Ich bin Margret. Wohnst du hier in der Pension?«

Ein Kopfschütteln. Das Kind starrte sie an und Maggie fragte sich, wie auffällig die Verletzungen in ihrem Gesicht auf diese Entfernung waren. »Ich heiße Olivia.« Langsam begannen sich ihre Gesichtszüge zu einem Lächeln zu verziehen. »Deine Haare sehen genauso schlimm aus wie meine.«

Verlegen und ein bisschen amüsiert von der Direktheit der Kleinen fuhr sich Maggie mit der Hand über den Scheitel, wusste aber nicht, was sie sagen sollte.

»Woher kommst du? Du redest komisch.« Olivia ging an dem Tisch, an dem Maggie saß, vorbei und zog zielstrebig ein bestimmtes Buch aus einem Bücherregal. Es sah nicht aus wie ein Kinderbuch, doch sie schien sich sehr sicher zu sein, dass sie es haben wollte, als sie es sich an die Brust drückte, ohne den Einband anzusehen.

Diesmal runzelte Maggie verwirrt die Stirn. »Ich komme aus den USA.« Hatte das Kind noch nie einen Amerikaner sprechen gehört? »Ich bin Margret. Und wer bist du?«

Der Gesichtsausdruck von Olivia veränderte sich kaum. »Olivia.«

Nun hörte man ein Klopfen an der Tür. Olivia rannte zur Tür und zog sie schwungvoll auf. Craig Brodie warf erst einen kurzen Blick auf Maggie und senkte dann den Kopf zu dem Mädchen. »Ich habe Sie gesucht. Fast dachte ich schon, Sie wären ausgerissen.«

Ausgerissen, als wäre ich ein Tier! »Ich kann wohl kaum nach Hause schwimmen.« Es war eine reine Feststellung, ohne auch nur eine Spur von Humor in Maggies Stimme. Im Gegensatz zu Craig Brodies dominanter, vereinnahmender Art sprach sie immer ziemlich leise.

»Du hast dich gar nicht vorgestellt, Crai.«

Maggies Mundwinkel zuckten. Sie war sich nicht sicher, ob das Mädchen absichtlich den letzten Buchstaben des Namens verschluckte, aber trotzdem fand sie es witzig.

»Wir kennen uns.« Als er mit Olivia sprach, unterschieden sich sein Tonfall und die Stimmlage nicht von dem, wie er mit Maggie sprach, obwohl das Kind scheinbar in irgendeiner persönlichen Beziehung zu ihm stand.

»Trotzdem musst du noch einmal deinen Namen sagen, ich habe meinen auch zwei Mal gesagt und Margret auch«, entgegnete die Kleine.

O nein, ich habe schon wieder etwas vergessen. Maggie war sich sicher, dass es einige Momente gab, in denen sie etwas wiederholt fragte, ohne dass es ihr auffiel. Dann gab es noch das Szenario, dass Menschen sie darauf hinwiesen. Das Unangenehmste war aber, wenn man sie indirekt darauf aufmerksam machte wie gerade jetzt. Noch dazu sah Craig Brodie sie an, als hätte sie absichtlich etwas vergessen.

»Sie redet fast wie Mama«, sagte Olivia und das schien der Satz zu sein, der innerhalb von Sekunden in Craigs Kopf eine Reaktion auslöste.

»Olivia, geh in die Küche und lies das Buch.« Er wollte sie wegschicken, erkannte Maggie und presste die Lippen aufeinander.

»Ich kann nicht lesen.« Die Kleine lachte und schien Brodies Anspannung nicht zu bemerken – oder ignorierte sie. Er legte den Arm um den Körper des Mädchens und hob es hoch, sodass sie noch mehr lachte. Wie einen Sack Kartoffeln hatte er es sich unter den rechten Arm geklemmt und machte mit der Hand kurz eine Geste in Maggies Richtung, die ihr bedeuten sollte, auf ihn zu warten.

Während er Olivia höchstpersönlich wahrscheinlich in die Küche brachte, faltete Maggie die Zeitung zusammen und schob sie beiseite. Sie hatte wieder vergessen, was darin stand, und musste sich auf Craig Brodie konzentrieren. Nie erfuhr sie durch ihn etwas Neues. Er hatte es ihr nicht direkt gesagt, aber sie vermutete, dass er nicht mehr hundertprozentig am Fall Erich Heckler arbeitete. Wahrscheinlich hatte er Dutzende solcher Fälle, die alle seiner Aufmerksamkeit bedurften. Sie drehte das Radio leise auf.

Olivia hatte keinen schottischen Akzent und Craig Brodie schien regelmäßig in seiner Heimat zu sein, sonst hätte er nicht einen solch ausgeprägten Akzent. Waren die beiden trotzdem verwandt? War er sogar ihr Vater? Zumindest schien er die Mutter der Kleinen zu kennen. Wie war noch mal ihr Name?

Als Craig Brodie mit einem Umschlag in der Hand zurückkam, klopfte er nicht an die Tür.

»Ich hoffe, ich habe die Kleine nicht verängstigt.« Sie machte eine kurze Pause, schob dann aber noch hinterher: »Mit meinem Aussehen, meine ich.«

»Keine Sorge, sie hat schon Schlimmeres gesehen«, sagte er kurz angebunden.

Sie runzelte die Stirn. Auch wenn das der Fall sein mochte, hieß das noch lange nicht, dass sie sich nicht mehr von solch einem Anblick geängstigt fühlen könnte.

Craig Brodie setzte sich ihr gegenüber an den langen Tisch. Als er sie eindringlich ansah, kam ihr der Gedanke, dass er ihr etwas Wichtiges erzählen musste. Hatten sie Erich Heckler gefunden? Seinen SS-Freund Karl Schäfer? Vor Nervosität setzte sich Maggie aufrechter hin und blickte ihn neugierig an.

»Ich habe mit Steve Adams telefoniert und ihn gefragt, was für Taktiken Ihnen beigebracht worden sind, bevor das OSS Sie ins Feld geschickt hat«, begann er. »Ich bin jedoch nicht schlauer als vorher: Also, erklären Sie mir, wie weit Sie bereit gewesen wären zu gehen.« Aufmerksam beugte er sich vor, die Hände auf der Tischplatte gefaltet.

Verwirrt legte Maggie den Kopf schief. Dass er auf etwas Bestimmtes hinauswollte, war klar. Sie hatte jedoch keine Ahnung, worauf, und es gefiel ihr ganz und gar nicht, die Unwissende zu sein. »Wie weit sollte ich Ihrer Meinung nach denn gegangen sein?« Sie schluckte, während sie ihre Hände in ihrem Schoß krampfhaft gefaltet hielt, sodass der Agent sie nicht sehen konnte. »Ich bin fast gestorben.« Vielleicht war sie das auch. Tief innen drin.

»Wie, hatten Sie noch mal gesagt, sieht Erich Heckler aus?«

Der Themenwechsel verwirrte Maggie nur noch mehr und ließ auch ihr Misstrauen gegenüber Craig Brodie stärker werden. Sie antwortete nicht. Er wusste doch, wie sie ihn beschrieben hatte!

»Ungefähr zwanzig Zentimeter größer als Sie, dunkle kurze Haare, schlanke Figur«, rekapitulierte der Agent. Er zog ein Bild aus dem Umschlag, den er mitgebracht hatte, und schob es ihr über den Tisch zu. »Vielleicht wie dieser Mann.«

Augenblicklich wich alles Blut aus Maggies Gesicht und sie wurde kreidebleich. Sie erinnert sich an den Abend und wusste von der Gefahr, die dieses Bild barg, denn Craig Brodie zog nun entsprechende Rückschlüsse.

»Das ist er«, stellte er fest. Seine Stimme klang überraschend ruhig, fast schon verblüfft. »Also noch einmal die Frage: Wie weit wären Sie bereit gewesen zu gehen, um Ihren Auftrag auszuführen? Weit genug, dass ein Nazi den Arm um Sie legt? Vielleicht noch weiter?«

Sein Unterton ließ in Maggie alle Alarmglocken schrillen. Sie holte Luft und wollte ihm widersprechen, seine Spekulationen sofort im Keim ersticken, doch er ließ sie gar nicht zu Wort kommen. Stattdessen wurde er lauter, um sie zu übertönen: »Oder waren Sie nicht bereit, sich auf einen Nazi einzulassen, doch dann … verliebten Sie sich.« Damit war er mit seiner Wutrede fertig und ließ ihr endlich die Möglichkeit, sich zu erklären und zu rechtfertigen.

»Wir hatten keine Affäre.«

»Sie haben nicht gesagt, wie nahe Sie sich standen. Und dadurch wirken Sie nur noch unglaubwürdiger.«

»Ich war weder in Erich Heckler verliebt noch habe ich ihn verführt oder Sonstiges.«

»Und was erzählt das Bild Ihrer Meinung nach für eine Geschichte?«

Maggie stand auf und stellte sich hinter ihren Stuhl, während sie auf ihrer Unterlippe kaute. »Herr Heckler mag eine gewisse Sympathie für mich empfunden haben und deswegen hat er mich auch auf diese Weihnachtsfeier eingeladen, aber mehr war da nicht.«

Der Agent schwieg, bis er anfing, den Kopf zu schütteln. »Ich würde das nicht als ›Mehr war da nicht‹ bezeichnen, wenn diese Sympathie, die er für Sie hegte, dafür gesorgt hat, dass Sie am Leben geblieben und nicht umgebracht worden sind.«

Maggie wurde schlecht und sie wandte den Blick ab. Eigentlich sollte sie dieser Sympathie dankbar sein, doch der Gedanke ekelte sie. Die ganze Zeit hatte sie versucht, ihn zu verdrängen, aber jetzt hatte Craig Brodie ihn ausgesprochen.

»Wann haben Sie Herrn Heckler das letzte Mal gesehen?«

Genervt schloss Maggie die Augen. »Die Frage habe ich Ihnen schon einmal beantwortet«, sagte sie leise.

»Wann?« Sein Tonfall war herrisch. Maggie fühlte sich, als wäre sie selbst eine Nationalsozialistin gewesen, die eine alliierte Spionin gefoltert hätte – so zumindest ging Mr Brodie mit ihr um.

»Einmal ist er nach meiner Inhaftierung in die Zelle gekommen, dann habe ich ihn nie wiedergesehen.« Sie versuchte, sich mit dem Gedanken zu beruhigen, dass es einen anderen Grund hatte, dass sie nicht wie die anderen zwei Insassen umgebracht worden war – immerhin war sie fast durch die Folter und die Umstände der Gefangenschaft gestorben.

»Was hat er gesagt?«

»Gottverdammt, lesen Sie es nach!« Es war schon lange her, dass sie geflucht hatte. Vor Schreck darüber fügte sie den nächsten Satz leiser als beabsichtigt hinzu. »Ich habe Sie nicht angelogen.«

»Aber vielleicht etwas zurückgehalten.«

Seine Hartnäckigkeit verwandelte Maggies Wut in Traurigkeit und Selbstmitleid und sie musste sich zusammenreißen, um nicht weinen zu müssen. Das würde die ganze Situation nur noch schlimmer machen. »Nein.« Erich Heckler hatte tatsächlich nur zu ihr gesagt, dass er von ihr nicht erwartet habe, dass sie eine Spionin sei, und er sie eigentlich für treu gehalten habe. Sein Blick hatte noch mehr ausgesagt, aber danach hatten weder Craig Brodie noch Steve Adams gefragt.

»Ich werde Agent Adams darüber informieren, was hier besprochen wurde«, sagte Brodie. Maggie hörte, wie er aufstand und das Foto zurück in den Umschlag schob.

»Damit machen Sie es nur noch schlimmer«, sagte sie.

Die Geräusche verstummten und stattdessen fragte er: »Was mache ich damit nur noch schlimmer?«

Maggie öffnete die Augen. »Die Ablehnung«, flüsterte sie. Es war das erste Mal, dass sie offen ansprach, wie sie sich behandelt fühlte. Das machte es jedoch nicht besser, wie sie zuerst gehofft hatte, sondern der Schmerz schien mit der Antwort, die sie bekam, noch tiefer zu werden.

»Die Ablehnung von wem? Adams? Den Amerikanern? Dem OSS? Das ist vollkommen begründet. Sie liefern ja nur immer noch mehr Belege, die Ihre Vertrauenswürdigkeit infrage stellen.« Mit diesen Worten ließ er sie stehen und verließ die Bibliothek.

Maggie ließ das Radio laufen, ihren Frühstücksteller stehen und die Zeitung liegen, als sie in ihr Zimmer rannte. Länger konnte sie nicht an sich halten und sie übergab sich in die Waschschüssel, während die Tränen ihr das Gefühl gaben, zu ersticken.

10

13. Juni 1945

Der Arzt hatte zugestimmt, Maggies Schmerzmittel zu erhöhen. Am ersten Tag mit der höheren Dosis war sie endlich wirklich schmerzfrei. Es schien sogar, als ließe das Paracodin nicht nur ihren Schmerz verschwinden, sondern auch andere Probleme, sodass sie gar nicht mehr aufhören konnte zu essen.

Doch die Wirkung der Medizin war nur begrenzt, und sobald sie so weit abgeklungen war, dass der Schmerz wieder wahrnehmbar wurde, überrollte sie die Übelkeit mit einer neuen Intensität. So verbrachte sie den Abend wieder allein in ihrem Zimmer. Bis sie nicht mehr konnte, keine Kraft mehr hatte zu kämpfen und dafür sorgte, dass sie sich übergeben musste.

Zwar hielt sie in den Tagen darauf die vom Arzt verordnete Einnahme durch, doch dann entschied sie sich, das Mittel bedarfsorientiert zu schlucken. Von da an wurde ihre Stimmung besser und die Übelkeit gewann nur noch selten die Oberhand.

Mit ihrer verbesserten Laune wurde Maggie auch aktiver und eines Tages verließ sie allein die Pension, auch ohne ein konkretes Ziel zu haben. Ihre Wahrnehmung war intensiver und sie war erleichtert, dass ihr Weg in die Normalität doch nicht so schwer zu sein schien. Allerdings mied sie große Menschenansammlungen und folgte lieber kleinen Gassen und Straßen, die weniger belebt waren, bis sie schließlich außerhalb der Stadt und in der Natur war.

Niemand wusste, wo sie war, und in diesem Augenblick war es ein sehr entspannender Gedanke für sie, für niemanden erreichbar zu sein, besonders nicht für Agent Adams. Es war nur noch eine Frage der Zeit, bis er mit Maggie über ihre Zukunft sprechen würde. Sein

Misstrauen bezüglich ihrer Beziehung zu Erich Heckler ließ alles nur noch komplizierter werden.

Ihre Zukunft war ungewiss. Dass sie nicht mehr für das OSS in aktiver Sache arbeiten konnte und wollte, war ihr klar. Aber wie sollte stattdessen ihr Leben aussehen? Sollte sie im Büro des OSS arbeiten? Als Sekretärin, obwohl sie die ganze Zeit so viel vergaß?

Maggie dachte daran, wie einmal eine ältere Frau bei einer Freiluftveranstaltung einer Kirche, die Maggie besucht hatte, zu ihr gekommen war und gesagt hatte, Gott habe für Maggie eine ungewöhnliche Berufung. Die Dame hatte gelächelt und war weitergegangen. In dem Moment war Maggie vor Euphorie und Vorfreude fast geplatzt, doch jetzt, rückblickend gesehen, war sie mit der bitteren Realität konfrontiert worden. Ihre Berufung hatte sie fast das Leben gekostet – man könnte auch sagen, dass Gott sie am Leben erhalten, ihr jedoch trotzdem so gut wie alles genommen und ihren Glauben, an den sie sich während ihrer ganzen Inhaftierung gehalten hatte, nicht belohnt hatte.

Mit diesen Gedanken im Kopf lief Maggie stundenlang. Schließlich klang das Schmerzmittel ab und gepaart mit der Erschöpfung schaffte sie es kaum noch in die Pension. Gerade war sie durch die Haustür gekommen, als Mr Brodie im Flur stand.

»Sie waren Stunden weg, ohne zu sagen, wohin Sie gegangen sind!«

Irritiert blinzelte Maggie. »Warum sollten Sie immer wissen, wo ich mich aufhalte?«, fragte sie leise, aber verärgert. Sie beabsichtigte nicht, sich noch weiter zu unterhalten, deswegen machte sie sich auf den Weg in ihr Zimmer. Auch wenn jede Stufe der Treppe eine Herausforderung für sie darstellte, wollte sie nicht zu langsam gehen. Erst folgte Brodie ihr nicht, doch dann konnte sie hören, wie er sich in Bewegung setzte und immer zwei Stufen auf einmal nahm. Maggie zog gerade in Erwägung, in ihr Zimmer zu stürmen und abzuschließen, entschied sich aber dagegen. Sie würde vermutlich zu langsam sein. Also blieb sie an der Tür stehen und stützte sich auf die Türklinke.

»Agent Adams will mit Ihnen reden. Seit Stunden«, erklärte Craig Brodie vorwurfsvoll. Mit einem Fuß blieb er auf der letzten Stufe stehen, während er mit dem anderen bereits auf dem Boden der Etage stand.

»Ist er in London?«, fragte Maggie fröstelnd. So schlimm es wäre, unerfreuliche Nachrichten von dem Amerikaner zu erhalten, wollte sie ihm dabei nicht auch noch in die Augen sehen müssen.

»Nein, aber er wird hier sein, wenn Sie noch länger brauchen, um ihn zurückzurufen.« Er trat an die Wand, sodass genug Platz war, dass sie an ihm vorbei die Treppe hinuntergehen konnte.

Langsam ließ Maggie die Türklinke los und ging dann die mühsam erklommenen Stufen wieder hinunter. Das Telefon für die Gäste der Pension stand in der Bibliothek, deswegen lotste Craig sie dorthin.

»Warten Sie doch bitte draußen«, sagte Maggie entschieden.

Brodie starrte sie kurz an, schien sich dann aber darauf zu besinnen, dass er ohnehin erfahren würde, sollte sie einfach nicht anrufen. Er gab ihr einen Zettel mit der Telefonnummer und ging in Richtung Küche fort.

Maggies Kopfschmerzen hatten sich unterdessen wieder bemerkbar gemacht und die bevorstehende Konversation verstärkte sie nur noch mehr. Sie wählte und wartete mit geschlossenen Augen.

»Adams.«

Langsam atmete Maggie aus. Sie hatte gehofft, niemand würde abnehmen. »Hier ist Margret Nelson. Sie wollten mit mir sprechen«, stellte sie unnötigerweise fest.

»Ja.« Seine Antwort klang lang gezogen, und hätte Maggie es nicht besser gewusst, hätte sie angenommen, er habe tatsächlich Mitleid mit ihr. »Agent Brodie hat mir von Ihrer Beziehung zu Erich Heckler berichtet.«

Irritiert runzelte Maggie die Stirn. »Sir, Sie klingen, als wäre das ein Problem. Diese Beziehung, wie Sie es genannt haben, war nicht romantischer Natur und außerdem hat jede Minute, die ich mit Herrn Heckler verbracht habe, dazu gedient, für das OSS Informationen zu sammeln.«

»Ich kann Ihre Position verstehen, doch angesichts der Tatsache, dass Sie uns nicht von Anfang an davon berichtet haben, stellt es ein Problem dar, was es nun zu lösen gilt.«

Wie soll man das denn lösen?! Sie schluckte ihre Empörung herunter. *Gott, ich hoffe, du reitest mich nicht noch tiefer in den Mist.*

»Ich bin sicher, Sie verstehen es und stimmen dem zu, wenn ich sage, dass es zwischen dem OSS und Ihnen zu keiner Zusammenarbeit mehr kommen wird. Ohnehin nicht im aktiven Einsatz, aber auch nicht in irgendeiner anderen Form. Wir werden Ihnen ein gewisses Einkommen zukommen lassen, aber …«

Das Blut begann in Maggies Ohren zu rauschen und sie verstand fast nicht mehr, was er sagte. *Drei Dollar am Tag.* Es war nicht die Absurdität dieser Unterhaltung und das wenige Geld, das sie störte, sondern vielmehr das, wofür es stand: die fehlende Wertschätzung für ihren Einsatz.

~

Und wieder musste Craig warten. Er wusste, was Miss Nelson erwartete. Sein Chef war darüber informiert worden, dass sie eine gewisse Entschädigung bezahlt bekommen sollte und auch die Arztkosten vom US-Staat übernommen werden würden, doch mehr war nicht drin. Sie stand ohne Arbeit und ohne weitere Unterstützung da. Zwei Wochen lang würde sie noch die Gastfreundschaft der Briten in Anspruch nehmen. So lange würde es laut dem Arzt, der momentan für sie zuständig war, noch dauern, bis sie bereit wäre, einen Langstreckenflug zu meistern.

Während Craig an seinem Schwarztee in der Küche nippte, erfuhr er vom Hausvater Samuel Clark, dass Margret Nelson immer wieder versucht hatte, mit Donovan, dem Chef des OSS, persönlich zu reden, doch nie zu ihm durchgekommen war. »Doch in den letzten Tagen ist sie weitaus angenehmer. Nicht, dass sie vorher unhöflich oder so gewesen wäre, das will ich gar nicht sagen, aber es fiel mir schon auf, dass sie körperlich und seelisch nicht immer in der besten Verfassung war.«

»Was heißt ›in den letzten Tagen‹? Seit wann genau?«, fragte Craig und nahm den letzten Schluck aus seiner Tasse.

Der Hausvater überlegte kurz und zog dann ein Notizbuch vom obersten Küchenregal. Er blätterte durch ein paar Seiten. Es waren seine Aufzeichnungen zu jedem Gast, der unter besonderer Beobachtung stand. Momentan war Margret Nelson die einzige der Gäste, auf die das zutraf. »Seit vierzehn Tagen.«

»Da war ihr letzter Arztbesuch …«, überlegte Craig laut. »Soweit ich weiß, hat sich ihr Medikamentenplan geändert, vermutlich daher der Wandel. Sonst noch etwas Interessantes?« Er stand auf und stellte Tasse und Untertasse neben das Spülbecken, bevor der Hausvater auf die Idee käme, sie nachzufüllen. Er hatte für heute genug Koffein gehabt.

»Sie isst mehr, wenn auch nicht sonderlich ausgewogen.« Samuel Clark machte eine kurze Pause, in der er eine Notizblockseite zwischen zwei Fingern festhielt, bevor er sie losließ und das Buch schwungvoll zuklappte. »Früher hat sie Mahlzeiten ausfallen lassen, das geschieht nun kaum noch, doch trotzdem nimmt sie nicht wirklich an Gewicht zu.«

Craig hatte nicht damit gerechnet, dass er einen Bericht über das Essverhalten von Margret Nelson bekommen würde. Er hatte eher an … prekäre Vorkommnisse gedacht. »Vermutlich ist das nichts Ungewöhnliches, immerhin ist sie noch nicht ganz gesund.«

Damit war das Thema für ihn erledigt. Er wünschte Samuel einen guten Tag und machte sich auf den Weg zurück in die Bibliothek. An der Tür blieb er kurz stehen, aber da er Miss Nelson nicht sprechen hörte, klopfte er kurz und trat ein.

Sie war tatsächlich mit Telefonieren fertig, doch der Hörer lag neben ihr auf der Tischplatte und war nicht auf die Gabel zurückgelegt worden. Vielleicht hatte sie das absichtlich getan. Sie saß, die Ellenbogen auf den Tisch gestützt, das Gesicht in den Händen verborgen. Sie gab keinen Laut von sich, aber dass ihre Schultern bebten, verriet, dass sie weinte.

Craig schluckte, bevor er sich räusperte: »Haben Agent Adams und Sie alles klären können?« Er fühlte sich nicht wohl dabei, das zu fragen, aber es gehörte zu seinen Aufgaben.

Langsam ließ Maggie ihre Hände sinken und strich sich die Haare so weit aus dem Gesicht, dass sie ihn ansehen konnte. Als sie mit den Fingern über die Narben rund um ihre Augen strich, zuckte sie zusammen. Nicht, weil es wehtat, sondern da sie an den Preis, den sie für ihr Land bezahlt hatte, erinnert wurde. »Ja«, sagte sie stumpf.

Auf einmal regte sich in Craig ein Fünkchen Mitleid. Die junge Frau war zerbrochen und stand allein da. Er ließ den Gedanken jedoch nur für den Bruchteil einer Sekunde zu. Er wollte seine Arbeit professionell erledigen und konnte nicht zum Seelentröster werden. Trotzdem ließ er sich zumindest zu einem Angebot hinreißen. »Ich weiß nicht, welcher Konfession Sie angehören, aber wenn Sie möchten, kann ich einen Geistlichen besorgen, der mit Ihnen spricht.«

Deutliche Überraschung zeichnete sich auf Maggies Gesicht ab und sie blinzelte mehrmals. Allerdings konnte Craig ihr nicht die erhoffte Erleichterung ansehen.

»Danke«, sagte sie schließlich langsam. »Aber momentan möchte ich das nicht.« Wenn Gott ihr nicht half, würde ein menschlicher Bote Gottes es wohl erst recht nicht können.

Ihre Reaktion veranlasste Craig, für einen Moment persönlicher zu werden. Er setzte sich auf den Stuhl, der ihr gegenüber stand, genauso wie vor einigen Tagen, als er sie mit der Aussage, sie sei Erich Hecklers Geliebte gewesen, konfrontiert hatte. »Nach dem, was Sie in Deutschland gesagt haben, vertrauen Sie ziemlich stark auf Ihren Gott. Wie kam es dazu?«

Unbeeindruckt von der persönlichen Frage des Schotten zuckte Maggie mit den Schultern. »Jemand, der mich ziemlich schlimm verletzt hat, kam einige Zeit später zu mir und bat mich um Vergebung. Das war für mich so ein großes Wunder, dass ich anfing, Fragen zu stellen.« Allein der Gedanke an dieses Erlebnis vor etwas mehr als drei Jahren verstärkte ihre innere Unruhe. Damals hatte sie geglaubt, sie hätte wirklichen Frieden gefunden. Weil sie nach dieser Antwort den Mund nicht wieder schloss, wartete Craig, was sie noch sagen wollte. »Ich möchte in die Staaten ausgeflogen werden.«

Craig lehnte sich in seinem Stuhl nach hinten und fand sich damit ab, dass sie keinerlei Interesse hatte, auf seinen Versuch, wenigstens ansatzweise nett zu sein, einzugehen. Das war ihm auch recht. »Der Arzt hat gesagt, dass Sie in zwei Wochen fliegen können«, erklärte er für den Fall, dass sie es vergessen hatte.

Maggie schüttelte trotz der Schmerzen ihren Kopf. »Nein«, sagte sie leise. »Ich möchte früher fliegen.«

Craig war verwirrt. Warum wollte sie das, wo ihr gerade gesagt worden war, dass sie praktisch mit nichts dastehen würde, sobald sie amerikanischen Boden betrat? »Ich halte das nicht für klug.«

»Es ist mir egal, ob Sie es für richtig halten oder nicht. Ich möchte so bald wie möglich fliegen.« Maggie hatte in den letzten Tagen viel nachgedacht und eine neue Hoffnung gefunden, an die sie sich klammerte: dass die Ärzte in den USA Methoden und Möglichkeiten haben würden, ihr zu helfen, die die Briten nicht hatten. Waren die Amerikaner nicht schon immer Pioniere gewesen? Besonders im Bereich der Medizin?

»Na gut. Wenn Sie das wollen, klären ich das mit meinem Chef ab.«

Sie blieb stumm.

Craig stand auf. Auch wenn er es nicht für klug hielt, dass sie jetzt schon nach Hause zurückkehren wollte, konnte er es persönlich kaum abwarten, nichts mehr mit ihr zu tun haben zu müssen.

Nachdem Olivia auf Miss Nelson getroffen war, hatte sie viele Fragen gestellt. Eine davon war gewesen, warum Miss Nelson trotz ihres ungewöhnlichen Verhaltens normal leben konnte, wo doch Olivias Mutter immer im Krankenhaus sein musste und sie sie nicht einmal besuchen konnte.

Craig beschloss nun, ihr zu antworten, dass Miss Nelson zurück in ihr Heimatland gehe und dort vermutlich auch in ein Krankenhaus kommen würde. Denn wenn es nach ihm ginge, dachte er insgeheim, würde er sie nicht einfach auf die Gesellschaft loslassen. Denn wer wusste, wozu ihre Wut auf ihr Land, das sie angeblich nicht ausreichend unterstützte, sie verleiten konnte.

11

17. Juni 1945

Vier Tage später war es so weit.

Heute würde Maggie ein Flugzeug mit dem Ziel Washington, D.C. besteigen. Sie hatte die Wahl gehabt, wohin sie wollte. Sie hatte zwar keine Familie und war nicht an einen bestimmten Ort gebunden, trotzdem hatte sie sich für die amerikanische Hauptstadt entschieden.

Den Koffer mit ihren paar Habseligkeiten, den das OSS verwahrte, würde er ihr zuschicken. Auch wenn dem amerikanischen Geheimdienst alles daran gelegen war, sie zum Schweigen zu bringen und sich nicht weiter mit ihr auseinandersetzen zu müssen, würde Maggie nicht so schnell lockerlassen – obwohl es ohnehin nur eine Frage der Zeit war, bis das OSS in einer anderen Organisation aufgehen würde. Truman, über den sich Maggie ausgiebig informiert hatte, nachdem sie erfahren hatte, dass er Präsident geworden war, war nicht begeistert vom OSS und würde sicher eine Umstrukturierung in Betracht ziehen. Außerdem sah der Kongress in Friedenszeiten nicht den Bedarf an einer Organisation mit diesen Strukturen. Es sollte der Weg zurück zur *normalcy*, zur Normalität, gefunden werden und ein Apparat, der dem Kriegsministerium unterstand, zählte zu denen, die dafür weichen mussten.

Um aus ihrem emotionalen Loch herauszukommen, hatte Maggie versucht herauszufinden, auf was sie sich in den Staaten freuen konnte. Medizinische Versorgung. Coca-Cola. Eine befriedigende Arbeit. Pancakes mit Ahornsirup. Burger. Oh, wie sehr hatte sie Burger vermisst! Die Möglichkeit, mit Donovan persönlich zu sprechen.

In dem Moment, in dem Adams ihr die Konditionen ihrer Entlassung aus dem OSS unterbreitet hatte, war sie nicht in der Lage gewesen, einen klaren Gedanken zu fassen und zu verhandeln. Sie hatte nur den Schmerz gespürt, die Enttäuschung, die Niedergeschlagenheit. Doch sobald sie wieder in ihrem Heimatland wäre, würde alles besser werden. Das Land der unbegrenzten Möglichkeiten und der wortwörtlichen Freiheit für sie. Dort könnte sie in richtige Verhandlungen mit dem OSS treten und ihre Bedingungen klarmachen, nachdem sie so viel geopfert hatte.

Maggie drehte sich vom offenen Fenster weg und sah sich im Spiegel an. Sie tat es nicht oft, aber wenn, dann mit einer spürbaren Bitterkeit in ihrem Herzen. Auch wenn es unangenehm war, fuhr sie mit ihren Fingerspitzen über die Narben in ihrem Gesicht. Sie würde Blicke ernten, denn in den USA waren Kriegsverletzungen ein ungewöhnlicherer Anblick als in England, wo man die Verletzungen einer Frau leichter mit Bombardements erklären konnte. In den Staaten bräuchte sie eine Ausrede, an der sie daher angefangen hatte zu feilen.

Maggie fuhr sich durch ihr offenes Haar und ließ sich einzelne Strähnen ins Gesicht fallen, um die Narben zu verdecken. Prüfend wickelte sie die Haare über der Stirn auf, als würden sie ihr nur knapp bis über die Augen gehen. Sie presste die Lippen zusammen. Am liebsten würde sie sich ohne Brille sehen, doch die brauchte sie, um überhaupt genug zu erkennen. Aber da ihre Haare ohnehin keinen richtigen Schnitt hatten, stand sie entschieden auf. Sie erinnerte sich, dass im Badschrank eine Schere lag. Sie nahm sie heraus und setzte sich vor den Spiegel. Breitbeinig, damit die Haare nicht auf ihrem Rock landeten, sondern auf den Boden fielen, saß sie da, holte einmal kurz Luft und begann zu schneiden.

~

Wenig später saß Maggie auf ihrem gepackten Koffer auf der untersten Treppenstufe und wartete, dass Craig Brodie sie zum Flughafen fahren würde. Er war nicht mehr dazu gekommen, noch einmal abschließend mit ihr zu reden, und wollte die Fahrt zum Flughafen nutzen, um mit ihr die letzten Einzelheiten seitens des MI6 zu besprechen. Nun war er schon zwanzig Minuten zu spät und sie wurde immer nervöser. Als Agent hätte er eigentlich wissen müssen, wie wichtig es war, pünktlich zu sein, fand sie. Maggie selbst war es in Fleisch und Blut übergegangen, pünktlich zu sein – immer und überall. Wenn jemand nicht pünktlich war, hatte das früher, vor wenigen Monaten noch, nichts Gutes bedeutet. Wenn das Flugzeug nicht zum Funkkontakt erschien, musste irgendetwas schiefgelaufen sein.

Vielleicht wollte Mr Brodie sie einfach ärgern und unnötig zappeln lassen. Vielleicht beabsichtigte er auch, dass sie ihren Flug verpasste, weil sich etwas Neues getan hatte – vielleicht war Erich Heckler gefunden worden? Allein schon der Gedanke daran ließ Maggies Hände schweißnass werden. Schnell schob sie die Möglichkeit beiseite und wischte ihre Hände an ihrem Rock ab.

Schließlich ging sie noch einmal ins Haus und versuchte, den Hausvater zu finden. Er war in der Küche, doch auch er wusste nicht, wo Brodie blieb. Maggie nickte nur und ging wieder nach draußen. Sein Name war etwas, das ihr immer wieder entfiel, und sie fühlte sich auch nicht verbunden genug, um ihm zu danken. Warum auch? Weil er sie auf Kosten des MI6 verköstig hatte? Informationen für die Briten und vielleicht auch Amerikaner gesammelt hatte? Nein, sie wusste beim besten Willen nicht, für was sie dankbar sein sollte. Dass er sie in Ruhe gelassen hatte, war eigentlich das Einzige, das ihr einfiel, aber auch diese Ruhe schien ihr trügerisch zu sein.

Fünfundfünfzig Minuten nach der vereinbarten Zeit stand Brodie endlich auf der Matte. Er sah leicht gestresst aus, seine Haare waren nicht perfekt frisiert, seine Gesichtszüge standen unter Spannung. Sein Blick blieb für eine Weile an ihrem Pony hängen, aber er kommentierte ihre neue Frisur nicht.

»Es tut mir leid, Sie enttäuschen zu müssen, aber Sie müssen Ihren Flug nach hinten verschieben«, eröffnete er ihr.

Enttäuscht sank Maggie auf die Stufe zurück, die in den letzten Minuten erneut ihr Sitzplatz gewesen war. Bis zum Schluss hatte sie gehofft, dass es nichts mit ihr zu tun hatte, dass Agent Brodie sich verspätete, und sie noch ihren Flug erreichen würde – immerhin hatten sie den Zeitpunkt, an dem sie abgeholt werden sollte, extra früh gewählt.

Maggie wartete, dass Craig Brodie seine Aussage erklären würde. Gleichzeitig überlegte sie, sich ein Taxi zu rufen und den MI6-Agenten einfach stehen zu lassen. Er würde schon einen guten Grund haben müssen, um sie hierhalten zu können!

»Calvin Stork hat mit meinem Boss gesprochen und vereinbart, dass er mit Ihnen sprechen darf.«

Maggie war verblüfft, denn damit hatte sie nicht gerechnet. Sie und Calvin Stork hatten sich nicht sonderlich nahegestanden. Nach seinen offiziellen Lehreinheiten hatten sie nur ein paar Mal telefoniert, wenn Maggie nochmals seine Expertise in Anspruch genommen hatte.

»Ihr Boss scheint Mr Stork etwas schuldig gewesen zu sein, wenn er meinen Flug nur stornieren lässt wegen eines Gesprächs mit einem Mann, mit dem ich seit Ewigkeiten keinen Kontakt hatte«, sagte sie empört.

»Sie können Mr Stork ja selbst fragen, warum er so erpicht darauf war – oder es klärt sich im Gespräch ohnehin«, zuckte Craig mit den Schultern, völlig unbeeindruckt von ihrer Empörung. Ihm war egal, um was es ging. Er selbst hätte Maggie lieber im Flugzeug gewusst, er wäre froh gewesen, sie endlich loszuwerden.

Maggie schob ihren Koffer beiseite, sodass niemand darüberfiel. Sie machte sich aber ganz bewusst nicht die Mühe, ihn zurück in ihr Zimmer zu schleppen.

~

Die Fahrt zu Mr Stork dauerte fast eine Stunde. Der Verkehr in London war grässlich.

Sobald sie die Stadt erreichten, schloss Maggie die Augen und öffnete sie nur ab und zu, um sich orientieren zu können, wo sie sich befanden. Es kümmerte sie nicht, dass ihr Verhalten auf Außenstehende seltsam wirkte, aber sie wollte nicht die Trümmer sehen. Es machte keinen Unterschied für sie, dass das England war und nicht Deutschland. Beide Länder waren bis zum Äußersten zerbombt worden, insbesondere London als Hauptstadt des britischen Empires.

Maggie war froh, dass es in ihrem Heimatland ganz anders sein würde. Momentan mochte der Krieg in Amerika noch eine Rolle spielen, immerhin kämpften die US-Soldaten noch immer im Pazifik gegen die Japaner. Aber sobald der Sieg auch dort errungen sein würde und die Männer nach Hause kämen, würde der Krieg aus dem Denken der Leute verschwunden sein. In den Staaten gab es keine ausgebombten Häuser, keinen richtigen Hunger, keine fehlende medizinische Versorgung, keine Frau, die sich verkaufen müsste, um etwas zu essen für ihre Kinder zu haben. Dort würde Maggie nicht mehr tagtäglich daran erinnert werden, dass die Folgen des Krieges noch jahrelang nachwirken würden.

»Wahrlich kein schöner Anblick«, murmelte Brodie. Maggie war sich nicht sicher, ob er das als Antwort auf ihre geschlossenen Augen sagte oder einfach als eine Feststellung.

»Sieht es in Ihrer Heimat auch so aus?«, fragte Maggie mit leiser Stimme.

»Ich bin in einer Kleinstadt groß geworden, also nicht vergleichbar mit dem hier. Aber die Kriegsjahre habe ich genau an solchen Orten verbracht. Dort, wo die Nazis uns am schlimmsten getroffen haben.« Er verschluckte den letzten Satz fast. Maggie wusste, warum: weil er ihr nicht zu hundert Prozent glaubte, dass sie keine Sympathien für Erich Heckler gehegt hatte. Und eigentlich hatte er damit auch ein bisschen recht. Verliebt war sie nicht in ihn gewesen, keineswegs, aber Erich Heckler hatte eine gewisse Faszination auf sie ausgeübt, die wahrscheinlich auf das Mysterium um seine Person zurückzuführen war, das sie selbst durch ihre Angestellten-Rolle nicht ganz hatte lüften können. Ob es eine positive Faszination gewesen war? Maggie hoffte es nicht, sondern sah den Grund für ihr Interesse lieber in ihrer Spionagetätigkeit.

Sie verstand den Agenten, sie verstand jeden, der so dachte. Es klang lächerlich, dass sie innerlich versuchte, Erich Heckler zu verteidigen, aber es fühlte sich nicht völlig falsch an. Wenn sie dagegen an die Männer der Gestapo dachte … Sie schob die Erinnerungen und den Gedanken weg.

»Wo war das kleine Mädchen, das letztens in der Pension war, während Sie mit Ihrer Arbeit beschäftigt waren? Ich habe leider ihren Namen vergessen.« Ihren Namen, aber das Mädchen selbst nicht. Der Satz, Maggie würde sich wie die Mutter von ihr verhalten, klang immer noch in ihrem Kopf nach und sie konnte ihn nicht vergessen. Was hatte sie damit gemeint? Wer war ihre Mutter? Craig Brodie war nicht verheiratet, so viel wusste sie. Dass er aber möglicherweise eine Tochter hatte, ohne deren Mutter zu heiraten, kam ihr nicht sehr ehrenwert vor. Es war eine Schande, eine schwangere Frau nicht zu heiraten, und wenn diese ihr Kind vaterlos großziehen musste, war die Schande nur noch größer.

Brodie tat ihr nicht den Gefallen und wiederholte den Namen des Mädchens. »Damals war sie noch nicht wirklich Teil von meinem Leben«, gab er als knappe Antwort, die Maggie nur noch mehr verwirrte und sie mögliche Szenarien, wie die beiden zueinander standen, in ihrem Kopf durchspielen ließ. Sie schwieg, was ihn dazu zu bewegen schien, deutlicher zu werden. Er holte tief Luft. »Olivia ist nicht meine Tochter, falls Sie das dachten. Ihr Vater ist gefallen und ihre Mutter … ist nicht in der Lage, sich um sie zu kümmern. Sie ist aber meine Großcousine und deswegen bin ich dazu verpflichtet worden, mich um sie zu kümmern.«

»Ihre Mutter ist Engländerin?« Eigentlich interessierte es Maggie nicht, dass die Schotten die Engländer nicht mochten, aber durch die Frage konnte sie das Gespräch unauffällig weiter in Richtung der Mutter von Olivia lenken. Die direkte Frage, warum das Mädchen gesagt hatte, dass Maggie wie ihre Mutter sei, würde der Agent wohl kaum beantworten.

Ein seltenes, ehrliches Lächeln huschte über sein Gesicht und man konnte es auch in seiner Stimme hören. »Ja, etwas, was meiner Familie eine Menge Raum für Spott und Neckereien gibt.« Abrupt verschwand das Lächeln und er schob ernster und murmelnd hinterher: »Wobei das auch nachgelassen hat.«

Maggies Lippen öffneten sich, sie nahm sich aber Zeit, ihre Worte weise zu überlegen. Sie wollte nicht, dass sie ihn verschreckte. »Warum das?«, fragte sie, den Kopf starr geradeaus gerichtet, während sie förmlich auf glühenden Kohlen saß und jeder Muskel in ihrem Körper angespannt war. Wie würde Agent Craig Brodie reagieren?

»Sie ist krank. Deswegen kümmere ich mich auch um Olivia.«

Maggie tastete sich langsam weiter vor. »Wird sie wieder gesund werden?« Dadurch, dass sie eigentlich immer leise sprach, klang ihre Frage hoffentlich unschuldig genug, dass Agent Brodie nicht auf einmal die Konversation beenden würde.

»Hoffentlich«, bekam sie als gepresste Antwort.

Maggie spürte vor Anspannung ihr Herz wild gegen ihre Brust schlagen. »Was fehlt ihr denn?«

Diesmal antwortete er nicht so schnell wie die vorherigen Male auf ihre Frage. Erst als der Verkehr und somit auch sie zum Stehen kamen, drehte er den Kopf zu ihr. Es war selten, aber Maggie hielt seinem Blickkontakt stand. »Sie ist paranoid. Wahnvorstellungen. Deswegen ist sie in einem Sanatorium.«

Wie erstarrt blickte sie ihn an – und durch ihn hindurch. Die kleine Olivia hatte sie als geisteskrank wahrgenommen. Ihr wurde übel und sie hoffte, sich nicht in das Auto übergeben zu müssen. Der Verkehr vor ihnen rollte nun wieder, doch Craig Brodie fuhr erst an, als die Autos hinter ihnen anfingen zu hupen. In Maggie keimte der Verdacht, dass er absichtlich dafür hatte sorgen wollen, dass sie sich unwohl fühlte.

Als sie weiterfuhren, schloss Maggie nicht mehr die Augen. Sie war viel zu sehr in Gedanken versunken, als dass sie die Umgebung außerhalb des Autos wahrgenommen hätte. Erst als sie an ihr Ziel kamen und Craig Brodie etwas zu fest auf die Bremse trat, wurde sie aus ihrem Gedankenkarussell gerissen.

»Wir sind da«, stellte er unnötigerweise fest und stieg aus. Er hatte am Straßenrand geparkt und blieb ungeduldig an der Fahrertür stehen, bis Maggie ausgestiegen war und er das Auto abschließen konnte.

Sie waren in Vauxhall, einem südwestlich gelegenen Stadtteil Londons. Das Gebäude, das sie betraten, hatte keine Plakette, die erklärte, was im Inneren beheimatet war. Durch die Eingangshalle gingen sie zu den Fahrstühlen. Maggies Herz machte einen Satz, während sich ihre Schritte verlangsamten und sie wie ein Hund hinter Brodie herlief. Sie wägte ab, führte eine innere Diskussion darüber, ob sie wirklich mit ihm in den Fahrstuhl steigen oder die Treppe nehmen sollte. Schlussendlich entschied sie sich dazu, lieber die körperliche Anstrengung des Treppensteigens in Kauf zu nehmen, anstatt sich auf so engem Raum gefangen zu fühlen.

»Mr Brodie.« Sie erhob ihre Stimme nur leicht und blieb stehen. Seine Hand stoppte kurz vor dem Betätigen des Aufzugsknopfs, als hätte er fast schon damit gerechnet, dass sie etwas sagen würde.

»Dritter Stock«, entgegnete er, ohne sich umzudrehen, sodass Maggie ihn fast nicht verstehen konnte. Nun betätigte er den Rufknopf und wartete auf den Aufzug.

Maggie ging durch eine schwere Tür neben den Fahrstühlen ins Treppenhaus. Sie wusste, sie würde es nicht genauso schnell wie der Aufzug nach oben schaffen, deswegen versuchte sie es nicht einmal. Nach jedem Treppenabsatz musste sie eine Pause machen, um nicht vor Erschöpfung umzufallen. Überraschend viele Personen nutzten die Treppen und Maggie war es unangenehm, dass sie sahen, wie sie nach Luft schnappte. Nachdem mehrere Leute mit offener Jacke und dadurch sichtbarem Schulterhalfter an ihr vorbeigegangen waren, hegte Maggie eine Vermutung, um was für ein Gebäude es sich hier handelte. Als sie die letzten Treppenstufen nahm, sah sie auf ihre Armbanduhr. Sie hatte fast zehn Minuten nach oben gebraucht.

Mit einem Seufzer zog sie die Tür zum dritten Stockwerk auf. Craig Brodie stand mit einem ungeduldigen Gesichtsausdruck da und sah sie erwartungsvoll an.

»Das ist ein inoffizielles Büro vom MI6, oder?«, fragte Maggie.

»Ja.«

»Mr Stork arbeitet mittlerweile für den MI6?«, fragte sie ungläubig. Sie konnte sich nicht vorstellen, dass er das tat, wo er das Angebot doch beim ersten Mal entschieden abgelehnt hatte.

»Mhm.«

»Verrückt«, murmelte Maggie. Sie blieb einige Schritte hinter dem Agenten stehen, als er an den Türrahmen einer offenen Tür klopfte. Er wechselte ein paar Worte mit der Sekretärin im Durchgangszimmer und bedeutete Maggie mit einer Handbewegung, dass sie sich auf einen der Stühle im Flur setzen sollte. Sie würden noch warten müssen.

~

Da es Craigs Aufgabe war, Miss Nelson bis zu Mr Stork zu bringen, musste auch er warten. Er blieb jedoch in Bewegung, ging auf und ab, damit er sich nicht neben sie setzen musste.

»Craig!«

Er drehte sich um. Richard, einer seiner Kollegen, kam den Flur entlang und sah nicht glücklich aus. Es gab offenbar Probleme. Sie entfernten sich ein paar Schritte von der wartenden Miss Nelson, damit sie das Gespräch nicht hören konnte.

»Eins der Gemälde ist verschwunden. Das Bild ›Laternenschein‹, von dem David Baumgarten hofft, dass es von Vincent van Gogh ist«, erklärte Richard mit gesenkter Stimme.

»Was?!«, blaffte Craig. »Der Transport von Österreich nach Hamburg und von dort nach London ist doch von unseren Leuten überwacht worden. Wie kann da ein Gemälde verschwinden?«

Richard zuckte mit den Schultern und schüttelte gleichzeitig den Kopf. Es gab keine Antwort auf die Frage. Sie hatten keinerlei Spuren.

»Wann ist festgestellt worden, dass es fehlt?«

»Vor einigen Minuten, als die Kuratoren die Gemälde auspacken wollten.«

»Sonderlich viele Möglichkeiten gibt es ja nicht«, knurrte Craig. »Keine Einbruchspuren müssten bedeuten, dass der Täter mit uns zusammengearbeitet hat.«

Mit einem Nicken stimmte sein Kollege ihm zu: »Und wir beide kennen alle beteiligen Personen oder jemanden, der für diese einstehen würde.«

»Du hast Wright informiert?« Robert Wright war Anwalt und als Nachfolgender von Cecil Hurst der Vorsitzende der UNWCC.

»Ja, genauso wie Mr Menzies. Eigentlich sollten wir zusammen mit den Ermittlungen anfangen, aber du bist anscheinend … beschäftigt.« Richards Blick wanderte zu Miss Nelson, die immer noch auf ihrem Stuhl saß, den Blick geradeaus an die gegenüberliegende Wand gerichtet, und deren Haare ihr wie sonst auch ins Gesicht fielen. »Was machst du hier mit ihr?«

»Einer unserer Mitarbeiter, der Miss Nelson von früher kennt, will mit ihr reden.«

»O Mann, ich dachte, wir seien sie endlich los«, sagte Richard, während er bereits ein paar Schritte rückwärtsging, um zu seinem Arbeitsplatz zurückzukehren.

»Warte, ich komme mit.«

Dass ein Gemälde von Erich Heckler verschwunden war, bot ihm einen guten Grund, Miss Nelson allein zu lassen, obwohl er eigentlich ein Auge auf sie haben sollte, damit sie nicht durch das Gebäude streifte. So wie sie momentan in Gedanken versunken zu sein schien, sah er solch ein Risiko aber als gering an. Deshalb informierte er sie nur, dass sie auf ihn warten solle, falls ihr Gespräch mit Mr Stork zu Ende wäre, bevor er zurück war.

12

Maggie beobachtete, wie die beiden Agenten mit großen Schritten die Etage verließen. Sie war allein.

O Mann, ich dachte, wir seien sie endlich los. Diese Worte des Mannes hatte Maggie gehört. Sie schnaubte. Dabei hatte dieser Mensch noch nicht einmal persönlich mit ihr zu tun gehabt.

Krampfhaft hielt sie ihre Hände im Schoß gefaltet, während sie weiter wartete. Die Tür zum Empfangszimmer von Calvin Storks Sekretärin – oder für wen die Frau auch immer zuständig war – war die einzige Tür, die auf diesem Stockwerk offen stand, und auch sonst gab es keinen Durchgangsverkehr.

Maggie starrte die dunkel vertäfelte Wand vor sich an. Sie saß am Ende des Ganges an der Stelle, wo zwei Fenster Licht hereinließen. Na ja, zumindest etwas Licht, denn beide waren anscheinend durch die Luftangriffe auf London zerstört worden und mit provisorischen Abdeckungen versehen, damit der Wind nicht durch das Haus zog.

Sie hörte die Schritte der Sekretärin, bevor sie sie im Türrahmen stehen sah. Mit einem aufgesetzten Lächeln sagte die Frau: »Mr Stork wird Sie jetzt empfangen, Miss Nelson.« Dann machte sie auf dem Absatz kehrt und verschwand wieder im Zimmer.

Maggie folgte ihr, ging durch das kleine Büro und durch die Tür, die die Sekretärin ihr aufhielt. Eigentlich wäre genau so etwas ihre eigene Arbeit gewesen. Sie hatte Sekretärin für jemanden vom OSS sein sollen, doch dann waren ihre Pläne über den Haufen geworfen worden und sie hatte sich mitten in der Ausbildung befunden, um das Deutsche Reich zu infiltrieren.

Calvin Stork war grauer und faltiger geworden, als er ihr in Erinnerung war – auch wenn sie sich nur selten persönlich gesehen hatten –, sonst hatte er sich aber kaum verändert. Er erhob sich von seinem Arbeitsplatz und kam auf sie zu. Der große Tisch war überladen mit Dokumenten und Büchern, die nicht mehr in die Regale gepasst hatten, die sich über drei Wände hinweg erstreckten. In der vierten Wand waren Fenster eingelassen, die entweder den deutschen Bombardements getrotzt hatten oder bereits ausgetauscht worden waren. Eine Sitzgelegenheit mit zwei Sesseln und einem kleinen Tisch war ebenfalls mit Büchern übersät.

»Miss Nelson, Sie sehen … Es ist schön, Sie zu sehen.« Er presste die Lippen zusammen. Es schien, als hätte ihm die Floskel, dass sie gut aussehe, bereits auf der Zunge gelegen, doch das wäre gelogen gewesen. Denn sie sah nicht gut aus, das wusste sie.

»Guten Tag, Mr Stork.« Maggie sah ihn nicht an, sie war immer noch dabei, mit ihrem Blick den Inhalt des Büros zu erfassen. Das dickste deutsch-englische Wörterbuch, das sie je gesehen hatte, lag zuoberst auf einem Stapel, der aussah, als würde er jeden Moment vom Sessel kippen, aber offenbar perfekt ausbalanciert war. Gleich darunter lag nationalsozialistische Literatur, auch die, die Maggie zur Vorbereitung ihres Auftrags gelesen hatte. Angewidert wandte sie den Blick ab.

»Kommen Sie, ich mache Ihnen etwas Platz.« Mr Stork klang gehetzt, als hätte er Angst, er könnte ihr nicht schnell genug eine Sitzgelegenheit schaffen, bevor sie umfiel. »Ich konnte noch nie so perfekt Deutsch wie Sie. Verstehen tu ich es schon nahezu perfekt, aber manche deutschen Wörter sind schwer ins Englische zu übersetzen. Wir haben gar keine Begriffe dafür!« Er schien ihre Ablehnung hinsichtlich der Naziliteratur nicht bemerkt zu haben.

»Sie wollten doch nicht mit dem MI6 zusammenarbeiten?«, fragte Maggie.

»Nein, das wollte ich nicht.« Kopfschüttelnd deutete er auf den Stuhl vor seinem Tisch, den er freigeräumt hatte, und Maggie setzte sich. Ungefragt goss er ihr ein Glas Wasser ein und reichte es ihr, bevor er sich auf seinen Drehstuhl setzte. »Aber die Veränderungen in Europa, wie wir es kannten, waren zu stark, als dass ich nicht meinen Beitrag hätte leisten können. Und da Menzies und Brodie nie aufgehört haben, mich zu fragen, habe ich irgendwann Ja gesagt.«

»Und jetzt analysieren Sie die deutsche Gesellschaft und geben dem britischen Geheimdienst Einschätzungen ab?«

Er nickte und sein Blick veränderte sich. Es war kein reiner Augenkontakt mehr, wie man ihn mit einem Gesprächspartner hielt. Er studierte ihr Gesicht. Automatisch senkte Maggie den Kopf, um ihm eine schlechtere Sicht zu bieten. Stattdessen folgte sie der Bewegung ihrer Finger, die über das lackierte Holz der Armlehne strichen.

Mr Stork holte hörbar Luft und hielt inne. Maggie hielt in Erwartung, was er sagen oder fragen würde, auch die Luft an, doch dann atmete er wieder aus und schwieg. Die Anspannung, dass ihm etwas auf der Zunge lag, war allerdings immer noch spürbar.

»Warum sollte ich herkommen?« Sie stellte die Frage nüchtern, ohne Vorwurf, ohne Anzeichen davon, dass ihr dieser Besuch missfiel, da er sie von ihrer Reise in die USA abhielt.

»Ich möchte, dass Sie sich Hilfe suchen.«

Hilfe? Maggie zog irritiert die Augenbrauen zusammen. »Ich verstehe nicht.«

»Psychiatrische Hilfe, Margret …« Er konnte nicht weitersprechen, denn Maggie war von ihrem Stuhl hochgefahren, raufte sich mit den Händen die Haare und lachte.

»Erst Agent Brodie und die Situation mit dem Sanatorium und jetzt fangen Sie auch noch damit an … Halten Sie alle mich denn für verrückt?! Verhalte ich mich falsch? Wie soll sich denn jemand Ihrer Meinung nach verhalten, wenn er die Behandlung der Gestapo überlebt hat?!«, blaffte sie ungewöhnlich laut, sodass man sie sicherlich bis ins Vorzimmer hörte.

Mr Stork hob die Hände in einer Mischung aus Verteidigung und Beruhigung. »Miss Nelson, niemand hat sich in irgendeiner Form gegen Sie verschworen, das kann ich Ihnen versichern.«

»Ach ja?! Sie haben meinen Flug streichen lassen!«

»Ja, weil mir an Ihnen und Ihrer Gesundheit etwas liegt! Nicht, weil ich von irgendjemandem die Anweisung bekommen habe. Und wenn die Führungsriege das wirklich wollen würde, könnten sie Sie auch gegen Ihren Willen einweisen lassen. Also bitte: Glauben Sie mir, wenn ich sage, dass ich wirklich nur gute Absichten verfolge.« Ernst sah er sie an.

Am ganzen Körper zitternd wandte sich Maggie von ihm ab. Sie biss die Zähne fest aufeinander und presste dann hervor: »Warum haben Sie dann so lange gebraucht, um mit mir zu sprechen?«

»Ihr Fall ist erst gestern zufällig über meinen Schreibtisch gelaufen. Vorher wusste ich nichts davon, weder dass Sie im Deutschen Reich für das OSS waren noch dass Sie nun in England sind.«

Es klang glaubwürdig und Maggie hätte ihm auch gerne geglaubt. Dennoch hatte sie Angst, ihm zu vertrauen und dann festzustellen, dass er sie manipuliert hatte. »Ich danke Ihnen für Ihre Sorge«, sagte sie stumpf und es klang nicht sonderlich freundlich. »Aber ich werde zu keinem Psychiater gehen.«

Hörbar schob Calvin Stork seinen Stuhl nach hinten und stand auf. »Das ist Ihre Entscheidung. Aber bitte nehmen Sie wenigstens das.«

Maggie drehte sich um und nahm den einmal halbierten Zettel entgegen, den er ihr hinhielt.

»Das ist die Adresse eines Psychiaters in Washington, D.C. Soweit ich weiß, geht dort Ihr Flug hin. Aber eigentlich ist es ganz egal, wo Sie sich niederlassen und zu welchem Arzt Sie gehen, Hauptsache, Sie tun es irgendwann«, erklärte er.

Maggie musste sich zusammenreißen, damit sie den Zettel nicht augenblicklich in ihrer Hand zerknüllte. Sie hatte ihre Zweifel, dass ihr erlaubt werden würde, zu einem Psychiater ihrer Wahl zu gehen.

»Denken Sie bitte darüber nach.«

Das hatte sie bereits. Und innerhalb von Minuten hatte sie ihre Entscheidung getroffen. Sie war darauf trainiert worden, in knapp bemessener Zeit schnell die richtige Wahl zu treffen. Und hier war das doch nichts anderes.

»Auf Wiedersehen, Mr Stork.« Maggie ging zur Tür, der Zettel brannte in ihrer Handfläche und der Streit hatte es geschafft, ihre Kopfschmerzen wieder spürbar werden zu lassen.

»Sie haben doch immer auf Gott vertraut, oder nicht?«, rief er ihr hinterher. »Wenn Sie schon die weltliche Hilfe ablehnen, vielleicht wird Ihnen die geistliche Hilfe, Ihr Glauben, etwas nützen.« Maggie war zu überrascht davon, dass er sich daran erinnerte, als dass sie in der Lage gewesen wäre, ihm ins Wort zu fallen, also redete er weiter: »Schon einmal hat Ihr Gott Sie von Ihrem tiefsten Schmerz in ein neues Leben geführt, wie Sie es ausgedrückt haben. Er wird es also wieder machen können.«

Maggie fühlte sich unwohl bei der Erinnerung daran, wie Nathanael sie verletzt hatte. Wochen, eigentlich Monate später war er damals aufgetaucht, stand einfach da. Es schien, dass seine Veränderung, seine Verwandlung, ihn nicht nur im Inneren geändert hatte, sondern auch äußerlich. Er war ordentlich angezogen – sie hatte ihn noch nie in einem Anzug gesehen. Und dann hatte er sich entschuldigt. Dass er sie verletzt hatte. Dass er sie im Stich gelassen hatte. Dann hatte er ihr noch Hilfe angeboten und Maggie hatte angefangen, Fragen zu stellen, wie es zu dieser totalen Wesensveränderung gekommen war. Wie er zu einem Menschen werden konnte, der sie um Vergebung bat.

»Margret, werfen Sie Ihr Leben nicht weg.« Calvin Stork riss sie wieder aus ihren Gedanken, doch sie war zu aufgewühlt, um seine Sorge wertschätzen zu können. Stumm öffnete sie die Tür und ging ohne ein Wort des Abschieds an der Sekretärin vorbei.

Im leeren Gang blieb Maggie kurz stehen, um sich zu sammeln. Dann wurde ihr bewusst, dass sie auf Craig Brodie warten musste. Zu unruhig, um sich hinzusetzen, ging sie im Gang auf und ab.

Craig wusste nicht, wie lange Margret Nelson auf ihn hatte warten müssen, aber sobald er in Sichtweite war, stürmte sie auf ihn zu. Der Wind, den sie dabei erzeugte, fegte ein zusammengeknülltes Blatt Papier, das auf einem der Stühle lag, hinunter.

»Können wir endlich gehen?«, fragte sie gereizt. Ohne eine Antwort abzuwarten, stürmte sie weiter in Richtung Treppenhaus.

Für einen Moment wanderte sein Blick zu der Tür, die zu Calvin Storks Büro führte. Er wusste nicht, was er mit Miss Nelson hatte besprechen wollen. Ihm war nur gesagt worden, es sei eine private Unterhaltung. Craigs Blick wanderte zurück zu dem Papier, das auf den Boden gefallen war. Er ging hinüber, hob es auf und faltete es auseinander. Dann erstarrte er. Auch wenn er keine sonderlich große Ahnung von Kunst hatte und nur Fotografien von den Gemälden gesehen hatte, die im Ferienhaus von Erich Hecklers Freund in Österreich sichergestellt worden waren, erkannte er doch die Ähnlichkeit zwischen dieser Zeichnung und dem Bild »Laternenschein«, das seit Kurzem unauffindbar war. Er drehte den Zettel um und sah eine Adresse und einen Namen notiert, zusammen mit der Bezeichnung *Psychiater*. Das hatte also Mr Stork von ihr gewollt. Dass sie sich mentale Hilfe suchte, denn jeder, der ein paar Minuten mit ihr verbrachte, merkte, wie nötig sie das hatte.

Mit großen Schritten folgte Craig Miss Nelson, die schon längst im Treppenhaus verschwunden war. Weder auf den Treppen noch in der Eingangshalle war sie jedoch zu finden. Erst, als er das Gebäude verließ, sah er sie, wie sie am Straßenrand auf- und abging. Ihre Lippen bewegten sich – scheinbar sprach sie mit sich selbst.

»Miss Nelson«, sagte er, um ihre Aufmerksamkeit auf sich zu lenken. Doch als sie aufsah, kam sie nicht zu ihm, sondern ging schnurstracks zu seinem Auto, das einige Meter weiter geparkt war.

Verärgert folgte Craig ihr. »Ein Wunder, dass Sie jetzt anhalten und nicht in die Pension laufen«, knurrte er, als er die Türen aufschloss.

Kommentarlos stieg Maggie ein und kurbelte direkt das Fenster herunter. Ihre Finger trommelten nervös auf dem Sitzpolster. Craig blickte sie an und wartete.

Als er nach ein paar Sekunden immer noch nicht den Motor gestartet hatte, drehte sich Maggie zu ihm. »Warum fahren Sie nicht los?« Ihre Stimme klang müde und gereizt.

Für einen Moment überlegte Craig, ob er ihr das Papier reichen konnte – womöglich würde sie es aus dem Fenster werfen! Er hielt es ihr hin und ließ auch nicht los, als sie danach griff.

»Das haben Sie gemalt«, stellte er fest.

Maggie zuckte verständnislos mit den Schultern. »Ja, und? Es ist nicht sonderlich schön geworden.« Das Zeichnen war ihr Versuch gewesen, ruhiger zu werden, doch es hatte sie nur noch nervöser gemacht, insbesondere, da es sie an ihr schlechtes Augenlicht erinnert hatte. Es zeigte eine Sturmlampe, die einem Unwetter trotzte – zumindest war das der Hintergedanke dabei gewesen, erkennen konnte man die Szenerie kaum. Sie hatte mit dem Zettel, den Mr Stork ihr gegeben hatte, und einem Bleistift, den sie in ihrer Tasche gefunden hatte, gearbeitet.

»Sie haben das Gemälde ›Laternenschein‹ gemalt. Erst haben wir in Hecklers Haus darüber Aufzeichnungen gefunden und dann ist es im Ferienhaus seines Freundes in Österreich aufgetaucht.«

Für einen Augenblick schien Maggie ihre schlechte Laune und Gereiztheit zu vergessen und überrascht zog sie die Augenbrauen hoch. »Er hat es behalten?«

»Also wusste Sie, dass Heckler es besaß?«

Sie nickte. »Ich habe es ihm zum Geburtstag geschenkt. Aber da ich wahrlich keine Meisterin bin und er jemand ist, der sehr direkt seine Meinung sagt und nicht mal aus Höflichkeit ein Geschenk behält, was ihm nicht gefällt, habe ich nicht angenommen, dass er es behalten würde.«

»Aber das hat er«, murmelte Craig, dem gerade klar wurde, dass es sich offensichtlich nicht, wie vermutet, um einen unbekannten van Gogh handelte. Trotzdem war das Bild verschwunden. »Er hat es sogar in seine Sammlung aufgenommen. Es war gelistet«, schob er deutlicher hinterher. Dann fragte er: »Für was steht die Abkürzung V. W.?

»V. W.?«, wiederholte sie und schien kurz nachzudenken. »Das steht für Verwaltung. Er hat jedes Gemälde ohne Künstlersignatur damit listen lassen, wenn es vorerst nicht für Auktionen zur Verfügung stand, sondern er sich noch darum kümmerte – wenn es also verwaltet wurde.«

Jetzt musste Craig sich wirklich zurückhalten, um nicht laut loszulachen und gleichzeitig den Kopf zu schütteln. Damit waren die Hoffnungen, die Spur eines wirklich bedeutenden Gemäldes zu verfolgen, zunichtegemacht worden.

»Ihr Gespräch mit Mr Stork scheint nicht gut gelaufen zu sein«, stellte er schließlich fest, um das Thema zu wechseln.

»Vor allem hat es meine Kopfschmerzen ins Unermessliche gesteigert«, murmelte Margret Nelson, während sie sich mit den Fingern die Schläfen massierte, als müsste sie ihre Worte unterstreichen. »Wann wird mein Flug gehen?«

»Soweit ich weiß, in zwei Tagen. Sie müssen also nicht mehr allzu lange ausharren.« Er legte den nächsten Gang ein.

»Das sind zwei lange Tage, wenn man bedenkt, dass ich auf gepackten Koffern sitze.«

Craig lag der Satz auf der Zunge, dass sie jetzt schon so lange wartete, in die Staaten zurückzukehren, dass diese zwei Tage nichts im Vergleich dazu waren, doch er verkniff ihn sich.

Während sie schweigend weiterfuhren, dachte Craig darüber nach, dass es keinen Sinn machte, dass jemand »Laternenschein«

gestohlen hätte – außer natürlich, er wusste nicht, dass es von Margret Nelson war, und würde annehmen, es wäre wirklich von Vincent van Gogh. Er würde, sobald er Miss Nelson abgesetzt hatte, ins Büro zurückkehren und Richard sagen, dass es jemand mit Insiderwissen sein musste, immerhin wussten nur wenige von David Baumgartens Vermutung. Es würde dennoch nicht einfach herauszufinden sein, wer der Dieb gewesen war.

13

19. Juni 1945

Maggies letzter Morgen in England war angebrochen. Bereits seit drei Uhr morgens hatte sie wach gelegen und nicht mehr schlafen können. Zum Frühstück aß sie nichts. Sie war zu aufgeregt.

Die ersten Wochen würde das OSS ihr noch ein Motelzimmer zur Verfügung stellen, bis sie eine Wohnung gefunden hatte. Dann würde sie auf sich allein gestellt sein. Je näher ihre Abreise rückte, desto mehr Gedanken machte sie sich. Das ließ sie zwar nur noch nervöser werden, es war aber auch ihre Art von mentaler Flucht, um nicht an England denken zu müssen.

Und wieder saß sie mit gepacktem Koffer auf der Treppe der Pension. Den Zettel, den ihr Mr Stork gegeben hatte, hatte Agent Brodie ihr zurückgegeben. Dass er das getan hatte, konnte nur bedeuten, dass er gesehen hatte, was auf der Rückseite stand – und es war ihm offensichtlich egal, dass sie ihn absichtlich auf dem Boden hatte liegen lassen.

Im Gespräch mit Brodie hatte sie ganz vergessen zu fragen, was mit dem Gemälde geschehen war. Sie hing nicht an »Laternenschein«, aber trotzdem würde sie das interessieren. Maggie ging davon aus, dass es in irgendeiner Lagerhalle des MI6 verstaubte.

Endlich tauchte Craig Brodie auf, begrüßte sie kurz, lud ihren Koffer ein und fuhr los. Die Pension würde Maggie nicht vermissen. Deswegen hatte sie sich auch nicht die Zeit genommen, noch einmal einen Rundgang zu machen oder sich großartig von Samuel Clark – mittlerweile konnte sie den Namen behalten –, dem Hausvater, zu verabschieden.

Nun kam der Croydon Airport in Sicht – kriegsbedingt wurde er noch hauptsächlich von der Royal Air Force genutzt – und Craig parkte. Er stieg mit aus und reichte ihr den Koffer. »Soll ich noch mit hineingehen?«

»Nein, das ist nicht nötig«, ächzte Maggie kurz. Auch wenn sie nicht viel besaß und den Koffer selbst gepackt und die Treppe hinuntergeschleppt hatte, war sie überrascht, wie schwer er doch war. Kurz zögerte sie, dann sah sie Craig in die Augen und sagte dumpf: »Danke.« Sie würde es ihm überlassen, zu interpretieren, ob der Dank allein für sein Angebot oder für die ganze Zeit galt, in der er für sie zuständig gewesen war.

»Na dann. Alles Gute.« Er tippte sich kurz an seinen Hut und stieg zurück ins Auto. Auch als er schon längst weggefahren war, blieb Maggie noch kurz an Ort und Stelle stehen und blickte auf das Flughafengebäude.

Sie spürte in sich, dass sie Gott dankbar war, endlich den Weg nach Hause antreten zu können. Leise sagte sie ihm auch *Danke*. Aber mehr nicht. Auch er würde in der Lage sein, es zu interpretieren, und zu mehr konnte Maggie sich nicht durchringen. Zu groß war der Groll gegen Gott, der in ihrem Inneren brodelte.

TEIL 3

Warum verschließt du deine Augen vor unserem Leid und unserer Unterdrückung?

Psalm 44,25b

14

Washington, D.C., Vereinigte Staaten von Amerika
19. Juni 1945

Maggie drückte die Tür ins Schloss.

Sie ließ das Schlichte und fast Primitive des Motelzimmers, das ihr vorübergehendes Zuhause sein würde, auf sich wirken. Sie liebte die Einfachheit, die sich darin ausdrückte, dass es nur das äußerst Nötigste gab. Ein Bett, einen Tisch, einen Stuhl, einen Kleiderschrank. Einen Teppich auf dem Boden und ein Bad. Die Geräusche des Highways klangen selbst durch die geschlossene Tür. Es war fantastisch. Sie war von einer dauerhaften Geräuschkulisse umgeben und hatte alles, was sie brauchte – aber trotzdem spürte sie das beklemmende Gefühl der Einsamkeit und Anonymität.

Sie war froh, dass sie mit dem Flugzeug in die Staaten hatte fliegen können. Eine Überfahrt mit dem Schiff wäre schrecklich gewesen. Tagelang auf engstem, schlecht belüfteten Raum mit Hunderten anderer Menschen. Keinen Rückzugsort und keine wirkliche Beschäftigung zu haben – sie konnte sich kaum etwas Schlimmeres vorstellen.

Allein schon, dass sie am Flughafen um sich herum Menschen mit amerikanischem Dialekt hatte reden hören, hatte Maggie das Gefühl gegeben, endlich durchatmen zu können. Dieses sorglose Treiben der Amerikaner, das nicht vor einer Ruinenkulisse stattfand, Menschen, die nicht wussten, wie sich die Angst anfühlte, jeden Augenblick sterben zu können. Es war einfach wunderbar!

Lediglich die amerikanischen Soldaten in ihren Uniformen, die Europa zu ihr in die Staaten brachten, hatten die Harmonie gestört. Und der OSS-Mann, der trotz des Sommers sein Jackett nicht aufgeknöpft hatte und direkt auf sie zugesteuert war, als er sie gesehen hatte. Maggie hatte sich nicht mehr an seinen Namen erinnern können, begegnet war sie ihm bestimmt schon einmal. Ihr Kontakt war höflich, aber distanziert verlaufen und er hatte sie zu ihrem Motel gebracht.

Er hatte auch die Kiste mit ihren Sachen, die das OSS verwahrt hatte, mitgebracht. Enttäuscht waren Maggies Schultern nach unten gesackt und der Knoten in ihrem Magen, den sie schon in England so oft gespürt hatte, war wieder da gewesen. Ihr Plan war gewesen, persönlich beim OSS aufzutauchen, um ihre Sachen abzuholen, und dabei vielleicht mit Donovan direkt zu reden. Aber nun fehlte ihr der Vorwand.

Mit einem Fuß hatte der Mann ihr die Kiste in ihr Zimmer geschoben und war dann gegangen.

Jetzt schlüpfte Maggie aus ihren Schuhen und hievte die Kiste weiter in den Raum hinein. Sie konnte nicht verstehen, wie der Agent es geschafft hatte, sie mit einem Fuß zu bewegen. Sie setzte sich im Schneidersitz auf den Boden, griff sich das Kopfkissen und stopfte sich es zwischen Rücken und Bett, sodass sie sich bequem anlehnen konnte. Dann öffnete sie gespannt auf die Erinnerungen den Karton.

Zuoberst lag ein Briefumschlag, an Miss Margret Nelson adressiert. Sie kannte weder den Brief noch die Handschrift. Sie riss den Umschlag auf und entfaltete mehrere Papiere. Das sachlich gehaltene Schreiben erklärte nicht alle Bedingungen, die Steve Adams ihr unterbreitet hatte, sondern nur die Informationen über ihr Bankkonto, das ab sofort wieder von ihr selbst verwaltet wurde. Sonst lagen dem Brief noch Rationierungsmarken, eine Terminbestätigung für einen Augenarztbesuch und ihre Kontoauszüge bei. Sie staunte nicht schlecht über das Geld, das sie angespart hatte, während sie im Ausland gewesen war und so gut wie nichts ausgegeben hatte. Auch wenn jeden Monat von dem vom OSS eingehenden Betrag zehn Prozent als Spende an eine Kirche hier in D. C. gegangen waren. Es war ein Dauerauftrag, den sie begonnen hatte, als sie Christin geworden war. Die Kirche selbst kannte sie nicht. Nathanael hatte sie ihr empfohlen, doch da die Vorbereitungszeit und das Training durch das OSS angefangen hatten, hatte sie nie Zeit gefunden, sie sich anzusehen. Sie starrte den Namen der Kirche an und legte das Blatt dann schnell weg. Der perfekte, allmächtige Gott hatte sie enttäuscht und dieselbe Enttäuschung würde sie wieder erleben, wenn sie sich auf die falschen Menschen einließ. Das hatte sie mit Nathanael erlebt und im Augenblick war sie an keiner wie auch immer gearteten zwischenmenschlichen Beziehung interessiert.

Mit Grausen dachte Maggie daran, dass sie in den nächsten Tagen ihr Postfach räumen musste. Sie erwartete zwar nicht viel, aber vermutlich war die ein oder andere Nachricht von Nathanael dabei und die wollte sie nicht lesen. Sie hatte ihn gebeten, nicht zu versuchen, sie zu erreichen oder wieder Kontakt aufzunehmen – auch schon, bevor sie vom OSS rekrutiert worden war, aber wahrscheinlich hatte er sich über diese Bitte hinweggesetzt.

Maggies Magen knurrte, aber sie ignorierte es. Sie hatte keine Lust, heute noch den Speisesaal aufzusuchen.

Der restliche Inhalt der Kiste bestand aus ein paar Kleidungsstücken, sodass sie endlich diese englischen Kleider loswerden konnte, einem Paar Schuhe, einer Haarbürste, wenigen Fotos und ein paar anderen Erinnerungsstücken. Dann kam ihre alte Handtasche. Maggie öffnete sie und zog ihren Ausweis hervor. Sie presste die Lippen aufeinander, während sie mit ihrem Daumen über den Namen und die Fotografie fuhr. Margret Stacy Nelson. Es war ein schöner Gedanke, nun endlich wieder sie selbst sein und selbstbestimmt leben zu können.

Sie legte die Sachen beiseite und sah, dass jemand vom OSS die Geistesgegenwart besessen hatte, ihr ein paar Hygieneartikel einzupacken. Sie griff sich die Zahnpasta und die Zahnbürste und ging in das kleine Bad. Die Glühbirne an der Decke brauchte einen Moment, um anzuspringen und den fensterlosen Raum zu erhellen. Maggie putzte sich die Zähne, während sich ihre Gedanken überschlugen. Es fühlte sich irreal an, zurück in ihrem Heimatland zu sein. Sie hatte davon geträumt, als sie in der Zelle gewesen war. Sie hatte sich Ziele gesetzt, was sie hier wieder tun würde. Doch wie eine eiternde Wunde schwelte der Gedanke in ihr, alte Bekannte und Freunde aufzusuchen. Sie konnte nicht. Sie hatte ohne große Erklärung verschwinden müssen und konnte doch jetzt nicht wieder in ihrem Leben erscheinen, besonders nicht nach der großen persönlichen Niederlage, die sie erlitten hatte. Bei null wieder anfangen. Ja, das war ihr Plan, um ihr Leben in Griff zu bekommen und es zu genießen.

Sie spülte sich den Mund aus und entschied sich zu duschen. Von der anstrengenden Reise war sie verschwitzt und wollte momentan nichts anderes, als frisch gewaschen einzuschlafen.

Das Wasser kam heiß aus der Leitung, was in London eine Seltenheit gewesen war. Sie ließ es über ihren Körper laufen und hielt den Kopf von dem Strahl weg.

Zum Schlafengehen nahm sie noch einmal Schmerzmittel, um die Nacht zu überstehen. Bald würde sie zum Arzt gehen müssen, um sich neue Medikamente ausstellen zu lassen. Sie kritzelte eine Erinnerung daran auf die Rückseite des Schreibens vom OSS, weil sie gerade kein anderes Papier zur Hand hatte.

Dann machte sie es sich auf dem Teppich bequem und schlief ein.

20. Juni 1945

In der Nacht hatte sie so viel geschwitzt, dass sie am nächsten Morgen erneut duschte, um das Gefühl von Schmutz loszuwerden. Sie beeilte sich, denn sie wollte so früh wie möglich zum Frühstück gehen, um nicht zu viele Menschen zu treffen.

Als sie fertig war, schlüpfte sie in ein Kleid, das sie früher einmal getragen hatte. Es roch etwas muffig, aber sie war froh, endlich wieder ihre eigenen Sachen tragen zu können. Allerdings merkte sie schon beim Hineinschlüpfen, dass es ihr viel zu groß geworden war. Es hing wie ein Sack an ihr. Sie versuchte sich einen schwarzen Gürtel um die Taille zu schnallen, aber auch der Gürtel war zu lang.

Maggie stieß einen verärgerten Laut aus. Sie sah ihre anderen Sachen durch, aber nichts davon würde ihr passen. Verzweifelt und den Tränen nah, ließ sie sich auf die Bettkante sinken. Sie ärgerte sich darüber, dass sie weinen musste, und darüber, dass ihr nichts mehr passte. Sie hatte keine Wahl. Sie musste etwas von den Sachen anziehen, die sie aus England mitgebracht hatte. Auf ihren Erinnerungszettel schrieb sie, dass sie sich heute zumindest einen kleinen Gürtel kaufen musste. Sie wählte ein frisch gewaschenes Kleid, das nach der englischen Pension roch, und musste sich dann beeilen, um noch eine der Ersten beim Frühstück zu sein.

Tatsächlich war sie sogar die Erste, die den Speisesaal betrat. Ein Mitarbeiter war gerade noch dabei, das Büfett fertig zu decken. Maggie erwiderte seinen Gruß kurz, hielt den Kopf aber immer von ihm weggedreht.

Sie staunte nicht schlecht, als sie das Büfett sah. Auch wenn es ein ganz normales amerikanisches Frühstück sein mochte, für Maggie war es einfach fantastisch. Gebackene Bohnen, Muffins, Eier, Pfannkuchen mit Ahornsirup. Und Kaffee. Oh, wie sehr hatte sie das braune Gebräu vermisst, besonders da es in der Pension in London immer nur Tee gegeben hatte! Ihr Magen knurrte, und während ihr das Wasser im Mund zusammenlief, belud sie ihren Teller.

Mit einer Hand balancierte sie ihren Kaffeebecher und mit der anderen ihren Teller. Sie hatte seit sechsunddreißig Stunden nichts mehr gegessen und großen Nachholbedarf. Sie setzte sich mit dem Rücken zum Speiseraum und mit dem Blick zur Wand, damit niemand auf die Idee kommen würde, mit ihr zu reden, und auch niemand ihr Gesicht sehen konnte. Sie betete nicht, sondern schob sich direkt den ersten Löffel Bohnen in den Mund.

Fantastisch. Sie biss vom Muffin ab. Die Rationierung war ihm anzumerken, der Zuckergehalt fast zu gering, als dass man ihn als süß hätte bezeichnen können, doch er war so viel süßer als alles, was Maggie in den letzten Wochen in Europa gegessen hatte. Es war ein Genuss für ihre Sinne. Sie trank ein paar Schlucke von dem dünnen Kaffee und schob sich dann das erste Stück Pfannkuchen in den Mund. Der Ahornsirup tropfte ihr vom Kinn. Ein Tropfen landete auf ihrem Kleid, doch das kümmerte sie im Augenblick nicht.

Sie aß schnell, obwohl sie wusste, dass das nicht gut war. Als sie im Lazarett nach ihrer Befreiung Essen bekommen hatte, hatten die Krankenschwestern ihr gesagt, dass sie nicht zu schnell essen dürfe, sonst müsse sie sich übergeben. Doch Maggie ignorierte die Stimme der Vernunft. Bis nur noch die Hälfte des Muffins auf ihrem Teller lag, gleich neben der Pfütze mit dem Ahornsirup. Auf einmal überrollte sie Übelkeit und sie schob den Teller von sich. Sie konnte weder die klebrige Masse noch das wenig gesüßte Gebäck länger anschauen.

Sie stand hektisch auf, die Stuhlbeine kratzten über den Boden. Mittlerweile hatten sich auch einige andere Gäste eingefunden, die sich nun in ihre Richtung wandten. Maggie eilte hinaus. Sie musste die Außentreppe hinauf und dann an den Zimmern entlang. Unten befanden sich die Zimmer eins bis zwanzig und oben einundzwanzig bis vierzig. Sie hatte das Zimmer 36, was bedeutete, dass sie fast bis zum Ende des Ganges laufen musste.

Eilig schloss sie die Tür auf und beeilte sich, ins Bad zu kommen. Sie sank vor die Toilettenschüssel auf die Knie, doch widerstand dem Drang, sich zu übergeben, auch wenn sie wusste, damit wäre die Übelkeit sofort vorbei. Stattdessen kämpfte sie. Es sollte sie nicht von Europa aus hierher verfolgen.

Die Traurigkeit, dass niemand ihr Problem gesehen hatte, dass sie nicht zunehmen konnte, weil sie sich so oft übergab, schnürte ihr die Kehle zu und ließ die Tränen aufsteigen. Doch sie wollte so nicht weitermachen. Wenn ihr niemand half, dann musste sie selbst damit fertigwerden. Dass ihr heute Morgen ihre Kleider nicht gepasst hatten, hatte ihr Bewusstsein dafür geschärft, dass sie an sich arbeiten musste.

15

Vor Maggie auf dem Teppich lag ihr Notizzettel mit den Dingen, die sie unbedingt heute erledigen wollte. Doch allein schon, wenn sie den Kopf hob und zur Tür sah, spürte sie ihr Herz rasen und gegen ihren Brustkorb hämmern. Ihr Mund wurde trocken und die Panik davor, anderen Menschen zu begegnen, ließ sie fast in Tränen ausbrechen.

»Du bist stark«, murmelte sie zu sich selbst, während sie versuchte, sich zusammenzureißen und endlich aufzustehen und ihre Liste abzuarbeiten.

Sie stand mit weichen Knien auf und ging ins Badezimmer. Zum hundertsten Mal heute sah sie in den Spiegel und überprüfte den Sitz ihrer Haare. »Du hast es geschafft, frühstücken zu gehen, und es ist nichts dabei passiert. Also: Reiß dich zusammen«, knurrte sie ihr Spiegelbild an. Sie atmete tief ein und straffte die Schultern. Sie stellte sich vor, dass es nicht anders war als in Deutschland. Sie würde eine Fassade aufrechterhalten und einfach so tun, als müsste sie ihre Rolle spielen.

Ohne weiter nachzudenken, nahm sie den Stadtplan, den der Motelbetreiber auf den Tisch gelegt hatte, damit sie sich würde orientieren können. Auf dem Weg zur Bushaltestelle war sie froh, dass sie den Kampf gegen die Übelkeit gewonnen hatte, denn sie würde die Energie brauchen, um den Tag durchzustehen. Sie würde viel unterwegs sein und wahrscheinlich auch Pause machen müssen. Es war um die 25 Grad heiß und schnell fühlte Maggie sich ziemlich ausgedörrt. Sie war so begeistert vom Kaffee am Morgen gewesen, dass sie fast ausschließlich diesen getrunken hatte und kaum Wasser – etwas, was sie nun sehr bereute.

Als der Bus kam und sie sich eine Fahrkarte kaufte, hielt sie den Blick gesenkt. Sie sprach laut genug, dass die Busfahrerin sie beim ersten Mal verstand, aber immer noch so leise, dass die Aufmerksamkeit der anderen Fahrgäste nicht auf sie gelenkt wurde. Maggie nahm in der zweiten Reihe Platz, direkt hinter einem hochgewachsenen, älteren Herrn, der die Sicht einsteigender Passagiere auf sie versperrte.

Je weiter sich der Bus dem Stadtzentrum näherte, desto mehr Orte und Gebäude erkannte Maggie wieder. Sie liebte es, dass sich nur so wenig verändert hatte – ein ganz anderes Bild als in Europa.

Sie lauschte dem Gespräch einer Frau mit Einkaufstaschen, das diese quer durch den Bus mit einem Herrn im Anzug führte. Sie sprachen darüber, dass die Busfahrerin wahrscheinlich bald nicht mehr diese Linie bedienen würde. Auch wenn die USA immer noch im Pazifik gegen die Japaner – die Japsen, wie sie hier oft abfällig genannt wurden – kämpften, würden trotzdem aus Europa viele Soldaten zurückkehren und ihre alten Jobs wiederhaben wollen. Das bedeutete, Frauen mussten Arbeiten wie das Busfahren, die sie vertretungsweise übernommen hatten, wieder aufgeben.

Vielleicht wäre das ein besserer Weg für sie gewesen, fragte sich Maggie. Da sie ohnehin nicht wusste, ob ihre Arbeit für das OSS irgendetwas gebracht hatte, hätte sie auch gleich Busfahrerin werden können. Dienlicher für ihre Gesundheit wäre es jedenfalls gewesen.

An der Bushaltestelle, die in der Straße einer Einkaufsmeile lag, stieg sie aus. Zuallererst wollte sie ihre Einkäufe erledigen. Sie beeilte sich, schnell und zügig durch den ersten Laden zu gehen, um nicht Gefahr zu laufen, von einer Verkäuferin eine Beratung angeboten zu bekommen. Einen Gürtel, der ihr passte, fand sie nicht und ließ sich dafür in ihren alten weitere Löcher stanzen. Stattdessen kaufte sie sich ein paar neue Anziehsachen. Die Verkäuferin an der Kasse sah Maggie seltsam an und musterte sie auf eine merkwürdige Weise. Während sie das Wechselgeld berechnete, sah sie aus, als müsste sie sich einen Kommentar zu Maggies Kleidung verkneifen. Maggie entriss ihr förmlich die Münzen und die Einkaufstüte, als sie ihr gereicht wurden, und flüchtete.

Doch als sie nun auf offener Straße stand, wurde sie das Gefühl nicht los, angestarrt zu werden. Es schien, als würde ihr armseliges, gespendetes Kleid mehr Aufmerksamkeit erregen als die Narben in ihrem Gesicht, um die sie sich Sorgen machte. Am liebsten wäre sie in Tränen ausgebrochen, doch sie zwang sich dazu, es nicht zu tun, und versuchte, sich abzulenken. Sie fokussierte sich auf das, was ihr momentan die meiste Hoffnung versprach: ein Arztbesuch bei einem amerikanischen Arzt. Bei dem Gedanken wurde sie innerlich ganz nervös. Eine neue Behandlungsmethode würde ihr hoffentlich mehr Sehstärke verschaffen oder diese sogar vollständig wiederherstellen.

Sie machte sich auf den Weg zum Postamt. Es war gut besucht und Maggie musste eine Weile in der Schlange anstehen. Sich plötzlich in einer gewohnten, fast vertrauten Umgebung zu befinden, war ein merkwürdiges Gefühl. Sie verspürte Sehnsucht danach, wieder ihr altes Leben führen zu können, und gleichzeitig die Trauer darüber, dass das nie wieder möglich sein würde.

»Der Nächste bitte.«

Maggie trat vor. »Ich würde gerne meine Post, die in einem Postfach eingelagert ist, abholen.« Sie hatte einen Sondervertrag mit dem Amt, denn normalerweise bestanden sie auf regelmäßige Leerungen, aber Maggie hatte jetzt über ein Jahr lang hier ihre Post erhalten und verwahren lassen können.

Sie schob dem Beamten ihre Rechnung zu, die auch ihre Vertragsnummer enthielt. Er überflog die Details und sah dann zu ihr hoch. Für einen Moment schaute er sie einfach an, ohne etwas zu sagen, und Maggie wurde es unwohl. Sie spürte, wie ihr das Blut ins Gesicht schoss – etwas, mit dem sie früher nie zu kämpfen gehabt hatte. Wie hätte das gewirkt, wenn sie jedes Mal, wenn sie einen Nazi angelogen hätte, rot wie eine Tomate geworden wäre? Maggie biss sich auf die Zunge, um keine Bemerkung über das Starren zu machen. Damit würde sie vielleicht nur noch mehr ungewollte Aufmerksamkeit erregen. Unruhig schob sie ihre Brille ein Stück weiter hoch und strich sich dann mit der Hand durch die Haare.

»Ich hole Ihnen Ihre Post«, sagte der Beamte schließlich seltsam lang gezogen und stand von seinem Platz auf.

Maggie blieb mit dem Rücken zur Menschenschlange stehen und stützte sich mit den Händen etwas am Tresen ab. Da kam der Beamte auch schon mit einem Sack in den Händen aus den hinteren Räumen des Postamtes wieder. Er stellte ihn neben den Schalter und setzte sich. »Möchten Sie das Postfach weiterführen, Miss Nelson?« Er sah sie fragend an.

Es war seltsam, ihren richtigen Namen in solch einer alltäglichen Situation zu hören. Sie beeilte sich aber, schnell zu bejahen, damit er sie nicht wieder so lange anschaute. Und sie fügte hinzu: »Ich würde gerne für einen Monat im Voraus bezahlen.« Sie hoffte, dass sie bis dahin eine eigene Wohnung haben und das Postfach nicht mehr benötigen würde.

Sie zahlte den Betrag, der ihr genannt wurde, und bekam die Quittung. Sie war noch nicht ganz beiseitegetreten, als der Beamte bereits den Nächsten aus der Schlange zu sich rief. Maggie nahm ihre Einkaufstüte in ihre linke Hand und ging in die Knie, um den Sack mit ihrer Post aufzuheben. Er war nicht sonderlich groß, hatte aber trotzdem ein Gewicht, das für die zierliche Maggie herausfordernd war. Sie biss die Zähne zusammen und versuchte, kein Stöhnen von sich zu geben, während sie die Post nach draußen trug. Die warme Sonne trieb ihr noch mehr Schweiß über den Rücken, während der schwere Stoff des Kleides, das nicht für solche sommerlichen Temperaturen gemacht war, an ihrer Haut klebte. Am liebsten hätte sie sich die Haare zusammengebunden.

Um erst einmal Kraft zu sammeln, stellte sie den Sack kurz vor der Bordsteinkante zwischen ihren Füßen ab. Sie würde wohl ein Taxi nehmen. Die Post bis zur Bushaltestelle zu tragen, in den Bus einzusteigen und von der Bushaltestelle wieder zum Motel zu laufen, war eine zu weite Strecke, als dass sie sie sich zutrauen würde. Das ärgerte sie ein wenig, aber sie beschloss, sich das jetzt zu gönnen. Sie winkte ein Taxi heran, kletterte auf die Rückbank und sank erst einmal erschöpft in den Sitz. Sie fühlte sich, als sei sie einen Marathon gelaufen.

»Wollen Sie sich nur ausruhen oder soll ich auch losfahren?«, grunzte der Fahrer.

Maggie schrak hoch und kramte hektisch nach dem Notizzettel in ihrer Tasche. »Einen Moment«, bat sie mit zittriger Stimme. Sie schluckte schwer und fand dann endlich das zusammengefaltete Papier. Eilig las sie dem Fahrer die Adresse vor. Er fuhr an und drehte die Lautstärke des Radios hoch.

Maggie kurbelte das Fenster hinunter, in der Hoffnung, dass der Fahrtwind ihr etwas Abkühlung verschaffen würde. Sie hatte das Gefühl, sich einen Sonnenbrand eingefangen zu haben. Vielleicht war das gar nicht so schlecht, immerhin würde ihre helle Haut mit etwas Sonnenbräune nicht mehr in solch einem Kontrast zu ihren Narben stehen.

Viel zu schnell erreichten sie das Motel und Maggie wünschte sich, die Fahrt hätte länger gedauert. Sie fühlte sich noch nicht bereit, jetzt wieder auszusteigen und sich die Treppen zu ihrem Zimmer hochzuschleppen. Aber um den Fahrer nicht noch weiter zu verärgern, bezahlte sie schnell und gab ihm noch etwas Trinkgeld, das er aber unkommentiert ließ.

Als sie wieder in der Sonne stand, wurde ihr bewusst, wie durstig sie eigentlich war. Und der Gedanke, Wasser trinken zu können, trieb sie an, einen Schritt nach dem anderen zu gehen, um ihr Zimmer zu erreichen. Es war nach Norden ausgerichtet und die Sonne schien nicht durch das Fenster, deswegen war es innerhalb des Raumes angenehm kühl. Erschöpft ließ Maggie ihre Taschen und ihren Postsack fallen, stieß die Tür mit dem Fuß ins Schloss und trank dann im Badezimmer hastig zwei Gläser Wasser. Jetzt war wenigstens ihr Durst gestillt, doch die Erschöpfung blieb. Sie schaffte es gerade noch, ihre Schuhe abzustreifen und ihre Brille auf den Nachttisch zu legen, bevor sie sich auf das Bett fallen ließ. Dort schlief sie von einem Moment auf den anderen ein.

~

Als Maggie wieder aufwachte, war das Dröhnen in ihrem Kopf so stark, dass sie die Augen gleich wieder schloss. Sie brauchte einen Augenblick, um sich zu sammeln. Sie atmete ein und hielt die Luft an, um gegen die Übelkeit anzukämpfen, als sie sich aufstemmte und mit zittrigen Fingern nach der Tablettendose mit ihren Schmerzmitteln griff. Ohne Wasser schluckte sie gleich mehrere Tabletten und legte sich zurück auf die Matratze.

Sie müssen drinbleiben, rief sie sich ins Gedächtnis. Erfahrungsgemäß legte sich die Übelkeit meist zusammen mit den Schmerzen, bis dahin musste sie aber beides noch aushalten. Mit einer Hand über den Augen blieb sie liegen, bis die Wirkung des Opioids einsetzte. Erst dann stand sie auf und hatte das Gefühl, sie könnte ihre Aufgaben erledigen. Laut ihrer Armbanduhr war es kurz nach neun Uhr abends und sie würde nun kaum mehr ein Abendessen bekommen. Im Augenblick kümmerte sie das aber nicht.

Sie schaltete das Deckenlicht an, trank noch einmal einen Becher Wasser und setzte sich im Schneidersitz auf den Boden, vor sich den Sack mit ihrer Post. Bevor sie ihn öffnete, nahm sie ihren Notizzettel, strich durch, was sie erledigt hatte, und ergänzte ein paar neue Punkte. Doch als Allererstes würde sie morgen ihren Augenarzttermin haben. Das war der einzige Arzttermin, den das OSS ihr vermittelt hatte. Um einen Hausarzt musste sie sich selbst kümmern. Doch der Augenarzt war momentan für sie das Wichtigste.

Für einen Augenblick schwebte der Stift noch über dem Papier, ohne dass Maggie ihn absetzte. Es war ein Herauszögern, bevor sie sich ihrer Post widmete. Ein mulmiges Gefühl breitete sich in ihrer Magengegend aus. Sie öffnete den Knoten, der den Sack geschlossen hielt, und schüttete den Inhalt vor sich auf den Teppich. Hauptsächlich Briefe purzelten hinaus.

»O Mann«, murmelte Maggie, während sie auf den meisten, ungefähr zwei Dutzend, die Handschrift von Nathanael erkannte. Alle, bei denen das so war, kamen auf einen Stapel, Maggie würde sie erst später beachten. Zuerst sah sie sich die restliche Post an, auch wenn es nicht viel war.

In den nächsten Minuten las sie sich durch die Briefe. Alles, was sie heute abgeholt hatte, war private Post, denn das, was mit Verträgen und Rechnungen zu tun hatte, hatte das OSS in ihrer Abwesenheit geregelt. Geburtstagsgrüße von Freunden und ihrer Tante las sie nur flüchtig, genauso die diversen Ansichtskarten, die sie erhalten hatte von Orten, an denen jemand gewesen war, der sie kannte und hoffte, sie könnten wieder in Kontakt treten. Wehmütig legte Maggie eine Karte aus Los Angeles beiseite. Sie war im Oktober vergangenen Jahres bei ihr eingetroffen.

Es rührte Maggie, dass ihr manche trotz ihres plötzlichen Verschwindens geschrieben hatten – aber Nathanael war der Einzige, der auch in den letzten Wochen noch Briefe geschickt hatte. Alle anderen hatten spätestens zu Weihnachten die letzten Grüße versandt. Sie starrte die Briefe ihres Ex-Freundes an. Der Dicke der Umschläge nach zu urteilen, befanden sich in jedem mindestens zwei Papierbögen, wenn nicht sogar mehr.

Im Augenblick konnte sie den Mut nicht aufbringen, sie zu öffnen. Deswegen ließ sie sie an Ort und Stelle liegen und begann, aufzuräumen. Sie warf die Einkaufstüten in den Müll und legte den Gürtel und ihre neuen Sachen zu ihren Kleidern in den Kleiderschrank, um wenigstens ein bisschen das Gefühl zu haben, hier zu Hause zu sein. Sie schüttelte das Bettzeug auf, was sie heute Morgen nicht getan hatte, und drapierte es ordentlich auf dem Bett. Ein Zimmermädchen hatte sie abgelehnt, sie wollte nicht, dass irgendjemand in ihrem Zimmer war, wenn sie selbst nicht da war. Ihre Schuhe stellte sie neben die Tür.

Maggie drehte sich einmal im Kreis und schaute, ob alles ordentlich aussah. Sogar die Wäsche hatte sie zusammengefaltet und auf den Stuhl gelegt. Aber noch immer fühlte sie sich nicht bereit, die Briefe zu öffnen. Stattdessen begann sie, von den bereits geöffneten Umschlägen sorgsam die Briefmarken abzutrennen. Doch schließlich kam ihr das unsinnig vor. Sie hatte noch nie Briefmarken gesammelt und tat das nur, weil sie sich nicht dazu überwinden konnte, die Briefe zu lesen.

»Komm schon, du bist Nazis gegenübergetreten und hast getan, als wärest du eine von ihnen, da kann das doch nicht so schwer sein«, sagte sie zu sich selbst.

Doch es war schwer! Es fühlte sich im Gegensatz zu den zurückliegenden Monaten nahezu unmöglich an. Sie wusste, dass sie immer noch von Nathanaels Verhalten verletzt war, sonst würde es sie nicht solche Überwindung kosten. Der Gedanke, dass schlussendlich nicht sie es war, der sein Herz gehörte, war zu schmerzhaft.

Sie sortierte die Briefe nach Poststempel und Datum und begann mit dem ältesten. Gerade einmal eine Woche nachdem sie ihm erneut gesagt hatte, dass sie keinen Kontakt wolle, und wusste, sie würde für die nächsten Monate nicht mehr erreichbar sein, hatte er den Brief abgeschickt.

Liebe Maggie,
ich kann deine Entscheidung verstehen, dass es für dich schmerzhaft ist, zu mir Kontakt zu haben. Doch ich habe gesehen, wie Gott in deinem Leben gewirkt hat wie auch in meinem. Du selbst hast gesagt, dass du durch mich Gottes Liebe gesehen hast, weil ich das vermeintlich Unmögliche getan und dich um Vergebung gebeten habe. Das zeigt uns doch gerade, dass wir uns nicht verhalten sollten, als wären wir Fremde.

Jedes Mal, wenn ich bete, spüre ich, dass Gott dich mir immer noch aufs Herz legt. Dass ich für dich da sein soll, dass du mich brauchst …

Mit zusammengepressten Lippen und stummen Tränen las Maggie weiter, auch wenn sie die Worte durch ihre getrübte Sicht nur schwer erkennen konnte. Es wühlte sie auf, dass Nathanael von Gott sprach, wo sie doch Gottes Wirken in den letzten Wochen nicht gesehen hatte, ihn nicht spürte und die Enttäuschung ihm gegenüber immer noch unfassbar schwer wog und viel stärker war als alles andere. Und dann war da noch Nathanaels Formulierung. *Jedes Mal, wenn ich bete, spüre ich, dass Gott dich mir immer noch aufs Herz legt.* Aufs Herz legt. Aber nicht liebt. Nathanael fühlte sich ihr gegenüber wie ein Bruder verpflichtet, der sie beschützen musste. Dabei waren sie doch einmal Liebende gewesen! Hatten sich geküsst und noch mehr. Sie konnte nicht verstehen, wie er sie nun als eine Art Schwester ansehen konnte, ohne jedes Mal daran zu denken, was sie zusammen erlebt hatten.

Mit den Worten *Möge der Friede Gottes, der höher ist als alle Vernunft, dein Herz und deine Sinne bewahren* schloss er den Brief, genauer gesagt jeden seiner Briefe, ab. Seine Botschaft blieb in allen Schreiben gleich, er blieb hartnäckig, auch wenn man immer wieder seine Enttäuschung, dass sie nicht geantwortet hatte, spüren konnte. Zwischendurch schrieb er auch in ein paar Zeilen, wie es ihm ging und was er erlebt hatte. Nach den Briefen aus dem Dezember konnte sie nicht mehr weiterlesen. Im Grunde schrieb er doch immer dasselbe. *Melde dich bitte.*

Maggie stand auf und drückte die Beine durch. Von dem langen Sitzen im Schneidersitz hatte sie einen Krampf im Bein. Als er nachließ, räumte sie Nathanaels Briefe zurück in den Sack und dann in den Schrank. Außerhalb ihres Sichtfeldes. Doch irgendetwas hielt sie davon ab, sie wegzuwerfen.

16

Bad Oeynhausen, britische Besatzungszone
21. Juni 1945

Seit einigen Tagen war Craig zurück in der britischen Besatzungszone. Da er fließend Deutsch sprach und nicht mehr Margret Nelson betreuen musste, war er hier am besten eingesetzt.

Mittlerweile hatten sich die Dinge weiterentwickelt. So war ein Mitinsasse von Miss Nelson identifiziert worden. Eine KZ-Überlebende hatte sich gemeldet, die nach ihrem Ehemann gesucht hatte, und es hatte sich herausgestellt, dass es sich tatsächlich um ihren Mann Paul Wagner handelte. Auch wenn die Leiche entstellt war, hatten die Briten ihn anhand der Beschreibung seiner Frau eindeutig identifizieren können. Nun war es Craigs Aufgabe, mit ihr unter anderem über die Hintergründe der Verhaftung ihres Mannes zu sprechen. Er hatte mehr als ein einfacher Gegner des Regimes sein müssen, sonst wäre er nicht in dieser Art von Gefängnis gelandet – und dann auch noch in dem persönlichen Folterkeller eines ganz bestimmten Mannes.

Craig hatte – offiziell als Beamter der britischen Regierung – ein Büro im Hotel Königshof in Bad Oeynhausen bezogen, wo sich der Hauptstandort der britischen Militärregierung in ihrer Besatzungszone befand.

Es klopfte an der Tür. Craig stand auf und öffnete, anstatt Bärbel Wagner einfach hereinzubitten. »Guten Tag. Frau Wagner?«

Die zierliche Frau versank förmlich in einer Jacke, die sie trotz des warmen Wetters trug. Sie hatte ein Tuch um ihren Kopf gebunden, um die nur langsam nachwachsenden Haare zu verbergen. Mit einem schwachen Nicken bestätigte sie Craigs Annahme. Er machte einen Schritt zur Seite und zog die Tür weiter auf. »Kommen Sie doch herein, dann können wir in Ruhe reden«, sagte er auf Deutsch und machte eine einladende Handbewegung. Nach dem, was diese Frau durchgemacht hatte, wollte er besonders höflich sein, vor allem, da er mit ihr über den grausamen Tod ihres Mannes sprechen musste.

Als Bärbel Wagner an ihm vorbei ins Zimmer ging, klapperten die Holzschuhe an ihren Füßen, und der Geruch von Entlausungsmittel stieg in Craigs Nase. Sie war kleiner als er, ungefähr so groß wie … Margret Nelson. Er verzog leicht das Gesicht, als er an die amerikanische Agentin denken musste.

»Setzen Sie sich doch«, sagte er, als sein Gast vor dem Schreibtisch stehen blieb und keine Anstalten machte, sich zu setzen. Sie kam seiner Anweisung nach. »Zuallererst möchte ich Ihnen auch im Namen der britischen Regierung mein Beileid aussprechen für das, was Ihrem Mann widerfahren ist – und auch Ihnen. Ich weiß, dass das schwerfällt, aber wir müssen über Einzelheiten sprechen.«

»Stimmt es, dass Sie dafür zuständig sind, die Nazis zur Rechenschaft zu ziehen?« Es war das erste Mal, dass sie sprach. Ihr Gesicht war hager, die Haut spannte sich über den Schädel. Sie schien nur langsam wieder an Gewicht zuzunehmen.

Craig neigte als Bestätigung leicht den Kopf, die Hände vor sich auf der Tischplatte gefaltet. »Das stimmt. Ich gehöre zu dem Team – zu der Gruppe von Personen, die die Verbrechen der Nazis für spätere Prozesse dokumentieren.« Er machte eine kurze Pause für den Fall, dass sie eine weitere Frage einschieben wollte.

»Was ist mit meinem Mann geschehen? Man hat mir nur gesagt, er sei durch die Behandlung der Gestapo gestorben.«

In Craig zog sich alles zusammen, als er an die entsetzlichen Bilder der Leiche dachte – und an den Geruch, der ihm plötzlich wieder in die Nase stieg. »Ja. Die Gestapo hatte ihn in einem Geheimgefängnis inhaftiert.«

»Geheimgefängnis? Ich verstehe nicht.«

Kurz war Craig irritiert. Hatte sie ihn wegen seiner Aussprache nicht verstanden oder wegen des Begriffs an sich? Er entschloss sich, beide Fälle mit einer Antwort abzudecken. »Er war in einem Geheimgefängnis inhaftiert. Der Zellenkomplex unterstand nicht offiziell der Gestapo, er befand sich in dem Keller eines Privatgebäudes. In dem Haus eines gewissen Erich Heckler. Sagt Ihnen der Name etwas?« Das war der Moment in dem Gespräch, in dem er seinen Notizblock zu sich heranzog, bereit, wichtige Informationen aufzuschreiben.

Der Gesichtsausdruck der Frau veränderte sich. Ihre Haut zog sich zu einem tiefen Stirnrunzeln zusammen. »Ja, ich kenne den Namen. Mein Mann hat sich im Widerstand gegen Erich Heckler engagiert.«

»Warum? Ich meine, Herr Heckler ist ja kein Funktionär gewesen, der Befehle gegeben oder ausgeführt hat.«

»Aber er hat Raubkunst der Nazis verkauft und das Geld gespendet.« Abfällig spuckte sie das Wort aus. Ihre rechte Hand fuhr immer wieder über ihren linken Unterarm, dort, wo die Insassen von Auschwitz tätowiert worden waren.

»Wie sah dieses Engagement gegen ihn aus?«

»Der Widerstand hat ein Attentat auf Heckler geplant gehabt.«

Craig ließ sich nach hinten gegen die Rückenlehne seines Stuhls fallen. Das erklärte, dass Paul Wagner in dem persönlichen Gestapogefängnis von Erich Heckler inhaftiert gewesen war.

»Aber es kam nie dazu?« Gebannt wartete er auf die Antwort. Wenn es einen Attentatsversuch gegeben hatte, den Miss Nelson nicht erwähnt hatte, würde das ihre Glaubwürdigkeit nur noch mehr untergraben als ohnehin schon.

»Nein. Mein Mann und sein bester Freund Gustav Hübner waren der Kopf der ganzen Sache, und als die beiden und ich inhaftiert wurden …« Sie zuckte mit den Schultern.

Craig fand das Detail, dass Herr Wagners bester Freund auch inhaftiert worden war, interessant. Wahrscheinlich handelte es sich bei ihm um die zweite Leiche, die gefunden worden war. Er zögerte, die Finger schon um die Mappe vor sich geschlossen. Er musste sie fragen, doch er wollte es sachte angehen, weil er wusste, dass er ihren Schmerz damit erneut anfachen würde. »Ich muss Ihnen, so leid es mir tut, ein Foto der zweiten Person zeigen, die in dem Gefängnis gefunden worden ist, um sichergehen zu können, dass es sich dabei um den Freund Ihres Mannes handelt.«

Sie nickte.

Langsam zog Craig das Foto hervor und warf auch noch einmal selbst einen Blick darauf, bevor er es mit trockenem Mund weiterreichte.

Frau Wagner sah nicht weg, ihr Kinn zitterte und ihre Augen wurden glasig, aber sie blickte störrisch weiter auf das Bild, als könne sie so den Gräueltaten der Nazis trotzen. »Ja«, sagte sie ungewöhnlich monoton dafür, dass sie weinte. »Das ist er.«

Craig streckte die Hand aus und nahm das Bild schnell zurück, als könnte diese schnelle Bewegung irgendetwas erträglicher machen. Dann fragte er die Frau nach weiteren Details ihrer Verhaftung, der Deportation und was sie über den Verbleib ihres Mannes wusste. Sie sagte, er habe auch unter Folter beteuert, dass sie nichts von der Widerstandsbewegung gewusst habe. Damit habe er ihr eine weitere Behandlung durch die Gestapo erspart, auch wenn sie ins Konzentrationslager deportiert worden war. Auch die Namen der anderen Mitglieder der Widerstandsbewegung schrieb Craig auf, um Nachforschungen anstellen zu können.

»Waren mein Mann und Gustav die Einzigen in dem Gefängnis?«

Überrascht sah Craig auf, nahm sich aber noch die Zeit, seinen Satz fertig zu schreiben, bevor er den Stift weglegte. »Es gab noch eine weitere inhaftierte Person«, antwortete er. Es fühlte sich für ihn nicht richtig an, ihr zu erklären, dass diese Person, Margret Nelson, überlebt hatte, weil Erich Heckler Sympathien für sie gehegt hatte. Dass sie Teil des amerikanischen Geheimdienstes gewesen war, war ohnehin eine geheime Information.

Er beendete das Gespräch und geleitete die Frau nach draußen. Vorerst hatte er alles, was er brauchte.

17

Washington, D.C., Vereinigte Staaten von Amerika
21. Juni 1945

Angespannt sah Maggie zu, wie der Augenarzt, ein gewisser Doktor Stanson, die Arztberichte aus dem Lazarett und dem Londoner Royal Westminster Ophthalmic Hospital las. Ihre Hände hatte sie so krampfhaft im Schoß gefaltet, dass ihre Knöchel weiß hervorstanden, und der dumpfe Schmerz hinter ihren Schläfen erinnerte sie daran, dass sie unbedingt neue Schmerzmittel brauchte, da ihre Vorräte zur Neige gingen.

Als sie ins Behandlungszimmer gerufen worden war, war sie direkt mit der Tür ins Haus gefallen und hatte nach neuen Behandlungsmöglichkeiten gefragt. Doktor Stanson hatte ihr erst einmal erklärt, dass er sich mithilfe ihrer Arztberichte einen Überblick verschaffen müsse.

»Wie ich hier lese, Miss Nelson, sind sich die britischen Ärzte darüber einig, dass Sie austherapiert sind.« Er sah zu ihr hoch, zwischen den Fingern noch eine Seite des Arztbriefes.

Maggies Mund war trocken und ihr Herz schlug schnell. Sie spürte, wie Enttäuschung in ihr die Hoffnung verdrängte. Sie musste mehrmals schlucken, um überhaupt einen Ton herauszubekommen. »Ja, aber Sie haben … könnten eine andere Meinung haben. Ich meine, wir sind hier in einem Land mit mehr Möglichkeiten und Ressourcen als in Europa …« Ihre Stimme wurde immer leiser.

»Natürlich werde ich mir selbst ein Bild machen, aber besonders nach der Zeit, die vergangen ist, ist eine Besserung oder gar Heilung sehr unwahrscheinlich.«

Maggie spürte, wie ihre Hände eiskalt wurden. Sie fühlte sich unglaublich schwach. Nicht körperlich, damit arrangierte sie sich, aber ihre Unsicherheit und zerstörten Hoffnungen nagten an ihr.

Der Arzt untersuchte ihre Augen und machte einen Sehtest. Dann kam die ernüchternde Realität: Er konnte ihr nicht helfen, außer ihr eine stärkere Brille, die besser auf ihre Bedürfnisse angepasst war, anzubieten und ihr weiter die Schmerzmittel, die sie brauchte, zu verschreiben. Er klang, als hätte er ehrliches Mitleid mit ihr, aber das wollte Maggie nicht.

Stumm hörte sie ihm zu, während die Leere in ihr immer größer wurde. Sie suchte verzweifelt nach einem Ausweg. Das OSS hatte diesen Arzt ausgesucht und den Termin dort vereinbart. Das musste bedeuten, dass Doktor Stanson ein sehr guter Arzt war. Doch auch wenn er ehrlich gewirkt hatte, glaubte sie nicht, dass seine fachliche Meinung das Ende ihrer Hoffnungen war.

Maggies Unmut hielt sie auf Trab und sie wusste, sie konnte nicht in das Motelzimmer zurückkehren. Die Ruhe und Stille würden sie verrückt machen. Lieber nahm sie in Kauf, dass sie, wenn sie unter Menschen ging, beobachtet wurde.

Nachdem sie ihre Kopfschmerzen wieder durch die Einnahme von Schmerzmitteln unterdrückt hatte, setzte sie sich in den Bus und fuhr zum Hauptsitz des OSS. Bis zum anderen Ende der Stadt war sie eine Ewigkeit unterwegs. Doch es gab kaum etwas Schöneres, als aus dem Fenster zu schauen und die vorbeiziehende Umgebung zu betrachten. Als sie an ihrem Ziel ankam, hatte sie sich halbwegs abgeregt und war bei klarerem Verstand.

Sie hatte sich ihre Worte zurechtgelegt, aber sie war so fokussiert auf das Gespräch mit Donovan gewesen, dass sie nicht darüber nachgedacht hatte, wie sie zu ihm gelangen sollte. Wie sie an seiner Sekretärin Eloise Page vorbeikommen konnte, hatte sie sich überlegt, aber wenn sie bisher hier gewesen war, hatte sie die Sicherheitskontrollen kaum wahrgenommen. Jetzt stand sie hier, hatte keinen Termin und keine Zutrittsberechtigung.

»Können Sie bitte bei Major General Donovans Sekretärin nachfragen? Ich glaube, es ist auch in seinem Interesse, mit mir zu sprechen.« Sie versuchte, mehr Zuversicht in ihre Stimme zu legen, als sie eigentlich selbst verspürte.

Ich muss mit ihm sprechen, schickte sie ein schnippisches Stoßgebet Richtung Himmel. Ein Versuch, dass sich die Türen für sie öffnen würden, wenn sie Gott darum bat.

Der Beamte hängte sich ans Telefon, war aber innerhalb von wenigen Minuten wieder bei ihr. »Es tut mir leid, Miss Nelson, aber Major General Donovan hat keine Möglichkeit für ein Gespräch mit Ihnen«, sagte er, ohne mit der Wimper zu zucken, und Maggie war sich sicher, dass er lediglich die Lüge von Donovans Sekretärin wiederholte. Wäre Maggie nur als Sekretärin beim OSS geblieben, wie sie es bei ihrer Bewerbung geplant hatte, wäre es nun ihre Aufgabe gewesen, lästige Personen davon abzuhalten, die wertvolle Zeit von *Wild Bill* – so der Spitzname von Donovan – zu stehlen.

Ihr Mut sank. Sie schluckte schwer. »Dann möchte ich mit einem anderen Agenten sprechen.« Sie konnte sich leider nicht an den Namen des Mannes erinnern, der sie am Flughafen abgeholt hatte. Und Adams war sicherlich nicht in den Staaten, sondern noch in Europa. »Vielleicht mit seinem Stellvertreter, Edward Buxton.«

Der Beamte verzog das Gesicht. »Edward Buxton ist unabkömmlich und aus organisatorischen Gründen kann Ihnen momentan kein Zutritt gewährt werden.«

Aus organisatorischen Gründen? Wie lächerlich!

Der Mann fuhr fort: »Stellen Sie eine offizielle Anfrage mit Ihrem Anliegen an das Koordinationsbüro. Es wird sich dann darum gekümmert.« Seine Stimme ließ keinen Widerspruch zu und Maggie sah, wie ein weiterer Kollege sich näherte und im Zweifelsfall helfen würde, sie aus dem Gebäude zu schmeißen. Am liebsten hätte Maggie geschrien – zum einen, um ihre Wut herauszulassen, zum anderen, um diesen Männern mitzuteilen, wer sie eigentlich war.

Eine ehemalige Agentin des OSS. Vielleicht wussten sie auch schon längst, wer sie war, und der Zusatz »ehemalig« war das Problem.

»Das werde ich«, sagte Maggie, auch wenn sie wusste, dass das nichts ändern würde. Man wollte sie hier nicht haben. Selbst wenn Donovan zu beschäftigt war, hätte seine Sekretärin sie zu jemand anderem schicken können. Doch das hatte sie nicht getan.

Aber Maggie würde sich nicht unterkriegen lassen. Sie würde immer wiederkommen und vorsprechen.

Die Rückfahrt empfand sie als nicht mehr so entspannend.

30. Juni 1945

Maggie hatte sich beim Arbeitsministerium gemeldet und eine Auswahl an Stellen bekommen. Bald musste sie sich entscheiden, wie es weitergehen sollte. Sie brauchte bald einen Job, um eine Wohnung zu finden, denn sie konnte es sich nicht leisten, dauerhaft in dem Motel zu wohnen.

Einige Stellen hatte sie bereits im Vorhinein ausgeschlossen und machte sich gar nicht die Mühe, sich zu bewerben und um ein Vorstellungsgespräch zu bitten. In ihre alte Arbeit als Sekretärin konnte sie mit ihren Konzentrationsproblemen und Erinnerungslücken nicht zurück und sie wollte auch gar nicht so tun, als wäre alles wieder wie vor ihrem Einsatz beim OSS – denn so war es ganz und gar nicht. Da sie momentan auch nicht in der Lage dazu war, neu zu studieren oder eine Lehre zu machen, musste sie sich erst einmal für eine einfache Arbeit entscheiden.

Nachdem sie innerhalb weniger Tage eine Absage bei den meisten Stellenanzeigen bekommen hatte, auf die sie sich beworben hatte, waren ihre Möglichkeiten stark beschränkt. Vom OSS hatte sie als Nachweis für ihre Tätigkeit in den letzten Jahren ein Schreiben bekommen, in dem stand, dass sie Sekretärin für eine kleine Firma, die der Regierung unterstellt war, gearbeitet hatte, aber aufgrund eines Unfalls entlassen werden musste. Aus gesundheitlichen Gründen sei sie nicht mehr in der Lage, diesen oder ähnliche Berufe auszuführen. Was für eine fantastische Situation, in der sie sich befand!

Die einzige positive Antwort, die sie erhalten hatte, kam von einem Diner namens *Violeta's*, das eine Kellnerin suchte. Viel mehr hatte nicht in der Beschreibung gestanden. Auch wenn ihr bei dieser Arbeit der Kundenkontakt missfiel, blieb ihr wohl nichts übrig, als zum Bewerbungsgespräch zu gehen. Also zog sie ihr bestes neues Kleid an und brach viel zu früh auf, denn bevor sie zum Diner gehen würde, war ihr Ziel wieder das OSS-Hauptquartier. Es war ihr egal, wie oft sie diesen weiten Weg würde antreten müssen, mindestens einmal in der Woche würde sie versuchen, mit Donovan zu sprechen. Ihre Anfrage nach einem Gespräch war wie erwartet abgelehnt worden.

Diese Woche sprach sie mit einer anderen Sicherheitskraft als letzte Woche. Der Mann machte sich jedoch noch nicht einmal die Mühe, Donovans Sekretärin anzurufen und zu fragen, ob Maggie eingeschoben werden könne. Maggie blieb höflich, bedankte sich und bat um einen Termin, doch für den sollte sie eine Anfrage stellen – sie durfte nicht mal persönlich mit der Sekretärin sprechen. Also würde sie das auch zu ihren wöchentlichen Aufgaben zählen.

Erst, als sie diesen Besuch von ihrer Liste streichen konnte und auf den Weg ins Diner war, wurde sie wegen des bevorstehenden Gespräches nervös und dachte darüber nach. Sie hatte vorher die ganze Zeit an Donovan denken müssen.

Als sie das *Violeta's* betrat, läutete eine Glocke über der Tür, und der Geruch von Essen ließ ihren Magen rebellieren. Darüber hatte sie nicht nachgedacht. Was es für ihre Essgewohnheiten und ihre Magenprobleme bedeutete, in einem Lokal voller Essen zu arbeiten. Sie wollte gar nicht daran denken, von welchen Gerichten diese Gerüche ausgingen.

Nicht viele Gäste waren da. Es war kurz vor zehn Uhr, die meisten Frühstücksgäste waren schon gegangen und für das Mittagessen war es noch zu früh. Der Boden war schwarz-weiß gekachelt und die Sitzpolster rot – ein typisches Diner. Eine Kellnerin mit Schürze, einer Haube auf dem Kopf und zurückgesteckten braunen Haaren kam auf Maggie zu, als sie keine Anstalten machte, sich zu setzen.

»Guten Tag, setzen Sie sich doch«, sagte die Frau hektisch, doch dann schien sie zu verstehen. »Ah, Sie sind Margret Nelson!« Augenblicklich schien ihre Stimme an Anspannung und Hektik verloren zu haben.

»Ja, das bin ich. Guten Tag.« Maggie streckte die Hand aus.

Doch statt ihr die Hand zu schütteln, riss sich die Frau förmlich die Schürze vom Leib und drückte sie der verdutzten Maggie in die Hand. »Ich bin Ally. Zieh die an. Alle anderen sind momentan in der Wäsche und du willst bestimmt nicht dein hübsches Kleid schmutzig machen.« Obwohl Ally so schnell sprach, war ihr Tonfall immer noch höflich.

»Das ist ein Vorstellungsgespräch«, stellte Maggie klar. Dessen war sie sich sicher, immerhin hatte sie ein entsprechendes Schreiben dabei.

»Wie kann ich dich besser kennenlernen und deine Tüchtigkeit einschätzen, als wenn du auf Probe arbeitest?« Ein ehrliches, wenn auch nur kurzes Lächeln huschte über das Gesicht der Frau mittleren Alters.

»Klingt einleuchtend«, sagte Maggie, auch wenn ihr Zweifel kamen, ob sie überhaupt die Richtige für diese Arbeit war. Sie hatte Angst, dass die Erschöpfung und der Schmerz sie übermannen würden, und hatte vorsichtshalber eine Schmerztablette mehr als sonst genommen, um funktionieren zu können.

»Also gut, Margret.« Ally, die sich bereits umgewandt hatte, um hinter den Tresen zu gehen, verharrte in der Bewegung und blickte dann noch einmal zu ihr. »Wie soll ich deinen Namen abkürzen? Mag?«

Fast wäre ihr »Maggie« über die Lippen gekommen, doch im letzten Moment entschied sie sich dagegen. »Ja, Mag ist in Ordnung.« Langsam band sie sich die Schürze um.

»Gut, dann komm, Mag. Dein Bereich ist der hier vorne. Deine Aufgaben sind sehr überschaubar.« Sie klopfte mit den Händen auf den Tresen.

In Allys Augen war es überschaubar, dass Maggie Gäste begrüßen, Bestellungen aufnehmen und an die Küche weiterleiten, das Essen servieren, abkassieren und schließlich abräumen musste. Ach ja, und wenn Zeit war, in der Küche spülen helfen.

Bereits jetzt war Maggie sich sicher, dass sie etwas vergessen hatte. Und als Ally während ihres Redeflusses ein paar Schritte weiterging und auf den Kaffeebereiter deutete, war Maggie klar, dass sie das Kaffeekochen schon wieder vergessen hatte. Wie sollte sie das nur durchstehen? Sie konnte sich unmöglich alles merken, noch nicht einmal die Bestellungen der Kunden. Und dann war da noch ihre verminderte Sehfähigkeit. Würde sie nicht aus Versehen etwas umwerfen, weil sie es nicht sehen konnte? Dreck übersehen, über den sich dann die Kunden beschwerten?

Als die Glocke über der Tür klingelte, setzte Ally ein professionelles Lächeln auf und winkte den neuen Gästen – ein Mann und eine Frau, die bestimmt seine Mutter war – zu. »Wie immer? Alles klar, Essen kommt gleich.« Sie wandte sich wieder an Maggie. »Na dann. Die Bestellungen kann ich auswendig, das ist etwas, was du auch mit der Zeit lernen wirst. Die Namen derjenigen, die immer kommen, und das, was sie essen.«

Allgemeines Unwohlsein strahlte in jede Faser von Maggies Körper aus. »Ich muss gestehen, dass ich schlecht bin im Namenmerken. Wirklich schlecht«, gestand sie ein. Wenn Ally diese Vergesslichkeit mit ihrem Unfall in Verbindung setzen würde, hätte sie wahrscheinlich Mitleid, und die Stelle würde an jemand anderen vergeben werden, und das wollte Maggie nicht. Sie hatte Schlimmeres durchgestanden, da schaffte sie es doch hoffentlich, in einem Diner zu arbeiten.

»Wir werden sehen, wie es klappt«, sagte Ally über ihre Schulter, während sie sich bereits auf den Weg durch eine Schwingtür in die angrenzende Küche machte.

Maggie schob jeden panischen Gedanken weg und funktionierte einfach, ohne sich groß Gedanken um ihre Handgriffe zu machen. Wenn die Türglocke schellte, sie aber gerade noch mit einer anderen Aufgabe beschäftigt war, lief sie Gefahr, die anstehenden Aufgaben zu vergessen. Dazu zählte auch, dass sie regelmäßig die zubereiteten Teller auf der Durchreiche vergaß und der Koch – dem Ring nach zu urteilen der Ehemann von Ally, der sie nur mit einem kurzen Hallo begrüßt hatte – mehrmals die kleine Tischklingel betätigen musste, um sie daran zu erinnern, das Essen zu holen, damit es nicht kalt wurde und die Gäste noch länger warten mussten. Maggie wunderte sich, dass dem Koch immer noch nicht die Hutschnur geplatzt war und er sie hinausgeworfen hatte. Vielleicht fühlte es sich aber auch nur so an, als ob sie alles falsch machen würde, denn eigentlich lief es gar nicht so schlecht.

Das Gute bei all dem Stress war definitiv, dass sie ihre Scheu vor Menschen komplett vergaß. Sie arbeitete, hielt kurzen Small Talk, wie früher, als sie noch nicht von den Narben in ihrem Gesicht gezeichnet gewesen war. Nach einer Weile fragte sie Ally nach einem zweiten Notizblock, damit sie ihre Erinnerungen separat von den Bestellungen aufschreiben konnte, um nicht eine noch größere Verwirrung auszulösen.

Als die Hauptessenszeit vorüber war und die meisten nur noch ein paar Snacks und leichte Speisen bestellten, wurde es auch für Maggie ruhiger. Der Koch, Bill war sein Name, nahm sich die Zeit, eine Zigarette zu rauchen, während Maggie endlich etwas trinken konnte. Es hatte sie gar nicht gestört, von Essen umgeben zu sein, das eigentlich ihren Magen zum Rebellieren brachte, doch der Durst machte ihr zu schaffen. Sie nahm einen Schluck aus der Tasse mit Wasser, die sie sich auf den Tresen gestellt hatte. Dann wischte sie die Tische ab, deckte das Geschirr ab und brachte es in die Küche.

»Willst du etwas essen? Ist in der Stelle inbegriffen«, fragte Bill und drückte, ohne Maggie anzuschauen, seine Zigarette in einem Aschenbecher aus. Ally stand bereits an den großen Herd gelehnt und schaufelte sich gebackene Bohnen in den Mund.

»Nein, danke«, sagte Maggie und tauchte die benutzten Teller ins Spülbecken, damit die angetrockneten Reste aufweichen konnten.

»Der erste Tag ist immer nervenaufreibend, sodass man keinen Bissen runterbekommt«, murmelte Ally in ihrer Ecke, doch niemand sah sich genötigt, darauf zu antworten.

Maggie entfloh dem Geruch der Rauchfahnen, die immer noch in der Luft hingen, und ging zurück in den Essbereich. Sie überflog die Punkte auf ihrem Zettel, der schon von oben bis unten vollgeschrieben war, und ließ den Blick noch einmal durch den Gastraum schweifen, um sich zu überzeugen, dass sie nichts vergessen hatte. Doch anscheinend hatte sie gerade ein paar Minuten Verschnaufpause, für die sie aber nicht sonderlich dankbar war. Sie hatte aus ihrer Zeit der Gefangenschaft das Gefühl, dass sie jeden Moment der nächste Schlag treffen könnte und sie darauf vorbereitet sein musste – eine Verschnaufpause würde sie daran hindern, schnell den Schlag abwehren zu können.

Sie wollte sich schon wieder zurück ans Spülbecken begeben, doch dann hörte sie durch die Schwingtür und die Durchreiche, dass Ally und Bill miteinander redeten, womöglich sogar über sie. Also blieb sie, wo sie war, und ging zu den zwei Tischen, die als einzige besetzt waren. Sie fragte, ob noch etwas benötigt werde, schenkte Kaffee nach und setzte neuen auf. Und dann kamen schon die nächsten Gäste, die ihrer Aufmerksamkeit bedurften.

Kurz nach zwanzig Uhr ertönte die Klingel und verkündete, dass die letzte Mahlzeit dieses Tages darauf wartete, serviert zu werden. Als das letzte Paar das Diner verlassen hatte, fielen Maggie fast die Augen zu. Zwar hatte sie bereits alles erledigt, was zum Dienstende zu tun war, aber sie musste noch mit Ally sprechen. Bill war bereits um sechzehn Uhr nach Hause zu den Kindern gegangen, während Ally allein in der Küche gestanden hatte.

Maggie nahm ihre Brille ab und fuhr sich mit der Hand über die brennenden Augen. Der Tag war recht gut gelaufen, wenn man davon absah, dass sie wegen mangelnder Konzentration und ihrem eingeschränkten Sichtfeld einmal eine Tasse vom Tisch gefegt hatte und manchmal mehrmals nach der Bestellung hatte fragen müssen, weil sie sich nicht viel auf einmal merken konnte. All das hatte sie als Kellnerin vermutlich langsamer arbeiten lassen als andere. Deswegen war sie sich nicht sicher, ob Bill und Ally sie dauerhaft anstellen würden.

Ally sah müde aus, als sie aus der Küche kam. Die Haare offen und nicht mehr unter eine Haube gesteckt sowie in einem Alltagskleid, blieb sie nur kurz neben Maggie stehen, den Schlüssel zum Abschließen des Lokals bereits in der Hand. »Du musst ab morgen deine Haare zurückstecken, habe ich ganz vergessen, dir heute zu sagen. Na ja, es hat sich ja niemand beschwert.« Sie machte eine abwinkende Geste und der Schlüssel in ihrer Hand klimperte.

Ein seltsames Gefühl, das Maggie nicht zuordnen konnte, durchfuhr sie. Freute sie sich darüber, dass sie anscheinend die Stelle hatte, oder war sie traurig?

»Also habe ich die Stelle?«, fragte sie verwundert.

»Klar. Du hast dich ja nicht allzu blöd angestellt.«

Maggie vermutete, dass Ally einfach nur ehrlich war und ihre Worte nicht böse gemeint hatte. »Das freut mich.«

Sie folgte ihrer neuen Chefin nach draußen. Eine seltsame Stille lag über dem Gastraum, die beängstigend auf Maggie wirkte, nachdem den ganzen Tag über im Hintergrund das Radio gelaufen war. Sie schüttelte leicht den Kopf und verdrängte den Gedanken. »Ich muss allerdings zugeben, dass das heute … sehr viel war und ich mir nicht sicher bin, ob ich dauerhaft so lange arbeiten kann, wegen … wegen dem Unfall.« Sie verschluckte sich fast an den Worten, aber Ally schien ihre seltsame Betonung zu überhören oder zu ignorieren.

»Dann passen wir die Zeiten an. Besser zumindest teilweise eine Aushilfe anstatt gar keine.« Sie schloss die Tür zum Lokal ab und ließ dann ihren Schlüsselbund in die Handtasche fallen. Sie blieb vor Maggie stehen und es schien das erste Mal an diesem Abend zu sein, dass sie ihr ihre ganze Aufmerksamkeit widmete. »Du bist blind auf einem Auge.«

Peinlich berührt wandte Maggie den Blick ab. »Ja.« Eigentlich hatte das nichts mit ihrer Bitte nach kürzeren Arbeitszeiten zu tun. Sie sah aus dem Augenwinkel, wie Ally nickte.

»Das ist okay.« Glücklicherweise machte sie keine Anstalten, das Thema weiter zu vertiefen. »Also, passt es dir, wenn du morgen von dreizehn bis achtzehn Uhr arbeitest? In der Zeit liegen die Hauptbesuchszeiten und dann kannst du Blair kennenlernen, unsere andere Kellnerin. Sie hatte heute frei, aber glücklicherweise konntest du uns heute helfen. Einmal in der Woche hast du einen freien Tag, der aber wahrscheinlich variieren wird.«

Maggie nickte und hatte immer noch nicht ganz realisiert, dass sie nun eine Arbeit hatte.

»Dann sehen wir uns morgen, Mag.« Sie zog den Spitznamen am Ende in die Länge, wie sie es auch immer bei der Verabschiedung ihrer Gäste machte.

»Ähm, einen Moment noch!«, rief Maggie, sodass Ally noch einmal stehen blieb.

Maggie spürte, wie ihr das Blut in die Wangen schoss, und schnell kramte sie in ihrer Tasche nach ihrem Notizzettel. Sie hatte sich so sehr eingeprägt, dass sie daran denken musste, Ally noch etwas zu fragen, aber dabei hatte sie ganz vergessen, um was es sich handelte. Sie schluckte, während sie die Liste, die über den Tag länger geworden war, überflog, und hoffte, dass Ally es sich wegen ihrer Vergesslichkeit nicht doch noch einmal anders überlegen würde.

»Weißt du, wo ich in der Nähe eine Wohnung finden kann?« Die Luft wich zusammen mit der Peinlichkeit des Momentes aus Maggies Lungen.

»Mhm. Gerade fällt mir nichts ein, aber ich frage Bill und sage dir morgen Bescheid.« Diesmal hob Ally zum Abschied nur die Hand und hatte anscheinend keine Lust, zum zweiten Mal zu einer verbalen Verabschiedung anzusetzen.

»Bis morgen. Und danke!«, rief Maggie ihrer neuen Chefin hinterher. War das etwa ein Gefühl von Glück, das in ihrem Inneren tobte? Ein gewisses Maß an Freude, das aber mit Stress einherging?

Während Maggie den Bus zurück zum Motel nahm, dachte sie darüber nach, dass sie so etwas wie heute früher nie gemacht hätte: mitten auf dem Gehweg vor einem Diner eine Arbeitsstelle annehmen, ohne Gehaltsverhandlung und richtiges Bewerbungsgespräch. Aber vielleicht war das die neue Maggie. Die spontane, nicht zögernde. Das würde ihr gefallen.

18

1. August 1945

In den vergangenen Wochen hatte Maggie bald eine Alltagsroutine entwickelt, die bei ihr wie Balsam für die Seele wirkte.

Von mittags bis frühabends arbeitete sie im Diner. Morgens erledigte sie meist Arztbesuche, nahm Wohnungsbesichtigungen vor und ging einmal die Woche zum OSS-Hauptquartier. Sie schaffte es sogar, sich an die uniformierten Soldaten im Diner zu gewöhnen.

Die vorderen Haarsträhnen hatte sie sich noch am selben Abend, an dem sie die Stelle als Kellnerin bekommen hatte, abgeschnitten. So konnte sie die Haare wie gefordert bei der Arbeit zurückbinden, aber die kurzen Strähnen bedeckten zusammen mit ihrem Pony immer noch gut ihr Gesicht. Maggie fing an, Make-up zu tragen, und fühlte sich selbstbewusster.

Von dem ersten Augenarzt, den sie in den USA aufgesucht hatte, Doktor Stanson, hatte sie eine andere Brille bekommen, mit der sie etwas besser sehen konnte. Doch insgesamt hatte sie sich bei ihm nicht gut aufgehoben gefühlt, er wirkte ihr zu unaufgeschlossen Neuem gegenüber, sodass Maggie gewechselt hatte. Damit war sie inzwischen bei vier Augenärzten gewesen, von denen ihr keiner in irgendeiner Weise weitergeholfen hatte. Jeder von ihnen hatte dieselben Tests gemacht, doch keiner sah die Möglichkeit, durch eine weitere Operation oder eine andere Therapie ihr Sehen zu verbessern.

Während sie mit ihrer Wut gegen die Mediziner zu kämpfen hatte, versuchte sie sich auf ihren bevorstehenden Umzug vorzubereiten. Zwar waren es nicht viele Sachen, die sie zusammenpacken musste, aber sie machte Spaziergänge in ihrer neuen Wohnumgebung, da sie das Gefühl hatte, ihr neues Zuhause kennenlernen zu müssen, bevor sie ihm komplett ausgeliefert war.

Ally und Bill hatten ihr drei Wohnungen genannt, für die Nachmieter gesucht wurden, und schließlich hatte Maggie es geschafft, eine davon zu ergattern. Ein Zimmer, das ungefähr fünfundzwanzig Quadratmeter maß, bereits möbliert und nur zehn Minuten vom Diner entfernt. Die perfekte Wohnung für sie. Da sie aber erst Mitte August bezugsfertig sein würde, hatte Maggie für die verbleibende Zeit ihr Motelzimmer auf eigene Kosten verlängert.

Den Tag heute hatte sie sich freigenommen, weil sie tatsächlich einen Termin beim OSS bekommen hatte. Sie wusste nicht, warum, konnte sich vor Aufregung aber kaum halten. Ihre offiziellen Anfragen und ihre wöchentlichen Besuche waren immer abgewimmelt worden – zumindest bis jetzt, wie es den Anschein hatte.

Das erste Mal seit Kriegsende durfte Maggie die Eingangshalle passieren und wurde schließlich gebeten, auf einem langen Flur zu warten. Sie setzte sich auf die Kante eines Stuhls und faltete die Hände im Schoß. Sie fühlte sich so ähnlich wie damals, als sie im Flur des MI6 darauf gewartet hatte, dass sie zu Mr Stork durfte – bloß mit dem Unterschied, dass hier reges Treiben herrschte und keine beunruhigende Ruhe. Maggie beobachtete die vorbeieilenden Menschen, ohne ihnen ins Gesicht zu sehen. Dass sie nicht bei Donovan selbst vorsprechen konnte, war ihr klar, denn sein Büro lag in einem anderen Stockwerk. Allerdings juckte es sie in den Fingern, nach ihm zu suchen und zu versuchen, mit ihm zu sprechen. Bevor sie den Mut fassen konnte, das tatsächlich zu tun, wurde sie jedoch abgeholt und in das Büro von Agent Campbell gebracht. Er kam ihr bekannt vor, doch Maggie konnte ihn nicht zuordnen.

»Wir haben uns schon einmal gesehen«, sagte sie zögernd.

»Ja. Ich habe Sie vom Flughafen abgeholt und ins Motel gebracht.«

Ach ja.

Er stellte ungefragt ein Glas Wasser vor ihr ab und fragte sie, während er sich setzte: »Miss Nelson, sagen Ihnen die Namen Paul Wagner und Gustav Hübner etwas?«

Verwirrt runzelte Maggie die Stirn. »Nein.« Vielleicht hatte sie sie aber auch nur vergessen.

»Sie waren Ihre Mitinsassen in dem Gestapogefängnis. Sie haben zu einer selbst gegründeten Widerstandsgruppe gehört, die das Ziel hatte, Erich Heckler zu töten. Wussten Sie davon?«

Und wieder war Maggie an einen Mitarbeiter des Geheimdienstes geraten, der ihr vorwurfsvoll Fragen stellte. Es schien keinen zu geben, der sie als Opfer sah, sondern immer wurde sie als mögliche Verräterin wahrgenommen.

»Nein«, begann sie mit gerunzelter Stirn. »Ich kann mich vage erinnern, dass einmal ein Gespräch zwischen Herrn Heckler und seinem Freund von der SS stattgefunden hat und dort von einer Bedrohung die Rede war, aber sonst habe ich nur Bruchstücke des Gesprächs gehört. Von solch einer Widerstandsgruppe weiß ich nichts.«

Agent Campbell kritzelte wenige Worte auf ein Blatt Papier und legte dann den Stift beiseite. »Mir ist mitgeteilt worden, dass Sie zum dritten Mal den Augenarzt gewechselt haben. Wir müssen Sie bitten, von einem weiteren Arztwechsel abzusehen, sonst müssen Sie ab sofort selbst die Arztrechnungen bezahlen.«

Maggie schnaubte. Das war doch absurd! »Sind noch weitere Zusicherungen des OSS an solche unausgesprochenen Bedingungen geknüpft?!«

Er runzelte die Stirn. »Ihr Vorwurf ist unberechtigt. Unsere Warnung bezüglich der Arztkosten liegt darin begründet, dass Sie ohne ersichtlichen Grund bei mehreren Ärzten vorstellig wurden – das sind unnötige Mehrkosten, die wir nicht bereit sind zu tragen.«

Während Maggies Kiefermuskulatur arbeitete, sprang ihr Blick von einem Punkt zum anderen, ohne dass sie den Agenten ansah.

Wahrscheinlich wartete er auf eine Entschuldigung oder Ähnliches, doch den Gefallen würde sie ihm nicht tun. Ihr Blick fiel auf das Wasserglas, das er ihr hingestellt hatte. Es mochte eine Banalität sein, doch für sie symbolisierte es die Kontrolle und Besserwisserei des OSS ihr gegenüber.

Maggie stand schweigend auf und ging zur Tür. Sie hörte, wie auch Agent Campbell aufstand.

»Bitte, Miss Nelson, setzen Sie sich. Es gibt keinen Grund, dieses Gespräch …«

Den Rest hörte sie nicht mehr, sie hatte die Tür schon längst laut ins Schloss gezogen. Doch bevor sie den Gang hinunterstürmen konnte, hatte Agent Campbell sie eingeholt. Er packte sie grob am Arm und wirbelte sie zu sich herum. Entsetzt schrie Maggie auf und wollte sich aus seinem schmerzhaften Griff befreien, doch das gelang ihr nicht – schließlich waren sie beide von derselben Organisation in Selbstverteidigung ausgebildet worden.

»Sehen Sie mich an«, grunzte er.

Seine plötzlich umschlagende Stimmung war beängstigend. Wütend spuckte Maggie ihm ins Gesicht und tatsächlich lockerte sich sein Griff und er ließ sie sogar ganz los. Er wischte sich ihre Spucke von der Wange. »Wenn Sie auch nur einmal mit jemandem über Dinge aus Ihrer Zeit beim OSS reden, dann kommen Sie ins Gefängnis. Und ich warne Sie: Lassen Sie sich hier nicht noch einmal blicken.«

Maggie erwiderte nichts, sondern eilte nach draußen. Ihre Wut trieb ihr die Tränen ins Gesicht.

Allein. Verlassen. Missverstanden. Alles für sich wäre schon schwer zu ertragen gewesen, doch die Kombination dieser drei Zustände hatte eine ungeheure Macht über sie, von der sie einfach nicht frei werden konnte. Irgendjemand schien zu versuchen, ihr ihren Weg schwerer zu machen und ihre Hoffnungen auf Heilung zu zerstören – und das war ihrer Meinung nach Gott.

Wenn Gott für mich ist, wer kann gegen mich sein?, schoss es Maggie auf einmal durch den Kopf. Doch ihr schien es so, dass die ganze Welt gegen sie war und auch Gott selbst sich gegen sie gewandt hatte.

Sie lief los zur Bushaltestelle, sah ihren Linienbus kommen und Richtung Haltestelle an ihr vorbeifahren, doch sie konnte sich nicht dazu durchringen, ihm hinterherzurennen oder einfach schneller zu gehen. Lieber nahm sie den nächsten oder ging gleich weiter zur nächsten Haltestelle. So würde sie zumindest nicht zu früh in ihrem einsamen Motelzimmer ankommen. Wenn sie nur etwas hätte, womit sie sich ablenken könnte! Sie fühlte sich auf einmal schrecklich beobachtet. Ihre Schritte wurden von selbst schneller. Sie entschloss sich dazu, ins Diner zu gehen. Es kümmerte sie nicht, dass sie heute eigentlich freihatte und für ihre Arbeit vermutlich keinen Penny sehen würde.

Blair, die andere Kellnerin des Lokals, war verwundert, sie zu sehen, genauso Bill und Ally, die heute wieder beide in der Küche standen. Doch keiner beschwerte sich. Sie hatten eine zusätzliche helfende Hand. Maggie wiederum würde nicht allein sein in dem Trubel, der hier herrschte. Warum auch immer waren heute die Kinder von Ally und Bill – Walter und Rick, elf und neun Jahre alt, sowie die dreijährigen Zwillinge Emily und Lynn – nicht in der Schule und im Kindergarten, sondern machten das Diner unsicher.

Nach einiger Zeit musste Maggie jedoch feststellen, dass sie heute im Gastraum nicht zu gebrauchen war. Zusätzlich zu ihrer Vergesslichkeit war sie nach dem Gespräch mit Agent Campbell gedanklich nur noch mehr abgelenkt. Dreimal hatten die Zwillinge sie fast umgerannt, sie hatte zwei Bestellungen durcheinandergebracht und andere gar nicht erst aufgegeben und an die Küche weitergeleitet. Sie entschuldigte sich mehrere Male bei den Gästen, sorgte dafür, dass sie versorgt wurden, und stellte sich für den Rest der Zeit ans Spülbecken. Dort hielt sie durch, bis das Diner schloss.

19

5. August 1945

Maggie war so zeitig wach, dass sie ganz früh am Morgen schon den Bus genommen hatte. Dieser war bis auf zwei Arbeiter, die auf dem Weg von der Nachtschicht nach Hause eingeschlafen waren, komplett leer gewesen. Sie wusste noch nicht einmal, ob Bill und Ally schon im Diner sein würden.

Doch Bill war da. Als Maggie durch den Zugang zur Küche ins Gebäude kam, lief sie fast in ihn hinein, als er mit einem Eimer voll Kartoffeln und Zwiebeln aus dem Lager kam.

Maggie machte einen erschrockenen Schritt nach hinten und murmelte eine Entschuldigung.

»Morgen«, sagte Bill daraufhin lediglich, ein Kaugummi unüberhörbar im Mund – und das, obwohl er seinen Kindern immer verbot, welches zu kauen. »Kannst du bitte gleich die Kartoffeln schälen?«

Er sprach schnell, das war für ihn normal, trotzdem strahlte er im Gegensatz zu der hektischen Ally immer eine gewisse Ruhe aus. Ab heute stand ein neues Gericht auf der Karte und Bill konnte es wohl kaum erwarten, mit der Zubereitung anzufangen. Wahrscheinlich war er deswegen schon im Diner, während Ally sich noch um die Kinder kümmerte.

»Natürlich«, sagte Maggie. Schnell band sie sich die Haare zusammen und ließ wie immer zwei große Strähnen an den Schläfen herunterhängen. Sie zog sich die Schürze über und stellte sich dann an die Arbeitsplatte, wo Bill den Eimer Kartoffeln abgestellt hatte. Er wollte Reibekuchen machen.

»Wie früher«, murmelte Maggie, während sie ein Messer und die erste Kartoffel in die Hand nahm.

»Musstest du da auch immer Kartoffeln schälen?«, fragte Bill und stellte schwungvoll eine große Pfanne auf den Gasherd, die geräuschvoll auf die Metallstreben traf.

Verdutzt hob Maggie kurz den Kopf. Ihr war nicht klar gewesen, dass sie laut gesprochen hatte. »Ja. Also … Auch Rösti, also Reibekuchen, kenne ich. Meine Mutter hat sie oft gemacht – sie kam aus der Schweiz.«

Das war das Persönlichste, was sie Bill und Ally je erzählt hatte. Bill war generell nicht sehr gesprächig. Ally hatte das mal mit den Worten auf den Punkt gebracht: »Er liebt seine Arbeit, und wenn er sie verrichtet, ist er voll und ganz auf sie konzentriert. Nur wenn er Pausen macht, widmet er mir seine ganze Aufmerksamkeit.« Für einen Augenblick war ein leicht verschmitzter Ausdruck über Allys Gesicht gehuscht. Sie war der Kopf, der meist an alles dachte und auch über alles – bis auf Bills Kochtöpfe – die Kontrolle haben wollte. Sie hatte zwar immer ein Lächeln für ihre Gäste, doch das war meist aufgesetzt.

Das Anstrengendste für sie, Maggie und Blair, war, wenn die Kinder im Diner waren. Es war nicht nur der Stress, den die Kleinen mit sich brachten, sondern es steigerte auch den Stress und die Hektik von Ally. Doch Maggie konnte dem durchaus etwas Positives abgewinnen, denn je beschäftigter Ally mit etwas war, desto sicherer fühlte Maggie sich, dass ihr keine Fragen zu ihrem Privatleben und ihrem Unfall gestellt wurden. Blair dagegen störte genau diese Unaufmerksamkeit ihrer Chefin. Sie beschwerte sich oft über die Arbeitsbedingungen und das fehlende Ohr von Ally und hatte schon mehr als einmal den Gedanken ausgesprochen, kündigen zu wollen. Doch Bill hatte abgewinkt und Ally hatte Maggie erklärt, dass Blair das immer tat und man das nicht zu ernst nehmen sollte.

Maggie spürte, dass Bill und Ally ein gutes Herz hatten, und wenn sie erlebte, wie die beiden in einem kurzen Moment der Ruhe liebevoll miteinander umgingen, zog es schmerzhaft in ihrem Herzen. Nathanael war einst auch so zu ihr gewesen.

»Das wusste ich nicht. Hast du noch mehr schweizerische Rezepte und Gerichte?« Bill kippte Sonnenblumenöl in die Pfanne und Maggie musste sich kurz ins Gedächtnis rufen, über was sie gesprochen hatten.

»Mhm, an besonderen Tagen hat meine Mutter Cordon bleu gemacht. Das ist eine Kalbsschnitzelhälfte, die mit Käse und Schinken belegt und dann paniert wird.«

Bill lachte. »Das klingt fantastisch. Aber ich fürchte, das können wir in der momentanen Versorgungslage nicht umsetzen.«

Maggie legte die letzte geschälte Kartoffel in eine Schüssel, warf dann die Schalen in den Mülleimer und wischte die Arbeitsplatte ab. Bill hatte bereits damit begonnen, Zwiebeln zu schälen und klein zu schneiden – im Gegensatz zu Maggie und Ally tränten ihm nicht dabei die Augen. Während Maggie die Kartoffeln per Hand über eine Reibe schabte und Bill das Radio aufdrehte, dachte sie nach. Es war drei Tage her, dass die Potsdamer Konferenz geendet hatte und die Großen Drei, Stalin, Truman und Attlee als Nachfolger Churchills, gemeinsame Bestimmungen für den Umgang mit Deutschland festgelegt hatten. Der gemeinsame Alliierte Kontrollrat sollte die Regierungsgewalt innehaben, Deutschland sollte abgerüstet, entnazifiziert, demokratisiert und die Kriegsverbrecher bestraft werden. Auch die Wirtschaft sollte auf Demokratie ausgelegt werden und die deutsche Ostgrenze verschob sich zugunsten von Polen und der UdSSR.

Die amerikanische Bevölkerung war den Russen gegenüber misstrauisch und lehnte den Kommunismus ab. Da immer noch der Pazifikkrieg tobte und die Angst vor einer japanischen Invasion verbreitet war, waren die Geschehnisse in Europa für die Mehrheit der Amerikaner nicht so interessant wie für Maggie. Besonders gespannt versuchte sie die Entnazifizierung zu verfolgen, die untrennbar mit den Prozessen gegen die nationalsozialistischen Verbrechen in Verbindung stand. Weder Erich Heckler noch dessen SS-Freund waren gefunden worden, sie hatten sich höchstwahrscheinlich schon vor Kriegsende ins Ausland abgesetzt.

»Mag?«

Erschrocken hob Maggie den Kopf. Bill hatte eine Packung Eier in der Hand und blickte sie an, als würde er schon eine Weile auf eine Antwort warten. »Verzeihung, was hast du gesagt?«

»Meinst du, vier Eier reichen für die Menge an Kartoffeln und Zwiebeln, die wir haben?«

Gehetzt blickte Maggie von den Kartoffeln zu den Zwiebeln, war aber in dem Augenblick nicht imstande, einen klaren Gedanken zu fassen. »Ich denke schon, du kannst die Konsistenz dann ja nochmals testen, wenn du die Sachen zusammengemischt hast«, sagte sie einfach.

Mit dieser Antwort gab sich ihr Chef zufrieden. Maggie reichte ihm ihre Schüssel mit den geriebenen Kartoffeln und blieb gedankenverloren stehen. Was sollte sie als Nächstes tun?

Gerade in dem Moment kam Blair herein und sang förmlich ihr »Guten Morgen«. Bill und Maggie grüßten mit weniger Freude in der Stimme zurück.

»Kommst du mit mir nach vorne, Mag?« Blair hielt Maggie ihre Haube hin, während sie sich ihre eigene vom Haken nahm. Sie schien Maggies Aussetzer bemerkt zu haben und sie deswegen zu delegieren. Das tat sie öfter, auch wenn Maggie zu stolz war, es zuzugeben, und es ihr leidtat, dass Blair für sie mitdenken musste.

»Danke.« Sie wartete, bis Blair aus dem winzigen Bad für die Angestellten wiederkam, damit sie sich selbst ihre Haube vor dem Spiegel zurechtrücken konnte.

Als sie durch die Küche in den Gastraum ging, hatte Bill sich bereits eine Zigarette angezündet und angefangen, Eier, Zwiebeln und Kartoffeln mit der Hand in einer großen Schüssel zu vermengen. »In zehn Minuten gibt es Frühstück«, murmelte er mit der Zigarette zwischen den Zähnen.

»Du trägst heute gar keinen Lippenstift«, stellte Blair Maggie gegenüber fest. Sie betätigte die Lichtschalter, obwohl die Morgensonne bereits dämmerte, und Maggie musste kurz gegen das helle Strahlen der Lampen anblinzeln. Es waren keine schönen Erinnerungen, die sie mit hellem Licht verband.

»Habe ich das? Oh, den habe ich wohl vergessen.«

»Nimm meinen.« Blair griff in ihre Rocktasche und legte einen kleinen Handspiegel und einen roten Lippenstift auf den Tresen.

Maggie verzog das Gesicht. Der Spiegel war zu klein, als dass sie durch ihn großartig ihr Gesicht hätte erkennen können. Doch sie empfand es sowohl als zu unhöflich, jetzt noch einmal zurück ins Bad zu gehen als auch Blairs Angebot abzulehnen, den Lippenstift zu benutzen. Sie räusperte sich, während Blair Kaffee in ihre Tassen goss. »Könntest du mir helfen? Mit meinen Augen kann ich auf dem winzigen Ding nichts erkennen. Und ich will nicht die Hälfte deines Lippenstifts auf meinen Zähnen verteilen.«

Noch nicht einmal aus Höflichkeit lachte oder lächelte Blair über Maggies Witz, der ihr Unwohlsein verbergen sollte. Stumm griff ihre Kollegin nach dem Lippenstift und machte Maggie vor, wie sie ihre Lippen formen sollte, damit sie ihn auftragen konnte.

Während Maggie regungslos dastand, hielt sie die Luft an. Es war ungewohnt, dass ein anderer Mensch so nah an ihrem Gesicht stand – und dabei auch einen sehr genauen Blick auf ihre Narben werfen konnte.

»Voilà«, sagte Blair und trat mit einem kurzen, zufriedenen Lächeln auf den Lippen zurück.

»Danke.«

Maggie holte ihre Liste mit den täglichen Aufgaben heraus, die sie erledigen musste, bevor die ersten Frühstücksgäste kamen. Sie fragte sich, wann sie endlich nicht mehr auf diese Liste angewiesen sein würde. Die Stammgäste nahmen es meist mit Humor, dass sie sich immer noch schwertat, ihre Namen auswendig zu können, dennoch verletzte Maggie deren freundliches Lachen und der Satz: »Ah, also bin ich nicht erinnerungswürdig für Sie?«, auf den meist ein neckisches Augenzwinkern folgte. Es waren diese kleinen Dinge, die sie abends oft weinend zusammenbrechen ließen. Dieses Weinen war dann immer von noch schlimmeren Kopfschmerzen begleitet, die nur durch Schmerzmittel gestillt werden konnten.

Maggie und Blair arbeiteten ihre Aufgaben ab, bis Bill auf die Durchreiche zwei Teller mit Reibekuchen stellte und rief: »Frühstück ist fertig.«

»Ich habe mich schon gefragt, was du da frittierst«, erwiderte Blair und nahm sich ihren Teller sowie Besteck aus dem Fach beim Tresen. Für einen kurzen Augenblick tauchte noch mal Bills Kopf an der Durchreiche auf, ein Geschirrtuch über der Schulter und ein Probierlöffel in der Hand. »Mag kennt das Gericht. Und ich find's auch klasse.«

»Ich habe mein Urteil noch nicht gefällt«, sagte Maggie mit einem leichten Lächeln und in einem neckischen Tonfall und setzte sich neben Blair auf einen der Hochstühle an den Tresen.

Für einen Augenblick zögerte sie. Es hatte mal eine Zeit gegeben, in der sie vor dem Essen gebetet hatte, selbst während der Gefangenschaft hatte sie dies beibehalten. Es war seltsam. Immer wieder wurde sie in ihrem Alltag daran erinnert, was sie früher in solch einem Moment getan hätte. Gebetet. Gedankt. Fragen gestellt. Doch ihr wurde allein schon bei dem Gedanken, ein Wort an Gott zu richten, das Herz schwer. Sie musste nur blinzeln und sie wusste, warum.

Maggie nahm ihr Besteck und schob sich ein Stück Reibekuchen in den Mund. Es gab kein Apfelmus dazu wie in ihren Kindheitstagen, aber trotzdem war der Geschmack, die Komposition aus Kartoffeln, Zwiebeln und Fett, perfekt. Als guter Koch wusste Bill, dass man beim Anbraten das Fett hoch erhitzen musste, damit der Teig sich nicht zu sehr mit Fett vollsog. Und so waren die Reibekuchen nicht zu fettig, sondern hervorragend gelungen. Maggie nahm sich den nächsten Bissen und genoss den Geschmack auf der Zunge. Solch ein vertrautes Gefühl hatte sie in den letzten Monaten nie verspürt. Auf eine bestimmte Weise erinnerte sie das Essen an ihre Kindheit, und wenn auch keine konkreten Erinnerungen damit verbunden waren – wahrscheinlich hatte sie es damals einfach zu oft gegessen –, hatte die Vertrautheit eine beruhigende Wirkung auf Maggie. Es war verrückt, wozu Essen in der Lage war!

Blair kommentierte das Gericht nur mit einem Schulterzucken. Anscheinend fand sie es nicht überragend, aber auch nicht schlecht genug, um es nicht aufzuessen.

»Du solltest sie vielleicht jeden Tag essen, dann würdest du mehr auf die Rippen bekommen. Nichts, was du je hier gegessen hast, hast du mit solch einer Hingabe verschlungen.« Ally stand in der Schwingtür zur Küche. Ihre Stimme klang nach einer Mischung aus Lachen und Ernsthaftigkeit. Anscheinend hatte es heute Morgen nicht so viel Theater mit den Kindern gegeben wie sonst, wenn sie es geschafft hatte, noch vor der Öffnung ins Diner zu kommen. Sie stellte die Wechselgeldkasse, die sie nachts immer mitnahm, an ihren Platz und verschwand dann schnell in die Küche, um Bill zu unterstützen.

Maggie hatte während Allys Worten aufgehört zu kauen. Auf einmal fühlte sich der Reibekuchen in ihrem Magen wie ein einziger schwerer Klumpen an. Das war gerade einer der Momente gewesen, in denen Ally durchscheinen ließ, dass sie durchaus einen Blick für ihre Mitarbeiter hatte. Aber noch nie hatte jemand Maggies Untergewicht kommentiert. Sie fühlte sich unwohl und wusste nicht, was sie mit dieser Bemerkung anfangen sollte. Sie hoffte nur, sie würde sich jetzt nicht übergeben müssen, das würde der ganzen Situation nur noch die Krone aufsetzen. Bisher hatte sie sich im Diner nur selten erbrechen müssen und dann auch nur in der Toilette, wo der laufende Wasserhahn jedes Geräusch überdeckte. Meist wurde ihr erst abends, wenn sie in ihrem Motelzimmer war, richtig schlecht, was sich immer mal wieder auch bis zum Äußersten steigerte. Hier schien aber nur aufgefallen zu sein, dass sie wenig aß und wenig wog – was die Gründe dafür waren, wussten die anderen offenbar nicht.

Blair stand auf und brachte ihr Geschirr in die Küche. Maggie warf einen Blick auf die Uhr und beeilte sich, fertig zu werden. Sie hatten getrödelt und würden bereits in zehn Minuten das Diner öffnen müssen. Hektisch schob sie den letzten Bissen in ihren Mund und schaffte es kaum, ihn herunterzuschlucken. Sie spülte schnell mit einem Schluck Wasser nach und stand dann auch auf. Bill und Ally waren bereits so vertieft in die Vorbereitungen zum Kochen, dass sie nicht miteinander sprachen. Schweigend stellte Maggie ihr Geschirr ab und verschwand wieder in den Gastraum. Ihr schlechtes Gewissen meldete sich, weil sie eigentlich Bill sagen sollte, wie fantastisch er die Reibekuchen hinbekommen hatte, doch sie konnte sich nicht dazu durchringen, besonders nicht nach dem, was Ally gesagt hatte. Und Bill fragte glücklicherweise nicht.

Blair schaltete das Radio ein und Maggie schloss die Vordertür auf und hängte das Schild mit dem Schriftzug *Geöffnet* an die Glastür. Der normale Regelbetrieb rollte nur langsam an, aber sobald es voll war, konnte Maggie sich ablenken. Das tat sie immer. Sich von allem ablenken, was sie störte und worum ihre Gedanken kreisten.

Anfangs waren die Gäste skeptisch, sich Reibekuchen auf Maggies Empfehlung hin zu bestellen, doch sie versicherte ihnen, dass sie es nicht bereuen würden. Mit einem mittlerweile eingefrorenen Lächeln gab sie gerade die Bestellung einer vierköpfigen Familie weiter. Maggie kannte sie nicht. Vielleicht waren sie nur zu Besuch hier. Inländische Touristen.

»Mag, kannst du schon einmal neuen Kaffee kochen?« Blair wartete nicht auf eine Antwort, als sie sich über den Tresen lehnte, um sich einen neuen Stift zu nehmen, und direkt wieder zurück an den Tisch mit neu eingetroffenen Gästen ging.

»Na klar«, murmelte Maggie zu sich selbst und griff nach der Dose mit dem Kaffeepulver.

Die Tischklingel auf der Durchreiche hinter ihr schellte und die ersten zwei Teller mit Reibekuchen standen für die wartende Familie bereit. Maggie servierte sie und entschied sich gerade dazu, sich etwas zu trinken zu holen, als ein älterer Herr, der an der großen Scheibe des Lokals saß, seine Tasse umstieß, sich sein Kaffee über den ganzen Tisch ergoss und die Tasse auf dem Boden zersprang.

»Verdammte Scheiße«, entfuhr es dem Mann, der seinen Teller hochhob, als sei auch sein Essen gefährdet, von Kaffee durchtränkt zu werden.

Für einen Moment verstummten die Gespräche an den anderen Tischen, bis Maggie in Blairs Richtung rief: »Ich mache schon!«, sodass sich ihre Kollegin weiter um ihre Gäste kümmern konnte. Sie nahm sich einen Stapel Servietten und einen Handfeger mit Kehrblech und ging zu dem immer noch schimpfenden Mann. Sie war sich nicht sicher, ob er sich über sich selbst aufregte oder ohnehin schon schlecht gelaunt war und auf die ganze Welt schimpfte.

»Ich mache das, Sir«, sagte Maggie.

Sie würde dem Mann einen anderen Sitzplatz anbieten, bis seiner gereinigt war, aber momentan waren alle Tische besetzt. Maggie verteilte auf der lang gezogenen Pfütze auf der Tischplatte Servietten, damit sie Flüssigkeit aufsogen, trocknete die Senf- und Ketchuptuben ab und bückte sich dann, um die Scherben aufzukehren. Sie beeilte sich, um nicht länger als nötig in dem Kleid zu knien.

»Ich komme gleich mit einem neuen Kaffee und einem feuchten Lappen wieder.« Ihre Lippen verzogen sich zu einem aufgesetzten Lächeln, das jeder Gast in einer unangenehmen Situation von ihr bekam. Der Mann murmelte etwas Unverständliches.

Maggie beeilte sich, schnell zurückzukehren. »Bitte schön.« Sie stellte die neue Tasse Kaffee hin und hoffte, er würde diesmal besser aufpassen und sie nicht wieder umstoßen. Es sagte kein Wort des Dankes, sondern sah einfach zu, wie Maggie die Servietten anhob und mit einem feuchten Lappen über den Tisch wischte. Ihr Blick blieb an einer Zeitung hängen, die der Mann mitgebracht hatte und die in weiten Teilen das braune Gebräu auf dem Tisch aufgesogen hatte.

Es war keine der Zeitungen, die man hier häufig sah, wie die *Washington Post*, *Washington Times* oder der *Express*. Sie schien aus einer kleinen Stadt zu stammen. Maggie wollte gerade fragen, ob der Mann sie noch behalten wolle oder ob sie sie wegwerfen konnte, als sie auf ein nicht von Kaffee verschmutztes Bild unten auf der Seite sah. Sie verharrte in der Bewegung, den tropfenden Lappen immer noch in der Hand. Sie kannte die Person, die auf dem Bild abgebildet war. Sie hatte sie schon einmal gesehen. Einmal. Aber trotzdem hatte der Mann sich in ihr Gedächtnis eingebrannt wie kaum ein anderer. Ihr brach auf einmal der kalte Schweiß aus.

»He! Passen Sie doch auf!«, rief der ältere Herr verärgert, als der Lappen in Maggies Hand wieder auf seinen Tisch tropfte.

»Verzeihung, Sir«, murmelte Maggie wie unter Schock. Sie nahm sich eine Serviette vom Nachbartisch, legte sie dem Mann hin und griff dann nach der Zeitung. »Die lesen Sie nicht mehr, oder?«

Sie wartete keine Antwort ab, sondern eilte mit der triefenden Zeitung zum Tresen, um den Artikel lesen zu können. In Uniform und mit lächelndem Gesicht war der Soldat abgebildet. Der Soldat, dessen Flugzeug bei Hamburg abgeschossen worden war und dem sie versucht hatte das Leben zu retten.

20

»Mr Preston ist von deinem Verhalten nicht gerade begeistert.«

Blair machte eine kurze Pause und sah von dem schmutzigen Geschirr auf, das sie gerade abgeräumt hatte, und als Maggie nicht antwortete, schob sie genervt hinterher: »Mag?«

Anscheinend war Mr Preston schon einmal hier gewesen, Maggie konnte sich allerdings nicht an ihn erinnern. Wieder und wieder hatte sie den Zeitungsartikel gelesen und nun starrte sie das Bild an und konnte immer noch nicht fassen, dass der Mann – Lieutenant Colonel Sam Harper – lebte.

»Kennst du den Mann in der Zeitung?«

»Ja«, sagte Maggie stumpf. Sie nahm sich eine Schere und schnitt den Artikel aus. Die übrige Zeitung warf sie in den Mülleimer.

»Mr Preston winkt und will wahrscheinlich zahlen.« Blair warf einen Blick über ihre Schulter und klopfte dann kurz auf den Tresen, doch Maggie sah noch immer nicht auf. »Ich nehme an, das gibt heute kein Trinkgeld.«

»Das glaube ich auch.« Doch das hörte Blair nicht mehr, denn Maggie war schon auf dem Weg zu dem Gast. Im Gehen warf sie einen letzten Blick auf die Fotografie des Soldaten in ihrer Hand. Es schien, als müsste sie ihn die ganze Zeit anschauen, um wirklich glauben zu können, dass er noch am Leben war.

Danke, dass er überlebt hat. Das war ihr erstes, ehrliches Gebet seit Wochen – auch wenn eine bittere Note darin mitschwang. Sie hatte auch überlebt, aber ihr Leben war nicht lebenswert.

~

6. August 1945

Der ausgeschnittene und zusammengefaltete Zeitungsartikel brannte in Maggies Schürzentasche, als sie einen Tag später wieder im Diner arbeitete. Tatsächlich hatte sie gestern Abend, als sie den Müll rausgebracht hatte, nochmals die mit Kaffee getränkten Seiten herausgefischt und sich aufgeschrieben, wie die Zeitung hieß und woher sie kam. So würde sie über den Redakteur, der das Interview mit Sam Harper geführt hatte, hoffentlich mit ihm Kontakt aufnehmen können. Ob sie das wirklich wollte, wusste sie nicht, sie war hin- und hergerissen. Aber es beruhigte sie zumindest, dass sie die Möglichkeit dazu hatte und es keinen Unterschied machte, ob sie einen Tag später oder in einer Woche der Zeitungsredaktion ein Telegramm schrieb.

»Es war ein Engel«, dachte ich mir, direkt, als ich sie sah. Wer würde sonst in meiner Muttersprache zu mir reden, wenn ich gerade mit dem Fallschirm aus meinem abgeschossenen Flugzeug gesprungen und auf Naziterritorium gelandet war?

Die Schilderung seiner Bruchlandung ließ Maggie jedes Mal aufs Neue erschaudern. Sie selbst war dieser Engel gewesen, aber er hielt sie für nicht real. Er hatte eine Kopfverletzung gehabt, vielleicht war das der Grund dafür, dass er dachte, sein Verstand habe ihm einen Streich gespielt. Dieser Umstand machte ihr jedoch auch Angst und hinderte sie daran, ihn zu suchen – immerhin hatte Agent Campbell deutlich gemacht, was geschehen würde, wenn sie mit irgendjemandem über etwas redete, das mit ihrer Geheimdiensttätigkeit zusammenhing. Und wie sollte sie Sam Harper sonst erklären, dass sie ihn gefunden hatte, als er abgestürzt war?

Erneut meldete sich in ihr der Gedanke, dass er der Grund gewesen war, dass die Nazis sie hatten enttarnen können. Doch sie wollte diesen Verdacht entkräften und beiseiteschieben. Sie hatte sich entschieden, ihm zu helfen, und war dabei gescheitert.

Als der Sender CNN gerade sein Programm unterbrach, drehte Blair das Radio lauter und bedeutete den Gästen mit einem Wink, still zu sein. Der Radiosprecher verkündete, dass der Präsident der Vereinigten Staaten seinem Volk etwas Wichtiges mitteilen wolle. Gespannt hielten alle im Raum den Atem an. Auch das Werkeln in der Küche wurde unterbrochen, und während Ally in der Schwingtür stand, stützte sich Bill rauchend auf die Durchreiche zum Gastraum.

Dann ertönte Trumans Stimme. Der Präsident erklärte, dass gestern eine Atombombe auf Hiroshima, ein militärisches Ziel, geworfen worden sei.

Maggie schlug erschrocken und irgendwie auch stolz die Hand vor den Mund, als von einer Sprengkraft von mehr als zwanzigtausend Tonnen TNT die Rede war. Sie hatte nicht viel Ahnung von Bomben und Kriegswaffen, aber dass das eine noch nie vorher da gewesene Kraft war, die der Präsident auch noch einmal bestätigte, stand außer Frage.

Schlagartig wurde Maggie ganz kalt, als sie hörte, dass die Deutschen an solch einer Entwicklung gearbeitet hatten, jedoch gescheitert waren. Sie hatte erlebt, was in den Köpfen der Nazifunktionäre vorgegangen war, hatte gesehen und gehört, zu was sie fähig gewesen waren. Hätten sie diese Technologie zur Verfügung gehabt, hätte dieser Krieg sich an Grausamkeit selbst übertroffen.

Amerika würde nicht aufhören, Atombomben einzusetzen, bis sie Japans Kriegsmacht zerstört hätten, erklärte Truman unterdessen weiter. Die Japaner hätten das Ultimatum der Großen Drei, das diese auf der Potsdamer Konferenz erarbeitet hatten, abgelehnt und die Bombardierung von Hiroshima sei die amerikanische Antwort darauf gewesen. Der Kriegsminister werde weitere Einzelheiten unverzüglich in einer Erklärung darlegen. Die Amerikaner hätten ein neues Verständnis der Naturkräfte eingeleitet. Er, Truman, werde mit dem Kongress über eine Kontrollinstanz sprechen, damit diese Atomkraft für den Weltfrieden eingesetzt werden könne.

Als der Präsident geendet hatte, herrschte Totenstille im Raum. Selbst Bill vergaß, weiter an seiner Zigarette zu ziehen, sodass sie aufgehört hatte, zu glimmen. An den großen Fensterscheiben des Diners gingen Passanten vorüber, die noch nicht gehört hatten, was geschehen war.

Dann brach der erste Gast in Jubel aus. Die anderen folgten, bis die Ekstase von allen Besitz ergriff. Das waren fantastische Nachrichten für die Amerikaner. Der Pazifikkrieg würde bald ein Ende finden, sie hatten den größten strategischen Vorteil der Menschheitsgeschichte für sich entdecken können. Die Menschen hatten eine Chance, dass ihre Väter, Brüder und Ehemänner den Krieg überleben würden, genauso wie sie selbst. Den bitteren Beigeschmack, dass durch diese Waffe noch mehr Menschen starben, nahm keiner wahr. Zu groß war die Freude, das Leid, das seit dem Angriff von Pearl Harbor über sie gekommen war, zu beenden und den Sieg zu erringen.

Das Thema beherrschte die Presse und die Menschen. Es wurde diskutiert und spekuliert, wie lange der Krieg noch dauern und wann die Japaner ihre Niederlage einsehen würden. Zwanghaft suchte Maggie am Abend nach einem Radiosender, der sich nicht mit diesem Thema beschäftigte, sondern Musik brachte. Sie hatte für heute genug Informationen aufgesogen. Ihr Kopf stand kurz vor dem Platzen und sie würde sich ohnehin nur einen Bruchteil der Dinge, die sie gehört hatte, merken können.

Ihr Magen knurrte, da sie wieder mal eine Mahlzeit ausgelassen hatte, doch sie ignorierte die Signale ihres Körpers und blieb einfach auf dem Teppich neben ihrem Motelbett liegen.

~

Bad Oeynhausen, britische Besatzungszone
7. August 1945

»Es ist eine Akte für Sie gekommen, Sir.« Die Sekretärin, die für Craig zuständig war, reichte ihm die besagte Akte über den Tisch hinweg.

»Ich habe keine angefordert«, stellte er fest. Er klappte sie auf, um einen Blick auf den Inhalt zu werfen.

»Sie ist vom OSS«, erklärte sie, als Craig die Überschrift eines Textes las, der zuoberst auflag und die Abschrift eines Zeitungsartikels war: *Fliegerpilot nach vermeintlichem Tod und Nazigefangenschaft nach Hause zurückgekehrt.* »Ein gewisser Agent Adams schickt sie Ihnen.«

»Danke«, sagte Craig und wandte sich zur Tür seines provisorischen Büros.

»Einen Moment, Sir.« Die Sekretärin war aufgesprungen, um ihm die Tür zu öffnen.

»Es geht schon«, sagte er, auch wenn er die Akte, zwei Bücher, die er gerade bekommen hatte, seine Aktentasche und eine neue Zigarettenpackung trug. Mit dem Ellenbogen drückte er die Türklinke nach unten und schob schließlich die Tür wieder mit dem Fuß ins Schloss. Da er seine Ladung nicht einzeln ablegen konnte, ließ er alles auf einmal auf seinen Schreibtisch fallen, und sofort segelten mehrere Papiere zu Boden.

Genervt seufzte Craig. Er öffnete den Verschluss seiner Zigarettenpackung und steckte sich eine Zigarette an. Seit der Potsdamer Konferenz und den Beschlüssen, die von ihr ausgingen, hatte sich sein Arbeitspensum nur noch mehr erhöht. Doch wenigstens hatte er bisher bezüglich Margret Nelson seine Ruhe gehabt. Momentan gab es für ihn in ihrem Fall nichts zu tun. Alle nötigen Dokumentationen, die für einen etwaigen Gerichtsprozess nötig sein würden, waren zusammengetragen und es war nicht Craigs Aufgabe, Nazis zu jagen. Dass das Gemälde »Laternenschein« nicht wieder aufgetaucht war und auch kein Schuldiger ausfindig gemacht werden konnte, kümmerte niemanden mehr, nachdem sich herausgestellt hatte, dass es von Margret Nelson gemalt worden war und nicht von einem bekannten Künstler, sodass das Gemälde de facto wertlos war. Dass Erich Heckler es anscheinend gemocht hatte, war eine interessante Randnotiz und hatte auch zu der Vermutung von Adams geführt, er hätte es sich irgendwie zurückgeholt, doch das konnten sie nicht beweisen und war von den meisten Kollegen als unwahrscheinlich angesehen worden.

Doch nun hatte ihn der Fall wieder eingeholt. Er setzte sich auf seinen Stuhl – das einzige Möbelstück, das er konsequent nicht mit Material wie Akten und Papieren belud, und nahm sich die Zeit, den Artikel aus der Zeitung zu lesen, den Adams ihm geschickt hatte. Den Namen der Zeitung kannte er nicht, sie musste aus irgendeiner Kleinstadt kommen. Ein Wunder, dass das OSS den Bericht dennoch entdeckt hatte.

Es stand außer Frage, dass der zurückgekehrte Pilot der Mann war, dessen Leben Margret Nelson versucht hatte zu retten. Craig las die kurze Nachricht von Adams. Jemand vom OSS hatte mit dem Mann gesprochen. Er hielt Margret Nelsons Erscheinung nicht für real, sondern für einen Engel. Kurz nach der Begegnung war er wegen einer schweren Kopfverletzung bewusstlos geworden und konnte dementsprechend auch nicht viel über den vermeintlichen Engel erzählen. Ans Ende seiner Nachricht hatte Adams notiert: *Für die Vollständigkeit Ihrer Akten.*

Dass der abgeschossene Pilot noch am Leben war, war interessant. Aber mehr als das nicht. Es hatte keine Auswirkungen auf ihre Ermittlungen.

21

Im Umland von Washington, D.C., Vereinigte Staaten von Amerika
12. August 1945

Nachdem am 9. August die USA erneut eine Atombombe abgeworfen hatten, diesmal auf die Stadt Nagasaki, waren die Spannung und Hoffnung, dass die Japaner endlich kapitulierten, noch überwältigender als nach dem 6. August und förmlich greifbar. Aufmerksam verfolgten alle Menschen die Nachrichten und viele versammelten sich vor den Verlagsgebäuden, weil sie es kaum abwarten konnten, dass endlich alles vorbei war.

Die Stimmung war gut, kritische Meinungen wurden nur selten geäußert. Auch wenn Maggie in ihrer bald neuen Wohngegend einen Spaziergang machte, war den Menschen die Freude darüber, dass sie bald wieder als Familie vereint sein würden, anzusehen.

Außer Maggie. Sie blieb allein. Es gab niemanden, der aus dem Krieg zu ihr zurückkehrte. Sie selbst war zwar zurückgekehrt, aber nur, um in der Fremde zu leben.

Für heute hatte sie sich ihr bestes Kleid, eins ihrer neuen, angezogen, dazu Schuhe mit einem höheren Absatz, als sie gewöhnlich trug, und sogar ihre Haare hatte sie die Nacht zuvor mit Lockenwicklern aufgedreht. Sie hoffte, dadurch die Schwäche ihres Körpers kaschieren zu können. Ihr war jedoch speiübel. Diesmal lag es aber nicht an einer Reaktion ihres Körpers auf Essen, sondern an der Nervosität, dass sie Lieutenant Colonel Sam Harper treffen würde.

Vor vier Tagen hatte sie zu der Zeitungsredaktion Kontakt aufgenommen und behauptet, sie sei eine alte Schulfreundin von Sam Harper, die gedacht habe, er sei im Krieg gefallen. Sie würde gerne mit ihm sprechen, hatte sie behauptet, und hatte daraufhin seine

Adresse bekommen. Nun war sie auf dem Weg zu dem Haus seiner Eltern. Es war eine typisch amerikanische Kleinstadt und das Haus hatte einen großen Vorgarten inklusive Veranda. Der Zettel mit der Wegbeschreibung knisterte in Maggies Hand, so stark zitterte ihre Hand vor Aufregung, als sie vor ihrem Ziel stehen blieb. Sie schluckte, doch ihre Kehle wurde nur noch trockener. In einem der vorderen Fenster des zweistöckigen Hauses hing eine Service Flag, eine weiße Flagge mit rotem Rand. Bei Familie Harper waren zwei blaue Sterne in dem weißen Feld abgebildet, einer davon mit einem roten Pentagon umrundet, und ein goldener Stern. Das bedeutete, ein Familienmitglied kämpfte in den Streitkräften, eins war im Kampfeinsatz verletzt und von der Regierung ausgezeichnet worden und eins war gestorben.

Zitternd holte Maggie Luft und versuchte, den Mut aufzubringen, an der Tür zu läuten. Es war doch immer dasselbe Spiel. Warum hatte sie nur solche Probleme, wo sie doch ohne Schwierigkeiten mit Erich Heckler Konversation betrieben hatte? Vermutlich, weil die Nazis sie gebrochen hatten. Diese Erkenntnis schmerzte mehr als jede Verletzung, die sie ihr zugefügt hatten.

Bevor Maggie sich dazu entscheiden konnte, umzukehren und die ganze Sache auf sich beruhen zu lassen – immerhin wollte sie mit dem Vergangenen abschließen –, öffnete sich die Haustür, und dann klapperte das Fliegengitter. Sie erstarrte und sah dann eine Frau mittleren Alters, einen Besen in der Hand, die genauso überrascht aussah wie Maggie.

Wegrennen schien auf einmal keine Option mehr zu sein, Maggie wollte sich stellen, sie wollte versuchen, mutig zu sein.

»Guten Tag.« Sie setzte das Lächeln auf, das sie immer für ihre Gäste parat hatte, und hoffte, dass man ihre Unsicherheit nicht heraushörte. Sie ging den gepflasterten Weg zum Haus hoch und blieb vor den Stufen der Veranda stehen.

»Hallo.« Aufmerksam sah die Frau Maggie an. Anscheinend wollte sie nicht die Initiative ergreifen, immerhin wollte Maggie etwas von ihr und nicht umgekehrt.

Maggie schluckte. »Ich würde gerne zu Lieutenant Colonel Sam Harper. Ich … nehme an, er ist Ihr Sohn?«

»Ja.« Ihr Blick glitt an Maggie herunter, als sie versuchte, sie einzuordnen. »Mein Sohn erwartet niemanden. Und er hat eine Freundin.«

Verdutzt blinzelte Maggie, doch als sie verstand, auf was die Worte anspielten, schoss ihr das Blut ins Gesicht. »Ich habe nicht solche Absichten. Ihr Sohn und ich kennen uns … von früher.« Das war keine Lüge, man würde den Satz bloß anders auslegen, als er eigentlich gemeint war. Maggie hielt den Blickkontakt und hoffte das Beste.

Plötzlich schien Mrs Harper sich von ihrem eigenen fixierten Blick loszureißen. »Er ist hinten im Garten. Gehen Sie einfach ums Haus herum.« Mit dem Besen in der Hand deutete sie an der Veranda vorbei an der Seite des Hauses entlang.

»Danke.« Maggie verließ den gepflasterten Weg und betrat den Rasen, auf dem ihre Absätze keinen guten Halt hatten. Sie bemühte sich, dort entlangzulaufen, wo das Gras bereits teilweise niedergetrampelt war – anscheinend wurde dieser Weg oft als Abkürzung benutzt, auch wenn der Boden darunter litt.

Der hintere Gartenbereich war mit einem Maschendrahtzaun abgegrenzt und zwischen Zaun und Hauswand war ein Tor, das nur angelehnt war. Von hier aus sah man, dass der Garten nur mäßig gepflegt war. Der Rasen war zwar gemäht, aber das ganze Laub vom Vorjahr war nicht zusammengerecht worden und genauso waren die Bäume nicht gestutzt. Wahrscheinlich hing das auch damit zusammen, dass die Mutter von Sam Harper mehrere Familienmitglieder im Krieg hatte, die ihr nicht helfen konnten.

Maggie ging weiter und sah dann Sam Harper seitlich zu ihr an einem Gartentisch sitzen. Die Hände steckten in einem Paar Gartenhandschuhe, mit denen er gerade eine Blume umtopfte. Seine Haare hatte der Wind aufgewirbelt, sodass sie zerzaust abstanden.

O Gott, stieß Maggie innerlich hervor – eine Mischung aus Gebet und blasphemischem Ausdruck. »Colonel Harper?« Mehr brachte sie nicht über ihre Lippen, sie musste schnell wieder nach Luft schnappen, um nicht das Gefühl zu haben, zu ersticken.

Überrascht, dass er nicht allein war, blickte der junge Mann auf, und als er ihr sein Gesicht zuwandte, konnte Maggie die Narbe einer Kopfverletzung an seiner linken Schläfe sehen. Und sie sah ihn am Leben! Zitternd musste sie wieder Luft holen. Sie konnte nichts sagen. Zu aufwühlend waren die weit aufgerissenen Augen von Sam Harper. Der Blumentopf rutschte aus seiner Hand und knallte auf die Tischplatte, allerdings zersprang er nicht. Von dem Geräusch erschrocken zuckte er zusammen und auch Maggies Herz hatte kurz einen Satz gemacht. Dann blinzelte er. Einmal. Zweimal. Er wollte sich mit der Hand über das Gesicht fahren, als müsse er seine Augen reiben, um sich zu überzeugen, dass sie wirklich da war, doch dann wurde ihm bewusst, dass er noch die erdigen Gartenhandschuhe trug. Langsam streifte er sie ab, während er aufstand.

Maggie stand regungslos da und sie sahen sich nur an. Ihre Aufregung und Verwunderung waren schon groß gewesen, als sie den Zeitungsartikel gesehen hatte, aber für ihn musste die Tatsache, dass sie wahrhaftig vor ihm stand, noch viel intensiver sein.

Als Sam aufstand, zuckte sein rechtes Bein, und Maggie hatte kurz Angst, es würde einknicken. Hatte er einfach nur weiche Knie oder war es eine Verletzung, die ihn plagte?

»Sie haben es geleugnet«, stieß Sam auf einmal hervor. Er klang atemlos, als hätte die Überraschung ihm jegliche Luft zum Atmen geraubt.

»Was?«, fragte Maggie leise. Sie ließ immer noch im Nachgang seine Stimme auf sich wirken. Es war das erste Mal, dass sie sie richtig hören konnte, denn er war zu verletzt gewesen und hatte zu sehr unter Schock gestanden, um bei ihrem ersten Treffen einen richtigen Satz über die Lippen zu bringen. Eine Befürchtung beschlich sie, was er mit seinem Satz gemeint haben könnte.

»Ich habe gefragt«, sagte er langsam, als würde das alles erklären. »Ich habe Kontakt mit dem OSS, der Regierung und anderen Organisationen aufgenommen und gefragt. Doch alle haben gesagt, dass weder eine amerikanische Zivilistin noch eine amerikanische Agentin dort gewesen sei, wo ich meinte, den Engel gesehen zu haben.« Er sprach die Bezeichnung Engel, mit der er Maggie beschrieb, mit solch einer Ehrfurcht aus, dass ihr ein Schauer den Rücken herunterjagte. Wäre es ihm lieber gewesen, dass sie ein Produkt seiner Fantasie anstatt eine gebrochene Frau gewesen wäre?

Maggie öffnete den Mund, um ihm zu antworten, doch dann hielt sie inne. Das OSS hatte sie nur zu deutlich gewarnt, was für Konsequenzen ihr Verhalten nach sich ziehen konnte, wenn sie mit jemandem über ihre Zeit beim OSS sprach. Aber eigentlich war Maggie es leid, immer zu bedenken, was für Konsequenzen ihr Handeln haben könnte. Seit sie an Gott glaubte, war der Gedanke, dass jede Sünde, die sie beging, sie eigentlich von Gott trennte, allgegenwärtig – das wäre die Konsequenz ihrer Entscheidungen, egal, ob sie bewusst oder unbewusst waren.

In Nazideutschland hatte sie rund um die Uhr ihre Worte mit Bedacht wählen müssen. Auch jetzt konnte die Wahl ihrer Worte unerwünschte Folgen mit sich bringen – aber wie sollte das OSS das herausbekommen? Maggie musste das Risiko abwägen.

»Aber ich war da.«

»Wie heißen Sie?«

»Margret Nelson. Sie können mich Mag nennen.«

Sam trat noch einen Schritt vor und blieb dann wieder stehen. Er hatte sich immer noch nicht von dem Schock erholt, das konnte man ihm ansehen. »Was ist passiert? Ich … ich dachte, Sie wären nicht … echt gewesen«, stammelte er.

Für einen Moment presste Maggie bedauernd die Lippen aufeinander. Sie deutete auf den Gartentisch und die Stühle. »Können wir uns setzen?« Sie sagte nicht, dass sie kurz vorm Umfallen war. Sie hatte den ganzen Tag gearbeitet und der Weg hierher, stehend in einem überfüllten Bus, war lang gewesen. Ihre Beine waren unglaublich müde.

»Na klar.« Leicht humpelnd zog er einen Stuhl für Maggie heran und wischte mit der Hand über das Holz, um die Reste Erde, die auf die Sitzfläche gefallen waren, zu beseitigen.

»Danke«, sagte Maggie zurückhaltend und setzte sich. Sie nahm sich mehr Zeit als nötig, um ihren Rock glatt zu streichen. Sie musste sich sammeln. Dann hob sie den Blick. »Ich kann nicht über das Warum sprechen, also müssen Sie diese Tatsache einfach akzeptieren, aber ich habe zu dem Zeitpunkt, als Sie in der Luft waren, bei einem Mann als Haushälterin gearbeitet, der mächtige Freunde in der SS-Struktur hatte. Durch Zufall habe ich gehört, dass ein alliiertes Flugzeug abgeschossen und ein Fallschirm gesichtet worden ist. Ich dachte nicht, dass die Suche danach so schnell Fahrt aufnehmen würde, und hatte gehofft, dass ich Ihnen helfen könnte, sich zu verstecken.«

»›Keine Angst, ich bin eine Freundin. Wir müssen uns beeilen!‹ … Das waren Ihre Worte. Ich habe sie nicht vergessen, auch wenn alle gesagt haben, dass Sie nicht real gewesen seien. Was ist dann passiert? Danach ist bei mir alles nur schwarz.«

Maggie nahm sich einen Moment, um sich ihre Worte zu überlegen, als Sam auf einmal eine Handbewegung machte und sagte: »Die Nazis haben Ihnen Gewalt angetan.« Er sprach nicht wütend oder verärgert, es war eine traurige Feststellung. Aber es war das erste Mal, dass jemand, der nicht in die Einzelheiten ihrer Gefangenschaft eingeweiht war, ihre Narben erwähnte. Das hatte sich noch nie jemand getraut und Maggie hätte sich gewünscht, dass auch Sam Harper das Offensichtliche nicht ansprechen würde.

»Na ja, als Amerikanerin auf deutschem Boden zu sein, war nicht das Vertrauenswürdigste, was man machen konnte.«

Sam biss sich auf die Lippen. Fragte aber nicht weiter nach, obwohl er das wahrscheinlich wollte.

Maggie wollte jedoch nicht über sich reden. »Sie sind in ein Kriegsgefangenenlager gekommen?«

»Ja. Und von den Briten befreit worden.«

Ich auch, dachte sich Maggie, sprach es aber nicht aus.

Sie redeten nicht über Einzelheiten, beschränkten sich auf recht allgemeine Aussagen. Die einzige Frage, die Maggie ihm über den Krieg beantwortete, war, dass sie nicht in einem KZ gewesen war, sondern längere Zeit in einem Gestapogefängnis.

Sam sprach von dem Heilungsprozess seiner Beinverletzung und dass er versuchte, seine Mutter zu unterstützen, während sein Vater nicht da war. Maggie sprach nur davon, dass sie als Kellnerin arbeitete, sonst lenkte sie das Gespräch immer wieder von sich weg. Dennoch schafften sie es auf diese Weise, fast zwei Stunden miteinander zu reden, bis sich Mrs Harper bemerkbar machte, indem sie ein Fenster zum Garten zum Lüften öffnete. Außerdem begann es zu dämmern.

Sie umarmten sich nicht zum Abschied, gaben sich aber auch nicht die Hand. Sie standen beide einfach etwas ratlos voreinander. Maggie hatte keinerlei Andeutungen gemacht, dass sie sich öfters treffen wollten, und auch Sam fragte nicht danach. Deswegen knetete Maggie nervös ihre Finger und sagte dann: »Na dann. Alles Gute.«

Sam, das Gewicht im Stehen auf nur ein Bein verlagert, schwieg einige Sekunden.

»Danke – dass Sie mir helfen wollten.«

Nun schlich sich ein kleines, aber ehrliches Lächeln auf Maggies Gesicht und sie wusste, dass sie heute Abend wegen dieses einfachen Wortes weinen würde. Es bedeutete ihr viel, machte alles ein wenig ertragbarer und sie hoffte, noch eine Weile von der Erinnerung an diesen Moment zehren zu können.

»Und es tut mir leid, was Sie deswegen durchmachen mussten«, schob Sam hinterher. Bestimmt hatte er es nur nett gemeint, aber Maggies Freude, die sie gerade noch empfunden hatte, zerrann. Dass er sich auch immer an ihre Gefangenschaft erinnern würde, war ein Dämpfer, der all die positiven Gefühle, die Maggie mit diesem Wiedersehen verband, zunichtemachte.

»Guten Abend.« Maggie nahm ihre Tasche und wandte sich zum Gehen. In der einsetzenden Dämmerung mussten sich ihre Augen nur noch mehr anstrengen, um etwas zu erkennen. Ihre Kopfschmerzen machten sich wieder bemerkbar.

»Kann ich Ihnen schreiben?«, rief Sam ihr hinterher, auch wenn seine Stimme gedämpft klang.

Abrupt blieb Maggie stehen und hatte kurz Angst, sein enttäuschtes Gesicht zu sehen, wenn sie sich umdrehte. Sie schluckte und sah über ihre Schulter. »Ich würde vorziehen, wenn nicht«, sagte sie möglichst sanft, doch die Milde ihrer Stimme kam bei ihm nicht an. Da wandte sie sich doch noch einmal ganz zu ihm um. »Verstehen Sie mich nicht falsch, es … es ist einfach so, dass ich gerne abschließen würde. Und dieser Besuch hat mir wirklich dabei geholfen … aber …«

Sam hob eine Hand, die er schnell wieder sinken ließ. »Ist schon gut. Ich verstehe.« Er klang gepresst. Maggie war sich sicher, dass er sie nicht verstand.

Auf dem Weg zur Bushaltestelle fing Maggie an, still zu weinen. Sie hatte sich gerade eine Möglichkeit verbaut, eine freundschaftliche Beziehung zu jemandem aufzubauen. Eine Beziehung auf Distanz, wo sie hätte filtern können, über was sie in einem Brief schrieb. Aber es hatte sich nicht richtig angefühlt. Und als stolzer Mann würde Sam kaum einlenken, falls Maggie sich doch noch umentscheiden würde.

22

Washington, D.C., Vereinigte Staaten von Amerika
13. August 1945

Es war Maggies letzte Nacht im Motel. Morgen würde sie in ihre eigene Wohnung ziehen!

Sie brauchte lange, um zur Ruhe zu kommen, denn ihre Gedanken kreisten erneut um Sam Harper. Nicht einmal ihr Körper empfand es als erholend, endlich liegen zu können. Als sie endlich einschlief, hatte sie einen wirren Traum. In diesem Traum stand sie im Garten der Familie Harper. Im Gegensatz zur Realität war er aber gepflegt – nicht auf eine penible Art, sondern er strahlte eine schöne Natürlichkeit aus.

Zwanzig Meter von ihr entfernt stand Sam Harper, der sich mit einem Lächeln im Gesicht bewegte, als höre er eine Musik, die Maggie nicht wahrnahm. Hinter ihr hörte sie auf einmal jemanden aufschluchzen. Sie drehte sich um und sah Mrs Harper in einem schwarzen Kleid auf dem Boden knien. Sie schluchzte herzzerreißend, und erst traute Maggie sich nicht, auf sie zuzugehen. Würde sie nicht in ihre Privatsphäre eindringen, wenn sie sie jetzt ansprach? Doch sie wollte lieber versuchen, ihr zu helfen, als dass die Frau sich nicht mehr beruhigte.

»Mrs Harper, was ist los?« Maggie ging neben ihr in die Knie und berührte sie leicht an der Schulter.

»Er … ist … tot«, schluchzte die Frau zwischen mehreren tiefen Atemzügen.

Verwirrt schüttelte Maggie den Kopf. »Wer ist tot?« Meinte sie ihren Ehemann oder einen anderen Sohn?

»Sam. Er ist tot«, wiederholte sie und wippte mit ihrem Oberkörper vor und zurück.

»Nein. Sam ist am Leben.« Sie zeigte hinter sich.

Mrs Harper sah auf, aber ihr Gesichtsausdruck veränderte sich nicht. Sie wimmerte immer noch.

Maggies Verwirrung wurde größer. »Sam, deine Mutter ...«, begann sie, während sie sich umdrehte.

Doch dann blieben ihr die Worte im Hals stecken. Sam war nicht mehr da. Maggie drehte sich einmal um sich selbst, doch sie konnte ihn nirgends sehen. Das konnte doch nicht sein! Er war doch gerade noch da gewesen! Maggie spürte, dass Mrs Harper sie ansah. Ihre Wangen wurden warm, doch sie war weiterhin davon überzeugt, dass sie Sam gesehen hatte. »Mrs Harper, Ihr Sohn lebt, ich habe ihn gesehen.«

»Das kann nicht sein ... Sie haben gesagt, dass er getötet wurde ... dass ...«

»Mag?« Überrascht fuhr Maggie herum, als sie Sams Stimme vernahm.

In dem Moment wachte sie auf.

Fröstelnd zog sie die Decke um sich. Was für ein seltsamer Traum! Aber sie wollte nicht weiter darüber nachdenken. Sie zwang sich dazu, an etwas anderes zu denken. Eine leise Stimme beschlich sie, dass Gott ihr etwas sagen wollte, doch Maggie verschloss sich der Möglichkeit, auch nur darüber nachzudenken.

Doch als sie wieder einschlief, träumte sie erneut denselben Traum und wachte an genau der gleichen Stelle wieder auf. Sie rappelte sich auf und riss das Fenster auf in der Hoffnung, dass die frische Luft ihr die Schwere nehmen würde, die ihr das Atmen anstrengend machte.

Du hast so viel verlangt, ich habe dir so viel gegeben und das ist immer noch nicht genug. Weißt du was: Es ist mir egal, was du von mir willst! Was du mir mit dem Traum sagen willst! Lass mich doch einfach in Ruhe!

Ein Damm in ihr brach. Sie sank zu Boden und drückte ihre Stirn gegen das kalte Metall der Heizung, während die Tränen flossen.

»Warum machst du mir das Leben so schwer? Warum? Warum?«, schluchzte Maggie verzweifelt.

14. August 1945

»Das war wirklich nicht viel Zeug«, stellte Blair fest und stemmte die Arme in die Seite, während ihr Blick über die drei Koffer und einen Karton ging, in denen Maggies ganzer Besitz verstaut war. Blair war zum Motel gekommen und hatte Maggie geholfen, alle Sachen zu tragen, damit sie nur einmal mit dem Taxi zu ihrer neuen Wohnung fahren musste und sich das restliche Geld sparen konnte.

»Ja. Danke für deine Hilfe«, murmelte Maggie. Sie schob den Sack mit Nathanaels Briefen auf das unterste Regalbrett ihres Kleiderschranks, dorthin, wo er aus ihrem Blickfeld heraus war.

»Darf ich?« Blair deutete auf einen der Koffer. Maggie hatte ihn gebraucht erstanden. Eine Seite des Leders war komplett ausgeblichen, während die andere noch ihre ursprünglich kräftige Farbe besaß. Wahrscheinlich hatte er bei seinem Vorbesitzer so ungünstig gestanden, dass er von einer Seite immer von der Sonne angestrahlt worden war.

»Ja«, sagte Maggie. In dem Koffer hatte sie die Kleider, die sie noch anzog, es war also nichts darin, was Blair nicht sehen sollte. Mit ihrer Kosmetiktasche in der Hand ging Maggie in das kleine Badezimmer, während sie hörte, wie ihre Kollegin die Schnallen des Koffers aufschnappen ließ.

»Sind in den restlichen Koffern auch nur Kleidungsstücke drin?« Blair klang ein bisschen entsetzt, wie wenig Sachen Maggie besaß und wie wenige davon dann auch noch persönlich waren. Das Einzige, das ihr etwas bedeutete, waren die Fotografien aus dem Karton vom OSS und die Briefe von Nathanael, auch wenn allein der Gedanke daran schon schmerzte.

»Ja. Ich ... habe nicht viel«, sagte Maggie bedrückt und kam aus dem Bad zurück.

»Nicht einmal Bücher, Schallplatten oder irgendetwas in der Art?«

Alle Bücher und Schallplatten, die sie besessen hatte, hatte Maggie vor ihrer Arbeit beim OSS verkauft oder gespendet, genauso den Plattenspieler selbst. Die einzigen zwei Bücher, die sie besaß, waren die Bibel und eins, das sie aus Europa mitgebracht hatte.

»Ich habe mir vor ein paar Tagen ein Radio gekauft.« Sie deutete in Richtung des Kaminsimses, auf dem es stand.

Blair zog die Augenbrauen hoch und unterbrach für einen Augenblick ihre Arbeit, die Kleider auf Bügel und in den Schrank zu hängen, und sah Maggie an. »Ein Radio. Wow. Du bist die tiefgründigste Person, die ich kenne.« Sie griff nach dem nächsten Kleid. »Geh doch mal in die Bibliothek. Da gibt es nicht nur Bücher, sondern auch Schallplatten – für den Fall, dass du nicht liest und überhaupt für irgendein Medium zu begeistern bist.«

»Das klingt gar nicht so schlecht.« In einer Bibliothek wäre Maggie zwar von Menschen umgeben, aber dort hätte sie ihre Ruhe und müsste nicht mit anderen in Interaktion treten.

»Du kannst meinen Ausweis nutzen, ich gehe sowieso nie hin.«

»Danke, gerne.«

Maggie ging in die Küche und wollte eigentlich die Lebensmittel, die sie eingekauft hatte, wegräumen, entschied sich dann aber doch dagegen. Sobald Blair mit ihrer derzeitigen Aufgabe fertig war, würde Maggie sie nach draußen komplimentieren. Sie wollte sie nicht länger bei sich in ihrer eigenen Wohnung haben. Blair war nett und Maggie verstand sich auch mit ihr, aber sie wollte keine freundschaftliche Beziehung, die über das oberflächliche Reden im Diner hinausging.

Eine halbe Stunde später war Maggie endlich allein. Sie setzte sich auf das Bettende und starrte ihre Einzimmerwohnung an. Wenn man durch die Wohnungstür kam, befand man sich direkt im Wohnbereich mit einem Sofa und dem Kamin auf der linken Seite. An der linken Wand befanden sich insgesamt vier Fenster, gegenüber der

Tür war die Wand, an der Maggies Bett stand, und rechts davon ging es um die Ecke, wo die Küchenzeile untergebracht war. Das Bad war direkt rechts neben der Eingangstür. Das war nun ihr Reich. In den Zimmerecken hingen Spinnweben und der Kamin war lange nicht mehr gesäubert worden. Zumindest hatte sie gerade schon einmal die Staubschicht abgewischt, die alles bedeckt hatte.

Die Wohnung sah aus, als hätte sich hier jemand eingerichtet und wäre dann überstürzt ausgezogen, sodass der Vermieter alle persönlichen Dinge entsorgen musste. So hatten abgenommene Bilderrahmen Spuren auf der Tapete hinterlassen. Die Möbel waren geblieben, doch man hatte der Wohnung ihre Gemütlichkeit geraubt.

Maggie überlegte, konnte sich aber keines ihrer früheren Familienbilder an der Wand vorstellen. Sie liebte sie zwar, doch sie sah sie nicht oft an. Es war eher das Wissen, sie zu besitzen, das sie glücklich machte, weniger ihr Anblick. Vielleicht konnte sie ein paar Ansichtskarten oder Ähnliches kaufen und in Bilderrahmen stecken, dann würde wenigstens irgendetwas an der Wand hängen. Alles war besser als diese gähnende Leere. Es sollte nach Leben aussehen, wenn Maggie hier wohnte.

Kurz nach sieben Uhr abends hörte sie Nachrichten, in denen der Reporter Fulton Lewis aus dem Mutual-Studio berichtete, dass Truman gerade verkündet habe, dass die japanische Kapitulation bei der US-Regierung eingegangen sei.

Innerhalb von Minuten füllten sich die Straßen mit Menschen, die jubelten, tanzten – mit und ohne Musik, Soldaten mit fremden Frauen im Arm, denn in diesem Augenblick kümmerte es niemanden, dass man den anderen neben sich nicht kannte.

Erst am Morgen hatte die Nachricht die Runde gemacht, dass die Japaner für eine Kapitulation die Bedingung setzten, dass der Kaiser bleiben durfte. Den ganzen Tag war auf eine Reaktion des Weißen Hauses gewartet worden und eine Kapitulation schien in Aussicht zu sein.

In der Nacht ging das Feiern auf der Straße weiter. Der Präsident hatte verkündet, es würde zwei zusätzliche Feiertage für den öffentlichen Dienst geben, und so waren die Menschen nicht gezwungen, ins Bett zu gehen. Eine Weile stand Maggie am Fenster und sah zu. Sie freute sich auch, zeigte aber ihre Erleichterung, dass der Krieg quasi vorbei war – auch wenn die offizielle Kapitulation noch nicht unterschrieben war –, nicht so unverhohlen. Im Radio kommentierten die Journalisten das Feiern, das auf dem Times Square in New York City um die zwei Millionen Menschen auf die Straße gelockt hatte, während man im Hintergrund die Jubelschreie hörte.

Tage später ging Maggie ins Kino, um in der Wochenschau, die vor einer Militärreportage lief, die Ansprache von Truman zu sehen. Sie war am 14. August aufgezeichnet worden und er sprach davon, dass die Proklamation des V-J Days, des *Victory over Japan Day*, warten musste bis zur formellen Unterzeichnung der Kapitulationsbedingungen durch Japan.

In der Militärreportage sah man, wie die Journalisten nach Trumans Ansprache aus dem Weißen Haus rannten, um die Nachricht zu senden. Nun sah Maggie auch, wie die Menschenmengen am Times Square feierten, und hörte es nicht nur im Radio. Dass die Kapitulation noch nicht offiziell unterzeichnet worden war, kümmerte weder die Zeitungen, die bereits druckten, dass der Krieg vorüber sei, noch die feiernden Menschen.

Am 2. September wurde es dann offiziell. Die Japaner hatten die bedingungslose Kapitulation auf einem amerikanischen Schiff unterschrieben. Die Alliierten hatten den Zweiten Weltkrieg gewonnen.

TEIL 4

Not und Leid hast du zwar zugelassen, doch du wirst mir das Leben neu schenken und mich auch aus der dunkelsten Tiefe wieder heraufholen.

Psalm 71,20

23

Washington, D.C., Vereinigte Staaten von Amerika
15. Oktober 1945

Maggie hatte verschlafen und wachte nach einer unbequemen Nacht auf dem Boden ihrer kleinen Wohnung auf.

Hektisch rappelte sie sich auf und schaltete das Licht an. Doch auch das konnte die trostlose Stimmung aus der kahlen Wohnung nicht vertreiben. Seit fast zwei Monaten wohnte Maggie nun schon hier, doch sie hatte es nicht geschafft, diesen Ort zu ihrer Heimat werden zu lassen. Das Gefühl, versagt zu haben, hinterließ jedes Mal, wenn sie an die leeren Wände blickte, einen bitteren Geschmack in ihrem Mund. Sie wusste nicht, was das Problem war, warum sich ihr Unterbewusstsein so sträubte, sesshaft zu werden, aber sie hegte die Hoffnung, dass sich das noch änderte – irgendwie.

Schnell putzte sie sich die Zähne, zum Duschen blieb keine Zeit. Hastig band sie sich die Haare zusammen. Nachdem sie in den vergangenen Monaten ein ganzes Stück gewachsen waren, hatte sie es auch endlich geschafft, sich einen ordentlichen Haarschnitt machen zu lassen, der ihr Gesicht sanft umrahmte und die immer mehr verblassenden Narben bedeckte.

Mit den öffentlichen Verkehrsmitteln schaffte sie es innerhalb von zehn Minuten zum Diner, war aber trotzdem noch dreißig Minuten zu spät – mittlerweile war das Lokal schon geöffnet.

»Du bist zu spät«, stellte Blair mit verbissener Miene und ohne Maggie eines Blickes zu würdigen. Er rauschte an ihr vorbei, zwei Teller in den Händen und zwei weitere auf ihren Unterarmen balancierend. »Soll ich den Laden allein schmeißen?!« Sie sprach nicht laut, damit sie die Gäste nicht hörten, aber die Anklage war unüberhörbar.

Schuldbewusst knirschte Maggie mit den Zähnen, sagte aber nichts, während sie rasch die Schleife ihrer Schürze band. Was sollte sie auch sagen? Zu verschlafen war kein ehrbarer Grund, um zu spät zu kommen. Sie würde wohl damit rechnen müssen, den ganzen Tag Blairs schlechte Laune zu spüren zu kriegen.

Bill und Ally hatten ihre Verspätung mit den Worten »Hoffentlich war das das erste und einzige Mal« kommentiert. Beziehungsweise Ally hatte sie ausgesprochen und Bill hatte zustimmend genickt. Dass Maggie bei der Rüge rot geworden war, hatte nichts mit der Hitze in der Küche zu tun gehabt. Um ihren Fehler wiedergutzumachen, griff Maggie schnell nach der leeren Kaffeekanne, schaufelte Kaffeepulver in den Filter, füllte neues Wasser nach und kochte neuen Kaffee auf.

»Tisch fünf kann abgeräumt werden«, schrie Bill durch die Durchreiche und betätigte gleichzeitig die Tischklingel als Zeichen, dass die Teller für Blairs Gäste zum Servieren bereit waren.

Hektisch blickte Maggie in Richtung von Tisch fünf. Sie hatte ihn nicht im Blickfeld, und dass sie extra auf ihn hingewiesen werden musste, gefiel ihr nicht. Heute war kein guter Tag. Sie griff sich ein Tablett und einen Lappen. Als sie an der Eingangstür des Lokals vorbeikam, trat ein neuer Gast ein – und das gerade, wo kein Tisch frei war.

»Guten Tag, ich räume gerade einen Tisch ab, dann können Sie sich direkt dorthin setzen. Folgen Sie mir«, sagte Maggie über ihre Schulter, ohne den Mann wirklich anzusehen. Sie sparte sich ihren Standardtext: *Herzlich willkommen im Violeta's. Mein Name ist Mag. Sehen Sie sich doch gerne die Speisekarte an, dann nehme ich Ihre Bestellung auf. Wollen Sie Kaffee?*

Maggie wartete nicht darauf, dass der neue Gast ihrer Aufforderung folgte, sondern machte sich eilig daran, das dreckige Geschirr von Tisch fünf auf ihr Tablett zu laden. »Tut mir leid«, sagte sie, als er sich auf die Sitzbank schob. »Heute ist alles etwas stressig.« Und müde war sie, obwohl sie länger als sonst geschlafen hatte.

»Kein Problem.« Sein Englisch war nicht ganz sauber, irgendein Akzent schwang mit, aber man konnte ihn trotzdem gut verstehen. Er klang ganz ruhig und schien nicht genervt zu sein. Erleichtert holte Maggie kurz Luft. Seit sie hier arbeitete, hatte sie schon viel mit Gästen erlebt, die mit dem Arbeitstempo der Köche und Kellnerinnen nicht zufrieden waren und das auch deutlich zum Ausdruck brachten. Maggie konnte nicht verstehen, warum man seinen eigenen Frust unbedingt an anderen Leuten auslassen musste, nur weil man fünf Minuten länger als sonst auf sein Essen warten musste.

Sie wuchtete das Tablett hoch auf ihre linke Hand, um mit dem Lappen die ganze Tischplatte abwischen zu können. Sie hielt die Luft an, als sie merkte, dass das Tablett schwankte. Plötzlich streckte der Gast die Hand aus und half ihr, das Gleichgewicht zu halten, bis sie fertig mit Abwischen war. Etwas peinlich berührt sah Maggie ihn an. »Danke.«

Der Gast war Mitte zwanzig, hatte dunkle Augen und noch dunklere Haare und trug einen etwas abgenutzten Mantel, den er trotz der Wärme im Gastraum nicht ausgezogen hatte. Schweigend hielt er ihrem Blick stand. Maggie fuhr sich mit einer Hand durch die Haare. Schließlich räusperte sich der Gast und sah weg.

Um den kurzen Moment des Unbehagens zu überspielen, schob Maggie ihm die Speisekarte zu. »Wollen Sie Kaffee?«

Er nickte und nahm die Karte in die Hand.

»Gut, ich bringe Ihnen welchen und kann dann auch Ihre Bestellung aufnehmen.«

Auf dem Weg zurück zur Küche nahm sie das Tablett in beide Hände. Sie holte die Kanne mit frisch gekochtem Kaffee und eine saubere Tasse und kehrte zu ihrem neuen Gast zurück.

»Haben Sie sich entschieden, was Sie essen wollen?«, fragte Maggie. Sie tastete in ihrer Schürzenjacke nach ihrem Notizblock, konnte ihn aber nicht finden. Langsam zog sie ihre Hand zurück und hoffte, dass er es nicht bemerkt hatte. Eine Bestellung würde sie sich wohl merken können.

»Ich würde das Breakfast Sandwich nehmen, aber bitte ohne Thunfisch, wenn das geht.«

»Sicher. Entschuldigen Sie diese Hektik. Ich bin übrigens Mag. Willkommen im *Violeta's*«, sagte Maggie selbstironisch und sah, dass die Mundwinkel ihres Gastes zuckten, als sie ihm Kaffee einschenkte.

»Jakob Löwenstein. Und wie gesagt: kein Problem. Ich finde, Hektik muss nichts Negatives sein, sie hat durchaus auch ihren Reiz.« Er nahm einen Schluck von seinem Kaffee.

»Löwenstein«, wiederholte Maggie vor sich hin murmelnd.

Überrascht schossen Jakobs Augenbrauen nach oben und er stellte seine Kaffeetasse wieder ab. »Wow, Sie sind die erste Amerikanerin, die meinen Namen so gut aussprechen kann.«

Entsetzt starrte Maggie ihn an. Sie hatte nicht gewollt, dass er sie hörte. Ihre Selbstgespräche waren eine Angewohnheit aus der Zeit der Isolationsgefangenschaft. Dass dadurch ihre Deutschkenntnisse entlarvt wurden, hatte sie nicht beabsichtigt. Ihre Wangen fingen an zu brennen. Was sollte sie tun? Versuchen, das Gesprächsthema abzuwürgen, oder einfach so tun, als hätte sie seinen Kommentar nicht gehört?

Dann fiel ihr auf einmal auf, woher sie seinen Akzent kannte. Es war ein deutscher Akzent. Sie hatte ihn nicht direkt erkannt, weil sie erst jetzt das Rheinländische aus seiner Stimme herausgehört hatte. Ihr wurde schlecht. Ein deutscher Gast mit jüdischem Namen ließ nur eine Schlussfolgerung zu. Unwillkürlich wanderte Maggies Blick zu seinem Unterarm und tatsächlich: Da sein Mantelärmel etwas nach oben gerutscht war, konnte man die letzte Ziffer erkennen, die auf seine Haut tätowiert war. Eine Sieben.

Jakob räusperte sich und zog seinen Arm von der Tischplatte.

»Verzeihen Sie«, murmelte Maggie. »Ich wollte nicht starren.«

»Ist schon in Ordnung. Amerika ist anders als Europa.« Er zuckte mit den Schultern. »Langsam gewöhne ich mich daran.« Er nahm noch einen Schluck Kaffee. »Und vielleicht fange ich auch an, Gefallen daran zu finden.«

Er klang nicht, als meinte er mit seinem letzten Satz explizit ihre Aufmerksamkeit. Er sprach sehr sachlich, als sei die Tätowierung nur ein äußeres Zeichen und hätte nichts mit emotionalem Leid zu tun. Und hier in Amerika konnte niemand, der die Nummer sah, sagen, dass Jakob Löwenstein als Deutscher ein Nationalsozialist gewesen sei. Das war hilfreich, waren die amerikanischen Bürger doch schnell dabei, hinter jedem der *Krauts*, wie sie die Deutschen abfällig nannten, einen Nazi zu wittern.

Maggie jedoch floh geradezu vom Tisch. Sie stellte die Kaffeekanne zurück auf den Tresen und kritzelte dann die Bestellung *Breakfast Sandwich* auf einen Zettel, den sie an die Küche weitergab.

Sie versuchte sich zu beschäftigen, um nicht über den deutschen Mann nachdenken zu müssen. Sie kassierte einen Tisch ab und machte ihn fertig für die nächsten Gäste. Während sie Kaffee am Nachbartisch nachschenkte, schielte sie kurz in die Richtung von Jakob Löwenstein. Er hatte eine Zeitung mitgebracht, die er großflächig auf dem Tisch ausgebreitet hatte, und schrieb in einem Notizblock, während er abwechselnd auf einen Artikel und seinen Schreibblock schaute. Vielleicht versuchte er, sein Englisch zu verbessern.

»Breakfast Sandwich«, rief Ally durch die Durchreiche und stellte einen Teller raus. Ihre Stimme war angenehmer als die rauchige Stimme ihres Mannes. Maggie brachte die Kaffeekanne zurück an ihre Station, bevor sie den Teller ihres Gastes holte. Bei Jakobs Tisch blieb sie stehen und wartete kurz, bis er seinen Notizblock beiseitegeschoben hatte, damit sie seinen Teller abstellen konnte.

»Guten Appetit«, sagte sie und wollte sich schon zurückziehen, als sie sah, wie er das Sandwich anstarrte. Verwirrt runzelte Maggie die Stirn und fragte sich, ob sie einen Fehler gemacht hatte. Sie konnte sich allerdings nicht daran erinnern, dass er etwas anderes bestellt hatte. »Alles in Ordnung?«, fragte sie. Dass er einen jüdischen Namen hatte, bedeutete nicht unbedingt zwangsläufig, dass er sich an die jüdischen Speisegebote hielt, aber konnte es sein, dass dahin gehend etwas nicht stimmte?

»Alles gut, danke.«

Nicht sicher, ob er wirklich die Wahrheit sagte, nickte Maggie langsam und ließ ihn allein.

Zwei Stunden lang arbeitete sie, ohne dass sich Jakob Löwenstein von seinem Platz wegbewegte. Zwei Mal schenkte sie ihm Kaffee nach, sonst war er die ganze Zeit über in die Zeitung und seinen Notizblock vertieft.

»Hat dein Gast an Tisch fünf nachbestellt?« Blair klang etwas entspannter als noch vor zwei Stunden. Langsam hatte sich die Anzahl der Frühstücksgäste gelichtet und bald würde sich das Lokal durch die Mittagsgäste wieder füllen. »Wenn nicht, dann solltest du ihn entweder nett darauf hinweisen oder ihn hinauskomplimentieren.« Blair setzte sich an den Tresen und öffnete eine Flasche Limo, deren Deckel sich zischend hob.

»Ich kümmere mich darum«, sagte Maggie. Mit einem mulmigen Gefühl im Magen ging sie zu Jakob Löwenstein. Sie wartete, bis er seinen Satz zu Ende gelesen hatte und zu ihr aufsah. »Wollen Sie noch etwas bestellen, Sir?« Sie bemühte sich um ein ruhiges Lächeln, auch wenn ihr nicht danach war.

Jakob öffnete den Mund, hielt dann aber noch einmal inne und warf einen Blick auf seine Armbanduhr. Ein Lächeln zeichnete sich auf seinem Gesicht ab. »Verzeihen Sie, ich habe die Zeit vergessen.« Er faltete seine Zeitung zusammen und wollte anscheinend aufbrechen.

»Ich bringe Ihnen Ihre Rechnung.«

Als sie ihn abkassierte, gab er ihr ein großzügiges Trinkgeld. Es schien, als hätte er ihr ihren starrenden Blick wirklich nicht böse genommen und wäre auch mit ihrer Leistung zufrieden gewesen.

~

17. Oktober 1945

Genervt drehte Maggie das Radio leiser und rieb sich die Schläfen. Die Geräuschkulisse im Diner reichte völlig aus, um ihren Kopf fast zum Platzen zu bringen, da brauchte sie nicht auch noch das Gedröhne aus dem Radio.

Blair, die am Tresen lehnte, hörte auf zu summen und sah auf, während sie einen Teebeutel über ihrer Tasse abtropfen ließ. »Hast du schon wieder diese Kopfschmerzen?« Sie drehte sich um und warf den Teebeutel ins Spülbecken. Später würde sie sich wieder darüber beschweren, dass sie ihn nicht direkt in den Müll geworfen hatte und wieder aus dem Becken fischen musste.

»Wann habe ich die denn nicht«, murrte Maggie, erwähnte aber nicht, was der Grund dafür war, dass sie heute so extreme Kopfschmerzen hatte: weil der Arzt sich weigerte, ihr weiter Opioide zu verschreiben. Nun musste sie ihren verbleibenden Vorrat rationieren und sie würde sich ganz sicher nicht noch einmal die Mühe machen, diesen Quacksalber aufzusuchen.

Ein Gast lachte laut auf, gerade als die Eingangstür aufging und die Glocke über der Tür schellte. Maggie stöhnte. »Ich halte das hier nicht aus!« Und ohne sich bei Blair zu versichern, ob es in Ordnung war, sie allein zu lassen, eilte sie durch die Schwingtür in die Küche und dann durch den Hintereingang nach draußen. Sie entfernte sich einige Meter vom Eingang, damit sie niemand durchs Küchenfenster beobachten konnte. Mit einer Hand stützte sie sich, zwischen den Mülltonnen stehend, an der rauen Fassade des Gebäudes ab und presste die Lippen aufeinander. Sie hoffte, dass die frische Luft eine lindernde Wirkung auf sie haben würde.

»Hast du nichts, was du nehmen kannst?«, fragte Bill auf einmal. Er klang, als hätte er eine Zigarette im Mund.

Maggie runzelte die Stirn, sah aber nicht auf und versuchte, sich nicht zu übergeben. »Der Arzt will mir keine Rezepte mehr ausstellen.« Ihre Gesichtszüge verzogen sich zu einem bitteren Ausdruck. Der Arzt hatte ihr auf ihre Befürchtungen hin versichert, auch wenn die SSU, die Strategic Services Unit, als Nachfolger des im September aufgelösten OSS ihre Rechnungen bezahle, habe sie keinen Einfluss auf solche medizinischen Entscheidungen.

Dreck knirschte unter Bills Sohlen, als er näher kam, und schließlich fiel ein Schatten auf Maggies Gesicht, als er neben ihr stehen blieb. »Ich kenne jemanden, der dir helfen könnte.« Die noch glühende Zigarette hielt er in der Hand, wo sie erlosch, und er klang fast mitleidig.

Maggie starrte die graue Tonne vor sich an. Es war offensichtlich, dass der Weg, den Bill vorschlug, nicht legal war – aber er könnte effektiv sein. »Was kann mir dieser Jemand besorgen?«, fragte sie leise. Tatsächlich regten sich kaum Stimmen des Zweifels in ihr, stattdessen fühlte es sich überraschend gut an, selbst für sich sorgen zu können und ihr Problem zu beheben. Dass sie damit womöglich nur ihre Sucht befriedigen und nichts an der Ursache der Kopfschmerzen tun würde, schob sie beiseite.

»Was brauchst du?«, stellte Bill eine Gegenfrage.

Maggie lehnte sich an die Wand und blickte ihren Chef stark blinzelnd an. Immer wieder erfasste sie Schwindel, während sie trotz der kühlen Luft, die durch die Gasse fegte, schwitzte. »Paracodin.«

Langsam nickte er. »Das ist kein Problem.«

»Ist es sicher?«

»Er ist sehr vertrauenswürdig.«

»Woher kennst du ihn?« Maggie fragte sich, ob Bill gesundheitliche Probleme hatte, die sie bisher nicht bemerkt hatte.

»Hin und wieder gönne ich mir was.« Er lächelte leicht, hatte damit aber nicht ihre Frage beantwortet. »Ich schreibe dir die Adresse auf, erwähne aber bitte keine Namen, weder meinen noch deinen eigenen. Ihn kannst du nennen, wie du willst, es ist ihm egal. Bleib vor dem Haus stehen und warte. Er wird dich ansprechen und fragen, ob du deine Schuhe putzen lassen willst. Antworte, dass deine Stiefel gereinigt werden müssten und nicht deine Schuhe.« Er kramte einen Notizblock aus seiner Schürzentasche. »Hast du einen Stift?«

Sie tastete danach in ihrer Tasche und reichte ihn Bill. Sie wollte und konnte ihn nicht fragen, ob er ihr den Satz, den sie sagen sollte, aufschreiben könnte, das Risiko würde er nicht eingehen. Und eigentlich war ihr damit selbst unwohl, immerhin hatte das OSS sie darin geschult, nichts zu tun, was sie belasten oder verraten könnte. Aber ihr blieb keine Wahl, sonst würde sie den Satz noch vergessen.

Sie fuhr sich mit der zitternden Hand übers Gesicht. Wenn Gott ihr nicht gab, was sie brauchte, würde sie es sich selbst holen. Man hätte doch meinen können, Gott würde sich dafür einsetzen, dass sie keine Schmerzen mehr hatte, doch es schien nicht so. Er sah einfach zu, wie sie litt.

24

18. Oktober 1945

Das Blatt Papier von Bills Notizblock war schon ganz zerknittert, so oft hatte Maggie es auseinandergefaltet und die Adresse gelesen. Prüfend warf sie einen Blick auf das Ziffernblatt ihrer Armbanduhr. Es war neunzehn Uhr dreizehn. Seit vier Minuten sollte der Händler laut Bill eigentlich schon da sein. Neunzehn Uhr neun war eine ungewöhnliche Uhrzeit, doch Bill hatte ihr erklärt, dass sie absichtlich so gewählt war. Wahrscheinlich eine Verschleierungstaktik.

Die Unruhe in ihr ließ sie die ganze Zeit in Bewegung sein und so ging sie vor dem Gebäude auf und ab, während ihr Körper bebte. Heute Mittag hatte sie ihre letzte Tablette geschluckt, sie brauchte dringend Nachschub.

Jeder Mann, der an ihr vorüberging, wurde von ihr möglichst unauffällig beobachtet, bis jemand neben ihr stehen blieb. Er hatte eine Tasche über der Schulter und einen Eimer in der Hand, in dem man einen Lappen und Schuhcreme erkennen konnte. Maggies ohnehin schon rasendes Herz schien noch schneller zu schlagen und sie glaubte, ihr Brustkorb würde platzen.

»Soll ich Ihre Schuhe putzen, Ma'am?« Er erwiderte mit leicht zusammengekniffenen Augen ihren unruhigen Blick.

»Meine Schuhe müssen nicht geputzt werden, sondern meine Stiefel.« Ihre Hand zitterte, als sie sich eine Strähne aus dem Gesicht strich. Hatte sie den richtigen Satz gesagt? Waren die Satzteile nicht eigentlich anders angeordnet? Würde das einen Unterschied machen? Und warum sagte er nichts?

Erst langsam rührte sich der Dealer. »Was schwebt Ihnen denn vor?«

Erleichtert atmete Maggie auf. Er würde ihr helfen können. »Paracodin.«

»Wie viel?«

»So viel Sie haben.« Maggie fuhr sich mit der Zunge über ihre trockenen Lippen.

Die Augenbrauen des Mannes schossen in die Höhe und sein Mund verzog sich zu einem leichten Lächeln. Er schien belustigt. »Ich kann Ihnen vier Packungen sofort geben, dann brauche ich eine Woche, um noch mehr zu besorgen.«

Maggie nickte und hoffte, er würde sich beeilen, damit sie endlich diese Schmerzen loswurde. Während er langsam seine Tasche öffnete und den Inhalt anstarrte, als müsste er erst einmal erfassen, was er bei sich trug, fragte sich Maggie, ob er sie absichtlich provozieren wollte und sich an ihrem Leid ergötzte. Er sah von seiner Tasche auf, ohne etwas herauszuholen. »Und das Geld?«

Schlagartig wurde Maggie warm und hektisch suchte sie nach ihrem Geldbeutel. Daran hatte sie gar nicht mehr gedacht. Er nannte ihr den Betrag und sie blätterte ihm die Scheine auf die ausgestreckte Hand, bevor er sich einmal umschaute und ihr dann die Packungen gab. Ohne ein Wort des Abschieds ging er davon. Maggie machte sich nicht die Mühe, den Ort der Übergabe zu verlassen, sondern nahm zwei Tabletten auf einmal und ohne Wasser. Sie klebten ihr am Gaumen und sie musste kurz warten, bis sich genug Speichel gebildet hatte, damit sie sie herunterschlucken konnte.

~

20. Oktober 1945

»Guten Tag.«

Maggie sah von dem Kaffeebereiter auf, in deren Filter sie gerade die gemahlenen Bohnen gelöffelt hatte. Mit einer Handbewegung verschloss sie den Deckel der Kaffeedose und goss dann kochendes

Wasser in den Filter, während Jakob Löwenstein sie leicht anlächelte und unmittelbar am Tresen, ihrem Arbeitsbereich, Platz nahm.

Maggie schluckte, um ihren trockenen Mund zu befeuchten. »Guten Tag, Sir«, erwiderte sie. Er hatte sich noch nie zu ihr gesetzt, sondern bisher immer an einem der Tische gesessen, wenn er nahezu täglich hier war. Warum musste Blair ausgerechnet jetzt in der Küche spülen? Maggie warf einen Blick auf ihre Armbanduhr. Sie hatte kein Zeitgefühl, um einschätzen zu können, welche Uhrzeit sie hatten und ob er zur gleichen Zeit wie sonst auch da war. »Sie sind später dran als sonst«, stellte sie daraufhin fest. Sie war froh, dass sie keine Kopfschmerzen hatte. Dass sie gezwungenermaßen mit diesem wiederkehrenden Gast höfliche Konversation betreiben musste, war schon anstrengend genug.

»Ja, ich hatte ein Gespräch.«

Ohne fragen zu müssen, servierte Maggie ihm eine Tasse Kaffee. Beim Essen bestellte er immer etwas anderes, aber seit dem ersten Mal war es nie wieder ein Breakfast Sandwich gewesen. Flüchtig warf Maggie einen Blick auf die Zeitschrift, die er vor sich gelegt, aber noch nicht aufgeblättert hatte. Auf der roten Kopfzeile prangte das Wort *Heute*. Maggie unterdrückte ein Stöhnen. Warum musste er ausgerechnet eine deutsche Zeitschrift lesen? Als sie aufblickte, sah sie, dass er sie anschaute und auch ihren Blick auf seine Lektüre gesehen hatte. Bevor er etwas dazu sagen konnte, fragte Maggie schnell: »Wissen Sie schon, was Sie essen wollen? Wie wäre es mit einem Breakfast Sandwich?« Etwas zu hektisch und mit einem lauten Geräusch stellte sie die Kaffeekanne zurück auf den Tresen.

»Ich habe mich noch nicht entschieden.« Er griff nach der Speisekarte.

Um ihm auszuweichen, ging Maggie die anderen Gäste fragen, ob sie noch etwas benötigten. Danach trug sie Geschirr in die Küche und kehrte die Krümel auf, die ein Kind mit seinem Muffin überall um den Tisch herum verteilt hatte. Dann jedoch musste sie sich wieder dem Deutschen stellen.

»Mag?« Jakob Löwenstein hob die Hand, um zu signalisieren, dass er bestellen wollte.

Maggie schluckte schwer. »Ich komme gleich zu Ihnen.« Sie kippte den Dreck von der Kehrschaufel in den Mülleimer und stellte sie dann ab. »Was darf es sein?« Sie blätterte auf ihrem Notizblock eine Seite weiter und zückte ihren Stift.

Sein Finger tippte auf die Speisekarte. »Pancakes, bitte.«

»Short stack oder full stack?«

Als sie die Verwirrung auf dem Gesicht des Deutschen sah und wie er zurück auf die Speisekarte blickte, weil er nach Maggies erwähnten Bezeichnungen suchte, schob sie hinterher: »Drei oder sechs Pancakes?«

»Sechs.«

Maggie kritzelte auf ihren Notizblock. »Kommt sofort.« Sie gab die Bestellung an die Küche weiter.

Während sie an der Arbeitsfläche des Tresens lehnte, nutzte sie die ruhige Minute und trank ein paar Schlucke Kaffee. Erst ließ sie ihren Blick durch das ganze Lokal schweifen, doch als sie feststellte, dass Jakob Löwenstein voll und ganz in seine Zeitschrift vertieft war, wagte sie es, ihn zu beobachten. Er las sehr schnell. Wenn man den Bewegungen seiner Augen folgte, sprangen sie gefühlt im Sekundentakt von einer Zeile in die nächste.

Die kurze Ruhepause entspannte Maggie. In ihrer Gefangenschaft hatte sie gelernt, jede Sekunde, in der nichts geschah, zu genießen – denn man konnte nie wissen, wann die Gestapomänner wiederkommen würden. Solange sie noch anwesend waren, konnte man nicht entspannen, denn dann befand man sich noch in unmittelbarer Gefahr.

»Wow, Sie lesen wahnsinnig schnell«, entfuhr es ihr, sodass Jakob Löwenstein aufsah. Es war das erste Mal, dass Maggie etwas außerhalb ihrer einstudierten höflichen Sätze sagte.

»Weil es Deutsch ist, bei einem englischen Text wäre es etwas anderes.« Ein leichtes Lächeln zeichnete sich auf seinen Lippen ab, das Maggie erwiderte, als sie die Tasse wieder an ihren Mund führte. Sie hoffte, die Wärme des Getränks würde ihrem Halskratzen ein Ende setzen und auch eine möglicherweise aufkommende Erkältung in ihre Schranken weisen. »Allerdings werde ich für meine Arbeit – meinen Job, wie man hier in Amerika sagt – Englisch lesen und auch noch schreiben müssen.« Er verzog das Gesicht und schüttelte sich kurz, als würde er sich ekeln.

»Was arbeiten Sie?« Maggie stellte ihre leere Tasse ab und verschränkte die Arme.

»Ich bin Journalist – zumindest war ich das.« Er senkte den Blick auf einen unbestimmten Punkt, während der bittere Klang seines Satzes wie ein Unruhestifter zwischen ihnen in der Luft hing, weil der Hintergrund, dass er als Jude nicht mehr im Dritten Reich hatte arbeiten können, bedrückend war.

»Und Sie haben vor, sich hier bei einer Zeitung zu bewerben?«, fragte Maggie, um den unangenehmen Moment der Stille zu beenden und auch gleich das Thema Judenverfolgung im Keim zu ersticken. Trotzdem konnte sie nicht verhindern, dass ihre Gedanken in diese Richtung abdrifteten, und sie erschauderte. Anfang Oktober hatte sie gelesen, dass der Ausschuss für die Opfer des Faschismus eine erste Schätzung abgegeben hatte, dass durch das NS-Regime rund zwanzig Millionen Menschen gestorben seien. Jakob kannte bestimmt einige von ihnen.

Im Haushalt Erich Hecklers hatte Maggie recht abgeschottet gelebt und auch von den Gefängniszellen unter dem Haus hatte das Personal nichts gewusst. Doch was sie mitbekommen hatte in Gesprächen, war für sie ein Schock gewesen, auch wenn sie es nicht mit eigenen Augen gesehen hatte. Enteignung. Deportation. Ermordung. Maggie hatte wohl mehr darüber erfahren, was ein Arbeitslager eigentlich bedeutete, als die anderen Bürger des Reiches.

Je näher der Start der Gerichtsverhandlungen gegen die Hauptkriegsverbrecher im November rückte, desto zwiespältiger wurden Maggies Gefühle. Sie befürchtete wie die meisten Amerikaner, dass sich die Naziführung, die noch am Leben war, herausreden und sich auf ihre Gehorsamspflicht berufen würde. Auch wenn sie stolz darauf war, dass sich das Demokratie-Bewusstsein – wenn man von der UdSSR einmal absah – durchgesetzt hatte und ein richtiges Gerichtsverfahren durchgeführt wurde, fragte sie sich, ob wirklich alle, die schuldig waren, verurteilt werden würden oder man die Kleinen im Getriebe laufen ließ.

»Ja«, riss sie die Antwort Jakob Löwensteins aus ihren Gedanken. »Dafür muss ich mich aber noch mehr in die englische Sprache einarbeiten.«

»Das Sprechen klappt doch hervorragend.« Sie griff die Kaffeekanne und goss ihm nach.

»Ja, aber das Schreiben ist … herausfordernd. Danke.« Sofort schlossen sich seine Finger um die warme Tasse und Maggie fragte sich, ob er die Hitze gar nicht spürte.

»Deswegen lesen Sie also immer Zeitung.«

Ihr Gast grinste schief, während er die aufgeschlagene Seite seines Magazins glatt strich. »Ja, und im Idealfall auch eine amerikanische.«

Schüchtern lächelte Maggie. Als die nächsten Gäste das Diner betraten und Blair immer noch gegen den Berg von Dreckgeschirr ankämpfte, entschied sich Maggie dazu, dass das erst einmal für höfliche Konversation gereicht hatte. »Dann will ich nicht weiter stören«, sagte sie und klopfte kurz auf den Tresen, bevor sie ihren Notizblock aus ihrer Tasche hervorkramte und die neuen Gäste begrüßte. Sie war stolz auf sich, dass sie das Gespräch mit Jakob Löwenstein angefangen hatte, denn jetzt verband sie auch etwas Angenehmes mit ihm und nicht nur immer der Gedanke an seine KZ-Tätowierung.

Als sie kurze Zeit später an den Tresen zurückkehrte und ihm sein Essen brachte, hatte sie keine Zeit mehr, mit ihm zu sprechen, und er war ohnehin vollkommen in seinen Lesestoff abgetaucht.

22. Oktober 1945

Eigentlich hätte Maggie nach der Arbeit noch einkaufen müssen, doch sie war viel zu erschöpft, um das jetzt noch zu schaffen. Sie kämpfte sich die Stufen zu ihrer Wohnung hoch. Nachdem sie die Wohnungstür aufgeschlossen hatte, ließ sie ihre Handtasche und den Schlüssel unbeachtet auf eine Kommode fallen.

Ihr Halskratzen war zu heftigen Halsschmerzen ausgeartet. Um den Tag über nicht so viel sprechen zu müssen, hatte sie die ganze Zeit in der Küche gestanden und hauptsächlich abgewaschen. Doch das lange Stehen hatte ihre Gliederschmerzen deutlich verschlimmert. Ihr war schrecklich heiß und wahrscheinlich hatte sie Fieber.

Maggie riss ein Fenster auf und ließ sich auf das Sofa fallen. Eigentlich hatte sie etwas trinken wollen, doch sie musste eine Pause machen, bevor sie wieder aufstehen konnte. Ihr Magen knurrte. Sie hatte nur noch trockenes Brot im Haus und etwas Marmelade und auf beides hatte sie im Augenblick keinen Appetit. Sie dachte an nichts, versuchte einfach, sich kurz Ruhe zu gönnen, doch bald liefen ihr ganz automatisch Tränen über das Gesicht. Krampfhaft hielt sie die Augen geöffnet, während sie Richtung Decke blickte. Sie wollte nicht das Gefühl haben, in einer kleinen, wenige Quadratmeter großen Zelle zu sein. Dem Fieber und der Behandlung der Gestapo willkürlich ausgeliefert. Keine Kontrolle über irgendetwas, das sie tun konnte.

Um sich zu erinnern, dass sie in Amerika war, rappelte sich Maggie auf, auch wenn ihre Knie ganz weich waren. Sie hatte Ally heute gesagt, dass sie morgen nicht zur Arbeit kommen könne. Nun hatten ihretwegen alle im Diner noch mehr zu tun. Und sie selbst würde ihre Krankheit allein bewältigen müssen – schon wieder.

Maggie kämpfte sich in die Küche, griff sich ein Glas und füllte einen Krug mit Wasser. Sie stellte beides auf ihren Nachttisch, bevor sie sich das erste Mal, seit sie hier wohnte, in ihr Bett legte. Sie streifte ihre Brille ab. Die Bettdecke war noch zerwühlt, weil sie sie heute Morgen einfach nur vom Teppich aufs Bett geschmissen hatte, ohne sie ordentlich zusammenzulegen. Sie zog sie über ihren Körper. Auf einmal war ihr eiskalt und sie hoffte, dass ihr wärmer würde. Es war nach der langen Zeit ungewohnt, auf solch einem weichen Untergrund zu liegen, und vielleicht würde ihrem Körper das mehr Entspannung bringen, als sie eigentlich erwartete. Doch ihr Verstand spielte ihr Streiche. Für ihn machte es keinen Unterschied, ob es eine dicke Daunendecke war, die auf ihr lag, oder nur ein dünnes Unterkleid, das schon ganz dreckig und zerfetzt an ihrem Körper hing. Trotz des offenen Fensters schien nur stickige, abgestandene Luft ihre Lungen zu fühlen. Und diese Stille! Sie konnte das nicht aushalten. Sie strampelte wie ein Kind die Decke von sich und taumelte dann mehr, als dass sie ging, in Richtung Radio. Energisch drehte sie am Lautstärkeregler und dann an der Frequenzeinstellung, doch es kamen nur ein Knistern und verzerrte Stimmen aus dem Lautsprecher. Frustriert faltete sie die Hand zur Faust, wurde sich dann schnell aber wieder ihrer Gliederschmerzen bewusst und zwang sich dazu, ihre Muskulatur zu entspannen.

Sie ließ sich zurück ins Bett fallen und rollte sich zusammen. Das war sie gewohnt – sich klein zu machen und so wenig Angriffsfläche wie möglich zu bieten.

Die ganze Nacht über hatte das Fieber sie fest im Griff und das Einzige, das ihr wenigstens Linderung von den Schmerzen verschaffte, war ihr Paracodin, das sie schließlich auch wegdämmern ließ.

Ihr war schrecklich heiß, doch trotzdem zitterte ihr Körper. Mittlerweile versuchte sie nicht mehr zu verhindern, dass ihr das eigene Blut über das Gesicht und den Mund floss. Sie hatte keine Kraft mehr, um es aufzuhalten. Sie schwebte am Rande der Bewusstlosigkeit, worüber sie aber froh war, denn das ließ sie die Schmerzen nicht ganz so intensiv wahrnehmen und machte alles irgendwie … irrealer.

Sie hörte, wie die Zellentür aufgezogen wurde und schwere Stiefelschritte von den Wänden der kleinen Zelle widerhallten. So gerne hätte sie die Augen geöffnet, um der Person ins Gesicht zu sehen, doch sie konnte nicht. Sie blieb still liegen und rührte sich kein Stück. Langsam atmete sie ein, hielt kurz die Luft an und stieß sie dann vorsichtig wieder aus. Die Schritte waren verklungen. Wer auch immer hereingekommen war, war stehen geblieben und bewegte sich nicht.

Als die Angst, was passieren würde, sie fast zum Weinen brachte, schrie sie innerlich: »O Gott, dein Wille, nicht meiner. Deiner, nicht meiner … Mögest du aber barmherzig mit mir sein.«

Unter den Schuhen der Person knirschten die kleinen Glasscherben, als sie sich bewegte. Maggie spürte die Wärme des anderen Körpers in der kalten Zelle. Sie machte sich bereit, ihren ganzen Körper anzuspannen, damit die Schläge sie nicht ganz so hart treffen würden, als auf einmal sanft eine Hand über ihren Oberarm fuhr, wo ihre Haut nicht von Zigarettenstummeln verbrannt war. Überrascht vergaß Maggie fast zu atmen. Sonst bohrten sich die Hände der Männer immer wie ein Schraubstock um ihre Arme, wo sie immer wieder aufs Neue blaue Flecken hinterließen. Doch jetzt streichelten Finger über ihre Haut, ohne dass sie weiter berührt wurde. Nur diese kleine, langsame Bewegung.

»O Irma.«

Hätten nicht Haare über ihrem Gesicht gelegen, hätte Erich Heckler sehen können, wie sich ihre Gesichtszüge entsetzt verzogen. Angesichts des Brennens der Haut entspannte Maggie jedoch ihr Gesicht sofort wieder. Was machte Herr Heckler hier bei ihr? Nur einmal ganz am Anfang – wann auch immer das gewesen war – war er zu ihr in die Zelle gekommen. Doch jetzt war er hier, streichelte ihren Arm und sagte die ganze Zeit: »O Irma.« Es klang fast wie eine Entschuldigung, auch wenn er diese Worte selbst nicht formulierte. Nur langsam wurde Maggie in ihrem nebligen Zustand klar, dass er dachte, sie sei bewusstlos.

Was soll das, Herr? *Für einen Moment verharrten seine Finger ein wenig länger auf ihrer Haut, bevor er seine Hand zurückzog. Er sagte kein Wort mehr und Maggie rührte sich nicht, stattdessen bemühte sie sich, weiter gleichmäßig zu atmen, damit er nicht bemerkte, dass sie mitbekommen hatte, was er getan hatte.*

»Auf Wiedersehen.«

Ein Adrenalinstoß, von dem Maggie nicht gedacht hätte, dass ihr Körper ihn noch aufbringen könnte, fuhr ihr durch Mark und Bein. Sie war sich nicht sicher, was der Abschied von Erich Heckler bedeutete, doch egal, wie es weitergehen würde, sie glaubte, dass das alles ein Ende haben würde – auf die eine oder andere Weise.

25

23. Oktober 1945

Nach Stunden funktionierte das Radio endlich wieder. Es war fast wie ein Wunder, als es plötzlich von seinem üblichen Rauschen auf den Musikbeitrag eines Senders umgesprungen war. Nun füllte wenigstens Musik die kleine Wohnung und vermittelte den Anschein von Leben, auch wenn Maggie sich nicht danach fühlte.

Sie lag noch im Bett, konnte aber nicht mehr schlafen. Um einen wenigstens halbwegs klaren Blick zu haben, hatte sie sich wieder ihre Brille auf die Nase geschoben, die im liegenden Zustand aber immer wieder hinunterrutschte. Irgendwann rappelte Maggie sich daher auf, um den Rücken gegen das Kopfteil des Bettes zu lehnen. Durch das immer noch geöffnete Fenster, durch das schon einiges an Laub und Dreck hereingeweht worden war, fiel Tageslicht.

Es war das erste Mal seit Monaten, dass Maggie eine Nacht durchgeschlafen hatte, auch wenn sie sich nicht erholt fühlte. In ihrem erschöpften Zustand war sie nun gezwungen, die ganze Zeit Perry Comos *Till the End of Time* anzuhören, das im Radio rauf und runter gespielt wurde, und ihren Gedanken nachzuhängen.

Sie erschauderte immer noch, wenn sie an ihren Traum von Erich Heckler dachte, auch wenn er schon Stunden zurücklag. Sie konnte nicht sagen, ob er der Realität entsprach oder ihr Verstand ihr einen Streich gespielt hatte. Als Craig Brodie gefragt hatte, wann sie Heckler das letzte Mal gesehen habe, hatte sie gesagt, das sei kurz nach ihrer Verhaftung gewesen. Doch wenn es gar nicht so war? Hatte sie Erich Heckler noch einmal gesehen – oder war ihm, besser gesagt, begegnet?

Es nagte an ihr, dass ihr Verstand diese Erinnerung vielleicht verdrängt hatte – und gerade jetzt, während sie krank war und genauso fieberte wie damals in der Zelle, wieder hervorholte.

Maggie nahm einen Schluck Wasser, um ihre trockene Kehle zu befeuchten, und kämpfte sich dann ins Badezimmer. Sie ging auf die Toilette, wusch sich das Gesicht und entfernte den Lippenstift vom Vortag, bevor sie sich ein Nachthemd anzog. Zum Duschen hatte sie keine Kraft und Frühstück aß sie auch nicht. Sie legte sich wieder ins Bett, doch nach zwei Stunden wurde ihr klar, dass sie darin nicht würde einschlafen können. Sie warf das Kopfkissen und die Bettdecke auf den Teppich und kuschelte sich dort warm ein. Innerhalb von Sekunden schlief sie fest und glitt bereits in den nächsten Traum hinüber.

Zwischen all den anderen schick gekleideten Menschen fühlte Maggie sich unwohl, aber es war die perfekte Gelegenheit, sich ein bisschen umzuhören und mit Menschen zu sprechen, die sonst keine Notiz von ihr nahmen.

Unruhig befingerte Maggie das Wasserglas in ihrer Hand. Es war einer der seltenen Momente, in denen sie sich nicht verstellen musste, denn ihre Nervosität war echt und sollte auch sichtbar sein. Immerhin würde sich sonst jeder wundern, wie souverän Irma Bender die Teilnahme an der Weihnachtsfeier meisterte.

Erich Hecklers Lachen schallte zu ihr herüber, während sie gerade so tat, als interessiere sie sich für ein Gemälde. Auf der Informationsplakette stand nur der Name. Schönheit. *Dem Stil des Bildes nach schien es an die Kunst der Renaissance angelehnt zu sein, auch wenn es erst 1943 entstanden war. Die abgebildete Frau hatte blonde, offene Haare und blaue Augen, war vollkommen ungeschminkt und züchtig bedeckt – anscheinend hatte ein Nationalsozialist sie gemalt. Auffällig war auch die Ähnlichkeit zu dem Bild der Mona Lisa. Ein Lächeln schlich sich auf Maggies Gesicht. Den Nazis war es immer noch nicht gelungen, die Mona Lisa in ihre gierigen Finger zu bekommen – und auf absehbare Zeit würde es ihnen auch nicht gelingen. Erich Heckler war schon mehrere Male nach Frankreich gereist, um sich Kunst anzuschauen und zu bewerten, doch die Franzosen trotzten den deutschen Besatzern und hielten ihre schönsten Stücke unter Verschluss.*

Aus dem Augenwinkel sah Maggie, dass Heckler sich ihr näherte. Ihr Lächeln verschwand und schnell setzte sie ihr Glas an die Lippen.

»Sie ist wunderschön, oder?« Mit vor dem Körper verschränkten Händen blieb er neben ihr stehen und blickte das Gemälde an, als würde er es gerade zum ersten Mal sehen. Scheinbar hatte er ihr Lächeln als Reaktion auf dieses Bild gedeutet. Auch gut, solange er nicht ihre Gedanken kannte. Eine leichte Alkoholfahne ging von ihm aus.

»Ja«, sagte Maggie stumpf. Sie biss kurz die Zähne zusammen, bevor sie gezwungenermaßen hinterherschob: »Ich glaube, sie gefällt mir sogar besser als ihre große Schwester.« Sie warf dem Kunsthändler einen lächelnden Seitenblick zu.

»Mhm. Das gefällt mir. Sie ist die kleine Schwester, aber sie ist perfekt. Die Franzosen lachen hinter unserem Rücken, weil sie meinen, uns etwas Besonderes vorenthalten zu können – doch dabei haben wir uns etwas noch viel Besseres geschaffen.« Seine Stimme schweifte ab, als würde er voll und ganz in eine Träumerei versinken.

»Dürfen Sie verraten, wer der Künstler ist?« Interessiert wandte Maggie sich zu ihm um. Er neigte den Kopf leicht zur Seite, als er sie ansah. Er wartete – vielleicht, um die Spannung zu erhöhen –, bis er mit den Schultern zuckte. »Er steht vor Ihnen.«

Maggies Mund formte ein stilles Oh und überrascht blinzelte sie. »Das ist beeindruckend.« Das war es wirklich, wenn man davon absah, dass er das nationalsozialistische Ideal einer deutschen Frau in diesem Gemälde eingefangen hatte. »Ich wusste nicht, dass Sie auch malen.«

»Selten. Ich muss wirklich überzeugt von einem Motiv sein, um es zu malen – und das hier war das Einzige, das es in der letzten Zeit geschafft hat.« Heckler nahm vom Tablett eines vorbeilaufenden Kellners ein Glas Champagner und ließ seinen Blick über die Gäste der Feier schweifen, während er daran nippte.

Die Band begann Musik zu spielen. »Lassen Sie uns doch tanzen.« Er stellte sein Glas auf einen Stehtisch, und statt ihr die Hand hinzustrecken, legte er ihr den Arm um die Taille. Überrascht zog Maggie die Augenbrauen zusammen und wich ein Stück von ihm ab.

»Ich glaube, das wäre nicht passend«, sagte sie und spürte, wie sie errötete.

»Fräulein Bender, Fräulein Bender – Irma«, murmelte Erich Heckler und zog seine Hand zurück. Er machte ihr eigentlich nie Avancen. Dass er sie zu dieser Weihnachtsfeier eingeladen hatte, war das Einzige gewesen, das man in irgendeiner Form in diese Richtung interpretieren konnte. Sie zum Tanzen aufzufordern war nichts Ungewöhnliches, Maggie hatte an diesem Abend schon drei unterschiedliche Frauen in seinen Armen gesehen. Aber dass er ihr die Hand um die Taille gelegt hatte, empfand Maggie fast schon als besorgniserregend. Sie versuchte sich einzureden, dass der Alkohol an der Berührung schuld war, und fühlte sich bestätigt, als der Hausherr nicht gekränkt auf ihre Zurückweisung reagierte.

»Entschuldigen Sie mich bitte«, sagte sie schließlich, nachdem sie eine Weile schweigend nebeneinandergestanden hatten. Sie würde zur Toilette gehen und danach sehen, ob sie irgendetwas Interessantes bei anderen Gesprächen aufschnappen könnte. Diese Veranstaltung war wahrscheinlich eine der bedeutendsten Quellen, die Maggie haben würde.

»Natürlich.« Er neigte leicht den Kopf. »Heil Hitler!« Er schlug die Hacken zusammen, obwohl er kein Militär war.

»Heil Hitler«, erwiderte auch Maggie mit einem leichten Nicken.

~

25. Oktober 1945

Der Wind blies ihr ins Gesicht und kühlte ihren Körper ab, während sie sich mit den Armen auf der Fensterbank abstützte und den Kopf aus dem Fenster reckte.

Seit vier Tagen hatte sie ihre Wohnung nicht mehr verlassen und lebte wortwörtlich nur von Wasser und Brot. Wenn die Träume zu stark wurden und sie immer wieder an ihre Zeit in Deutschland erinnerten, flüchtete sie ans Fenster, sofern ihr Körper stark genug dafür war.

Nach wie vor war sie sich nicht sicher, ob sich ihr Traum, dass sich Erich Heckler von ihr in der Zelle verabschiedet hatte, vielleicht wirklich so zugetragen hatte. Ihre Fingerspitzen fuhren über die Narben der Verbrennungen auf ihrem Unterarm, die von den kurzen Ärmeln ihres Nachthemds nicht bedeckt wurden.

Nachdem es sie anfangs noch unglaublich wütend auf Gott gemacht hatte, dass sie diese Träume hatte, war an die Stelle der Wut nun Gleichgültigkeit getreten, und damit schien sie auch mehr innere Ruhe zu haben. Sie musste keine Kraft mehr aufwenden, um wütend zu sein, stattdessen konnte sie diese Energie dafür einsetzen, gesund zu werden.

Auch wenn sie auf Häuserfassaden blickte, hatte sie jetzt das Gefühl von Weite, wenn sie aus ihrem Fenster blickte. Die Weite war immer ihr Zufluchtsort gewesen, hatte sie doch einen harten Kontrast zu ihrer kleinen Zelle dargestellt.

26

28. Oktober 1945

Es fühlte sich gut an, endlich wieder Bewegung zu haben, auch wenn Maggie immer noch spürte, wie sehr der kleine Ausflug an ihren Kräften zehrte. Um sich ein wenig auszuruhen, hatte sie sich in der Bibliothek in einen Sessel gesetzt und sah die Auswahl an Schallplatten, die angeboten wurden, durch. In ihrer Tasche steckte der Bibliotheksausweis von Blair, den sie ihr überlassen hatte.

Zwar war Maggie keine Leseratte und konnte mit ihrer eingeschränkten Sehleistung auch nicht viel lesen, ohne Kopfschmerzen zu bekommen, doch trotzdem hatten die vollen Bücherregale eine beruhigende Wirkung auf sie. Im Deutschen Reich waren so viele Bücher verbrannt – durch die Nazis und die Bombardements der Alliierten. Nun die Freiheit zu besitzen, theoretisch jedes Buch, das sie wollte, lesen zu können, war ein fantastisches Gefühl.

»Mag?«

Irritiert stoppte Maggie ihre Durchsicht der Schallplatten und sah auf. Die Stimme, die ihren Namen gesagt hatte, klang wie … Sie erstarrte. Jakob Löwenstein stand vor ihr und sah überrascht aus, sie zu sehen.

»Verzeihen Sie, ich kenne nicht Ihren Nachnamen«, sagte er entschuldigend und knetete beim Sprechen seine Hände.

Mit leicht geöffnetem Mund starrte Maggie aus ihrer sitzenden Position zu ihm hoch, wusste aber nicht genau, was sie sagen sollte. Alle im Diner benutzten ihren Vornamen und es störte sie auch nicht, wenn das außerhalb der Arbeit geschah.

»Mag ist vollkommen in Ordnung«, sagte sie langsam. »Ich … ähm …« Sie brach ab.

Jakob legte kurz eine Hand auf seine Brust. »Jakob Löwenstein. Ich bin regelmäßig im *Violeta's* zu Gast.« Anscheinend hatte er ihr Zögern so interpretiert, dass sie ihn nicht wiedererkannte.

»Ja.« Maggie schüttelte kurz den Kopf, um sich besser zu fokussieren. »Ja, genau.«

»Ich habe Sie in den letzten Tagen gar nicht mehr gesehen und Ihre Kollegin wusste auch nicht, wann Sie wiederkommen würden.« Ein leichtes Lächeln zuckte um seine Lippen.

»Ich war krank und bin gerade erst wieder auf dem Weg der Besserung. Ab morgen werde ich wohl wieder anfangen zu arbeiten.«

»Oh, gut. Das ist ... gut.«

Maggie spielte mit der Schallplatte, die sie in der Hand hielt. Sie räusperte sich. »Sie haben sich mit Lektüre eingedeckt?«, fragte sie und deutete auf den Stapel Bücher unter seinem Arm.

»Ja, um noch vertrauter mit dem Amerikanischen zu werden und gleichzeitig etwas über die Geschichte der USA zu lernen. Das ist kein Thema, das sonderlich viel in deutschen Schulen gelehrt wird.« Er schluckte, sodass sein Adamsapfel auf- und abhüpfte. »Ich habe schon ein Buch über den Unabhängigkeitskrieg gelesen und jetzt mache ich mit dem Amerikanischen Bürgerkrieg weiter.«

»Mhm, also arbeiten Sie sich chronologisch den Zeitstrahl hinauf. Ist es denn für Sie auch interessant oder quälen Sie sich mehr?« Er verzog das Gesicht als Antwort und Maggie lachte leise. Sie schob ihre Brille ein Stück höher und strich sich mit der Hand durch die Haare.

»Nun, es würde sich wahrscheinlich viel interessanter gestalten, wenn ich mich nicht durch trockene Literatur quälen müsste, sondern es von jemandem hören würde, der damit aufgewachsen ist.« Er machte eine Pause und biss sich kurz auf die Unterlippe.

Maggie hatte den subtilen Ton und die unausgesprochene Frage durchaus gehört. Ihr Herz begann schneller zu schlagen, als sie sich vorstellte, was er jetzt sagen würde, wenn sie nicht das Wort ergriff.

»Hätten Sie vielleicht Lust, mit mir eine Kleinigkeit essen zu gehen und mich in Ihr Wissen, was den Krieg angeht, einzuweihen?«, fragte er.

Innerlich zuckte Maggie kurz zusammen. Natürlich meinte er den Amerikanischen Bürgerkrieg, doch man hätte es auch auf den kürzlich geendeten Krieg beziehen können. Bei dem Gedanken wurde ihr ganz schwindelig und sie schob ihn schnell beiseite.

»Ich … ich meine, so etwas macht das Ganze ja auch … interessanter und … na ja … lebendiger.« Ein verlegenes Lächeln machte sich auf seinem Gesicht breit. »Also, einen Krieg damit lebendiger zu machen, klingt wahrscheinlich falsch, ich meine …«

Maggie vermutete, dass hinter seinem Gestammel neben der Nervosität auch seine Unerfahrenheit im Englischen steckte und er deswegen so oft stockte.

»Ja«, sagte sie auf einmal und brachte ihn damit zum Verstummen. Sie war von sich selbst überrascht, dass sie einwilligte. »Das kann ich sehr gerne machen.«

Die Anspannung wich aus seinem Körper und sein Lächeln wirkte nicht mehr verlegen, sondern erleichtert. Maggie blickte auf die Schallplatte in ihrer Hand und überlegte für den Bruchteil einer Sekunde, ob sie diese oder eine andere mitnehmen sollte. *Nein*, dachte sie dann und schob sie zurück zwischen die anderen ins Regal. Vielleicht würde sie noch einmal herkommen und sich etwas ausleihen. Morgen würde sie sowieso wieder arbeiten gehen und es wäre ihr in ihrer Erschöpfung egal, dass sie jeden Abend dieselben Lieder im Radio hörte.

Während sich Jakob seinen Stapel Bücher auslieh, wartete Maggie und blickte durch das Schaufenster der Bibliothek nach draußen – viele hatten schon angefangen, für Halloween zu schmücken, doch das nahm sie gar nicht wahr. Sie sah auf ihr Spiegelbild in der Scheibe und bereute, keinen Lippenstift aufgetragen zu haben, der den Blick weg von ihren Narben lenken würde. Aber unter Jakobs Blick hatte sie sich wegen ihren Narben noch nie sonderlich unruhig gefühlt, es war eher die Tatsache, dass er aus Deutschland kam und jüdische Wurzeln hatte, die sie nervös werden ließ. Doch er hatte nie selbst vom Krieg gesprochen und sie hoffte, dass das auch so blieb. Wahrscheinlich war er genauso wenig wie sie daran interessiert, das Erlebte und Erlittene in Worte zu fassen.

»Gibt es ein Lokal, das Sie bevorzugen würden?«, fragte Jakob, während er ihr die Eingangstür zur Bibliothek aufhielt und die Augen mit dem Blick gegen die Sonne zusammenkniff.

Maggie überlegte kurz und stellte fest, dass sie noch nie ausgegangen war. Sie befanden sich zwar in dem Viertel, in dem sie wohnte und arbeitete, doch bis auf ihre Einkäufe und die Spaziergänge verließ sie eigentlich nie ihre Wohnung. »Solange es nicht das *Violeta's* ist«, sagte sie und hoffte, ihre Stimme würde scherzend klingen – eigentlich sollte das funktionieren, bei Erich Heckler hatte es doch auch immer geklappt –, »habe ich keine Wünsche.«

»Mhm, ich war in zwei Lokalen, bevor ich Ihr Diner gefunden habe, die waren aber lang nicht so gut.« Er klang nicht neckend als Erwiderung auf ihre Aussage, sondern ernst. »Am besten gehen wir einfach los und schauen, ob wir noch etwas anderes finden.«

»Gut.« Maggie überlegte, wie sie ein Gespräch beginnen könnte. »Haben Sie sich mittlerweile auf eine Stelle beworben oder wollen Sie sich erst noch mehr einarbeiten?«, fragte sie schließlich.

»Momentan habe ich mich noch nicht beworben. Ich glaube, ich muss mich erst weiter qualifizieren. Aber ein paar Zeitungen habe ich schon im Auge. Ganz vorne natürlich die *Washington Post.*« Er warf ihr lächelnd einen Seitenblick zu, bevor er seufzte. »Das wäre ein Traum. Mal schauen, ob das funktioniert.« Er deutete auf ein kleines Lokal mit Außenterrasse. »Das sieht doch nett aus.«

Maggie nickte zustimmend. »Sollen wir uns draußen hinsetzen?« Zwar windete es, aber sie saß lieber an der frischen Luft als in einem warmen, stickigen Lokal.

»Natürlich.«

Sie suchten sich einen Sitzplatz, der nicht zu nah an der Straße war. Mit einer Handbewegung fegte Maggie ein paar Laubblätter von ihrem Stuhl und setzte sich, bevor Jakob ihr ihn womöglich zurechtrücken würde. Sie war sich nicht ganz im Klaren darüber, ob es sich hier um ein Rendezvous handelte, und sie wollte auch nicht darüber nachdenken. Je mehr sie meinte, dies sei eine Verabredung, desto unruhiger würde sie das werden lassen.

Mittlerweile war es tatsächlich knapp über zwanzig Grad warm. Jakob hatte genauso wie sie heute das Haus mit etwas wärmerer Kleidung verlassen, weil am Morgen die Temperaturen noch kurz über dem Gefrierpunkt gelegen hatten. Jakob zog seine Jacke aus und hängte sie über die Rückenlehne seines Stuhls. Den rechten Hemdärmel krempelte er hoch – den linken nicht. Maggie schluckte schwer. Sie würde keinen ihrer Ärmel aufrollen, denn dann würde man die Narben sehen.

Ein Kellner brachte ihnen die Speisekarten und sie gaben ihre Getränkebestellungen auf.

»Tatsächlich ziehe ich aber in Erwägung, auch nach Europa zurückzukehren«, erklärte Jakob und schien sich damit auf ihr vorheriges Gespräch zu beziehen.

Maggie dachte kurz nach, konnte sich aber bereits nicht mehr erinnern, über was sie gesprochen hatten. Allein schon bei dem Gedanken, sie könnte ihn manches doppelt oder dreifach fragen, schoss ihr das Blut in die Wangen. Jakob fuhr fort: »Momentan erlauben die Amerikaner immer mehr die Aufnahme der Arbeit von deutschen Zeitungen.«

Aha, es ging also um seine Arbeit. »Nicht, dass Sie dann jetzt ganz umsonst versuchen, sich all das Wissen rund um die amerikanische Geschichte einzuprägen.« Sie warf einen Blick auf den Bücherstapel, der neben Jakob auf einem zweiten Stuhl lag.

»Aber nein. Wenn ich direkt für die amerikanische Militärregierung arbeite, haben Zusatzqualifikationen, insbesondere was die englische Sprache angeht, eine deutliche Gewichtung.«

Und da er zu den Opfern des Nationalsozialismus gehörte, mussten sich die Amerikaner keine Sorgen um falsches, ideologisches Gedankengut bei ihm machen. Er würde nicht mal unter den Prozess des Entnazifizierens fallen, wie ihn die Großen Drei bei der Potsdamer Konferenz festgelegt hatten.

Der Kellner brachte ihnen ihre Getränke. Eine Cola für Maggie – vielleicht würde sie dem Knoten in ihrem Magen Einhalt gebieten – und eine Limonade für Jakob. Er bestellte sich geröstetes Weißbrot mit Olivenpaste, bat aber darum, das Gericht ohne den Thunfischsalat, der zusätzlich dazu angeboten wurde, zu bekommen. Maggie sah sein Profil an, während er den Kopf seitlich zum Kellner gedreht hatte. Irgendetwas war mit ihm und dem Thunfisch gewesen ... Doch sie konnte sich nicht erinnern. Sie selbst bestellte sich eine Tomatensuppe.

Jakob faltete die Hände auf der Tischplatte, als er weitersprach, konnte aber nicht die Finger stillhalten. »Die Zeitung *Heute*, die ich vor einigen Tagen im Diner gelesen hatte, ist auch erst Anfang Oktober im Auftrag der Informationskontrollabteilung der Amerikaner herausgegeben worden. Und in Nürnberg erscheinen jetzt die *Nürnberger Nachrichten*. Das wäre natürlich auch außerordentlich interessant, daran mitzuwirken.«

Maggie, die gerade an ihrer Cola genippt hatte, musste kurz husten, als sie das hörte. Bald würden in Nürnberg die Prozesse gegen die größten unter den Nationalsozialisten anlaufen. Dass er als Jude darüber berichten wollte, hätte sie nicht gedacht. »Tatsächlich?«, krächzte sie und musste sich noch einmal räuspern, um das Brennen in ihrer Luftröhre loszuwerden.

»Es gibt wohl kaum etwas Befriedigenderes für mich«, antwortete er stumpf und nahm selbst einen Schluck von seinem Getränk.

Unbehaglich verkrampfte Maggie ihre Hände unter dem Tisch. »Also: Was wollen Sie über den Amerikanischen Bürgerkrieg wissen?«, fragte sie, um das Thema zu wechseln. Sie fing an, ihm die wesentlichsten Punkte und Daten des Krieges zu erklären, der das Ende der Sklaverei in den Staaten bedeutet hatte. Mit der Zeit entspannte sie sich wieder und es war zu ihrer Überraschung auch recht unterhaltsam, mit Jakob Löwenstein zu reden. Es fühlte sich ... lebendig an.

Am Ende verbrachten sie vier Stunden miteinander. Und als Maggie wieder allein in ihrer Wohnung war, fühlte sie sich anders als sonst. Es war ein anderes Gefühl in ihr als die Leere, die sie sonst in der einsamen Wohnung verspürte.

Doch auch wenn ihr Kopf beschwingter war, ihr Körper kämpfte weiterhin gegen die Erschöpfung und das Gefühl von Enge in ihrem Magen. Maggie wollte sich jedoch nicht von den Leiden ihres Körpers ihre Stimmung vermiesen lassen und so sorgte sie auf ihre bewährte Art und Weise dafür, dass sich ihr Magen wieder leer und frei anfühlte.

27

3. November 1945

Es wurde immer kälter, und seit Kurzem hatte Maggie begonnen, wieder Hosen zu tragen. Sie liebte es, liebte die Freiheit, die sie als Frau in den USA im Gegensatz zu Europa hatte. Für die Arbeit zog sie immer noch ihr typisches Diner-Kleid als Uniform an, aber es war eine unfassbare Genugtuung für sie, Hosen und Lippenstift tragen zu können. Nicht nur aus praktischen Gründen, sondern auch, weil ihr das in ihrer Zeit im Dritten Reich verwehrt worden war. Dort hatte sie sich zur Integration anpassen und dem Idealbild unterwerfen müssen. Doch jetzt trotzte sie dem Bild der Schönheit, widersetzte sich der kleinen Schwester der Mona Lisa.

Für einen kurzen Augenblick hatte sie auch in Erwägung gezogen, etwas anderes mit ihren Haaren zu machen. Weil mit der Zeit die Narben verblasst waren, hatte sie es mit einem hohen Pferdeschwanz probiert, aus dem keine Strähnen rausfielen, die ihr Gesicht verdeckten. Sie hatte lange vor dem Spiegel gestanden und abwechselnd ihre roten Lippen angestarrt und dann ihre Narben. Schließlich hatte sie sich jedoch das Zopfgummi aus den Haaren gerissen und laut »Ich kann das nicht« gesagt.

Doch an diese Situation dachte Maggie gar nicht mehr. Lächelnd schwebte sie fast den Bürgersteig entlang, während die weiten Hosenbeine um ihre Beine schlackerten. Sie schob ihre Hände in die Hosentaschen. Sie war mit Jakob zum Kino verabredet. Als Begründung hatte er gesagt, so würde er das Englische noch besser lernen, doch mittlerweile war es Maggie egal, welchen Vorwand er anbrachte, um ihre Treffen nicht als offizielle Rendezvous zu kennzeichnen. Er holte sie aus ihrer Einsamkeit heraus und das reichte ihr.

Als sie Jakob entgegenging, der schon an ihrem verabredeten Treffpunkt vor einem Coffeeshop stand, sah sie, wie sein Blick erst über die vorbeigehenden Menschen schweifte, bis er schließlich an ihr hängen blieb. Als sie nur noch wenige Meter von ihm entfernt war, sah er an ihr herab. Maggies Stimmung erhielt einen Dämpfer, als sie seinen Gesichtsausdruck sah – ein Lächeln war es definitiv nicht.

»Hallo«, sagte sie und bemühte sich im Gegensatz zu ihm, sich ihre Freude wegen ihres Wiedersehens anmerken zu lassen.

»Hallo. Das …« Wieder blickte er an ihr herunter.

Irritiert runzelte Maggie die Stirn.

»Das sind Hosen«, vollendete er seinen Satz und sah ihr wieder in die Augen.

»Ja«, sagte Maggie langsam. »Hier laufen doch überall Frauen in Hosen herum?«

»Aber ich habe sie noch nie an dir gesehen.«

Maggies Magen krampfte sich zusammen. »Ist das ein Problem für dich?«, fragte sie und berührte mit ihren Händen den Jerseystoff.

»Es ist … anders.«

Langsam atmete Maggie aus. Er klang überrascht, nicht sauer. »Es ist amerikanisch«, stellte sie mit einem vorsichtigen Lächeln fest. Dann beschlichen sie doch wieder Zweifel. Hatte er ein Problem damit, mit ihr unterwegs zu sein, wenn sie so angezogen war? Hosen waren in Deutschland nicht üblich und vermutlich schon gar nicht in traditionell jüdischen Kreisen.

»Das Muster ist schrecklich«, brach es aus Jakob heraus.

Maggie blinzelte. Erst einmal, dann zweimal. »Das … Muster?« Sie begann befreit zu lachen. Das Muster war es, das ihn irritierte! Sie blickte an sich hinunter. Die Hose war senfgelb und mit einem roten und weißen Gittermuster versehen. »Ich dachte schon, du würdest dich nicht mit einer Frau in Hosen in der Öffentlichkeit blicken lassen«, erklärte sie ihre plötzliche Reaktion.

Jakob schüttelte den Kopf. »Schrecklich«, murmelte er auf Deutsch und konnte nur schwer den Blick von der Hose losreißen.

Maggie hakte sich bei ihm ein und zog ihn mit sich den Bürgersteig entlang Richtung Kino. »Ich habe mir schon Sorgen gemacht, dass Hosen grundsätzlich ein Problem für dich darstellen.« Sie schluckte kurz und schob dann hinterher: »Anscheinend ist es in Deutschland nicht üblich, dass Frauen Hosen tragen.« Die Unwissende zu spielen würde jeglichen Verdacht, dass sie bereits in Deutschland gewesen war, im Keim ersticken.

»Besonders nicht in jüdischen Kreisen.«

»Aber du nimmst es ja nicht so genau mit den jüdischen Geboten, also ist das Hosentragen doch auch kein Problem, oder?« Mittlerweile war ihr klar, dass er sich nur bedingt an die jüdischen Speisegebote, an die *Kaschrut*, hielt. Wenn er in einem Restaurant aß, achtete er nicht darauf, ob die Zubereitung den jüdischen Gesetzen entsprochen hatte und in der Küche Fleisch und Milchprodukte voneinander getrennt wurden.

»Nein, kein Problem«, sagte er langsam. »Es ist bloß ungewohnt, Frauen in Männerkleidung zu sehen.«

Maggie zog die Nase kraus. »Na ja, Männerkleidung sieht noch ein bisschen anders aus. Wir Frauen haben unsere eigenen Muster.«

»Das habe ich gesehen«, murmelte er erneut auf Deutsch und Maggie musste sich ein Lächeln verkneifen, um nicht zu verraten, dass sie ihn verstanden hatte. Sie blieb den Rest des Weges bei ihm untergehakt. Diese Form der Zuneigung, sei sie auch noch so förmlich, war ein weiterer Schritt in der Beziehung zu ihm. »Ist das dein erster amerikanischer Film?«, fragte sie ihn.

»Ja«, sagte er stumpf und eine leichte Note von Bitterkeit schwang in seiner Stimme mit, wie immer, wenn das Gespräch die Einschränkungen berührte, die für ihn als Juden während der Herrschaft des nationalsozialistischen Regimes gegolten hatten.

Als sie zum Kino kamen, sahen sie durch die Glasfronten, dass die Warteschlange an der Kasse sich durch das ganze Foyer zog. Sie blieben schweigend vor dem Gebäude stehen und Maggie ließ ihren Blick über die Filmplakate schweifen. Sie entdeckte das Plakat von *Spellbound*, den Jakob und sie sich ansehen wollten.

»Mag, was hältst du davon, wenn wir spazieren gehen?« Er klang nicht, als würde ihn allein die Warteschlange abschrecken. Er klang sehr ernst und das erschreckte Maggie.

»Wenn du das lieber möchtest, können wir das machen.«

»Gut.« Er wandte sich vom Kino ab und lief in die entgegengesetzte Richtung als die, aus der sie gekommen waren. »In der Nähe gibt es einen Park«, erklärte er. Dann schwieg er.

Vielleicht will er mit mir über seine Vergangenheit sprechen, schoss es Maggie durch den Kopf, und ihr Mund wurde ganz trocken. Und vielleicht würde er auch von ihrer erfahren wollen. Im Kopf überschlug Maggie die Dinge, die sie Ally, Bill und Blair erzählt hatte und die eigentlich nicht der Wahrheit entsprachen, aber ihre neue Realität geworden waren. Wenn Jakob wirklich auf ihre Vergangenheit zu sprechen kommen wollte, musste sie versuchen, alles möglichst deckungsgleich zu schildern, um zu vermeiden, irgendwann enttarnt zu werden. Das war ihr schon einmal passiert und sollte nicht wieder geschehen.

Sie liefen mehrere Minuten, und als sie im Rock Creek Park ankamen, atmete Jakob tief aus, legte seine Hand auf Maggies Arm, mit dem sie immer noch bei ihm eingehakt war, und setzte sich auf eine Parkbank. Maggie schluckte und zwang sich, ihn anzusehen.

»Mag, ich mag dich. Und ich … vielleicht bin ich zu voreilig und sollte das noch gar nicht tun, doch ich kann mich nicht konzentrieren und denke die ganze Zeit nur an dich … und vielleicht sollte ich auch erst deinen Vater um Erlaubnis fragen …«

»Mein Vater lebt nicht mehr und ich habe auch keine anderen Verwandten … also …«, fiel sie ihm mit heiserer Stimme ins Wort, nur um kurz darauf wieder zu verstummen.

»Mag, ich möchte mehr als solche Dates, wie ihr Amerikaner sagt. Ich will eine … Partnerschaft.«

Partnerschaft. Die letzte und einzige Beziehung, die Maggie geführt hatte, war die mit Nathanael gewesen. Und bis auf die Gedanken an ihn löste das Wort aus Jakobs Mund keinerlei Emotionen in ihr aus. Sie genoss die Vorzüge von Jakobs Gesellschaft, doch sie liebte ihn nicht – sie war noch nicht einmal verliebt.

Als sie nichts entgegnete, setzte Jakob wieder an. »Natürlich bedeutet das nicht gleich, dass wir heiraten werden.« Er lachte. »Gott bewahre. Aber dass wir klären, wo wir im Moment stehen, ist mir wichtig.« Er hob gestikulierend die Hand. »Aber wir akzeptieren die Grenzen. So wie ich nicht über die zurückliegenden Geschehnisse aus Deutschland spreche, so musst du nicht über deinen Unfall reden. Ich kann damit umgehen. Genauso kann ich damit umgehen, dass du schnell Dinge vergisst und ich dir Sachen dreimal sagen muss. Ich mag es aber, so wie es gerade ist, und möchte vorerst nicht, dass es aufhört.« Als er fertig war, holte er tief Luft und sah sie erwartungsvoll an.

Was spricht dagegen, dass ich einwillige? war das Einzige, das Maggie durch den Kopf schoss, und so begann sie zu nicken. Sie war einverstanden mit diesem Arrangement. Er hatte nicht gesagt, dass er sie liebte, und da auch sie ihn nicht liebte, bestand für sie kein Gewissenskonflikt.

Erleichtert breitete sich ein Lächeln auf Jakobs Gesicht aus. Er streckte seine Hand aus und legte sie auf Maggies Unterarm. »Mag«, flüsterte er. Er nahm ihre Hand und führte sie an seine Lippen. Nun begann auch Maggie zu lächeln. Sie würde nicht einsam sein.

7. November 1945

Jakobs Einzimmerwohnung hatte keine Regale, sodass seine Sammlung an ausgeliehenen Büchern und gekauften Zeitungen stapelweise an der Wand aufgereiht war. Maggie hatte gar nicht gewusst, dass man so viele Bücher auf einmal in der Bibliothek ausleihen konnte – vielleicht hatte er aber auch manche gebraucht erworben.

»Liest du gerne?«, fragte Jakob und hielt ihr eine Tasse Tee hin, für die er Wasser auf seiner einzigen Herdplatte erwärmt hatte.

Seine Lebensmittel und das Kochgeschirr waren auf zwei Stühle verteilt. Maggie saß auf dem Bett, dem einzigen richtigen Möbelstück. Gierig schloss sie ihre Finger um die warme Tasse. Sie waren spazieren gewesen, bis Maggie gesagt hatte, ihr sei kalt, und da sie sich in der Nähe von Jakobs Wohnung befunden hatten, hatte er sie zu sich eingeladen. Es war das erste Mal und bisher hatte Maggie ihn nicht in ihre Wohnung gelassen, sie sorgte immer dafür, dass sie sich an einem anderen Ort trafen. Zusätzlich zu ihren Dates sahen sie sich nahezu jeden Tag, wenn Jakob zum Essen ins Diner ging und sich zu ihr an den Tresen setzte. Dort war Maggie jedoch ab einem gewissen Punkt immer von ihm genervt, da er ständig versuchte, sich mit ihr zu unterhalten, obwohl sie sich um andere Gäste kümmern müsste.

»Nein«, sagte Maggie. »Das ist mit meinen Augen schwierig.«

»Soll ich dir etwas vorlesen?«

Kurz wandte er ihr den Rücken zu, als er sich einen Stuhl freiräumte, um sich setzen zu können. Maggie nutzte den Moment und verzog das Gesicht. Sie konnte sich im Augenblick nichts Langweiligeres vorstellen, als ihm zuhören zu müssen, wie er etwas vorlas, was sie nicht interessierte – und außerdem würde sie sich schrecklich hilflos fühlen, weil sie nicht selbst lesen konnte. Um ihm nicht direkt antworten zu müssen, nahm sie schnell einen Schluck Tee und verbrannte sich dabei den Mund und die Speiseröhre.

»Nein, danke«, krächzte sie.

Langsam drang die Wärme des Tees durch die Keramik der Tasse an ihre Hände, während ihr Mund brannte. Bevor sie den nächsten Schluck nahm, pustete sie ausgiebig in die Tasse. Sie warf einen Blick in Richtung Fenster, doch sie waren teilweise von Vorhängen verdeckt. Dass ihr kalt gewesen war, hatte zwar gestimmt, doch das war mehr eine Ausrede gewesen, um sich nicht auf der Straße aufhalten zu müssen. Sie hatte sich beobachtet gefühlt. Eigentlich dachte sie, sie hätte dieses Gefühl in Europa zurückgelassen. Doch da sie mit Jakob liiert war – einem Journalisten –, fürchtete sie, das könnte die SSU auf den Plan gerufen haben, den Nachfolger des OSS. Immerhin hatte ihr Agent Campbell damit gedroht, dass sie mit niemandem von den Medien sprechen sollte. Das tat sie ja auch nicht, doch sie zweifelte, ob die Agenten das genauso sehen würden.

Im Laufe des Jahres waren immer mehr Mitarbeiter des OSS diffamiert worden. Truman hatte dessen Auflösung mit dem Ziel verfolgt, zur Normalität zurückzukehren. Maggie glaubte nicht, dass die Einstellung der neuen SSU ihr gegenüber eine andere sein würde als die des OSS – besonders jetzt, wo sie sich sicher war, von jemandem beschattet zu werden.

Als nach ein paar Minuten die Heizung den recht kleinen Raum erwärmt hatte, stand Jakob auf und regelte sie herunter. »Jetzt wird es echt warm«, murmelte er auf Deutsch. Als er zu seinem Stuhl zurückkehrte, sah Maggie, wie er die Ärmel seines Hemdes hochkrempelte. Seine Wohnung war sein sicherer Rahmen, der einzige Ort für ihn, wo er die Tätowierung nicht verbergen musste. Maggie schluckte. Sie bedeckte selbst in ihrer Wohnung ihre Arme, um nicht die Narben sehen zu müssen. Nur in der Nacht trug sie manchmal kurzärmlige Nachthemden. Es war das erste Mal, dass sie seine ganze Tätowierung sehen konnte. Eine Nummer, die ihm als Häftling seine Menschlichkeit absprechen und seinen Namen ersetzen sollte.

»Würdest du bitte nicht starren«, sagte Jakob gereizt.

Erschrocken sah Maggie weg, während in ihr selbst das Gefühl, ihre Menschlichkeit verloren zu haben, pochte. Während ihrer Gefangenschaft hatte sie an ihrer Identität als Gottes Kind festgehalten, hatte sich darauf gestützt, dass die Gestapo ihr nicht ihre Identität würde rauben können, weil Gott ein Machtwort sprechen würde. Doch das hatte er nicht getan.

Jakob stützte sich mit den Händen an der Wand ab und wippte unruhig auf seinen Fußballen. »Entschuldige«, sagte er nach einer Weile. »Ich würde dich gerne etwas fragen.« Wieder einmal begann er seine Hände zu kneten, als er sich ihr zuwandte. »Ich würde gerne mit dir Shabbat feiern.«

Maggies Hand mit der Tasse stoppte auf dem Weg zu ihrem Mund und sie sah ihn über den Rand hinweg überrascht an, bevor sie sie wieder sinken ließ. »Shabbat? Sabbat? Du befolgst doch keine jüdischen Gebote.«

Er zuckte mit den Schultern. »Nein, aber Shabbat erinnert mich an meine Mutter. Weißt du«, er blickte zu Boden und scharrte mit seiner Schuhspitze über eine Rille in der Diele, »meine Eltern waren so jüdisch wie die Christen, die einmal im Jahr an Weihnachten zur Kirche gehen. Doch die Traditionen am Leben zu halten, war ihnen wichtig.« Ein leichtes Lächeln bildete sich in seinem Gesicht. »Besonders da meine Großmutter, die noch lebt, sehr versessen darauf ist.«

Aus seiner Familie hatte jemand überlebt – das hatte Maggie nicht gewusst. Er hatte noch nie davon gesprochen. Aber sie hütete sich, weiter nachzufragen. Sie wollte nicht näher mit dem Leid seiner Familie konfrontiert werden – ihr reichte das Wissen um ihre eigene Last.

»Und … wie läuft das ab?«, fragte sie, ohne ihm eine klare Zusage zu geben.

Sie wusste, dass der Sabbat von Sonnenuntergang am Freitagabend vierundzwanzig Stunden lang bis Samstagabend galt. In einem der vielen Gespräche Hecklers mit seinem Freund der Schutzstaffel, die sie mit angehört hatte, hatte sie einmal mitbekommen, wie geplant worden war, eine jüdische Gemeinschaft, die sich heimlich traf, am Abend ihres geliebten Ruhetags zu verhaften, um sie noch mehr zu demütigen. In diesem Gespräch war Erich Heckler vor allem daran interessiert gewesen, an ein, zwei bedeutende Kunstgemälde aus diesem jüdischen Haushalt zu kommen. Maggie erinnerte sich daran, als wenig später ein neues Gemälde bei Heckler zu Hause an der Wand hing. An dem Rahmen, der mit Gold überzogen war, hatte Blut geklebt. Vor Entsetzen hätte sie fast ihren Staubwedel fallen lassen. Auf einmal hatte ihr Hausherr persönlich hinter ihr gestanden.

Ach das, das können Sie wegmachen, Fräulein Bender. Ich fand das Gemälde, das Karl heute früh vorbeigebracht hatte, so schön, dass ich es aufgehängt habe, ohne die Reinigung abzuwarten. Erledigen Sie das bitte jetzt direkt.

Während Maggie vorsichtig den Rahmen von dem Blut gereinigt und dann mit dem Abstauben weitergemacht hatte, hatte Erich Heckler die ganze Zeit am selben Fleck gestanden und seine neue Errungenschaft bewundert, für die Menschen hatten sterben müssen.

Maggies Magen zog sich bei der Erinnerung zusammen und sie schüttelte den Kopf, als sie versuchte, die Gedanken an das perfide Verhalten des Mannes aus ihren Gedanken zu verscheuchen.

»Du willst nicht mitkommen?« Jakobs enttäuschte Stimme holte sie in die Gegenwart zurück. Er hatte ihr Kopfschütteln als Ablehnung auf die Sabbatfeier gedeutet, deren Ablauf er gerade dabei war zu schildern.

»Nein.« Maggie brauchte ein paar Sekunden, um sich vom Schatten der Vergangenheit loszureißen, und wiederholte dann mit fester Stimme: »Nein, nein. Ich … Das hatte nichts mit deiner Einladung zu tun.« Sie sah ihm an, dass er ihr nicht glaubte. Nun würde sie ihn nur noch mit einer Zusage vom Gegenteil überzeugen können. Innerlich stöhnte Maggie auf. »Gerne würde ich mit dir den Sabbat verbringen.«

Ein Leuchten trat auf sein Gesicht. »Das ist fantastisch! Die anderen werden sich bestimmt auch freuen, eine Neue dabeizuhaben.« Er ging die paar Schritte zu ihr und umfasste ihr Gesicht mit seinen

Händen, während er mit seiner Nasenspitze die ihre berührte. Er hatte die Augen geschlossen. Doch Maggie erstarrte. *Die anderen?!*

Ihr Lächeln fiel in sich zusammen, doch Jakob war zu beschäftigt, sie auf den Mund zu küssen, um es zu bemerken. Es war ungewohnt, dass ein anderer Mann als Nathanael sie berührte und küsste. Denn in ihren Tagträumen war es Nathanaels Gesicht und nicht das von Jakob, das sie sah.

28

Kaum hatte Maggie sich von Jakob verabschiedet, erfüllte sie wieder eine Leere, und die Einsamkeit klammerte sich an sie. Um sich abzulenken, konzentrierte sie sich, darauf zu achten, ob sie verfolgt wurde, aber diesmal konnte sie niemanden entdecken. Wenigstens das beruhigte sie ein wenig.

Als sie ihre Wohnungstür aufschloss und eintrat, schlug ihr Kälte entgegen. Sie erschauderte und drehte schnell die Heizung auf. Sie ließ erst einmal ihren Mantel an und legte eine Schallplatte auf. Dann holte sie sich eine trockene Scheibe Brot und setzte sich im Schneidersitz vor den Schallplattenspieler, als könnte sie die Nähe zum Gerät besser in eine Welt des Tanzens und Lachens entführen, als wenn sie auf dem Sofa saß.

Maggie saß da, hörte die fröhliche Musik und kaute auf ihrer trockenen Brotscheibe herum. Dass sie zu weinen begonnen hatte, bemerkte sie erst, als sie den Kopf senkte und sah, dass die Tränen dunkle Flecken auf dem hellroten Stoff ihres Rockes hinterlassen hatten.

Langsam atmete sie ein.

O Gott. Eigentlich hatte sie sich vorgenommen, ihre Gleichgültigkeit Gott gegenüber aufrechtzuerhalten. Sie wollte sich vor weiteren Enttäuschungen schützen. Doch in ihr war immer noch der Glaube, der ihr geholfen hatte, nicht den Verstand in ihrer kleinen Zelle zu verlieren. Und dieser Glaube bewegte sie dazu, diese zwei einfachen Worte auszusprechen, die ihre ganzen Emotionen zum Ausdruck brachten. *O Gott.*

Wie hatte es nur so weit kommen können, dass sie die Arbeit für den Geheimdienst wirklich durchgezogen hatte? Am Anfang war es nur ein Job für das Kriegsministerium gewesen, doch innerhalb kürzester Zeit hatte sie der Sog ergriffen und sie war immer tiefer in die Sache gerutscht. Sie hatte die Hoffnung gehabt, es würde ihr Leben verändern. Das hatte es auch – bloß auf eine ungeahnte Weise. Die Befriedigung, die die Arbeit mit sich bringen sollte, der Stolz, auch nur eine Kleinigkeit gegen das nationalsozialistische Regime bewirken zu können, und die Erwartung von Ruhm und Anerkennung, als Frau für die Amerikaner spioniert zu haben, all das war im Nu verpufft.

Was wollte Gott von ihr? Sie hatte sich an ihn geklammert, aber er hatte sie nicht errettet, so wie sie es sich gewünscht hätte. Sie war monatelang der Illusion erlegen gewesen, dass nichts schiefgehen könnte, doch dem war nicht so gewesen – ganz und gar nicht.

~

9. November 1945

Maggie hatte einen Plan geschmiedet. Heute Morgen hatte sie nur eine statt der üblichen zwei Schmerztabletten genommen, mit der Folge, dass sie immer noch einen gewissen Kopfschmerz spürte, der sich gegen Mittag erfahrungsgemäß steigern würde. Und mit dem Schmerz kam die altbekannte Übelkeit. Eine Magen-Darm-Symptomatik wäre ein geeigneter Grund, um heute Abend nicht an dem Sabbatessen von Jakob und seinen Freunden teilnehmen zu müssen.

Als sie gerade das Dreckwasser aus dem Spülbecken in der Küche abließ und schnell wieder ihre Ärmel herunterkrempelte, sobald ihre Arme nicht mehr bis zu den Ellenbogen im Spülwasser versanken, erschien Blairs Kopf in der Durchreiche.

»Er ist da«, säuselte sie.

Innerhalb von ein paar Sekunden schlüpfte Maggie in ihre Rolle, um die Kranke zu spielen. Anders als sonst verbarg sie nicht ihren Schmerz, sondern kehrte mit bewusst gerunzelter Stirn in den Gastraum zurück. Jakob saß an seinem Stammplatz und hatte diesmal nur einen Notizblock und keine Zeitung dabei.

»Guten Tag«, sagte er, stand kurz auf und beugte sich vor, um sie zu küssen, doch Maggie hob kurz abwehrend die Hand.

»Entschuldige, mir geht es nicht gut«, seufzte sie, als Jakob sich etwas irritiert langsam zurück auf seinen Stuhl sinken ließ.

»Du wirst doch nicht krank werden?«

Maggie zuckte die Schultern. »Was kann ich dir bringen?«, fragte sie.

»Pancakes, bitte.«

Maggie gab die Bestellung weiter und kümmerte sich dann um die anderen Gäste. Ein Gefühl, das sie nie beschlichen hatte, wenn sie Erich Heckler und seinen Freunden etwas vorgespielt hatte, ergriff von ihr Besitz. Gewissensbisse. Aber sie log Jakob ja nicht an. Ihr ging es wirklich nicht gut – auch wenn sie das absichtlich herbeigeführt hatte. Aber im Grunde war nicht sie an ihren Verletzungen und den daraus resultierenden Problemen schuld, sondern die Gestapo. Sollte sich Jakob doch bei denen beschweren, wenn er sich darüber ärgerte, dass sie heute Abend nicht mitkam!

»Ich habe den ganzen Tag kaum etwas gegessen.« Maggie stellte Jakobs Teller vor ihm ab. Dann griff sie sich den obersten Pancake und rollte ihn zusammen, um von ihm abbeißen zu können. Der Ahornsirup verklebte ihre Finger und das Fett hinterließ eine Schmierschicht, die sie an ihrer Schürze abwischte.

»Solltest du nicht vielleicht nach Hause gehen und dich ausruhen? Besonders, nachdem du letztens so schlimm krank warst?« Jakob schob sich ein Stück Pancake auf seine Gabel.

»Ich kann doch Blair nicht allein lassen«, erklärte Maggie zwischen zwei letzten Bissen, die sie fast nicht mehr herunterbekam. Hastig sah sie sich nach einem Schluck Wasser um, doch in ihrer Reichweite befand sich nur Kaffee, der es nur noch schlimmer machen würde. Ihr Magen begann zu rebellieren und sie hielt sich die Hand vor den Mund. »Entschuldige«, brachte sie noch hervor, während sie schon durch die Schwingtür in die Küche eilte und dann in der Mitarbeitertoilette verschwand, um sich übergeben zu können. Ihr Plan war aufgegangen. Sie würde heute Abend nicht zu der Sabbatfeier gehen.

Wenn sie genauer darüber nachdachte, vermutete sie zweierlei Gründe für ihre Abneigung. Zum einen hatte sie keine Lust darauf, sich mit Jakobs deutschen Freunden zu unterhalten, während diese möglicherweise noch ihre Muttersprache sprachen, die Maggie vorgeben müsste nicht zu verstehen. Und zum anderen war eine religiöse Veranstaltung nichts, wo sie ihre Zeit verbringen wollte.

~

10. November 1945

Maggie konnte nur bis fünf Uhr morgens schlafen. Da sie wusste, dass sie vorerst nicht mehr einschlafen würde, machte sie sich nicht die Mühe, es zu versuchen. Aber sie blieb im Nachthemd und zog einen Morgenmantel über, da sie meistens gegen zehn Uhr noch einmal einschlief, wenn sie einen freien Tag hatte.

Sie machte sich einen Tee und setzte sich dann mit ihrer Decke um die Schultern ans Fenster, durch dessen dünne Glasscheiben die Kälte drang. Das Licht in der Wohnung hatte sie ausgeschaltet. Sie wollte die Menschen im Dämmerlicht der Straßenlaternen beobachten, dem Treiben zusehen, ohne selbst daran beteiligt zu sein. Mit Dunkelheit hatte sie kein Problem. Es war das Licht, was Dinge zeigte, die im Dunkel keine Rolle spielten.

Im Radio liefen Nachrichten, aber Maggie hörte nicht hin. Sie war zu fokussiert darauf, aus dem Fenster zu schauen. Sie nippte an ihrem warmen Tee und für diesen Moment fühlte sie sich gut. Nicht glücklich, aber gut und friedlich, was nur selten vorkam. Sie beobachtete den Sonnenaufgang und ihre innere Unruhe schien einmal stillzustehen.

Es klopfte an der Wohnungstür.

Maggie schreckte hoch und warf einen Blick auf den Wecker, der auf dem Nachttisch stand. Kurz vor zehn! Sie saß seit fast fünf Stunden auf dem Stuhl und hatte gar nicht bemerkt, wie viel Zeit vergangen war.

Ohne Schuhe an den Füßen stand sie auf und lief zur Tür, als es bereits zum zweiten Mal energischer klopfte. Sie zog den Gürtel ihres Morgenmantels enger. Wer wollte an einem Samstagmorgen etwas von ihr? Blair war die Einzige, die schon einmal bei ihr gewesen war. Maggie schluckte. Hoffentlich war es nicht der Geheimdienst. Vorsichtig zog sie die Tür einen Spaltbreit auf – und trat dann überrascht ein Stück zurück.

»Jakob?«

»Guten Morgen, Mag.«

Maggie hängte die Kette der Tür aus und ließ ihn eintreten.

»Was machst du hier?« Verwirrt verfolgte sie mit gerunzelter Stirn seine Bewegungen, als er mit einem Korb bepackt eintrat. Offenbar hatte er sich ihre Adresse gemerkt, nachdem er sie einmal bis zur Haustür nach Hause gebracht hatte.

Als Jakob sich zu ihr umdrehte und sah, dass sie quasi nur im Nachthemd vor ihm stand, war ihm anzusehen, dass er ihr bewusst nur in die Augen sah. »Habe ich dich geweckt?« Leicht verlegen fuhr er sich mit der Hand durch die Haare.

»Nein, nein, ich bin schon eine Weile wach.« Kurz blickte Maggie zu dem Stuhl, auf dem sie die letzten Stunden gesessen hatte. »Moment mal. Es ist doch Sabbat. Was machst du hier?« Sie warf einen prüfenden Blick durch die Wohnung, ob es etwas gab, das er nicht sehen sollte, doch glücklicherweise hatte sie ihre Bettdecke nicht auf dem Boden liegen gelassen.

»Nachdem es dir gestern nicht so gut ging, habe ich mir gedacht, ich bringe dir heute ein Sabbatessen vorbei und erkundige mich, wie dein Befinden ist – aber anscheinend geht es dir wieder besser.« Er stellte seinen Korb auf den Couchtisch, da es keinen Esszimmertisch gab.

Er klang ungewöhnlich schnippisch. Maggie verschränkte die Arme vor dem Körper. »Was soll das heißen?«, fragte sie gedämpft, um nicht zu scharf zu klingen.

»Jetzt scheint es dir fantastisch zu gehen.« Er sah sie nicht an, während er anfing, den Korb auszuräumen.

»Es ist in der Nacht besser geworden.«

»Aha. Komm, setz dich. Es ist zwar noch etwas früh, aber ich habe noch nicht gefrühstückt. Es ist also eher ein Brunch – wie ihr Amerikaner sagt.«

Ein paar Sekunden blieb Maggie an Ort und Stelle stehen, bevor sie sich rührte. Sie brauchte die Zeit, um sich bewusst zu machen, dass es keinen Grund gab zu streiten. Sie beide zogen ihre Vorteile aus dieser Beziehung und dadurch, dass sie Grenzen gesetzt hatten, würde es ohne Weiteres auch nicht zu einer tieferen Bindung kommen.

Sobald sie saß, spürte sie die Müdigkeit ihres Körpers. Zu dieser Zeit hatte sie eigentlich schon längst wieder schlafen wollen. »Was hast du mitgebracht?«, fragte sie.

»Challa Challot, das typische Sabbatbrot, kaltes Rindfleisch und einen Wein.«

Wow, er muss seine Fleischrationen die ganze Woche über gespart haben, um solch ein Essen zu liefern! »Ich fürchte, ich habe keine Weingläser.«

»Normale reichen auch. Hier ist es zwar nicht so festlich wie gestern an einer richtigen Sabbattafel, aber es ist genug.«

Erneut durchfuhr sie ein seltsames Gefühl bei seiner subtilen Anklage – vielleicht war es ihm aber auch nicht bewusst, wie er klang. Sie ging in die Küche, um zwei Teller, Gläser und einen Korkenzieher zu holen. Während sie Jakob dabei zusah, wie er den Korken aus dem Flaschenhals drehte, überlegte sie, wann sie das letzte Mal Alkohol getrunken hatte. Irgendwann in Deutschland vermutlich. Als Jakob ihr das Glas in die Hand drückte und sich neben sie setzte, durchfuhr sie der Gedanke, dass ihre Tabletten, die sie sich noch regelmäßig bei Bills Quelle abholte, sich mit dem Alkohol nicht sonderlich gut vertrugen. Sie nippte also nur ein wenig an dem Rotwein, damit Jakob nicht auf die Idee käme, ihr nachzuschenken.

»Ich habe am Mittwoch mit einem Redakteur der *Washington Post* geredet«, erzählte er ihr. »Er hat gesagt, er könne sich vorstellen, dass ich eine regelmäßige Kolumne in ihrer Zeitung bekommen könnte. Sie würde wegen meiner Sprachkenntnisse noch mal nachkorrigiert, aber trotzdem wäre die Kernaussage von mir.« Er klang mit sich selbst zufrieden, als er sich einen Streifen Fleisch nahm und auf seine Scheibe Hefezopf legte.

Es störte Maggie, dass er keinen Teller nahm, doch sie sagte nichts, nahm sich selbst aber demonstrativ einen Teller als Unterlage. »Das klingt doch fantastisch«, sagte sie mit weniger Enthusiasmus, als sie wahrscheinlich empfinden sollte. »Und wäre die Kolumne auf ein bestimmtes Thema ausgerichtet?« Sie nahm den ersten Bissen und bezweifelte, dass das Fleisch mit dem süßen Hefezopf, der schon ziemlich trocken war, eine gute Kombination wäre.

»Alles rund um das Thema atomare Nutzung. Wie du vielleicht mitbekommen hast, beraten heute Truman, Premierminister Attlee und Kanadas Präsident King über Fragen, inwieweit Atomenergie zivil genutzt werden kann und soll. Das ist ein Thema der Zukunft und sichert mir meinen Job bei der Zeitung auf lange Sicht, wenn ich meine Arbeit gut mache. Die Atombomben mit all dem, was sie bewirken können, haben einen wirklichen Wendepunkt gebracht und ich glaube, dass ist auch in anderen Bereichen als der Kriegsführung möglich.«

Maggie nickte. Wenn er die finale Zusage für die Kolumne bekommen sollte, würde er wahrscheinlich vorerst nicht nach Deutschland zurückkehren, wie er es mal angedacht hatte, wo dort nun viele

Zeitungen und Zeitschriften von den Besatzungsmächten wieder erlaubt wurden.

»Und bei dir?«

Sie kaute den letzten trockenen Bissen ihrer Hefezopfscheibe mit Fleisch und spülte ihn mit einem Schluck des ebenfalls trockenen Weines herunter, bevor sie die Schultern zuckte und sagte: »Nichts Spannendes.« Sie lehnte sich zurück, wagte es aber nicht, die Augen zu schließen. Sie war sich sicher, wenn sie das tat, würde sie sofort einschlafen. Die Tabletten in Verbindung mit dem Alkohol zeigten wohl ihre Wirkung.

»Müde?«

»Mhm.« Sie blinzelte vermehrt.

»Kann ich verstehen nach so einem guten Essen.« Er seufzte und lehnte sich auch zurück, ein Bein angewinkelt.

Maggie nahm ihre Brille ab und fuhr sich mit der Hand über die Augen. Das Essen kommentierte sie nicht. Sie war nicht dankbar dafür. Sein Besuch weckte in ihr eher ein Gefühl der Last. Da Jakob nicht weiterredete, machte sich Maggie nichts daraus, immer mehr wegzudämmern, bis sie ganz einschlief.

Fast eine Stunde später wachte sie auf, irritiert von dem männlichen Geruch in der Nase und der Wärme eines anderen Körpers neben sich. Sie versuchte sich zu orientieren, setzte sich auf, lehnte sich nach vorne und rieb sich mit den Händen über das müde Gesicht. Sie tastete nach ihrer Brille, um etwas sehen zu können.

»Mag?«

Sie blickte zu Jakob und fuhr sich mit der Hand durch die Haare, um die Knoten, die sich gebildet hatten, zu lösen.

»Ja?«, fragte sie. Irgendwie nahm sie alles nur verzögert wahr. Der Schlaf hatte ihr nur ein noch dämmrigeres Gefühl als zuvor beschert.

Jakob beugte sich vor, schloss die Augen und küsste sie. Es weckte keinerlei Gefühle in ihr, wenn überhaupt, dann fühlte sich Maggie mit diesem Nebel um sie herum höchstens seltsam.

»Ich liebe dich.« Wieder küsste er sie.

Abrupt fuhr Maggie von ihrem Sitzplatz hoch und fing an zu lachen, während sie gleichzeitig den Kopf schüttelte. Sie musste merkwürdig wirken, aber auf einmal spürte sie eine Angst in ihrem Innern. Es waren nicht seine wiederholten Berührungen. Es waren die Worte, die sie aufwühlten. Schließlich war sie die ganze Zeit davon ausgegangen, dass in dieser Beziehung keine tieferen Gefühle eine Rolle spielten.

»Was ist los?«, fragte er sichtlich verwirrt, weil er wahrscheinlich eine andere Reaktion erwartet hatte.

Maggie blieb mit den Händen über dem Gesicht regungslos stehen. Wenn sie ihm jetzt die Wahrheit sagte, würde ihr Konstrukt auseinanderfallen. Sie würde ihn verlieren und zurück in die Einsamkeit müssen.

Das kann ich nicht.

Jakob war anstrengend und nicht immer eine entspannte Gesellschaft, wie sie fand, doch sie hatte viel zu große Angst vor der Alternative.

»Entschuldigung«, sagte sie langsam und mit einem faden Geschmack auf der Zunge. »Das … ich weiß nicht. Ich war nicht darauf vorbereitet. Ich bin noch nicht ganz wach.«

Das war nicht gelogen. Sie ging zurück zum Sofa, legte die Arme um ihn und hielt ihn. Langsam schob er seine Hand auf ihren Rücken. Sie sagten beide nichts. Die Lüge, dass sie ihn liebe, konnte Maggie nicht aussprechen.

29

Jakob trat mit seinem leeren Korb auf die Straße und machte sich auf den Weg in seine Wohnung.

Er glaubte nicht, dass sein Gott es ihm übel nehmen würde, dass er am Sabbat Maggie besucht hatte, immerhin war es ihr gestern nicht gut gegangen und er wollte ihr nur helfen – auch wenn ihr Verhalten fragwürdig war.

»Mr Loewenstien?«

Mit gerunzelter Stirn sah Jakob den Mann im Nadelstreifenanzug an, der ihn mit dieser merkwürdigen Aussprache seines Namens angesprochen hatte.

»Ich habe keine Zeit«, behauptete er. Es missfiel ihm, auf offener Straße von einem mysteriösen Mann mit seinem Namen angesprochen zu werden. Das Ganze roch nach Regierung und das ließ ihn ungemein nervös werden. Hier war zwar Amerika, das Land der unbegrenzten Möglichkeiten, wie die Amerikaner so oft sagten, doch für Jakob hatte die Szenerie eine viel zu große Ähnlichkeit mit dem Moment, als die Nazis ihn das erste Mal verhaftet hatten.

»Mein Name ist Agent Campbell. Ich arbeite für die Regierung. Es geht um Miss Margret Nelson.« Der Mann ließ nicht locker und lief neben Jakob auf dem Bürgersteig her.

Jakobs Hände zuckten unruhig, während er mit pochendem Herzen sein Tempo erst verlangsamte und dann stehen blieb. Der Agent sah ihn durchdringend an.

»Was wollen Sie?« Jakob fühlte sich unterlegen. Sein Verstand war wahrscheinlich nicht minder intelligent als der dieses Mannes, aber sich in solch ein Gespräch in Englisch zu stürzen, ließ ihn an seine Grenzen kommen.

»Woher kennen Sie Miss Nelson?«

Jakob schluckte. Der Mann wollte anscheinend kein Gespräch auf Augenhöhe führen, sondern direkte Antworten auf seine Fragen haben. »Aus dem Diner, in dem sie arbeitet.«

»Und Sie sind in einer Partnerschaft?« Der Ton von Agent Campbell war rau. Er klang, als würde er Jakob verhören.

»Warum?«

»Miss Nelson steht unter Beobachtung der Regierung.« Campbell machte eine Pause und sah ihn prüfend an. Doch Jakob war sich sicher, dass man ihm nur seine Verwirrung ansehen konnte. Was sollte Mag mit der Regierung zu schaffen haben? Sie war Kellnerin in einem kleinen Diner.

»Ja, das sind … wir«, stammelte Jakob.

Zufrieden nickte der Mann. »Über was reden Sie mit Miss Nelson?«

»Über was ich mit ihr rede? Was sollte das denn Ihrer Meinung nach sein?!«

»Sie sind Journalist. Ich habe gehört, die *Washington Post* zieht Sie für eine Kolumne in Betracht.«

Erschrocken weiteten sich Jakobs Augen. Das klang fast so, als würde die Regierung nicht nur Mag, sondern auch ihn beobachten, weil er mit ihr in Kontakt stand. Von wegen, die Staaten wären ein freies Land! »Meine Kolumne hat nichts mit Mag zu tun.«

»Hat sie schon, wenn Miss Nelson Ihnen Informationen gibt, die ein Sicherheitsrisiko darstellen.«

»Das ist doch lächerlich.« Energisch schüttelte Jakob den Kopf und wandte sich ab. Was dachte sich die Regierung, der Geheimdienst oder wer auch immer dabei, ihn so anzugehen!

»Mr Loewenstien.«

Da der Agent erneut Jakobs Namen so scheußlich aussprach, verzog er das Gesicht. Löwenstein. Maggie hatte seinen Namen das erste Mal perfekt ausgesprochen …

»Sie wollen doch nicht Ihre Kolumne oder gar Ihr Visum verlieren?« Diesmal war der Agent ihm nicht gefolgt, sondern an Ort und Stelle stehen geblieben und hatte ihm nachgerufen.

Gezwungenermaßen blieb Jakob stehen und drehte sich um. Jetzt zogen sie also andere Saiten auf und drohten ihm. »Mag redet mit mir über nichts, was im entferntesten Sinne mit der Regierung oder irgendwelchen Sicherheitsrisiken zu tun hat«, erklärte er und hoffte, dass der Mann ihm glauben würde.

Langsam ging der Agent ein paar Schritte auf ihn zu, um nicht wieder rufen zu müssen. »Sie sollten aufpassen, mit wem Sie Ihre Zeit verbringen.«

»Sie wollen, dass ich die Beziehung beende?!«

»Lassen Sie uns doch dort reden, wo wir ungestört sind.«

~

Maggie ging einkaufen, war aber zu unkonzentriert, um tatsächlich das mitzunehmen, was sie wirklich brauchte. Als sie vor dem Laden stand, starrte sie für einen Augenblick ihre Einkaufstüte an. Drei Dosen Tomatensuppe, Cracker, zwei Brote und einen Apfel. Sie schüttelte den Kopf und machte sich auf den Nachhauseweg. Dann würde sie einfach die nächste Woche von Tomatensuppe leben, wenn sie nicht ohnehin nur im Diner aß.

Ich liebe dich, hatte Jakob gesagt. Sie wusste nicht, wie sie damit umgehen sollte. Auf der einen Seite hatte sie es abgelehnt, mit Blair eine tiefere Freundschaft einzugehen, doch trotzdem hatte sie dieses Arrangement mit Jakob, aus Angst, einsam zu sein. Und währenddessen spukte immer noch Nathanael durch ihren Kopf. Eigentlich war es klar, dass aus der Sache mit Jakob nichts Festes werden konnte, dafür hatten sie schon falsch angefangen. Doch solange sie nicht unmittelbar vor die Entscheidung gestellt wurde – immerhin hatte er ihr keinen Heiratsantrag gemacht –, würde sie …

Maggies Gedankenkarussell kam zu einem abrupten Halt, als sie die Stufen zu ihrer Wohnung hochging und sah, dass Jakob neben ihrer Wohnungstür an der Wand lehnte, den leeren Korb vom Essen immer noch neben sich – er musste also offenbar auf seinem Nachhauseweg gleich wieder umgekehrt sein.

»Was ist los?«, fragte Maggie und kramte nach ihrem Wohnungsschlüssel, während sie ihn ansah.

Jakob knetete seine Hände und rümpfte dann die Nase, als er sagte: »Die Regierung musste dir drohen, damit du dein Land nicht verrätst?«

»Bitte was?«, fragte Maggie mit gedämpfter Stimme. Ihre Knie wurden weich. Woher wusste er davon?

»Campbell – ich nehme an, dass du diesen Namen kennst?«, giftete er weiter.

»Du wurdest vom Geheimdienst angesprochen?!« In Maggies Kopf begann sich alles zu drehen. Dann hatte sie sich nicht nur beobachtet gefühlt, sondern war wirklich beschattet worden! Aber nie hätte sie gedacht, dass der Geheimdienst Jakob ansprechen würde. Campbell, der Name sagte ihr etwas. Das war irgendein Agent, dem sie begegnet war … Hieß so nicht der Mann, der ihr gedroht hatte? Oder war das Adams gewesen?

»Mag!« Energisch und grob packte Jakob sie an den Schultern, als sie nicht auf das reagierte, was er sagte.

Immer noch die Finger fest um den Schlüssel geschlossen, setzten sich Maggies Gedankengänge für einen Moment fort, bevor sie ihren Blick auf den wütenden Jakob richtete. »Nichts, was die Regierung sagt, hat etwas mit dir zu tun!«, wehrte sie sich. Und weil das so war, hatte er auch keinen Grund, seine Wut gegen sie zu richten. Sie stieß seine Hände von sich, doch er griff direkt ihren Oberarm, um sie davon abzuhalten, sich dem Gespräch zu entziehen, indem sie die Wohnungstür aufschloss.

»Fass mich nicht an!« Maggie betonte jedes einzelne Wort und das erste Mal, seit sie sich kannten, trat ihre ungeheure Wut, die in ihr brannte, offen zutage. Entsetzt ließ Jakob sie los.

Den Moment, als sie endlich ihre Tür aufschließen konnte, nutzte Maggie für den Versuch, ruhiger zu werden. Nicht um Jakobs, sondern um ihrer selbst willen. Sie musste nun die richtigen Worte finden.

»Was hast du mit dem Geheimdienst zu schaffen?«, fragte Jakob und lief ihr in die Wohnung nach. Die Tür fiel laut ins Schloss.

Maggie blieb mit dem Rücken zu Jakob stehen und verzog grimmig das Gesicht. Das war doch alles lächerlich. Nur weil der Geheimdienst Jakob angesprochen hatte, musste sie jetzt mit ihm überhaupt über dieses Thema reden – etwas, was das OSS doch eigentlich hatte vermeiden wollen! Aber was würde es jetzt noch schaden? Momentan lief es ohnehin auf eine Trennung zwischen Jakob und ihr heraus.

Langsam drehte sie sich um und sah, dass Jakob mit in die Seite gestemmten Händen schwer atmete. Er sah sie mit einer gewissen Abscheu im Blick an, die Maggie zögern ließ. Wenn sie ihm nun erzählte, was sie getan hatte, würde sie zwar ihre Wut über den Geheimdienst entladen, doch zwischen ihm und ihr würde es wahrscheinlich alles nur noch schlimmer machen. Sie atmete mit zusammengebissenen Zähnen ein und dann langsam wieder aus.

»Weißt du«, begann sie. »Wir haben vereinbart, dass wir nicht über unsere Vergangenheit reden … Aber … ich habe dem damaligen OSS einen Gefallen getan … und dann kam es zu Diskrepanzen zwischen uns und ihnen hat jetzt augenscheinlich nicht gefallen, dass ich mit einem Journalisten ausgehe, auch wenn ich mit dir nicht über irgendetwas, was den Gefallen betrifft, gesprochen habe.« Maggies Stimme war ausgesprochen ruhig. So ruhig wie damals, als sie den Gestapoagenten angesehen und ihm gesagt hatte, dass sie für die Amerikaner arbeite, nur um sich kurz darauf in eisiges Schweigen zu hüllen. Und wie damals fragte Maggie sich nun, ob sie das lieber nicht hätte sagen sollen, denn das Gesagte würde ihr Gegenüber nur umso heftiger reagieren lassen. Auch wenn Jakob sie nicht schlagen würde, würden sie seine Worte genauso treffen.

»Und durch den Gefallen ... kam es zum Unfall?«

Maggie erlaubte sich ein kurzes Schmunzeln und fuhr sich mit der Hand durch die Haare. Jetzt klang er interessiert, eben ganz der Journalist, auch wenn ihm seine Erregung immer noch anzusehen war. Er trat einen Schritt auf sie zu, doch da er dann innehielt, wusste Maggie nicht, was er mit dieser Bewegung ursprünglich beabsichtigt hatte.

Noch während sie als Antwort auf seine Frage nickte, trat er noch einen Schritt näher und fragte mit schief gelegtem Kopf weiter: »Mit deiner Einwilligung zu unseren Verabredungen ... hattest du beabsichtigt, der Regierung auf der Nase herumzutanzen? Sie glauben lassen, dass ich eine Gefahr für die Sicherheit dieses Landes, das mich aufgenommen hat, darstelle?« Nun war wieder jegliches professionelle Verhalten verschwunden.

Empört schnaubte Maggie. »Natürlich war das nicht meine Absicht! Ich würde doch niemals in irgendeiner Form deine Sicherheit gefährden!«

Sie wandte den Kopf ab, als plötzlich Tränen in ihr hochstiegen. Jakob konnte sie nicht verstehen, weil er nicht die ganze Situation kannte. Und auch wenn der Geheimdienst und die UNWCC viel mehr wussten als er, glaubten die beiden Organisationen ihr auch nicht, dass sie alles dafür getan hatte, um nichts über ihr Heimatland zu verraten. Doch so war es, sie hatte damals nur gesagt, dass sie für die Amerikaner arbeite und über die Schweizer Grenze ins Deutsche Reich gekommen sei, mehr nicht. Sie hatte geglaubt, das würde ihr eine kurze Pause verschaffen oder eine zumindest ansatzweise bessere Behandlung. Das Gegenteil war der Fall gewesen. Daraufhin hatte sie den Entschluss gefasst, nie wieder den Mund so weit aufzumachen. Doch niemand verstand sie und ihre Entscheidungen. Niemand glaubte ihr.

»Glaubst du der Regierung dieses Landes oder glaubst du mir?«, fragte sie und nun war sie es, die näher an ihn herantrat. Es war fast so wie beim Fechten. Sie wollte im Vorteil sein und die Führung haben. Sie wollte Kontrolle ausüben, und bevor es eskalierte und er sich von ihr trennte, würde sie den Schritt der Trennung gehen, das schwor sie sich.

»Ich bin Journalist, ich glaube der Wahrheit«, sagte er langsam.

»Der Wahrheit«, lachte Maggie höhnisch. »Und was ist deine Wahrheit, Jakob? Was für eine Wahrheit hast du aus den Informationen, die dir zur Verfügung stehen, zusammengebastelt? Wie willst du die Lügen entlarven, die dir erzählt wurden, wenn du nicht alle Fakten kennst?«

»Dann erzähle mir alle Fakten!«

»Das kann und will ich nicht. Ich habe ein Versprechen gegeben und das werde ich nicht brechen, auch wenn die Regierung einen Scheiß darauf gibt, was die Wahrheit ist!« Für einen Moment erschauderte sie. Eigentlich verhielt sie sich paradox: Sie klammerte sich an ein Versprechen, das ihr gar nicht zugetraut wurde zu halten. Daran hielt sie trotz der Ablehnung, mit der sie zu kämpfen hatte, fest – aber ihren Glauben hatte sie aufgegeben.

»Du willst also nicht. In Ordnung.« Jakob machte eine Geste, als würde er etwas präsentieren, und zuckte dann mit den Schultern – doch er klang ganz und gar nicht in Ordnung. »Dann bleib eben allein in deiner Einsamkeit, deiner Vorstellung, dass nur du weißt, wie man es richtig macht! Oh, ich bereue es so, dass ich gesagt habe, dass ich dich liebe! Ich nehme es zurück!«

Maggie bekam keine Luft mehr. Sie atmete zwar ein und ihre Lunge füllte sich mit Luft, aber es schien, als könnte ihr Körper nichts damit anfangen. Sie eilte zum Fenster und riss es auf. Trotz des Gefühls, zu ersticken, lauschte sie. Jakob war nicht gegangen, er hatte sich nicht bewegt.

»Was willst du noch?«, japste Maggie, eine Hand auf ihre Brust gelegt, als bräuchte ihr Bewusstsein eine Erinnerung daran, dass ihr Brustkorb sich hob und senkte.

Große, weite Wiese, Vögel, der Geruch von Erde, dachte sie. Das hat doch früher auch funktioniert, warum nicht auch jetzt?

Als er ihr nicht antwortete, blickte sie über ihre Schulter und sah, dass er die Augen geschlossen und die Lippen fest zusammengepresst hatte, während ihm Tränen über das Gesicht liefen. Maggie wusste nicht, warum genau er weinte.

»Mag ...«, begann er und blickte auf, doch Maggie war fest entschlossen, ihn nicht zu Wort kommen zu lassen.

»Sag nichts mehr. Es ist vorbei«, sagte sie leise. Sie ging zur Wohnungstür und hielt sie ihm auf.

Er konnte ihr nicht in die Augen sehen, als er langsam an ihr vorbeiging. Doch auch so war ihm seine Wut auf Maggie an jeder Faser seines Körpers anzusehen.

30

Washington, D.C., Vereinigte Staaten von Amerika
11. November 1945

Craig Brodie war tiefenentspannt, während er vor dem Pentagon stehend eine Zigarette rauchte und darauf wartete, dass Major General Donovan mit seinem eingeschobenen Termin fertig war, damit sie beide etwas essen gehen konnten. Morgen Abend würde er mit dem ehemaligen Chef des OSS nach Deutschland fliegen, um den Nürnberger Prozessen beizuwohnen – er selbst als stiller Beobachter, um die Früchte seiner Arbeit bei der UNWCC zu sehen, und Donovan als Assistenz des amerikanischen Hauptanklägers.

Hauptsächlich bestand Craigs momentane Rolle darin, die Geschehnisse einzuordnen und für Nachfolgeprozesse Methoden des effektiveren und effizienteren Arbeitens zu entwickeln. Er war erleichtert, dass nun alles Nötige organisiert und geprüft worden war, sodass die Hauptverbrecher der NS-Gräueltaten gerichtlich zur Rechenschaft gezogen werden konnten.

Es war das Internationales Militärtribunal berufen worden, das nur Deutsche anklagen und für Verbrechen gegen die Menschlichkeit, das Führen eines Angriffskriegs und den Massenmord verantwortlich machen konnte – denn sonst hätten die Sowjets nicht mitgespielt, schließlich hätte ansonsten die Möglichkeit bestanden, sie für dieselben Punkte anzuklagen. Und damit die Briten und Amerikaner keine rechtlichen Probleme bekommen würden, war entschieden worden, dass Flächenbombardements nicht in der Anklageschrift auftauchten.

Churchill war eigentlich der Meinung gewesen, dass die deutschen Verbrecher hängen oder erschossen werden sollten – das hatte Craig schon vor einigen Jahren kurz vor seiner Berufung zur

UNWCC mitbekommen, doch schließlich hatten die Amerikaner einen Prozessplan entwickelt und die Alliierten würden gemeinsam Anklage gegen die Verlierer dieses Krieges erheben – etwas, was es noch nie gegeben hatte. Craig erfüllte es mit Stolz, dass es nicht zur Selbst- oder Siegerjustiz kam. Es sollte alles einen geordneten, fairen Weg gehen, auch wenn er nicht einfach, sondern mit einem enormen, vor allem bürokratischen Aufwand verbunden war.

Als seine Zigarette heruntergebrannt war, fing er seine neu erworbene Packung Lucky Strikes an – ein Vorteil, in den USA zu sein. Er hatte gerade eine Zigarette zwischen den Zähnen und ließ mit seinem Feuerzeug, einem *Zippo*, eine Flamme aufblitzen, als ein Mann in Anzug und eine junge Frau an ihm vorbeirauschten. Interessiert ließ er sein Feuerzeug wieder zuschnappen und nahm die Zigarette aus dem Mund. Die Szenerie versprach unterhaltsam zu werden.

Die Frau schrie laut etwas von ungerechter Behandlung und Verleumdung, während der Mann nicht daran interessiert schien, diese Unterhaltung zu führen – besonders nicht hör- und sichtbar für alle Passanten in unmittelbarer Reichweite zum Pentagon.

Craig fragte sich, ob die beiden womöglich ein Paar waren – wenn ja, dann tat ihm der Mann leid, egal, was er getan hatte. Niemand wollte derartig den Zorn einer Frau auf sich ziehen.

Als der Mann im Anzug endlich stehen blieb, hielt auch die Frau inne.

Man könnte fast meinen, es wäre … Abrupt stieß sich Craig mit dem Fuß von dem Baum ab, an dem er gelehnt hatte. Die Frau war tatsächlich Margret Nelson! Schlagartig änderte sich seine Stimmung und die Anspannung von früher erfasste jede Faser seines Körpers.

»Unterlassen Sie das, Miss Nelson! Verschwinden Sie, und wehe, Sie kommen noch einmal!«, hörte Craig Campbells Stimme grunzen.

Doch Miss Nelson hörte ganz und gar nicht darauf, was der Agent zu ihr sagte. Als sich der Mann schnaubend von ihr abwandte, packte sie ihn am Arm. Dann schlug sie ihn tatsächlich ins Gesicht, sodass er taumelte und den Halt verlor. Sofort eilten die anderen Agenten heran, die wie Craig schon die ganze Zeit einen prüfenden Blick auf die Szenerie gehabt hatten. Sie packten die schreiende Miss Nelson, die sich mit Händen und Füßen wehrte. Jetzt würde sie nicht mehr so glimpflich davonkommen.

Craig rannte zu Campbell und hielt ihm die Hand hin, um ihm beim Aufstehen zu helfen. »Geht es, Sir?« Er zog ihn auf die Beine. Der Agent hielt sich die Hand über das Gesicht, wo sich über seiner Wange bereits ein blauer Fleck abzeichnete.

»Verdammt!«, murmelte Campbell, bevor sein Blick an Craig vorbeiging und er seinen Kollegen zurief: »Sperrt sie ein!« Er sah zu, wie Miss Nelson weggebracht wurde, bevor er langsam ausatmete und an dem Kragen seines Anzugs herumzupfte.

»Sind Sie in Ordnung?«, fragte Craig erneut, während er sich fragte, ob Miss Nelson auch schon einmal kurz davor gewesen war, ihn zu schlagen.

»Ja. Danke, Mr ... Agent Bodin. Was machen Sie denn hier?« Er schien vorher nicht wahrgenommen zu haben, wer der Mann war, der ihm auf die Füße geholfen hatte, und auch der richtige Name war ihm offenbar entfallen.

»Ich bin eigentlich hier, um mich mit Major General Donovan zu treffen. Wir fliegen zusammen nach Deutschland.«

»Ah ... was ... Wer sind Sie noch mal?« Der Ärger, der ihm ins Gesicht geschrieben stand, wich Verwirrung.

»Sir, Sie sollten zu einem Arzt gehen.« Der Schlag war heftig gewesen und wahrscheinlich war bei dem Sturz zusätzlich auch sein Kopf auf dem Boden aufgeschlagen. Craig übergab Campbell seinen amerikanischen Kollegen und ging selbst in das Gebäude hinein.

~

Als er eine ganze Weile später die Stufen zu den Zellen hinuntergging, stiegen ihm unwillkürlich Erinnerungen an den Zellenkomplex unter Erich Hecklers Haus hoch. Allerdings sah es hier anders aus. Alles war hell beleuchtet, die Zellen waren größer und es gab keine schalldichten Türen, sondern nur Gitterstäbe, die die einzelnen Zellen abtrennten.

Campbell war inzwischen von einem Arzt untersucht und nach Hause geschickt worden. Er hatte eine Gehirnerschütterung und sollte sich ausruhen.

Craig musste nicht einmal die letzte Stufe der Treppe erreichen, um zu hören, dass Miss Nelson Selbstgespräche führte. Ihre Worte hallten von den Wänden wider, waren aber zu undeutlich, um sie verstehen zu können. Er blieb stehen und schob die Hände in seine Hosentaschen. Er sah zu, wie Miss Nelson in der kleinen Zelle auf und ab ging und die rechte Hand gegen ihre Stirn drückte. Sie saß jetzt schon zwei Stunden in der Zelle. Der Geheimdienst klärte momentan, wie sie weiter mit ihr verfahren würden.

»Agent Campbell hat eine Gehirnerschütterung«, sagte Craig ohne Einleitung, während er sich ihrer Zelle näherte.

Als Margret Nelson aufsah, veränderte sich ihr Gesichtsausdruck nicht. »Sie«, murmelte sie. Einen Moment lang sah sie ihn noch an, bevor sie wieder anfing, unruhig in dem kleinen Raum umherzuwandern. Craig sah ihr dabei zu, bis sie schließlich vor einer Wand der Zelle stehen blieb und ihre Stirn dagegenlehnte, während ihr Körper von einem Zittern ergriffen wurde. Ihre Brille, die sie in der Hand hielt, wackelte gefährlich. Er fragte sich, ob sie vielleicht glaubte, dass sie sich sein Erscheinen nur einbildete, immerhin war es ein merkwürdiger Zufall, dass sie genau hier aufeinandertrafen.

»Sie hätten ihn nicht schlagen sollen.« Craig ging die Gitterstäbe entlang, bis er auf derselben Höhe stand wie Maggie.

»Sie wissen doch gar nicht, warum ich das getan habe.«

Weil der Geheimdienst mit dem Journalisten gesprochen hatte, mit dem sie in einer Beziehung war. Man hatte Craig aufgeklärt. Und auch wenn er an ihrem Geisteszustand zweifelte, schien sie ihn noch der wirklichen Welt zuordnen zu können. »Dann sagen Sie mir, warum«, gab er vor, die Gründe nicht zu kennen.

»Er hat gelogen und behauptet, dass meine Beziehung zu einem Journalisten ein Sicherheitsrisiko darstelle.«

Craig wartete ein paar Sekunden ab, bevor er antwortete. »Ihnen ist geraten worden, mit niemandem, der Kontakte zur Presse hat, zu sprechen.«

Sie fuhr zu ihm herum und sah ihn durch die Gitterstäbe hindurch an. Ihre Augen waren gerötet und wässrig, auch wenn sie nicht aussah, als würde sie weinen. »Ich habe mit niemandem gesprochen! All die Monate habe ich kein Sterbenswörtchen mit irgendjemandem über meine Arbeit für das OSS gesprochen! Und jetzt behaupten dieser Campbell und alle anderen, dieser … Donovan, dass ich Geheimdienstinformationen weitergeben würde, genauso wie Sie der Meinung sind, dass ich den Nazis mehr verraten hätte, als ich gesagt habe, aber nichts davon entspricht der Wahrheit! Absolut nichts!« Inzwischen hatte sich ihre Stimme zu einem Schreien gesteigert.

»Sie machen es einem nicht leicht, Ihnen zu glauben.«

»Warum?! Weil ich mich so aufführe?« Sie lachte humorlos auf. »Oh, was erwarten Sie? Dass es eine sinnvolle Idee ist, mich einzusperren? Wollen Sie mich dadurch brechen, so wie die Nazis es versucht haben?«

Sie drehte sich von Craig weg und ließ sich auf die Pritsche fallen, die sich als Einziges in der Zelle befand. Sie beugte sich nach vorne, legte ihre Brille achtlos neben sich und verdeckte ihr Gesicht mit den Händen.

Craig stützte sich mit seinen Händen gegen die Gitterstäbe und stellte den rechten Fuß ein Stück hinter den linken, um sein Gewicht verlagern zu können. »Warum haben Sie sich ausgerechnet auf einen deutschen Journalisten eingelassen?«

Er wartete, bekam aber keine Antwort. Miss Nelson saß einfach da und schüttelte die ganze Zeit den Kopf. Wahrscheinlich war sie so in ihren Wahn verstrickt, dass sie noch nicht einmal gemerkt hatte, dass er mit dieser Bezeichnung mehr über Jakob Löwenstein wusste, als er zu Anfang ihres Gesprächs zugegeben hatte.

»Woher kennen Sie ihn?«, fragte er. Doch er bekam keine Antwort oder eine andere Reaktion außer ihr Kopfschütteln und das Zucken ihrer Beine.

»Wissen Sie«, begann sie auf einmal leise, als er schon länger nichts gesagt, sich aber auch nicht von der Stelle bewegt hatte. Das Schweigen war ein Instrument des Verhörs, um das Gegenüber zum Reden zu bringen, und für einen Augenblick glaubte Craig tatsächlich, dass es ihm gelungen sei, ihre Zunge für die Antworten, die er hören wollte, zu lösen. »Die Nazis haben mich geschlagen, beleidigt und gedemütigt und trotzdem bin ich meinem Land und den Alliierten treu geblieben. Und jetzt kommen Sie und haben überhaupt kein Verständnis oder nicht einmal die Vorstellungskraft dafür, um zu verstehen, was ich durchgemacht habe.« Sie schnaubte und nahm eine Hand von ihrem Gesicht, sah ihn aber nicht an, als ihre Finger – ob bewusst oder unbewusst – über ihren Arm fuhren, wo die Haut verbrannt war. Das waren Narben, die im Gegensatz zu denen in ihrem Gesicht nicht an Schrecken verloren, da sie sich als Wülste auf ihrer Haut erhoben.

Craig richtete sich auf. Er glaubte dieser Frau nicht. Er hatte kein gutes Gefühl bei ihr.

Kalter Schweiß machte Maggies Hände glitschig und in Verbindung mit dem Zittern ihrer Finger war es ihr fast unmöglich, ihre Wohnungstür aufzuschließen. Ihr Kopf hämmerte unablässig und das Einzige, woran sie denken konnte, war ihre Packung Paracodin auf dem Nachttisch.

Fünf Stunden hatte sie in der Zelle gesessen, bevor der Geheimdienst sie wieder hatte gehen lassen. Doch auch die frische Luft und die wiedergewonnene Freiheit konnten nichts an den Erinnerungsfetzen, die vor ihrem inneren Auge immer wieder vorbeirasten, ändern. Die Enge der Wände, die schlechte Luft, die Gesichter der Gestapomänner, die Schmerzen.

Während sie mehrere Anläufe brauchte, um den Schlüssel endlich ins Schloss zu führen, wurde ihre Luftröhre immer enger.

»Komm schon«, hektisch sah sie über ihre Schulter aus Angst, dass sie jemand beobachte. Dann klickte endlich das Schloss und sie stieß eilig die Tür auf. Sie ließ ihre Tasche fallen und gab der Tür nur beiläufig einen Stups, damit sie zuschwang. Sie taumelte in Richtung Nachttisch und fiel auf die Knie, als sie nach der Paracodin-Packung griff, riss dann den Deckel der Dose mit zu viel Schwung ab, sodass mehrere Tabletten auf den Teppich fielen. Maggie kippte sich ein paar Tabletten in ihre Handfläche und schob sie sich in den Mund. Im Badezimmer hielt sie ihren Mund unter den Wasserhahn, um sie hinunterschlucken zu können.

»Das wird nicht reichen … nicht reichen«, stammelte sie. Sie riss ihren Zahnputzbecher von der Armatur, füllte ihn mit Wasser und lief zurück zu ihrem Bett. Sie stellte den Becher ab, sodass Wasser überschwappte, und schüttete alle Tabletten, die noch in der Packung waren, heraus.

Sie wusste nicht, woher diese Erinnerung kam, aber auf einmal schoss ihr die Information durch den Kopf, dass es die Wirkung solcher Schmerzmittel verstärkte, wenn man die Tabletten zerkleinerte. Sie holte sich Mörser und Stößel aus der Küche und verarbeitete die Tabletten zu weißem Pulver, das sie dann in ihren Becher füllte.

Maggie legte den Kopf in den Nacken und trank. Hauptsache, diese Schmerzen, die schon längst nicht mehr nur in ihrem Kopf waren, sondern durch ihren ganzen Körper zogen, würden endlich aufhören. Sie senkte den Blick zu den auf dem Boden liegenden Tabletten, als sich ihre Hand ohne ihren Willen öffnete und den Becher fallen ließ. Maggie blinzelte verwirrt, als sich alles vor ihren Augen verdoppelte. Sie wollte schlucken, doch ihre Muskeln folgten nicht ihrem Befehl. Alles wurde auf einmal … nebelig und gedämpft. Sie schaffte es nicht, einen klaren Gedanken zu fassen, als sich ein seltsames Gefühl der Wärme in ihrem ganzen Körper ausbreitete, sich alles zu drehen begann und sie dann fiel. Sie spürte den Aufprall auf dem Boden, doch sie hatte keine Kraft, sich abzustützen. Dann glitt sie vollends in den Nebel.

31

Craig folgte der Beschreibung, die ihm die SSU zu Maggies Wohnung gegeben hatte.

Man hatte Miss Nelson mit einer letzten Verwarnung aus der Zelle entlassen, bevor er noch einmal mit ihr hatte sprechen können. Bisher hatte er keinerlei Antworten von ihr erhalten. Nun wollte er ihr gegenüber vorgeben, ihr zu glauben, und sie bitten, ihm ihre Sichtweise der Dinge darzulegen. Vielleicht würde er so doch noch an Informationen herankommen. Er hatte dafür extra das Essen mit Donovan abgesagt.

An der Adresse angekommen, klingelte er an der Haustür. Nichts. Die Tür war jedoch nicht abgeschlossen, sondern ließ sich aufdrücken. Craig stieg die Stufen hinauf und hielt nach der Wohnungsnummer von Miss Nelson Ausschau. Da – das musste ihre Wohnung sein. Doch was war das? Die Wohnungstür war nur angelehnt. Instinktiv griff der Agent unter seinen Mantel, doch er trug an diesem Tag keine Waffe bei sich.

»Miss Nelson?«, fragte er laut und klopfte gegen die Tür, sodass sie weiter aufschwang. Warum nur ließ sie ihre Wohnungstür offen?

Er erstarrte, als er sie auf dem Boden liegen sah. »Miss Nelson?«, rief er noch einmal lauter, als er mit großen Schritten zu ihr eilte und sich neben sie kniete. Sein Blick fiel auf die Tabletten, die neben ihr lagen, den Mörser und die leere Pillendose. Er wollte gerade nach ihrem Puls tasten, als er eine Bewegung an der Wohnungstür wahrnahm. Sein Kopf fuhr hoch und er sah einen Afroamerikaner, um einiges kleiner als er selbst, im Türrahmen stehen.

»Wer sind Sie?«, blaffte Craig. Ein Nachbar? Ein Freund von Miss Nelson?

Der Mann sah erschrocken aus und sein Blick wechselte von Craig zur bewusstlosen Maggie.

»Was ist passiert?«, fragte er. Seine Stimme klang viel sicherer, als sein Gesichtsausdruck aussah.

Craig fuhr aus seiner knienden Position hoch und hob drohend eine Hand, damit der Mann stehen blieb. »Wer sind Sie? Was wollen Sie?«

Sein Gegenüber blickte ihn misstrauisch an. »Nathanael Johnson. Ich … kenne Margret. Ich bin Sanitäter …«

Langsam trat Craig beiseite. Nathanael Johnson. Er kannte den Namen. Er war der Ex-Freund von Miss Nelson, der Name tauchte in der OSS-Akte auf, da er vorbestraft war.

»Wer sind Sie?«, fragte der Mann und tastete nach Maggies Puls.

»Craig Brodie. MI6.«

Nathanael Johnson beugte sich über Maggie und hob ihre Augenlider an, um ihre Pupillen zu sehen. »Das ist eine Überdosis«, stellte er fest und klang auf einmal panisch. »Sie hat verengte Pupillen und einen schwachen Puls …« Fast schon sanft strich er ihr die Haare aus dem Gesicht und wollte gerade ihren Kopf überstrecken, als seine Hände in der Bewegung innehielten.

»O Gott, o Gott«, murmelte er, als er die Narben um ihre Augen herum sah. Er nahm ihr die Brille ab. »Was steht auf der Pillendose?«, fragte er in Craigs Richtung, ohne ihn anzusehen.

Der Agent kniete sich wieder hin und überließ Johnson bereitwillig die Führung. Sein Blick fiel auf das bleiche Gesicht und die schweißnasse Haut von Maggie. Das erste Mal fiel ihm so richtig auf, wie verletzlich ihr dünner Körper war. Sie hatte kaum mehr auf den Rippen als zu dem Zeitpunkt, als sie England verlassen hatte.

»Paracodin«, sagte Craig monoton. Er wusste, dass Margret eigentlich keine Rezepte mehr für Schmerzmittel von ihrem Arzt bekam.

»Woher hat sie bitte Paracodin?!«

Gepresst stieß Craig hervor: »Nicht auf legalem Weg.«

»Rufen Sie einen Krankenwagen!« Johnson formte seine Hand zur Faust und rieb damit über Maggies Brustbein. »Maggie, kannst du mich hören?« Er kniff sie in den Arm, und als sie keine Schmerzreaktion zeigte, knurrte er verärgert. »Warum in Gottes Namen tun Sie nichts?!«, fuhr er Craig an.

»Wir können keinen Krankenwagen rufen«, stellte Craig düster fest.

Der Mann hob den Kopf und blickte ihn irritiert an.

»Sonst erfahren die Regierung und der Geheimdienst von dieser Sache und ich habe das starke Gefühl, dass sie es Miss Nelson als Selbstmordversuch auslegen würden. Dann kommt sie definitiv in die Klapse«, erklärte Craig.

Kopfschüttelnd beugte sich Johnson vor. »Ich verstehe nicht«, sagte er.

Craig fuhr sich mit beiden Händen durch die Haare, sodass sie in alle Richtungen abstanden. Er konnte nichts tun, außer dafür zu sorgen, dass die Regierung nicht erfuhr, was hier geschah – falls Margret Nelson das überhaupt überlebte. Die Reaktion von Nathanael Johnson auf die Narben zeigte, dass er die letzten Monate keinen Kontakt zu seiner Ex-Freundin gehabt hatte. Aber momentan und um der Sicherheit willen musste eine Kurzfassung reichen.

»Sie hat für das OSS gearbeitet, aber dann ist es eskaliert … und die Regierung misstraut ihr.« Craig atmete einmal tief durch und fügte dann noch hinzu: »Die Alliierten – ich misstraue ihr.« Doch in ihm keimte ein erster Zweifel, dass er falschgelegen haben könnte.

Johnson hatte ihm zugehört und dabei Miss Nelson aufs Bett gehoben. Nun betete er laut: »O Herr, rette sie. Hilf mir, sie zu retten. Du kannst sie jetzt doch nicht sterben lassen, nachdem du mich zu ihr geführt hast …«

»Wird sie es schaffen?« Craig hatte sich selten so hilflos gefühlt. Er selbst hatte viel von Menschen mit einer Überdosis, insbesondere von Soldaten, gehört, doch er konnte sich nicht erinnern, ob auch nur einer von ihnen überlebt hatte.

»Solange sie noch atmet, besteht Hoffnung, dass ihr Körper das schafft.« Johnson drehte Margret Nelson auf die Seite und überstreckte ihren Kopf. Mit der anderen Hand berührte er ihren Arm, als ob sie spüren könnte, dass er bei ihr war. »Maggie könnte sterben«, sagte er vorwurfsvoll, noch als Reaktion auf Craigs Aussage, dass es keine gute Idee sei, einen Arzt zu rufen.

»Könnte in einem Krankenhaus etwas für sie getan werden, was wir hier nicht können?«, fragte Craig, obwohl er die Antwort ahnte.

»Nein«, sagte Johnson leise. Aber wahrscheinlich spürte er trotzdem die Last der Verantwortung, die damit auf ihm lag.

Craig nickte. »Sie bleibt hier.« Sie würden wohl nichts tun können, außer abzuwarten – und Gebete zu sprechen, aber den Teil überließ Craig bereitwillig dem Afroamerikaner.

»Maggie, bitte mach die Augen auf.« Craig hörte die Verzweiflung in der Stimme des Mannes, der versuchte, das Leben seiner Ex-Freundin zu retten. Er selbst stand noch am gleichen Fleck wie vor ein paar Minuten, als er dem Sanitäter Platz gemacht hatte. Was sollte er auch sonst tun? Er verspürte dasselbe irritierende Gefühl von Ohnmacht wie damals, als er Margret Nelson im Lazarett nicht gefunden und befürchtet hatte, sie sei gestorben.

Es waren Monate seit dem Kriegsende vergangen und von Erich Heckler gab es genauso wenig Spuren wie von vielen anderen Nazifunktionären. Wahrscheinlich war mittlerweile ein Zeitpunkt erreicht, zu dem das Militär und die involvierten Geheimdienste nicht mehr damit rechneten, dass sich noch Brotkrumen finden ließen – und somit schwand auch die Relevanz von Margret Nelson als Zeugin. Doch Craig wollte nicht, dass der Fall Heckler derartig endete.

Zähneknirschend sah er in Miss Nelsons regungsloses Gesicht und wollte die Hände aus Gewohnheit in seine Manteltaschen schieben, hielt jedoch inne. Bei der Aufregung hatte er gar nicht bemerkt, wie warm es in der Wohnung war. Offenbar hatte die Heizung die letzten Stunden auf Hochtouren gearbeitet. Craig ließ seinen Mantel von seinen Schultern gleiten und warf ihn auf das Sofa.

Erst jetzt nahm er viele Dinge in der kleinen Wohnung auf, die er vorher gar nicht wahrgenommen hatte, weil sein Verstand komplett von Margrets Zustand eingenommen gewesen war. Auf einer Kommode lag eine Haarbürste mit reichlich Haarbüscheln darin, das Wasserglas auf dem Nachttisch hatte Wasserflecken auf dem dunklen Holz hinterlassen und sah so aus, als sei es schon tagelang nicht mehr gespült worden. Bis auf die Möbel gab es so gut wie keine Gegenstände, schon gar nichts Persönliches. Craig fragte sich, ob die Frau vielleicht Teile ihres Hab und Guts verkauft hatte, um ihren illegalen Medikamentenkonsum finanzieren zu können.

Langsam ging er in die Knie und hob den schweren Mörser auf. »Und nun?«, fragte er an Nathanael gewandt.

»Beten Sie«, sagte Johnson ohne Umschweife. »Wenn man diese Art von Schmerzmitteln zu Pulver verarbeitet, wird zu viel Wirkstoff auf einmal und zu schnell freigesetzt – dass der Körper dagegen ankommt …« Er schüttelte nur den Kopf.

Maggie hatte die Augen geschlossen, spürte aber die Sonnenstrahlen, die sie wie ein Wohlgefühl durchfluteten, ohne jedoch ihre Haut zu verbrennen. Sie blinzelte und erwartete ein gleißendes Licht, doch als sie die Augen öffnete, blendete sie die Helligkeit nicht, sondern umhüllte sie wie ein seichtes Gewand.

Sie lag auf dem Rücken und genoss die Leichtigkeit, den Frieden und die Sicherheit, die sie auf unerklärliche Weise in jeder Faser ihres Körpers spürte. Von irgendwoher schien ein Windstoß zu kommen, und als Maggie die Hand hob, um sich eine Haarsträhne hinters Ohr zu streichen, sah sie, dass ihre Arme, durch das kurzärmlige Kleid unbedeckt, frei von Narben waren. Ungläubig fuhr sie mit ihren Händen über ihr Gesicht, doch sie spürte nicht die Erhebungen und Ver-

härtungen der vernarbten Wunden, die die Nazis hinterlassen hatten. Und sie konnte sehen! Erst jetzt realisierte sie, dass sie keine Brille trug und mit beiden Augen wirklich sah. Alles um sie herum war hell und leuchtend, und auch wenn der Anblick sie so warm umflutete, konnte sie nicht beschreiben, was ihr vor Augen stand.

»Ich werde dich heilen.«

Maggie erschreckte – etwas, was sie an diesem Ort des Wohlbefindens nicht für möglich gehalten hatte. Diese Stimme … sie klang so wunderschön und doch so … undefinierbar.

»Hallo?«, rief sie. Sie konnte niemanden erkennen, der hier war.

Maggie setzte sich auf, aber egal, wie oft sie sich umschaute, sie sah immer noch nicht, woher die Stimme kam.

»Ich werde dich heilen.«

Trotz der angenehmen Wärme um sie zog ein Schaudern gefolgt von Gänsehaut über Maggies Körper. »Wo bist du?«

Mit einem Schlag verschwand das Strahlen und auf einmal spürte sie Gras unter sich. Ihre Hände gruben sich in das saftige Grün. Sie hörte Vogelgezwitscher, das Rauschen von Wasser und sah dann eine weite Landschaft. Sie war auf der Wiese. Ihrer Wiese. Ihrem Zufluchtsort. Sie lauschte, hörte aber nicht mehr die Stimme.

»Wo bist du?«, fragte sie wieder und stand auf.

»Ich werde dich heilen«, sagte die Stimme diesmal so nahe, als stünde die Person direkt neben ihr.

Maggie wusste nicht, warum, aber erst jetzt wurde ihr klar, was das Strahlen gewesen war. Die Gegenwart Gottes!

»Jahwe«, sagte sie und kniff die Augen zusammen. Sie traute sich nicht, sie wieder zu öffnen.

»Ich werde dich heilen«, flüsterte es diesmal unmittelbar in ihr Ohr.

Immer noch strömte die Wärme wie Wellen durch ihren Körper.

»Ich verstehe nicht«, wisperte Maggie, die unfähig war, lauter zu sprechen.

»Ich werde dich heilen.«

32

Craig hielt dem jungen Afroamerikaner, der nicht von Margrets Seite gewichen war, eine Tasse Kaffee hin.

»Danke.« Johnson nahm nur einen kleinen Schluck und stellte die Tasse dann auf den Nachttisch. Er tastete nach dem Puls seiner Ex-Freundin – das tat er alle zwei Minuten, und zwar seit Stunden. Außerdem hatte er immer wieder still neben ihrem Bett gebetet. »Bitte erzählen Sie mir, was mit ihr geschehen ist«, bat er nun.

Langsam lehnte sich Craig gegen eine Fensterbank. »Das OSS hat sie rekrutiert und ausgebildet. Miss Nelson ist für sie über die Schweizer Grenze ins Deutsche Reich eingereist und hat dort spioniert.«

Der Mann starrte Craig entgeistert an, sprach aber seine Zweifel nicht aus. Stattdessen fuhr er sich entsetzt mit der Hand über den Mund.

»Sie hat versucht, einem amerikanischen Soldaten das Leben zu retten, und wurde enttarnt«, fuhr Craig fort. Auch wenn er seine Hände um die Tasse mit heißem Kaffee geschlungen hatte, waren seine Finger eiskalt. Er verriet gerade geheime Informationen an einen Außenstehenden, an jemanden, der im Gefängnis gesessen hatte, weil er einen Mann fast zu Tode geprügelt hatte. Aber das war Craig im Angesicht dessen, was geschehen war, egal.

»Das geht auf das Konto der Nazis«, sagte Johnson langsam, während er Margret Nelsons Narben ansah und mit den Fingern eine Narbe an ihrem Arm berührte. Er sah nicht in Craigs Richtung, doch dieser nickte.

»Bei Kriegsende ist sie befreit worden. Sie ist auf einem Auge blind, sieht auf dem anderen nur eingeschränkt und hat Konzentrationsschwierigkeiten, ist vergesslich …« Craig verstummte. Der Mann musste nicht alles auf einmal erfahren. Dass die Nazis ihr die Finger gebrochen hatten und ihre Rippen, dass sie fast an einer Lungenentzündung gestorben war.

»Und das Paracodin?«

Als Nathanael Johnson das Opioid erwähnte, lenkte er Craigs Gedanken wieder auf die Überdosis. Hatte Margret Nelson versucht, sich damit umzubringen? Tatsächlich sah Craig das als durchaus realistisch an, immerhin hatte sie erst heute davon gesprochen, dass niemand sie verstand.

»Am Anfang hat sie das gegen die Schmerzen bekommen«, erklärte er. »Nach ihrer Rückkehr in die USA hatte ich sie bis heute nicht mehr gesehen und nur von Kollegen gehört, dass ihr Arzt ihr irgendwann keine Rezepte mehr verschrieben hat.«

»Deswegen hat sie es sich auf illegalem Weg geholt. Das heißt, sie hat über Monate hinweg ein Opioid konsumiert?«

Zähneknirschend drehte Craig die Tasse zwischen seinen Händen. Die Antwort auf die Frage, die eher eine Feststellung war, lag auf der Hand. »Das würde ihr Verhalten erklären.«

»Ihr Verhalten?«

»Sie war heute für ein paar Stunden inhaftiert, und als ich bei ihr war, schwitzte sie, ihre Augen waren gerötet und sie zitterte krampfartig.«

»Also wurde sie ungewollt kurzzeitig auf Entzug gesetzt.« Johnsons Stimme war von einer Mischung aus Zorn und Traurigkeit verfärbt. »Weswegen war sie eingesperrt?«

»Sie hat einen Agenten des Geheimdienstes geschlagen, weil sie wütend auf ihn war.«

»Warum das?«

Craig seufzte tief. Nun musste er noch mehr verraten. »Sie hatte eine Beziehung zu einem Journalisten – das hat dem Geheimdienst nicht gefallen. Er hat die Sorge, dass Miss Nelson wegen der Diskrepanzen, die zwischen ihr und der Organisation bestehen, geheime Informationen weitergibt. Sowohl sie als auch ihr Partner haben es bestritten, doch die ausgesprochenen Drohungen waren unmissverständlich und es kam zur Trennung zwischen den beiden.«

Ein seltsamer Ausdruck huschte über das Gesicht des Afroamerikaners, aber er sagte nichts. Er lehnte sich in seinem Stuhl zurück, behielt aber seine Hand auf Margret Nelsons Arm.

»Sie sind Sanitäter? Beim Militär?«, fragte Craig nun seinerseits.

»Ja.«

Craig trank ein paar Schlucke Kaffee und stellte die Tasse dann neben sich auf die Fensterbank. Das Auftreten des Mannes zeugte eindeutig von einem Hintergrund als Soldat. »Lieben Sie sie noch?«, fragte er interessiert.

»Nein. Aber Maggie ist mir immer noch wichtig. Waren Sie an ihrer Befreiung beteiligt?« Er lenkte das Gespräch weg von sich.

»Nein, aber ich arbeite für die United Nations War Crime Commission.«

»Haben Sie die Männer verhaftet, die Maggie das angetan haben?«

Craigs Blick ruhte auf Margret Nelson und er biss sich kurz auf die Unterlippe. »Nein. Die Haupttäter sind geflüchtet.«

Ein unzufriedenes Knurren war zu hören. »Und wegen was genau haben Sie ihr misstraut, genauso wie der Geheimdienst?« Überraschenderweise klang Johnsons Stimme nicht anklagend, wie Craig es erwartet hätte.

»Dass sie uns die Wahrheit erzählt hat über das, was mit ihr in ihrer Gefangenschaft geschehen ist – oder besser gesagt, was nicht geschehen ist. Sie behauptet, dass sie so gut wie keine Informationen über die Alliierten weitergegeben hätte.«

»Und warum bezweifeln Sie den Wahrheitsgehalt ihrer Aussage?«

Irritiert runzelte Craig die Stirn, während er die Arme verschränkte, weil er nicht mehr die Tasse in der Hand hatte. »Sie ist gefoltert worden. Über Wochen hinweg.«

»Mhm.«

»Glauben Sie, der Wille eines Menschen, so etwas zu widerstehen, kann so stark sein?« Skeptisch schüttelte Craig als Antwort auf seine eigene Frage den Kopf.

Nathanael nickte schlicht. »Ja.«

Aber Craig hatte seine Zweifel. »Sie hat mal gesagt, dass sie Zeit mit ihrem Gott verbracht habe und ihr das geholfen habe …«

Ein Lächeln zeichnete sich auf Johnsons Gesicht ab und Craig sprach nicht aus, dass er das für lächerlich hielt.

»Könnte ich Sie mit Maggie ein paar Minuten allein lassen? Ich muss dringend telefonieren.«

Unsicher blickte Craig zu der immer noch leblosen Frau. »Ich habe keinerlei Erfahrungen mit so etwas.«

»Ich beeile mich. Sie sollten bloß regelmäßig ihren Puls und die Atmung überprüfen.«

»Und wenn die Atmung aussetzt?«

Nathanael Johnson sagt nichts, als er aufstand und seinen Stuhl beiseiteschob.

»Mr Johnson?«, hakte Craig nach.

»Dann können Sie nichts tun, außer zu beten.« Er nahm sich seine Jacke, die über dem Stuhl gehangen hatte, und schlüpfte hinein. Dann war Craig mit Margret Nelson allein.

~

Maggie konnte nicht schlucken, obwohl ihr Mund voll Speichel war. Ein seltsamer Geschmack haftete auf ihrer Zunge und sie spürte, wie jemand mit einem Tuch über ihr Kinn wischte.

Ein diffuses Gefühl strahlte in ihren ganzen Körper aus und sie befand sich immer noch in einer Art Trance. Sie blinzelte, konnte aber ohne Brille nicht viel erkennen. Sofort fielen ihre Augen wieder zu und der Nebel wollte sie wieder einhüllen. Sie spürte, wie jemand sie in die Wange kniff, und riss zwanghaft die Augen auf, um wach zu bleiben.

Craig Brodie stand über sie gebeugt. »Miss Nelson, hören Sie mich?«, fragte er.

Maggie wollte stöhnen, doch es gelang ihr nicht. Sie fühlte sich hin- und hergerissen und war sich über ihr Empfinden nicht im Klaren. Auf der einen Seite war es beängstigend, doch auf seltsame Weise auch faszinierend …

»Hey! Halten Sie die Augen offen!« Der schottische Akzent von Agent Brodie ließ die Hektik in seiner Stimme nur noch deutlicher hervortreten.

Was war passiert? Maggie versuchte, sich zu erinnern. Warum war Craig Brodie in ihrer Wohnung? Warum fühlte sie sich so merkwürdig? Entgegen Brodies Anweisung schloss sie die Augen, um sich zu konzentrieren, doch gleich umgab sie wieder Nebel, der jeden klaren Gedanken verhinderte.

~

Als es an der Wohnungstür klopfte, fuhr Craig von seinem Platz hoch. Er hatte sich auf den Stuhl gesetzt, den zuvor Mr Johnson in Beschlag genommen hatte, und war eingenickt. Er warf einen schnellen, prüfenden Blick zu Margret Nelson, um sicherzugehen, dass sie noch atmete, und öffnete dann Nathanael Johnson, der zurückgekommen war.

»Alles klar?«, fragte der Afroamerikaner.

»Ja. Sie ist kurz aufgewacht.«

Johnsons Gesicht hellte sich auf. »Ein Wunder«, murmelte er.

Das wäre dann wohl das zweite Mal, dass sie wie durch ein Wunder überlebt, schoss es Craig durch den Kopf.

Margret Nelsons Ex-Freund setzte sich neben sie auf die Matratze und nahm sich nicht einmal die Zeit, seine Jacke auszuziehen. »Maggie, hörst du mich?« Er strich ihr mit der Hand über ihre Wange, überprüfte ihre Pupillen und legte dann seine Finger an ihre Halsschlagader. »Hat sie etwas gesagt?«, fragte er über seine Schulter.

»Nein. Sie hat auf nichts reagiert, was ich gesagt habe. Sie war noch ziemlich weggetreten.«

»Ja. Ich danke Ihnen. Sie sieht schon etwas besser aus. Ihre Pupillen scheinen sich zu normalisieren.«

»Dann scheinen Ihre Gebete funktioniert zu haben«, stellte Craig fest. Er meinte es leicht spöttisch, doch Johnson schien es nicht zu bemerken.

»Ja, das haben sie.« Er lächelte, die Anspannung war ihm aber immer noch anzumerken.

»Ich muss bald gehen«, sagte Craig. »Es ist schon Morgen und heute Abend fliege ich nach Deutschland. Wenn ich mich so lange nicht melde, wird die amerikanische Regierung anfangen, Fragen zu stellen, da ich ja hier bin, um mit den Amerikanern zusammenzuarbeiten.«

»Ich verstehe.«

Craig war froh über seinen Grund, dieser Wohnung zu entkommen. Ganz wohl fühlte er sich dabei aber nicht. »Sir«, begann er und Johnsons Lippen verzogen sich kurz zu einem leicht amüsierten Lächeln – wahrscheinlich wurde er nicht allzu oft von Weißen so angesprochen. »Wenn Miss Nelson diese Überdosis verkraftet hat, wird sie einen Entzug machen müssen. Und was die Regierung angeht …«

»Ich werde mich um sie kümmern. Ich habe ein paar Telefonate geführt und geklärt, dass ich eine Weile hierbleiben kann.«

Eine ziemlich aufopferungsvolle Entscheidung für einen Ex-Partner, dachte Craig im Stillen. Doch auch Johnsons Bleiben ließ sein ungutes Gefühl nicht verschwinden. Auch wenn der Vergleich hinkte: Er selbst hätte sich gewünscht, dass er in irgendeiner Form bei Olivia Hilfe bekommen hätte.

Er griff in seine Manteltasche und zog seine Geldbörse hervor. Unter dem Blick von Johnson nahm er mehrere amerikanische Dollarnoten heraus und legte sie auf den Nachttisch. Schon als er den

Mann das erste Mal gesehen hatte, war ihm aufgefallen, wie abgetragen seine Kleidung war, auch wenn er sich offenkundig Mühe machte, sie sauber zu halten.

»Danke.« Nathanael Johnson klang gerührt und Craig fühlte sich noch unwohler in seiner Haut. Er hatte gedacht, das Geld würde aus Stolz abgelehnt werden, doch der Mann nahm das Geschenk bereitwillig an.

33

12. November 1945

»Dann habe ich mir Wasser in meine Flasche gefüllt, gerade als mein Vorgesetzter vorbeikam und mich fragte, was ich da mache. Ich dachte, das wäre offensichtlich, und habe gescherzt, dass ich den Wodka verdünne. Er ist völlig ausgerastet und wollte mich wegen Trinken im Dienst abmahnen, bis ich ihm endlich erklären konnte, dass …«

Das konnte doch nicht Nathanael sein?! Maggies Verstand musste ihr einen Streich spielen. Sie war wahnsinnig müde, aber der Nebel um sie herum war verschwunden. Sie öffnete die Augen, um sicherzugehen, dass sie wirklich in der Realität angekommen war.

Durch das Fenster fielen Sonnenstrahlen, die Nathanaels Haut schimmern ließen. Er hatte die Augen geschlossen, während er eine Anekdote aus seinem Leben erzählte – etwas, was er immer getan hatte, wenn er verhindern wollte, einzuschlafen, obwohl er müde war.

»Nathanael«, hauchte Maggie.

Abrupt setzte er sich auf. »Du bist wach.« Er streckte die Hand aus und Maggie dachte, er würde ihre Hand nehmen, doch stattdessen tastete er nach ihrem Puls.

Schlagartig spürte Maggie, wie die Enttäuschung sie wie ein Faustschlag in den Magen traf.

»Wie fühlst du dich?«

»Müde … Warum bist du hier?« Träumte sie?

»Ich habe nach dir gesucht. Du reagierst seit Monaten nicht auf meine Briefe und dann hast du noch dein Postfach gekündigt. Du kannst mir glauben, es war wirklich nicht leicht, dich ausfindig zu machen«, sagte Nathanael und schob hinterher: »Hast du Schmerzen?«

Langsam schüttelte Maggie den Kopf.

»Kannst du dich erinnern, was geschehen ist?« Er klang plötzlich so ernst, obwohl er doch gerade noch so erfreut gewirkt hatte, dass sie aufgewacht war.

Maggie starrte auf die Bettdecke. Wenn sie ihn ansah, konnte sie sich nicht konzentrieren. »Ich … weiß nicht. Ich hatte Kopfschmerzen und … habe meine Schmerzmittel … meine Tabletten genommen …« Sie wandte sich zu ihrem Nachttisch um, doch die Pillendose war weg. Dabei hatte sie doch immer eine neben dem Bett stehen.

»Du hast nicht nur Tabletten genommen. Du hast sie zu Pulver verarbeitet und das war das Dümmste, was du nur tun konntest!«, brach es heftig aus Nathanael heraus.

»Was?!« Wie konnte er sie so aggressiv angreifen? »Was fällt dir ein?«, schnaubte Maggie empört.

»Außerdem hat das nichts mit einer medikamentösen Therapie zu tun, was du hier veranstaltest«, fuhr Nathanael wütend fort.

»Was zum …«

»Craig Brodie hat mir gesagt, dass du keine Schmerzmittel mehr verschrieben bekommst«, fiel er ihr ins Wort.

Der Agent war also doch hier gewesen. Maggie war sich nicht sicher gewesen, ob sie das geträumt hatte oder nicht. Es war so schwer, zwischen Realität und Fantasie zu unterscheiden.

»Maggie, du hast eine Überdosis eingenommen! Du wärst fast gestorben!« Nun schwankte Nathanaels Stimme zwischen Sorge und Zorn.

»Eine Überdosis? Ich wollte eine Tablette nehmen, weil ich Kopfschmerzen hatte! Was redest du eigentlich da?«

Nathanael fuhr von seinem Platz hoch und lachte fassungslos auf. »Was ich da rede? Willst du mir einreden, ich hätte mir eingebildet, dass du hier lagst, fast nicht mehr geatmet hast und an der Grenze zum Tod standest?! Oh, das habe ich nicht, da kannst du dir aber sicher sein! Und du brauchst mir auch nicht zu erzählen, dass du *eine*

Tablette nehmen wolltest. Du hast die ganze Packung genommen! Du hast ein Drogenproblem, Maggie. Du bist süchtig!« Nathanael war noch nie von der ruhigen Sorte gewesen, er hatte sich schon immer schnell von seinen Emotionen beherrschen lassen. »Und das hätte dich fast umgebracht!«

Entsetzt von seiner Wut keuchte Maggie auf. »Wie kannst du es wagen, einfach so hier reinzuplatzen und mich zu beschuldigen? Du kennst nicht mein Leben, du hast kein Recht, solche Dinge über mich zu sagen!«

»Nein, ich kenne dich nicht. Aber Gott kennt dich und weiß, was du brauchst, nur deswegen bin ich hier und war in der Lage, alles zu tun, damit du überlebst. Aber das willst du anscheinend nicht sehen. Du verschließt deine Augen vor der Realität.« Er holte tief Luft. »Oder hast du die Tabletten absichtlich genommen, um dein Leben zu beenden?«

Maggie schloss die Augen und schüttelte den Kopf. »Hast du mir nicht zugehört? Ich wollte etwas gegen meine Kopfschmerzen nehmen, nicht mehr und nicht weniger.« Nathanael sagte nichts, sodass Maggie ihn schließlich wieder ansah. »Ich habe kein Drogenproblem«, stellte sie klar. Schließlich nahm sie nur etwas gegen ihre Schmerzen, redete sie sich ein. Das war völlig legitim.

»Gut«, lenkte Nathanael ein. Er ließ sich wieder auf den Stuhl, der neben ihrem Bett stand, fallen. »Dann hast du kein Drogenproblem. Wie sieht es mit Untergewicht aus? Wiegst du mehr als fünfundvierzig Kilo?« Er schnaubte. »Da habe ich meine Zweifel. Du hast saure Milch, verschimmeltes Brot, Tomatensuppe und Cracker im Haus. Mehr nicht.« Er streckte die Hand aus und zog leicht an ihren Haaren. Das Büschel, das er daraufhin zwischen den Fingern hatte, hielt er ihr vors Gesicht, bevor er es auf den Boden fallen ließ. »Du hast Haarausfall. Ein Zeichen der Unterernährung. Du hast ein gestörtes Essverhalten, das ist unübersehbar!«

Entrüstet schnaubte Maggie und rückte zur Seite, damit er sie nicht berühren konnte. »Oh, ich wusste gar nicht, dass du Mediziner bist, Doktor Johnson!«

»Kein Mediziner, aber Sanitäter. Und meine Ausbildung hat immerhin ausgereicht, dass ich dir das Leben retten konnte.« Er zog beide Augenbrauen hoch und sah sie erwartungsvoll an.

Maggie fühlte sich hilflos. In den letzten Monaten hatte sie sich danach gesehnt, dass jemand sie mit ihren Problemen sah und ihr half, doch jetzt fühlte sie sich bloßgestellt.

»Sanitäter? Du?«, fragte sie, um von sich abzulenken. Sie wusste nicht, wie sie mit dem Gefühl umgehen sollte, dass sie ihn immer noch liebte, er sie aber gerade so zurechtwies.

»Ich bin beim Militär. Anscheinend hast du nicht meine Briefe gelesen, sonst wüsstest du das.«

Maggie schluckte schwer, als sie an den Postsack dachte, der in ihrem Schrank stand. Beide schwiegen sie mehrere Minuten lang. Dann sprach Nathanael wieder. »In wenigen Stunden wird das Opioid gänzlich seine Wirkung verlieren. Dann bist du auf Entzug. Und ich bin hier, um dafür zu sorgen, dass du das überstehst, aber dafür musst du kämpfen!« Er sprach eindringlich, aber seine Worte waren getrübt von Erschöpfung und fast meinte Maggie eine gewisse Sanftheit aus ihnen zu hören. Seine Hand, mit der er gerade noch wild gestikuliert hatte, sank auf die Matratze. Seine Schultern sackten nach unten, als er ausatmete.

Maggie streckte ihre Hand aus und legte sie über Nathanaels. Überrascht und verwirrt sah er sie an.

»Ich bin froh, dass du hier bist, Nat«, sagte Maggie.

Langsam zog er seine Hand zurück, doch davon ließ Maggie sich nicht beirren. »Ich liebe dich immer noch. Ich muss immerzu an dich denken und ...«

Nathanael fiel ihr mit heiserer Stimme ins Wort: »Agent Brodie hat mir von dem Journalisten erzählt.«

Verdutzt hielt Maggie inne. »Das war keine Liebe«, sagte sie, während sie sich gleichzeitig fragte, wie viel er wusste.

»Ich liebe dich nicht mehr«, sagte Nathanael mit leiser Stimme. Er hielt ihren Blickkontakt, auch wenn die Unruhe zurück in seinem Körper war und man sehen konnte, wie seine Kiefermuskulatur arbeitete.

»Es sind Jahre vergangen. Du kannst immer …«

»Hör auf Maggie.« Er klang nicht aggressiv, sondern völlig neutral. Seine Stimme war von keinerlei Emotionen eingefärbt.

Maggie – wie lange war es schon her, dass jemand sie so genannt hatte! Es klang seltsam in ihren Ohren. »Warum fällst du mir andauernd ins Wort? Du musst doch nur verstehen, versuch mich doch bitte zu verstehen!«, bat sie flehend, während sie sich an die Hoffnung klammerte, ihm wieder nahe sein zu können.

»Nein, Maggie, du musst mich verstehen.« Er seufzte und für einen Augenblick bewegten sich seine Lippen, ohne dass ein Ton über sie kam. Er betete. »Ich bin verheiratet, Maggie.«

Auch wenn Maggie klar war, dass er keinen Ring trug, musste sie unwillkürlich seine Hand anstarren. »Bitte was? Du hast zu mir gesagt, dass du nicht in der Lage bist, eine Beziehung zu führen!«

Nathanael rieb sich angestrengt die in Falten gelegte Stirn. »Ich will nicht mit dir streiten. Besonders nicht darüber. Das, was ich damals gesagt habe, liegt schon so lange zurück und in unser beider Leben hat sich so viel verändert. Nun ist es so. Ich bin hier. Als ein Freund. Um dir zu helfen. Aber das sind die Grenzen.«

Maggie ließ den Kopf zurück aufs Kopfkissen fallen und starrte an die Decke. Er war verheiratet? Nathanael Johnson war Sanitäter beim Militär und verheiratet?!

»Kenne ich sie?«

»Nein, aber das ist völlig irrelevant. Sie ist für dich irrelevant.«

Nathanael wollte ihr helfen, aber gleichzeitig wollte er seine Ehefrau vor ihr, seiner Ex-Partnerin, beschützen. Fassungslos spürte

Maggie, wie die Tränen in ihr hochstiegen. Ihre Hoffnungen und Träume waren gerade zerplatzt und sie befand sich im freien Fall.

13. November 1945

Der Schock, dass Nathanael hier war und dass er verheiratet war, kollidierte mit dem Eintreten der Entzugserscheinungen. Maggie war nicht in der Lage dazu, nachzudenken, was mit ihr geschehen war und in welcher Situation sie sichbefand. Das Einzige, an das sie denken konnte, waren diese entsetzlichen Schmerzen in ihrem Kopf, die Übelkeit und die Unruhe, die unaufhörlich an ihrer Seele und ihrem Körper nagte.

Sie übergab sich, aber das brachte ihr nicht die übliche Erleichterung. Sie fühlte sich nur noch elender. Sie schrie Nathanael an, bettelte, dass er ihr Schmerzmittel besorgen sollte, und beleidigte ihn und seine ihr unbekannte Frau aufs Übelste. Doch nichts ließ ihn einknicken. Er widerstand ihr und ihrem Zorn eisern.

Dass er nun schon seit über vierundzwanzig Stunden wach war und keine Sekunde geschlafen, geschweige denn etwas Anständiges gegessen hatte, war Maggie egal. Sie schüttete ihn mit ihren Beschwerden unablässig zu. Als sie bereits zum wiederholten Male einen Weinkrampf hatte und auf dem Boden saß, den Rücken gegen das Bett gelehnt, kniete sich Nathanael neben sie.

»Maggie, siehst du mich bitte an.«

Trotzig verweigerte sie ihm die Bitte.

»Craig Brodie hat gesagt, dass du durch Gott die Gefangenschaft überstanden hast.«

Sie reagierte nicht, wippte einfach nur mit dem Oberkörper vor und zurück, während der Schweiß ihre Stirn herunterrann und zusammen mit den Tränen salzig auf ihren Lippen schmeckte. Ihre rechte Hand pochte von dem Schlag, den sie Agent Campbell verpasst hatte.

»Versetz dich zurück in die Situation. Wie hast du widerstanden? Wie hast du mit Gott gesprochen? Wohin bist du gedanklich geflohen?«

Maggie wollte ihm nicht zeigen, wie naheliegend seine Fragen in Bezug auf die Antworten waren. Ihr Herz, das schon die ganze Zeit über raste, schien nun noch schneller zu schlagen. Der Traum, die Vision oder Einbildung oder was auch immer es gewesen war, was sie gesehen hatte, als sie durch die Überdosis bewusstlos gewesen war, spielte in ihrem Kopf rauf und runter. *Ich werde dich heilen. Ich werde dich heilen. Ich werde dich heilen. Ich werde dich heilen.*

Das ist keine Heilung, schrie Maggie innerlich. *Das ist Folter. Reine, abscheuliche Folter, die du mich hier aushalten lässt!*

Sie stellte sich taub und irgendwann hörte sie tatsächlich nicht mehr, was Nathanael sagte.

34

16. November 1945

Maggie wusste nicht, wie Nathanael es schaffte, aber wenn sie einschlief, ging er einkaufen und war zurück, bevor sie wieder aufwachte – das zumindest schloss sie aus den aufgefüllten Vorräten. Und wahrscheinlich nutzte er die Zeit auch, um Kontakt mit seiner Frau zu haben – wegen Maggie würde er Thanksgiving mit seiner Familie verpassen.

»Du musst etwas zu dir nehmen.«

Doch Maggie hörte nicht auf ihn. Aus Trotz aß sie nichts und ihr Körper ließ sie die Folgen spüren.

Nathanael kam aus der Küche, eine kleine Schale in der Hand, in der ein Löffel lag. Er blieb vor ihr stehen, die sie in dicke Decken gehüllt am Fenster saß, während ihr eiskalt war, und hielt ihr beides hin. »Bitte nimm wenigstens einen Löffel Honig, um deinen Kreislauf anzukurbeln.« Als sie keine Anstalten machte, ihm die Sachen abzunehmen, nahm er selbst den Löffel und wollte ihn ihr in den Mund schieben, doch empört schlug sie ihm das Besteck aus der Hand, sodass es gegen die Wand knallte.

»Du weißt, dass ich nur eins möchte!« Maggie betonte jedes Wort, während sie Nathanael wütend anfunkelte. »Gib mir eine Tablette und dann esse ich etwas.« Herausfordernd hob sie das Kinn, doch Nathanael schüttelte den Kopf.

»Weißt du«, sagte er und bückte sich, um den Löffel aufzuheben. Der Honig, der herumgespritzt war, hatte dunkle Flecken auf der Tapete und dem Boden hinterlassen. »Soll's mir doch egal sein, wenn du nichts isst. Spätestens wenn du vor Hunger ohnmächtig wirst, habe ich meine Ruhe und muss mir nicht dein Gemecker anhören!«

Während er sprach, lief er zurück in die Küche, und sie hörte, wie der Löffel impulsiv ins Spülbecken geschleudert wurde. Gut so. Dann fühlte er sich wenigstens genauso schlecht wie sie. Doch dieser kleine Triumph brachte Maggie nur wenig Genugtuung.

Bevor Nathanael wiederkam, beugte sie sich von ihrer sitzenden Position aus hinunter und tunkte ihren Zeigefinger in einen großen Fleck Honig. Als sie aus dem Augenwinkel sah, wie Nathanael sich wieder näherte, steckte sie sich schnell den Finger in den Mund und schmeckte die Süße auf ihrer Zunge.

Ich werde dich heilen.

Dieser Satz, der ungehemmt und durch nichts aufzuhalten immerzu in ihrem Kopf schwirrte, ließ sie fast noch verrückter werden als die körperliche Reaktion auf den Entzug.

Als sie wieder einen Muskelkrampf bekam, drückte sie sich die Hände samt Decke auf den Mund und schrie. Ihre Stimme war von dem ganzen Schreien schon ganz heiser und es waren nur ihre eigenen Kopfschmerzen, die sie davon abhielten, ihrem Schmerz ungedämpft Ausdruck zu verleihen. Ihr Herz schlug rasend gegen ihre Brust, während Nathanael eine dampfende Tasse auf der Kommode neben ihr abstellte. Angespannt wippte Maggie mit dem Körper vor und zurück und sah Nathanael zu, wie er die Honigflecken mit einem Lappen wegwischte. Dann reichte er ihr die Tasse.

Jedes Mal aufs Neue schaute Maggie sich den Inhalt an, doch es war nie etwas anderes als Tee. Nathanael erlaubte ihr noch nicht einmal, Kaffee zu trinken, da das Koffein ihren Blutdruck noch höher steigen lassen würde, als er ohnehin schon war. Hastig trank sie ein paar Schlucke, ohne darauf zu achten, dass sie sich den Mund verbrannte. Das tat längst nicht so weh wie die Schmerzen in ihrem ganzen Körper.

~

Nürnberg, amerikanische Besatzungszone
21. November 1945

Vor jeder Zelle war eine Wache positioniert, um die Angeklagten rund um die Uhr im Blick zu haben. Das war eingeführt worden, nachdem sich Ende Oktober einer der Angeklagten, Robert Ley, in seiner Zelle im Gefängnis unmittelbar neben dem Justizpalast selbst erhängt hatte, um einer Verurteilung zu entgehen.

Craig war nur einmal kurz in dem Gefängniskomplex mit der gewölbten Decke gewesen, doch jedes Mal, wenn er daran dachte, wie nah er den Hauptangeklagten war, durchfuhr es ihn eisig. Den Höhepunkt dieses Gefühls hatte er erfahren, als er einigen Verhören beigewohnt hatte. Es war absurd, diese Männer reden zu hören. Es war Craig unbegreiflich, dass sie einerseits ganz normale Menschen waren und andererseits solch grässliche Taten verübt oder dafür gesorgt hatten, dass sie verübt werden konnten.

Er selbst sagte nie etwas und stellte schon gar keine Fragen in Gegenwart der Angeklagten. Er hielt sich immer im Hintergrund, achtete darauf, nie auf einer offiziellen Fotografie aufzutauchen – sein Auftrag war es, anwesend zu sein, aber unsichtbar.

Es war unmöglich, alle Personen, die an den Verbrechen beteiligt gewesen waren, vor Gericht zu stellen. Doch Craig hoffte, dass zumindest die Mitglieder der SS, SA, Gestapo und anderen Terrorgruppen bestraft werden würden. Allerdings lief der Prozess der Entnazifizierung, der in allen Besatzungszonen stattfand, schon jetzt sehr uneinheitlich ab. Jeder interpretierte die Vereinbarungen der Potsdamer Konferenz anders und besonders in der sowjetischen Besatzungszone wehte ein ganz anderer Wind als bei den westlichen Alliierten. Dann waren da noch die sich immer mehr steigernden Spannungen, die hauptsächlich zwischen den Amerikanern und den Sowjets herrschten. Wer wusste schon, was für einen Verlauf all das noch nehmen würde.

Die deutsche Bevölkerung wiederum zeigte wenig Interesse daran, was hier hinter den dicken Mauern in Saal 600 stattfand. Sie befasste sich mit ihrem eigenen Elend und ihrem Hunger und es war ihr egal, was mit ihrer ehemaligen Führungsriege geschah. Niemand wollte selbst ein Nazi gewesen sein.

Craig stand im Justizpalast dort, wo der Holzgang, den die Amerikaner hochgezogen hatten, zu den Gefängniszellen führte. Er rauchte eine Zigarette und hatte noch seinen Journalistenausweis neben sich liegen. Zu Beginn des Prozesses hatten nur Journalisten der Verhandlung beiwohnen dürfen, deswegen hatte er ein entsprechendes Dokument bekommen.

Gestern waren die Anklageschriften verlesen worden, heute hatten sich alle Angeklagten als »nicht schuldig« bekannt. Zusätzlich war in der Vormittagssitzung über den Kampf der Nationalsozialisten gegen die Arbeiterklasse und die Kirchen und in der Nachmittagssitzung über die Verbrechen an den Juden berichtet worden.

Inzwischen war es später Abend. Auf einmal sah Craig den Hauptmann Gustave Mark Gilbert in seiner Uniform der US-Army und mit einer Binde am Arm den Holzgang aus Richtung der Zellen entlangkommen. Während er langsam lief, schrieb er schnell in ein Notizbuch. Gilbert war Psychologe und hatte die Aufgabe, die Psyche der Hauptangeklagten einzuschätzen. Um diese Aufgabe bewältigen zu können, hatte er uneingeschränkten Zugang zu den Gefangenen. Craig wartete, bis er fertig mit seinen Notizen war. Er war dafür bekannt, dass er erst unmittelbar nach dem Verlassen der Zellen alles niederschrieb, nicht in der Gegenwart der Angeklagten.

»Sie versuchen, sich als Einheit zu repräsentieren«, sprach Craig ihn an.

Der Psychologe las seinen letzten Satz noch einmal zu Ende, bevor er das Notizbuch zuschlug und Craig ansah. »Nach außen hin schon. Göring möchte, dass sie gegenüber dem Feind an ihrer

Ideologie festhalten, und doch spricht er nicht gut über seine ehemaligen Kollegen.«

Als bekannt geworden war, dass Hitler Selbstmord begangen hatte, war die Erleichterung, die durch die alliierten Organisationen gezogen war, sozusagen mit Händen zu greifen gewesen. Es wäre noch weitaus schwieriger gewesen, den Diktator selbst anzuklagen statt nur seine Helfer. Und jetzt benahm sich Hermann Göring bereitwillig wie der höchste noch lebende Naziführer, während er gleichzeitig vorgab, nichts von den Verbrechen der Nationalsozialisten gewusst zu haben. Als er sich heute im Sinne der Anklage als schuldig oder nicht schuldig bekennen sollte, hatte er versucht, zum Gericht zu sprechen, was ihm aber untersagt worden war. Kurz darauf war er von der Anklagebank aufgestanden und wollte wieder das Wort ergreifen, war jedoch vom Vorsitzenden der Gerichtsverhandlung darauf hingewiesen worden, dass er nur durch seinen Verteidiger zum Gericht sprechen dürfe.

Gilberts Blick fiel auf den Journalistenausweis neben Craig und er runzelte die Stirn. Craig machte eine abwinkende Handbewegung, und während er seine Zigarette zwischen Zeige- und Mittelfinger geklemmt hielt, schob er den Ausweis in die Tasche seiner Anzugjacke. »Craig Brodie, UNWCC und MI6«, erklärte er.

»Ich weiß. Mein Vorgesetzter hat gesagt, dass sich hier ein Schotte rumtreibt, der begierig auf Informationen ist.«

Craig grinste schief. »Ich will Sie aber nicht von Ihrer Pflicht abhalten.«

Zum Dank neigte der Hauptmann den Kopf, bevor er weiter den Gang hinunterging. Craig sah ihm nach. Er kannte keine Einzelheiten darüber, was die bisherigen Analysen des Psychologen über die Nazis aussagten, aber er würde gerne mehr darüber wissen. Das entsprach allerdings nicht seiner Aufgabe. Es war ein privates Interesse.

Major General Donovan hatte auf der Reise nach Nürnberg mit keinem einzigen Wort Margret Nelson erwähnt. Weder die Tatsache, dass sie einen Agenten, der früher unter seinem Kommando gestanden hatte, geschlagen hatte, noch irgendetwas anderes, obwohl Craig unmittelbar mit ihr zusammengearbeitet hatte. Mittlerweile rechnete Craig nicht mehr damit, dass Donovan die Situation kommentieren würde, er war viel zu sehr mit seiner Aufgabe beschäftigt, Robert Jackson, dem amerikanischen Hauptankläger, zu assistieren, und das auch noch, wo sich zwischen den beiden gewisse Meinungsverschiedenheiten bemerkbar machten.

Auch wenn Donovan nie in Kontakt zu seiner früheren Spionin gestanden hatte, hatte Craig bei seinem Aufenthalt in den Staaten erfahren, dass Miss Nelson eine Zeit lang versucht hatte, ebendas zu erreichen, und erst aufgehört hatte, nachdem sie »verwarnt« worden war. Dass Donovan sich seit Mitte Mai fast ausschließlich in Europa aufgehalten hatte und noch nicht mal auf demselben Kontinent wie Margret Nelson gewesen war, hatte ihr offenbar nie jemand erklärt. Mittlerweile spielte das keine Rolle mehr, Donovan war nicht mehr der Chef des Geheimdienstes. Doch Craig hatte viel nachgedacht und war zu einem beunruhigenden Schluss gekommen: Der Geheimdienst hatte ein Problem mit Miss Nelson als Frau. Denn seit es amerikanische Spione des OSS unter den Nationalsozialisten gegeben hatte, hatte Donovan sich höchstpersönlich dafür eingesetzt, dass diejenigen zur Rechenschaft gezogen wurden, die seine Männer gefoltert und ermordet hatten. Doch für Margret hatte sich niemand eingesetzt.

Washington, D.C., Vereinigte Staaten von Amerika
27. November 1945

Als Maggie aufwachte, war alles in der Wohnung ruhig. Sie hörte nicht einmal Nathanael schnarchen, obwohl er jede freie Minute nutzte, um an etwas Schlaf zu kommen.

Zitternd schlug Maggie ihre Bettdecke beiseite und stemmte sich aus dem Bett. Sie war schwach, ihr Magen war immer noch gereizt und ihr Kopf hämmerte, aber so langsam klangen die Schmerzen ab, auch wenn ihr Verlangen nach Paracodin immer noch groß war.

Ihr Blick machte sich ganz automatisch selbstständig und flog zum Nachttisch, doch natürlich stand dort keine Pillendose. Schon seit fast zwei Wochen nicht mehr. Sie tastete nach ihrer Brille und schob sie sich auf ihre Nase. Ein enttäuschtes Seufzen kam ihr über die Lippen.

Ich werde dich heilen.

Maggie legte sich eine Decke um die Schulter, als sie auf Socken zu ihrem Schrank ging. Nathanael war tatsächlich nicht in der Wohnung. Wahrscheinlich dachte er, sie würde noch viel länger schlafen. Maggie öffnete die Schranktür und setzte sich vor dem untersten Fach auf den Boden.

Sie hatten sich die letzten Tage viel gestritten und in einer der vielen Diskussionen über Maggies zerbrochenen Glauben hatte Nathanael gesagt: »Du kannst nicht denken, dass Gott sich für dich nicht interessiert! Dass er es nicht mit dir gut meint! Wäre ich sonst hier? Lies es in meinen Briefen nach, wenn du sie noch hast …«

Nun saß sie hier und zog den Postsack näher zu sich heran. Sie sortierte die Briefe nach bereits geöffneten und noch verschlossenen Umschlägen. Wie damals, als sie die Post abgeholt hatte, hatte sie immer noch Hemmungen, sie zu lesen. Erst jetzt bemerkte sie, dass nicht alle Briefe denselben Poststempel hatten. Die Mehrzahl aber stammte von derselben Adresse – wahrscheinlich handelte es sich dabei um Nathanaels Wohnanschrift. Aber keiner war als Militärpost gekennzeichnet.

Maggies Konzentration litt und sie musste immer und immer wieder neu anfangen, die Absätze der Briefe zu lesen, damit sie den gesamten Inhalt erfassen konnte. Als sie mehrere Seiten des zweiten Briefes zurück in den Umschlag schob, tränten ihre Augen bereits vor

Anstrengung. Doch sie musste weiterlesen. Sie war sich nicht sicher, ob Nathanael einen ganz bestimmten Brief gemeint hatte oder ob sie gerade vergeblich alles las, aber sie tat es trotzdem. Einige Briefe waren sehr kurz, andere sehr lang.

Als sie einen in den Händen hielt, der Mitte März abgestempelt worden war, ergriff sie von innen heraus eine Kälte, die sie erschaudern ließ, während ihr Mund ganz trocken wurde. Der Brief war kurz nach ihrer Enttarnung und Inhaftierung geschrieben worden. Diesmal war Nathanaels Handschrift hastig und Maggie musste sich noch mehr anstrengen, um sie lesen zu können.

> Gott hat mich heute mitten in der Nacht geweckt und sein Ruf war unmissverständlich. Ich bin auf die Knie gefallen und habe bis zum Morgen für dich gebetet.
> Ich weiß nicht, wo du bist, was du durchmachst, doch es muss schwer sein. Mehr als schwer – schrecklich. Ich bitte dich inständig, dass du mir antwortest. Oder nein, das musst du nicht, doch bitte bleib treu bei Gott, sprich mit ihm. Sag ihm, wie sehr ich dich nerve, das ist mir egal, Hauptsache, du bleibst im Gebet.

Maggies Lippen öffneten sich, doch ansonsten blieb sie starr. Sie war geschockt. Nathanael hatte in dem Augenblick für sie gebetet, als die Gestapo begonnen hatte, sie zu foltern. Er hatte gewusst, dass sie sich in einer schrecklichen Situation befand.

»Du warst da«, flüsterte Maggie, obwohl sie sich dessen eigentlich ohnehin bewusst war. Ohne Gott hätte sie die Folter nicht überstanden, doch dass er Nathanael dafür gebraucht hatte, um für sie zu beten, löste ein Gefühl in Maggie aus, das sie lange nicht mehr gespürt hatte: Sie wurde gesehen – schon die ganze Zeit.

Wie ein unmittelbares Echo auf ihre Worte folgte wieder der Satz in ihren Gedanken: *Ich werde dich heilen.*

Maggie lehnte sich an den Schrank, die Briefe von Nathanael um sie herum auf dem Boden verteilt, und begann, bitterlich zu weinen. Sie hatte keinerlei Kontrolle mehr. Die Tränen hörten nicht auf, ihr über die Wangen zu kullern. Keineswegs waren ihre Zweifel an Gott aus dem Weg geräumt und sie würde ihm jetzt nicht von einem Moment auf den anderen vertrauen können, aber etwas war aufgeglimmt und hatte einen kleinen Funken hinterlassen.

Sie wusste nicht, wie lange sie so dagesessen hatte, als sie hörte, wie die Wohnungstür aufgeschlossen wurde. Dann wurde sie wieder verriegelt. Selbst wenn Nathanael mit ihr zusammen in der Wohnung war, schloss er die Tür ab, damit sie nicht etwa versuchen würde, zu verschwinden und sich bei ihrem Dealer Tabletten zu besorgen.

Als er hereinkam, sah man die Überraschung, dass sie wach und gleichzeitig so ruhig war, über sein Gesicht flackern, gefolgt von der Verwirrung, warum sie weinte. Er stellte seine Einkaufstüte ab und blieb auf Abstand. »Was ist los?«

Maggie wischte sich mit den Handrücken über die Wangen, aber die Tränen flossen einfach weiter. »Ich verstehe es nicht«, hauchte sie, weil ihre Stimme zu schwach war, um lauter zu sprechen.

»Was verstehst du nicht?«

Maggie konnte es ihm nicht verdenken, dass er sie nicht in den Arm nahm. Warum sollte er auch? Sie waren keine Liebenden mehr. Auch wenn sie selbst das Verlangen spürte, ihn zu umarmen. Ihre Lippen bildeten eine dünne Linie, als sie mit verquollenen Augen hochsah, aber nur schemenhaft seine Gestalt ausmachen konnte. »Er sagt die ganze Zeit: *Ich werde dich heilen*. Seit der Überdosis hört er damit nicht auf. Aber ich spüre es nicht. Ich sehe noch genauso schlecht wie immer, diese Kopfschmerzen machen mich verrückt und ich höre nicht auf, mich übergeben zu müssen. Ich sehe es nicht.« Sie schüttelte den Kopf.

»Du meinst, Jesus sagt das?«

Sie antwortete ihm nicht, sondern schloss die Augen. Ihr lag die Frage *Wo bist du?* auf den Lippen, doch in ihrem Traum, ihrer Vision oder was es auch immer gewesen war, hatte sie als Antwort denselben Satz gehört wie schon die ganze Zeit. *Ich werde dich heilen.* Mittlerweile glaubte Maggie, tatsächlich verrückt zu werden.

»Warum sagt er das, wenn er es nicht tut?«, schluchzte sie und vergrub ihr Gesicht in den Händen.

»Er hat einen anderen Zeitplan, Maggie. Er sagt: *Ich werde dich heilen*, nicht: *Ich heile dich jetzt.*«

»Aber ich kann ihm nicht vertrauen. Nicht nach dem, was geschehen ist.« Sie wisperte die Worte zu leise, als dass Nathanael sie noch verstehen konnte. Sie richtete sie direkt an Gott. »Ich habe dir vertraut, bin deinen Weg gegangen und es hat mich alles gekostet. Ich kann dir jetzt nicht nur wegen diesem einen Brief vertrauen.«

Gleichzeitig betrübte sie dieses Gebet und fast schon wünschte sie sich, sie wäre in der Lage, zu vertrauen.

35

Nürnberg, amerikanische Besatzungszone
29. November 1945

Von den Zuschauerrängen aus beobachtete Craig den Prozess. Er saß der Richterbank direkt gegenüber. Links war die Bank mit den Angeklagten, die durch einen Aufzug vom Gefängnis in den Gerichtssaal gebracht wurden.

Sie saßen da und lachten. Die Angeklagten lachten! Mit ihren Kopfhörern über den Ohren saßen sie da und trugen ihre Heiterkeit offen zur Schau. Der tiefe Groll in Craig, den er jedes Mal verspürte, wenn er diese Männer sah, ließ ihn seine Hand zur Faust ballen und angespannt gegen seinen Mund drücken. Sie amüsierten sich über Görings Äußerungen zum Einzug Hitlers in Wien im Jahr 1938, die gerade vorgelesen worden waren.

Craigs Blick flog für einen Augenblick zu Gustave M. Gilbert, der in seiner Uniform neben der Anklagebank stand und genauso wie er die Angeklagten beobachtete.

Auch die folgende Pause von zehn Minuten trübte nicht die Stimmung auf der Anklagebank. Craig selbst rührte sich nicht vom Fleck. Er hatte zwar einen Notizblock dabei für den Fall, dass er etwas Wichtiges notieren müsste, aber bisher war es ausreichend, wenn er im Nachhinein für seine Arbeit wichtige Details notierte.

Die Verhandlung wurde wieder aufgenommen. Craig nahm sich einen Moment die Zeit, den Kopf im Nacken kreisen zu lassen und kurz seine steifen Glieder zu bewegen, bevor er sich gerade hinsetzte.

Thomas J. Dodd, ein Mitarbeiter der amerikanischen Anklage, trat ans Rednerpult: »Die Anklagebehörde für die Vereinigten Staaten wird nun mit der Erlaubnis des Gerichtshofs einen Originalfilm über die Konzentrationslager vorführen. Dies ist keineswegs das gesamte Beweismaterial, das die Anklagebehörde zu dem Kapitel Konzentrationslager vorlegen wird. Dieser Film gibt jedoch in kurzer und unvergesslicher Form eine Erklärung dessen, was das Wort ›Konzentrationslager‹ bedeutet.«

Fasziniert hörte Craig Dodds weiteren Worten zu. Auch wenn er tagtäglich bei seiner Arbeit mit dieser Detailgenauigkeit, wie sie hier präsentiert wurde, konfrontiert war, langweilte ihn das keineswegs. Eine klare Datenlage war wichtig, um der Verteidigung möglichst wenig Spielraum zu lassen, Fehler der Anklage für sich zu nutzen. Nachdem am 26. November die Verlesung der Anklageschrift beendet worden war, ging es nun um die Beweise – den Anfang sollte nun unter anderem besagter Film machen. Direkt auf Dodd folgte James Donovan. Auch er arbeitete für die Amerikaner und war früher im OSS tätig gewesen. Er bestätigte die Echtheit der Aufnahmen und wies auf die eidesstattlichen Erklärungen dazu hin.

Craigs Mund verzog sich zu einem hämischen Lächeln, als die Stimmung der Angeklagten umschlug. Das Licht wurde gedämmt, der Filmprojektor verrichtete ruckelnd seinen Dienst. Jetzt sollten sie keinen Grund mehr zum Lachen haben, nicht mehr so etwas wie Freude empfinden, davon war Craig überzeugt. Wie in einem Bann gefangen versuchte er, die Reaktionen der Männer zu studieren. Er selbst musste nicht auf die Leinwand schauen. Er kannte die Bilder, hatte unzählige solcher Aufnahmen gesehen. Das Interessante war aber, dass solche Filmaufnahmen erstmals als Beweis vor Gericht präsentiert wurden.

Joachim von Ribbentrop, der ehemalige Außenminister des Deutschen Reiches, schloss die Augen. Zwei weitere Angeklagte sahen weg.

Ein britischer Offizier begann, über die Opfer zu sprechen, die er gesehen hatte – siebzehntausend bisher. Die Bilder von Leichen und ausgehungerten KZ-Überlebenden ruckelten über die Leinwand. Auf die Distanz konnte Craig nicht ausmachen, was die Angeklagten hin und wieder murmelten, doch er sah die kurzen Bewegungen ihrer Münder. Gilbert machte sich alle paar Minuten in rasend schneller Handschrift Notizen – Craig würde also im Nachhinein noch die Möglichkeit haben, ihre Worte nachzulesen. Die Angeklagten wurden hier mit dem Leid konfrontiert, das sie selbst verursacht hatten – und sahen mehr als entsetzt darüber aus. Es kam Craig so grotesk vor, dass er erschauderte. Funk weinte sogar und rieb sich die Augen. Waren sie vielleicht gar nicht über das Leid entsetzt, sondern darüber, dass man es ihnen nachweisen konnte? Womöglich waren sie nicht über das entsetzt, was ihre Befehle und die derjenigen über ihnen für Auswirkungen gehabt hatten, sondern dass sie mit ihrem Plan gescheitert waren. Dass sie nun hier waren und sich rechtfertigen mussten.

Aber am meisten war Craig an Hermann Göring interessiert. Fast schon zwanghaft hielt er den Blick auf den Mann gerichtet, sodass seine Augen tränten. Göring schaute selten in Richtung der Filmaufnahmen. Für einen Moment wagte es Craig, ihn aus den Augen zu lassen und die Aufzeichnung selbst anzusehen – und erhaschte einen Blick auf das Krematorium von Buchenwald. Er musste kurz tief Luft holen. Der ganze Saal schien in eine kollektive Anspannung verfallen zu sein. Es war wie ein Schock, von dem jeder gleichermaßen ergriffen worden war, ganz gleich, ob er wie Craig schon viele solcher Bilder gesehen hatte oder noch gar keine. Wahrscheinlich war es nicht der Anblick der Bilder allein, sondern die Tatsache, dabei so nahe an den Menschen zu sein, die für dieses Grauen verantwortlich waren.

Göring verharrte in seiner Position und sah verärgert aus. Im Film wurden noch mehr Leichen weggebracht.

Nach einer Stunde war die Vorführung dann beendet. Das Gericht vertagte sich auf den nächsten Tag um zehn Uhr. Als die Gefangenen aus dem Saal geführt wurden, lastete weiterhin eine bedrückte Stille auf allen. Es schien, als spürte jeder den Druck seiner eigenen persönlichen Verantwortung, dafür zu sorgen, dass all das nicht vergessen werden würde. All das, was sie in den Filmaufnahmen gesehen und gehört hatten, ebenso wie die kommenden Monate, in denen sie immer wieder hierher zurückkehren würden, um dafür zu sorgen, dass die Welt erfuhr, wie diesen Verbrechern der Prozess gemacht wurde.

Die Korrespondenten aus über zwanzig Ländern um Craig herum zogen ihre Kopfhörer, über die sie die Simultan-Übersetzung gehört hatten, ab und waren in Aufbruchsstimmung, als er sich schnell an ihnen vorbeidrängte. Er musste an die frische Luft.

Margret Nelson hatte nicht weniger Schlimmes erlebt als das, was er heute gesehen hatte. Sie wäre nicht nur an der Behandlung der Gestapo fast gestorben, sondern auch an der Überdosis ... Dann hätte Craig mit der Schuld leben müssen, dass er seiner Verantwortung ihr als Opfer gegenüber nicht nachgekommen war.

Nie im Leben wäre er in der Lage, Teil der Ankläger zu sein! Er hätte nicht diese Ruhe bewahren können. Es reichte ihm, dass er alles auf Papier festhielt. Das Ganze sachlich einem Gericht vor den Augen der Welt zu präsentieren ... er schüttelte den Kopf. Niemals.

~

Craig passierte die Sicherheitskontrollen, die den Justizpalast umgaben, aber er konnte sich nur schwer beruhigen. Erst nach Minuten bemerkte er überhaupt die Kälte, weil er seinen Mantel nur über dem Arm trug und nicht übergezogen hatte.

Wider Erwarten half ihm die frische Luft nicht und vermutlich spielte auch der Anblick des kriegsbeschädigten Nürnberg eine Rolle bei seinem Unwohlsein. Erst als er seinen Schritt beschleunigte und zügig an allen anderen vorbeieilte, kam langsam sein Verstand zur Ruhe, und er konnte sich auf seine Bewegungen konzentrieren. Da sein Motorrad in Bad Oeynhausen stand, musste er alle Wege zu Fuß zurücklegen.

Sein Tag im Justizpalast war noch nicht beendet und er versuchte, sich möglichst schnell wieder in den Griff zu kriegen. Er ging nun wieder etwas langsamer zum Gebäude zurück und zündete sich unterwegs eine Zigarette an, dessen Nikotin kurzfristig auch Linderung verschaffte.

Schnell fanden sich einige deutsche Kinder zusammen, die ihn einen Teil seines Weges begleiteten und nach Schokolade und Kaugummis fragten. Sie hielten ihn für einen der vielen Amerikaner, die in der Besatzungszone unterwegs waren. Craig hielt seinen Blick starr geradeaus gerichtet.

»Ich habe nichts für euch«, erklärte er auf Deutsch. Das hielt die Kinder aber nicht davon ab, zu betteln. Wäre er lauter geworden, wären sie wahrscheinlich schnell verschwunden, doch er brachte es nicht übers Herz, sie anzuschreien. Als er schon in Sichtweite der Sicherheitskontrollen vor dem Justizpalast war, schnipste er seine Zigarette weg. Die Kinder stürzten sich sofort darauf und er atmete den verbliebenen Rauch aus seiner Lunge aus. Kinder sammelten oft Zigarettenstummel der alliierten Soldaten und Beamten, damit ihre Väter etwas zu rauchen hatten, oder sie verdienten sich ein wenig Geld damit.

Während Craig sich auf den Weg in ein Büro machte, in dem er auf Major General Donovan treffen würde, versuchte er an nichts zu denken. Weder an die Angeklagten, an ihre Heiterkeit vor der Filmvorführung, noch an die Aufnahmen aus den Konzentrationslagern. Das einzig wirklich Effektive war, sich mit etwas zu beschäftigen, das seinen Verstand in nahezu derselben Intensität beanspruchen würde. Margret Nelson. Vor einigen Tagen hatte er ein Telegramm von Nathanael Johnson erhalten, in dem stand, dass sie sich immer noch im Prozess des Entzugs befand. Aber sie lebte. Tatsächlich schämte sich Craig ein wenig dafür, doch seine Erleichterung über diese Neuigkeiten war hauptsächlich beruflicher Natur. Immerhin war sie noch eine mögliche Hauptzeugin, sollte es je zu einer Anklage gegen Erich Heckler kommen. Wenn sie gestorben wäre, hätte Craig zudem noch damit leben müssen, dass er ihr ihre Opferrolle aberkannt hatte.

Durch eine der in Nischen eingelassenen Türen betrat Craig als Erster den Raum, in dem er verabredet war, und verließ damit den dunklen Gang. Der Schreibtisch war noch unbesetzt und so ließ er sich in einen der Sessel fallen. Er stützte den Ellenbogen auf die Armlehne und fuhr sich mit der Hand über die müden Augen, als lange Minuten des Wartens begannen. Er wäre fast eingenickt, hätte er nicht rechtzeitig die Schritte auf dem Gang gehört, die durch die nur angelehnte Tür vernehmbar waren. Er setzte sich auf.

»Agent Brodie, verzeihen Sie, dass Sie warten mussten.«

»Guten Abend, Sir«, entgegnete Craig den Gruß von Major General Donovan.

Dieser schloss fast schon geheimnisvoll die Tür hinter sich und hielt ihm eine Dokumentenmappe hin. »Die haben Sie aber nicht von mir.« Er lächelte verschwörerisch. Er war ein Mann, der es liebte, tief in Operationen und Aufträgen drinzustecken. Und er hatte seine ganz eigene Art, mit Regeln umzugehen, was sich auch in den Strukturen des ehemaligen OSS gezeigt hatte. Nachdem Craig schon oft gehört hatte, dass *Wild Bill* seinen ganz eigenen Charme hatte und ein Visionär war, hatte er das nun bei ihrer Zusammenarbeit auch erlebt.

Stirnrunzelnd und neugierig darauf, was ihn erwartete, öffnete Craig die Mappe. Überrascht flackerten seine Augen, als er das enthaltene Protokoll sah. Ein Abzug von Gustave M. Gilberts Gesprächen, die er im Anschluss an die heutige Nachmittagssitzung mit den Angeklagten geführt hatte, sowie seine Notizen zu dem heutigen Verhandlungstag. Craigs Hoffnung aus dem Gerichtssaal, solche Einblicke zu bekommen, hatte sich erfüllt.

Hastig flogen seine Augen über die Notizen. Während der Filmaufführung waren Bemerkungen gefallen wie: »Schrecklich«, »Um

Gottes willen« und »Ich glaube es nicht« – Letzteres hatte Göring mit dem Befehl quittiert, still zu sein.

Die meisten der Angeklagten zeigten später auch dem Gerichtspsychologen gegenüber Bestürzung über die Aufnahmen: Sie könnten nicht verstehen, wie so etwas habe geschehen können. Dennoch fehlte es ihnen zum Teil an Einsicht, warum genau sie als Person hier vor Gericht standen. Hermann Göring hingegen hatte sich über den Dokumentarfilm beschwert, der alles ruiniert habe. Gerade noch hätten sie gelacht, im nächsten Moment habe es solch eine Vorführung gegeben.

Ganz anders verhielt es sich mit Hans Frank, der vor Kurzem Katholik geworden war. Er hatte Gilbert angewiesen, sich nicht einreden zu lassen, sie hätten nicht gewusst, was in den Konzentrationslagern geschehen sei. Sie hätten nicht unbedingt Einzelheiten gekannt, aber dass dort Schreckliches passiert sei, habe außer Frage gestanden.

»Abscheulich, oder?«, fragte Donovan, der gewartet hatte, bis Craig fertig gelesen hatte. Er hatte eigentlich nicht die Erlaubnis, Craig nur aufgrund seines Interesses an der Angelegenheit diese Informationen zuzuspielen. Doch Donovan war auch Geheimdienstler. Und er vertrat die Meinung, dass unkonventionelle Maßnahmen durch Geheimdienste vonnöten seien, um gegen ein Regime vorzugehen.

»Ja. Mein Kompliment an Ihren Namensvetter, den Kollegen Donovan«, Craig schmunzelte angesichts der Tatsache, dass der Name zweimal auf der Seite der amerikanischen Ankläger vertreten war. »Er hat es mit dem Film geschafft, die Stimmung der Nazis zu kippen. Es hätte mir heute kaum etwas anderes solche Genugtuung verschaffen können.« Er gab das Protokoll zurück, während er kurz erschauderte. Auch wenn der Preis für diese Genugtuung gewesen war, wieder diese Aufnahmen zu sehen – sie verfolgten ihn schon lange genug in seinen Träumen.

»Da sind Sie nicht der Einzige.« William Donovan las erneut den ersten Absatz, bevor er die Mappe zuschlug. »Sie haben mit Miss Nelson gesprochen, nachdem sie Agent Campbell geschlagen hat?«

Innerlich stöhnte Craig. Warum musste Donovan ausgerechnet jetzt, nach solch einem Tag, damit kommen? Oder warum musste er es überhaupt erwähnen?

»Ja. Aber sie war nicht hilfreich, viel zu verärgert.«

»In der Zelle und danach? Sie haben doch extra unser Essen abgesagt.«

Als wüsste Craig das nicht mehr. »In der Zelle. Danach war ich zwar bei ihrer Wohnung, aber ich habe es nicht geschafft, mit ihr zu sprechen.« Er hielt dem Blick des ehemaligen OSS-Chefs stand, als er zu ihm hochschaute. Doch Donovan kommentierte den Sachverhalt nicht, fragte nicht nach und sprach auch keine Wertung über Miss Nelson und ihren Fall aus.

Craig musste an sich halten, um nicht zu fragen, warum er sich für Margret Nelson nicht auf die gleiche Weise eingesetzt hatte wie für die anderen Spione, die für den OSS gearbeitet und durch die Nationalsozialisten misshandelt und sogar ermordet worden waren. Doch das würde unweigerlich dazu führen, dass auch er selbst Dinge über Miss Nelson preisgeben müsste, die besser verschwiegen wurden. Er hoffte bloß inständig, dass sie selbst es auch dabei belassen und sich nicht noch mehr Konfrontation mit dem Geheimdienst leisten würde.

»Wir sehen uns, Brodie.« Donovan warf einen Blick auf das Ziffernblatt seiner Armbanduhr. »Ich treffe mich noch mit von Schlabrendorff.« Fabian von Schlabrendorff, Widerstandskämpfer, einer der Mitverschwörer vom Attentat auf Hitler am 22. Juli 1944 und Berater von Donovan. Er fertigte Analysen über den Widerstand gegen Hitler und die Wehrmacht an.

»Guten Abend.« Donovan nickte und verschwand.

Frustriert seufzte Craig und ließ sich tiefer in den Sessel rutschen. Donovan hatte dazu beigetragen, dass ihm nun auch Miss Nelson nicht mehr aus dem Kopf ging. Mittlerweile war er sich nicht mehr sicher, ob er wirklich das Bild der dürren und leblosen Amerikanerin vor Augen haben wollte statt der korpulenten Gestalt des bekanntesten noch lebenden Nationalsozialisten. Es war die Wahl zwischen dem Leid, das Margret Nelson durch seine Arbeit erfahren hatte, und dem Leid, das die Nationalsozialisten über Europa gebracht hatten.

TEIL 5

Da hatte Jesus Mitleid
mit ihnen und er
berührte ihre Augen.
Im gleichen Augenblick
konnten sie sehen.
Und sie folgten ihm nach.

Matthäus 20,34

36

Washington, D.C., Vereinigte Staaten von Amerika
2. Dezember 1945

Maggie war ratlos.

Seit sie Nathanaels Brief gelesen hatte, war sie still und verschlossen. Und ihre kleine Wohnung schien sie förmlich zu verspotten und erdrückte sie mit ihrer Trostlosigkeit noch mehr als sonst. Sie wusste einfach nicht, wie sie mit Gott umgehen sollte, doch Nathanael, der eigentlich der Einzige war, mit dem sie reden konnte, wollte sie nicht fragen.

Nachdem er sie in ihrem Namen im Diner schriftlich krankgemeldet hatte, hatten Ally und Bill ihr noch einige Telegramme und Briefe geschickt und nachgefragt, wann sie wiederkommen würde, doch persönlich waren weder sie noch Blair vorbeigekommen. Maggie weigerte sich, ihnen zu antworten. In den letzten Wochen war ihr fast alles egal gewesen, auch, dass ihr vielleicht gekündigt wurde. Ende November kam dann ihr Monatslohn zusammen mit dem Entlassungsbrief. Und immer noch war es ihr egal.

Nun saß sie schon seit mehreren Minuten vor dem Radio und fingerte am Knopf für die Sender herum, um einen Gottesdienst zu finden. Es war Sonntagmorgen, es sollte also eigentlich nicht allzu schwer sein.

»Ich verstehe nicht, warum du dich so quälst.« Nathanael beobachtete sie mit seiner Bibel auf dem Schoß vom Sofa aus – irgendwann, während sie geschlafen hatte, hatte er ein paar seiner persönlichen Sachen geholt. Woher, wusste Maggie nicht. Sie war sich noch nicht einmal im Klaren darüber, ob er noch in D. C. wohnte.

Maggie verzog das Gesicht. Sie quälte sich mit dem Radio herum, mit ihren Schmerzen, dem Verlangen nach Schmerzmitteln und der

Tatsache, dass sie Nathanael ihre Liebe gestanden hatte, obwohl er ein verheirateter Mann war und nichts mehr für sie empfand. »Ich weiß gar nicht, was du meinst.«

»O Gott, ich verliere mit ihr noch die Geduld!« Maggie hörte über dieses laut ausgerufene Gebet von Nathanael hinweg. »Muss ich es dir mündlich sagen, damit du es verstehst, obwohl ich es dir hundert Mal in den ganzen Briefen geschrieben habe? Ich erwarte nicht unbedingt, dass du mit mir sprichst. Aber sprich mit Gott! Wie auch immer dein Leben vor der Überdosis ausgesehen hat – so, wie es seitdem ist, betreibst du reine Selbstfolter.«

»Woher willst du wissen, dass ich nicht mit Gott rede?!« Auch wenn sie den Entzug überstanden hatte, war sie immer noch launisch. Sie hatte so sehr gehofft, dass das genauso wie die körperlichen Symptome verging, doch es war an ihr kleben geblieben.

»Vielleicht drücke ich mich undeutlich aus: Du magst mit Gott reden, aber scheinbar nimmst du dir nicht die Zeit, darauf zu hören, was er sagen will.«

Maggie biss die Zähne so fest zusammen, dass ihr Kiefer schmerzte. »Gut«, sagte sie dann und ließ das Drehrad des Radios los. »Da ich deiner Meinung nach nicht Gottes Stimme höre, sag du mir, was du über mich denkst.« Sie setzte sich ihm gegenüber im Schneidersitz auf den Boden und blickte ihn erwartungsvoll an.

Nathanaels Finger blätterte durch die dünnen Seiten seiner Bibel, ohne dass er sie ansah.

»Du magst mittlerweile die Einsicht haben, dass du zu abhängig von dem Paracodin warst. Aber du denkst immer noch, du müsstest kämpfen und abstinent werden! Warum lässt du nicht für dich kämpfen? Bei Gott geht es darum, dass du Freiheit erlangst – und Freiheit ist etwas anderes als Abstinenz. Bei Abstinenz soll man aufhören, etwas Bestimmtes zu konsumieren. Aber wenn du frei bist, kannst du eine Tablette nehmen, ohne eine zweite oder dritte nehmen zu müssen. Um aber an diesen Punkt zu kommen, brauchst du Gott und musst dem Weg folgen, den er mit dir gehen will. Von dir allein heraus funktioniert das nicht.«

Maggie starrte ihn an und das erste Mal, seit sie ihn wiedergesehen hatte, konzentrierte sie sich voll und ganz auf seine Worte, ohne von ihm als Person und das, wofür er für sie stand, abgelenkt zu werden. »Darf ich rausgehen?«, fragte sie, ohne eine Emotion in ihre Stimme zu legen. Seit der Überdosis hatte sie ihre Wohnung nicht mehr verlassen.

Tonlos seufzte Nathanael. »Spazieren gehen?«

»Nein. Ich will in die Natur.« Vielleicht musste sie erst einmal auf einer Wiese stehen, um zu ihrer Wiese, ihrem Zufluchtsort, an dem sie Gott begegnet war, zurückzukehren.

~

Maggie war davon überzeugt, dass Nathanael sie nur allein weitergehen ließ, weil sie hier keine Möglichkeit hatte, an Tabletten zu kommen. Er wartete an der Bushaltestelle, an der sie ausgestiegen waren. Er würde sie jedoch nicht für immer im Blick behalten können, besonders nicht, wenn er heute Abend zurück zu seiner Frau fahren würde. Er hatte nichts über sie erzählt und Maggie fragte auch nicht. Immerzu, wenn sie daran dachte, hatte sie den Wortlaut ihrer Beleidigungen im Ohr, die sie Nathanael während des Entzugs an den Kopf geschmissen hatte. *Ist sie auch schwarz oder so eine weiße Göre, wie ich es damals war?*

Die Temperaturwerte waren einstellig, und auch wenn sie sehr kälteempfindlich war, zog Maggie am Rande einer Wiese ihre Socken und Schuhe aus und ließ sie liegen. Das Gras unter ihren Füßen war feucht und kalt, nicht so weich wie in ihrem Traum und in ihrer Vorstellung, sondern kratzig. Zögernd ging sie trotzdem weiter.

Warum war dein Plan für mich, dass ich so schrecklich leiden musste?

Langsam entwich die Luft aus ihrem Brustkorb, obwohl sie die Frage nicht laut ausgesprochen hatte. Und dann lief sie los, weg von der Straße und in Richtung der vermeintlichen Weite.

Ist mein Glaube nicht groß genug gewesen, damit du mich geheilt hättest?

Ihre Zehen wurden taub und die Kälte kroch ihre Beine hoch. Sie musste nicht einmal die Hosenbeine durchdringen, um sie erreichen zu können. Sie nahm ihren Weg über die nackte Haut.

Ich kann dir nicht vertrauen. Ich weiß, dass das nicht richtig ist, aber der Schmerz ist noch so präsent …

Maggie erreichte einen Trampelpfad, lief aber an dessen Rand weiter, um das Gras nicht zu verlassen. Ihren Blick hatte sie auf den Boden gesenkt. Es war überraschend still. Aus irgendeinem Grund hallte nicht der Satz *Ich werde dich heilen* wie ein Echo in ihrem Kopf. Sie sah auf, als der Trampelpfad in einen kleinen gepflasterten Weg mündete, und sie folgte mit dem Blick dessen Verlauf bis zu einer kleinen Kapelle. *Ich sehe, was du da tust.*

Die Holzlatten der Fassade waren weiß gestrichen, ein kleines Türmchen, in das höchstens eine Glocke passte, die wahrscheinlich nie geläutet wurde, zierte das schwarze Dach. Ein großer Rundbogen beherbergte die einfache, hölzerne Eingangstür und zwei Sprossenfenster an den Seiten waren zu erkennen.

Als Maggie vor der Kapelle stehen blieb, sah sie an ihr hinauf. Sonderlich hoch war sie nicht. Höchstens drei Meter. Und sie sah so typisch amerikanisch aus! Das Pendant zu den kleinen Kapellen und religiösen Schreinen, die sie damals auf ihrem Weg durch Süddeutschland überall gesehen hatte. Es gab keinerlei Schild, wo darauf hingewiesen wurde, ob dieses Gebäude für Gottesdienste verwendet wurde oder welcher Konfession es angehörte.

Als Maggie leicht die Türklinke herunterdrückte, öffnete sich die Tür. Für einen Moment dachte sie, im Inneren des Gotteshauses könnte es tatsächlich warm sein, doch ihre Füße traten auf kalten

Stein. Vier Bankreihen füllten das Kirchenschiff. Hatte Nathanael gewusst, dass es diese Kapelle gab, und hatte sie deswegen hierhergebracht? Es war still, niemand außer Maggie war hier, und da das Gebäude so klein war, konnte sie auch niemanden übersehen, der sich eventuell hier versteckte.

Warum war dein Plan für mich, dass ich so schrecklich leiden musste?

Sie fing wieder an, ihre Fragen vom Anfang ihres Spazierganges zu stellen.

Ist mein Glaube nicht groß genug gewesen, damit du mich geheilt hättest?

Sie lauschte, als würden die Worte *Ich werde dich heilen* von den Kirchenwänden widerhallen, ohne einen Ursprung zu haben. Sie lief den kurzen Mittelgang entlang in Richtung Kreuz und Altar, während ihr Kopf zu schmerzen begann. Die abgestandene Luft hier drinnen bekam ihr nicht gut. Sie fuhr sich mit der Hand über die Stirn, und als sie stehen blieb, erstarrte sie.

An dem großen Kreuz vor ihr an der Decke, das ungefähr anderthalb Meter maß, hing eine Jesusfigur, wie man sie aus katholischen Kirchen kannte. Es überraschte sie nicht, es hier in dieser Kirche zu sehen, doch der Anblick an sich verschlug ihr auf einmal den Atem, sodass die Fragen in ihr wie von selbst verstummten.

Mit hinuntergebeugtem Kopf hing Jesu magerer Körper da und die Dornenkrone drückte tiefe Wunden in sein Gesicht. *Hätte ich mich kreuzigen lassen, wenn ich nicht bereit gewesen wäre, dich zu lieben, wenn ich nicht dein Bestes wollen würde?*, schoss es Maggie durch den Kopf.

»Du weißt, wie das ist«, wisperte sie und erschreckte sich über den Hall ihrer eigenen Worte. »Du hast den Schmerz auch gespürt«, sagte sie nun lauter und wartete, bis das Echo verklungen war. Langsam bewegte sie ihre Hand, die immer noch an ihrer Stirn lag. Er trug dieselben Narben wie sie. Äußerlich und innerlich.

Maggies Beine sackten zusammen und sie fiel auf die Knie, während sie nach Atem rang. Auf einmal fühlte sie sich genau wie in ihrem Traum. »Aber … aber warum musste ich dann auch die Dornenkrone tragen?«

Ich werde dich heilen.

Maggie zuckte zusammen, als hätte sie diesen Satz noch nie vernommen. Wie in ihrem Traum kniff sie nun auch die Augen zusammen, als könnte sie jeden Augenblick dasselbe Licht umstrahlen. Sie hatte das Gefühl, vor Gottes Angesicht zu stehen. Nicht weil sie es sehen konnte, sondern weil er ihr begegnete. Sie kniete auf heiligem Boden. Nicht ihre Umgebung machte diesen Ort zu etwas Besonderem, sondern die Tatsache, dass er hier war. Sie fühlte sich wie Mose bei dem brennenden Dornenbusch. Was hatte Gott zu ihm gesagt? Sie versuchte, sich zu erinnern. *Zieh deine Sandalen aus, denn du stehst auf heiligem Boden.* Schlagartig wurde sich Maggie der Kälte an ihren Füßen bewusst.

»Habe ich deswegen immer keine Schuhe auf der Wiese getragen?«, fragte sie. Nicht einmal, als sie in ihrer Zeit in der Zelle an diesem Zufluchtsort gewesen war, hatte sie das bewusst getan. Sie war immer ganz automatisch barfuß über die Wiese gegangen.

Ich werde dich heilen.

»Aber warum hast du das noch nicht getan, obwohl ich es gehofft habe?«, schluchzte Maggie, während ihr Körper bebte. Und auch wenn die Worte nicht so klar waren wie die Verheißung auf Heilung, spürte Maggie als Antwort auf ihre Frage ein *Was hast du getan?* in ihrem Inneren. Nicht anklagend, sondern fragend.

Verwirrt kam sie ins Stocken. Sie hatte doch gehofft. Sie hatte großen Glauben gehabt, wie die Menschen in den Evangelien, die geheilt wurden. Und dann hatte der Arzt die Kompresse von ihrem Auge genommen. Ab diesem Zeitpunkt hatte sie sich gefühlt wie im freien Fall. Erst hatte sie sich übergeben, weil sie es nicht gewohnt war, nahrhaftes Essen zu sich zu nehmen, besonders nicht in solchen

Mengen. Dann hatte sie angefangen, dafür zu sorgen, sich übergeben zu müssen, damit die Übelkeit verbunden mit dem Schmerz aufhörte und die Enge und Enttäuschung aus ihrem Innern verschwanden. Doch es war nur eine temporäre Linderung gewesen. Sie hatte es immer und immer wieder getan, bis es ein Automatismus ihres Körpers geworden war. Sie hatte Schmerzmittel in hohen Mengen, über die ärztlich empfohlene Dosis hinaus, genommen, hatte sich illegal welche besorgt, als der Arzt sie nicht mehr verschrieben hatte. Sie hatte unzählige Augenärzte aufgesucht in der Hoffnung, einen zu finden, der ihr helfen konnte. Dann hatte sie aus Angst vor der Einsamkeit Jakob benutzt und manipuliert. Und sie hatte Nathanael bis zum Schluss geliebt.

Maggie blickte atemlos wieder hoch zum sichtbaren Kreuz. Sie hatte alles in sich hineingestopft in dem Glauben, dass das, was sie sich zuführte, ihren Hunger stillte, dabei war es bereits in ihrem Mund zu Asche zerfallen und konnte ihren Hunger nicht stillen. Ihre vermeintlichen Rettungsanker waren zur Last geworden. In dem Moment, wo sie die Freiheit gehabt hatte, zu wählen, hatte sie etwas anderes als Gott gewählt.

»Aber du hast sie mir nicht gegeben«, rechtfertigte sie sich. »Ich habe einen großen Glauben gehabt, dass du mich aus der Zelle holst. Und es ist geschehen. Ich habe für Heilung gebetet – und es geschah nichts!«

Wieder war die Antwort fast so klar in ihrem Kopf wie ausgesprochene Worte: *Habe ich dich direkt nach deinem ersten Gebet aus der Zelle befreit?*

Maggie lachte traurig. »Nein. Es hat Wochen gedauert.«

Auf einmal hatte sie das Gefühl, dass sie weiter hoffen sollte. Großer Glaube bedeutete nicht, dass sie sofort geheilt wurde, sondern dass sie über einen langen Zeitraum hinweg immer noch darauf vertraute, dass sie eines Tages gesund sein würde. Sie würde vertrauen müssen.

Sie legte ihre Brille vor sich auf den Boden, fuhr sich mit dem Ärmel übers Gesicht und schloss die Augen. »Ich kann es nicht«, krächzte sie heiser. »Ich kann jetzt nicht hier knien und sagen, dass ich darauf vertraue, dass du mich in vielleicht zehn, fünfzehn, zwanzig Jahren heilen wirst. Ich weiß, dass das nicht richtig ist, aber der Schmerz ist noch so präsent ... Aber ich vertraue dir für den heutigen Tag. Ich vertraue dir, dass, egal, ob du mich heute heilst oder nicht, ich mich heute daran erinnere, dass du mein Bestes im Sinne hast. Für den heutigen Tag frage ich nach deinem Plan für mein Leben.«

Ich werde dich heilen.

Die Worte fühlten sich das erste Mal nicht wie eine Belastung an, sondern wie ein Versprechen.

Als sie aus der Kapelle hinausging, sah sie die Fußabdrücke, die ihre nackten, dreckigen Füße auf dem Steinboden hinterlassen hatten. Für sie war es ein Sinnbild der Spuren, die ihr Leben hinterlassen hatte.

Maggies Beine zitterten immer noch, als sie den Weg zurück zur Bushaltestelle ging. Sie spürte nicht die Kälte, nur die Ehrfurcht in ihr. Es war seltsam, aber sie war ganz ruhig. *Für den heutigen Tag vertraue ich dir.*

Sie fragte sich, ob sich so Frieden und Freiheit anfühlten. Sie spürte zwar den Schmerz hinter ihren Schläfen, aber für heute war es für sie in Ordnung. Heute würde sie keine Tablette einnehmen, um ihn zu unterdrücken.

Als sie an die Stelle kam, an der sie ihre Socken und Schuhe zurückgelassen hatte, schlüpfte sie hinein und lief dann weiter. Nathanael wartete immer noch am selben Fleck. Maggie hatte keine Ahnung, wie lange sie fort gewesen war.

»Es tut mir leid«, sagte sie, als sie in seine Hörweite kam.

»Was tut dir leid?«, fragte er verwirrt, aber irgendwie schien sein Gesicht zu leuchten, als wüsste er, was sie erlebt hatte. Wahrscheinlich hatte er die ganze Zeit über gebetet, als er hier gestanden hatte.

»Das, was ich über dich und deine Frau gesagt habe.« Maggie blieb vor ihm stehen. »Dass ich nicht auf dich hören wollte. Dass ich die Vergangenheit romantisiere, nicht das Negative von damals sehe und glaube, immer noch etwas für dich zu empfinden.« Auch wenn ihr das Blut in den Kopf schoss und sie es am liebsten nicht gesagt hätte, spürte sie, dass es gut war, die Worte auszusprechen.

Nathanael lächelte zaghaft, schien aber noch immer unsicher, wie er reagieren sollte. »Das heißt, du vertraust Gott?«, fragte er vorsichtig.

Der Bus hielt neben den beiden, keiner hatte ihn kommen sehen. Die vorderen Türen öffneten sich.

»Für heute vertraue ich ihm«, sagte Maggie und stieg ein. »Und morgen vertraue ich ihm für den morgigen Tag.«

Sie würde ihm nicht sofort völlig ihr Leben hingeben können, aber sie würde klein anfangen und jeden Tag einen weiteren Schritt gehen.

37

14. Dezember 1945

Die Worte *Ich werde dich heilen* hatten aufgehört. Nun verlangte das Vertrauen, das sie jeden Morgen Gott für den kommenden Tag aussprach, ihr noch viel mehr ab. Gott stand zu seinen Versprechen, das wusste sie. Gleichzeitig musste sie damit zurechtkommen, ihm nicht jeden Tag so wie in der Kapelle zu begegnen.

Wie jeden Morgen hatte Maggie direkt nach dem Aufwachen gebetet und Gott gesagt, dass sie ihm am heutigen Tag vertrauen wolle. Und nun war sie ins *Violeta's* gegangen. Sie wusste nicht genau, was sie sagen und warum sie dorthin zurückkehren sollte. Sie hatte schließlich die Stelle verloren und bisher noch keine Antwort auf die Frage bekommen, wo sie jetzt arbeiten könnte.

Die Glocke über der Tür schellte, als Maggie eintrat, und das erste Mal versetzte sie das Geräusch nicht in Stress, nur das bevorstehende Gespräch mit ihren ehemaligen Kollegen ließ sie nervös werden.

»Willkommen im *Violeta's* ...« Blair verstummte mit gerunzelter Stirn, als sie sah, wer gerade vor ihr stand. Für einen Moment verharrte sie in ihrer schwungvollen Bewegung, mit der sie immer zwei Teller auf einmal auf einem Arm balancierte. Ein Schnauben entfuhr ihr, bevor sie ohne ein Wort weiter zu ihren Gästen ging, die sie gerade bediente.

Maggie verzog den Mund, wagte aber nicht zu seufzen. Sie setzte sich an einen freien Tisch – Tisch Nummer fünf. Sie war absichtlich zu einer Zeit gekommen, wo nicht viel los war. Sie warf einen flüchtigen Blick in Richtung Küche, doch von ihren ehemaligen Chefs war nichts zu sehen. Nun würde sie Geduld beweisen müssen, denn Blair würde nicht so schnell kommen und nach ihrer Bestellung fragen. Zum ersten Mal hatte Maggie Zeit, in Ruhe hier zu sitzen und einfach zu beobachten. Blair, die anderen Gäste, die vorbeigehenden Passanten. Die Ellenbogen auf die Tischplatte gestützt, fuhr sie sich in kreisenden Bewegungen mit den Fingern über die Schläfen. Sie könnte jetzt gut einen Schluck Wasser vertragen.

Blair ging jedoch an ihrem Tisch vorbei, ohne einen Blick in Maggies Richtung zu werfen. Sie riss den obersten Zettel von ihrem Notizblock, und gab ihn durch die Durchreiche in die Küche weiter. Sie räumte zwei Tische ab und bediente drei Gäste, die nach Maggie gekommen waren. Maggie war danach, einfach wegzurennen, weg von der unangenehmen Situation und dem Gefühl der Ablehnung. Doch dann würde sie ihre Stimmung von äußeren Umständen abhängig machen und nicht von Gott.

Ich brauche Geduld und Nerven, Herr.

»Was willst du?« Blair blieb neben Maggie stehen, die Hände in die Seiten gestemmt.

Vermutlich fragte sie nicht danach, was sie essen wollte, sondern danach, was Maggie hier machte.

»Es tut mir leid, dass ich mich nicht gemeldet habe.«

Blairs genervter Gesichtsausdruck veränderte sich nicht. »Eine Entschuldigung reduziert meine Arbeit nicht um die Hälfte.«

Maggie presste kurz die Lippen aufeinander. Sie wollte die Umstände Blair gegenüber nicht erklären müssen.

»Wenn du mit Bill und Ally sprechen willst, dann jetzt, bevor der Mittagsandrang losgeht.« Blair setzte ihr typisches, unpersönliches Lächeln auf. »Du kennst ja den Weg.« Sie selbst verschwand hinter dem Tresen und kochte Kaffee, während sie keinen Hehl daraus machte, dass sie Maggie auf dem Weg zur Küche beobachtete. Vermutlich würden Ally und Bill genauso wie Blair denken, dass sie versuchen würde, ihre Anstellung wiederzubekommen.

Seit ihrem Besuch in der Kapelle hatte Maggie weniger Probleme, auf Menschen zuzugehen, und sie verzichtete auch darauf, Lippenstift zu tragen, der von ihren Narben ablenken sollte. Sie fühlte sich, als hätte sie wieder Halt in ihrer Identität selbst gefunden, etwas, das ihr vorher gefehlt hatte.

Sie klopfte leicht gegen die Schwingtür, bevor sie sie aufdrückte.

Bill schaute gar nicht auf, sondern klopfte mit einem Kochlöffel im Rhythmus eines Liedes, das aus dem Radio schallte, auf den Rand eines Kochtopfs. Ally, die gerade ihre Finger aus einer Schüssel mit Hackfleisch, Ei und Gewürzen zog, legte den Kopf schief, als sie sah, dass Maggie in der Tür stand. »Mag?«

Nun fuhr Bill herum, als müsse er sich selbst überzeugen, dass sie es war. Die Augen zusammengekniffen, musterte er sie kurz und wandte sich kopfschüttelnd wieder seiner Arbeit zu.

»Willst du deine Arbeitsstelle wieder?« Ally hielt ihre Hände unter den Wasserhahn, und ohne sie abzutrocknen, zog sie an den Bändern ihrer Schürze.

Maggie beobachtete die Bewegung. An ihrem allerersten Tag hatte Ally ihre eigene Schürze ausgezogen und sie Maggie zum Arbeiten in die Hand gedrückt. »Nein.« Ihre Stimme klang lauter als früher. Während des Entzugs hatte sie viel geschrien und das schien etwas in ihr gelöst zu haben, sodass sie nicht mehr so leise sprach wie vorher.

Ally ließ ihre Hände wieder sinken und stemmte sie stattdessen in die Seiten. »Warum zum Teufel bist du dann hier?«

»Du bist viel zu gnädig«, murrte Bill über seine Schulter. »Sie hat sich wochenlang nicht gemeldet, nicht mal, als wir sie gekündigt haben!« Scheppernd landete der Kochlöffel auf der Arbeitsplatte.

Ally wedelte mit der Hand in Bills Richtung, auch wenn er es nicht sah, und wartete auf eine Reaktion von Maggie.

»Es tut mir leid. Es …« Sie verknotete ihre Hände, die Geste erinnerte sie dann aber an Jakob und schnell löste sie ihre Finger voneinander. »Es ging mir nicht gut und ich bin wochenlang nicht aus der Wohnung gekommen.«

»Und trotzdem willst du deinen Job nicht wieder? Hast du ein besseres Angebot?« Allys Stimme klang angespannt und müde.

»Nein, momentan weiß ich noch nicht, was ich machen werde. Aber da ich weiß, wie viel ihr zu tun habt, wollte ich mich entschuldigen.«

»Das sagtest du schon«, knurrte Bill.

Maggie fuhr sich mit dem Zeigefinger an der Unterlippe entlang. »Kann ich dich kurz allein sprechen, Bill?«

Sie sah, wie sich sein Kopf hob und er starr an die Wand blickte. Er schaute auf die Uhr über der Tür und ging dann an Ally vorbei durch die Hintertür nach draußen. Das war wohl ein Ja. Maggie folgte ihm. Hier in der Gasse hatte Bill ihr den Hinweis auf den Dealer gegeben, damit sie sich neues Paracodin besorgen konnte.

»Dir ging es nicht gut?« Bill klang nicht besorgt, sondern zweifelnd.

»So wie es einem geht, wenn man versucht, aus einer Opioidsucht herauszukommen«, sagte sie langsam.

»Man soll es ja auch nicht übertreiben.«

Maggie schüttelte fassungslos den Kopf. Seine Worte klangen, als hätte er schon vermutet, dass sie es mit ihren Schmerzmitteln übertrieb, ihr aber trotzdem den Hinweis gegeben, wo sie neue bekommen würde. »Scheint, als wäre dieser Umstand nichts Unbekanntes für dich.«

»Ich habe so etwas schon öfter bei Menschen gesehen. Aber das Leben der anderen liegt nicht in meiner Verantwortung. In erster Linie kümmere ich mich darum, dass in meinem Leben alles passt, dann in dem meiner Familie. Alles andere …« Er schüttelte den Kopf und zuckte gleichzeitig mit den Schultern.

Damit hatte Maggie wohl auch ihre Antwort darauf bekommen, warum er nichts gesagt oder unternommen hatte, um ihr zu helfen. »Du …«

»Es ist Zeit, dass ich weitermache.« Bill hatte offensichtlich kein Interesse daran, das Gespräch mit ihr fortzusetzen.

Maggie ließ ihn gehen, was hätte sie sonst auch tun sollen. Und sie spürte, dass sie lernen musste, mit solchen Situationen umzugehen. Dass manche die Missstände in ihrem Leben gesehen hatten, ohne etwas dagegen zu unternehmen – so wie Craig Brodie die ganze Zeit ihre Rolle als Opfer übersehen und sie stattdessen mit Misstrauen konfrontiert hatte.

17. Dezember 1945

Gestern hatte Maggie zum ersten Mal eine Kirche besucht. Sie hatte sich seltsam gefühlt, denn sie war die Fremde gewesen, die nicht Teil einer der vielen Gruppen war, in denen sich die Menschen freudig begrüßt und umarmt hatten. Aber sie hatte auch die Sehnsucht danach gespürt, Teil davon zu sein.

Sie war am Sonntagmorgen spazieren gegangen und hatte Gott gefragt, ob sie eine Kirche besuchen sollte. Er hat ihr nicht direkt geantwortet, aber da sie unbewusst einen Weg eingeschlagen hatte, den sie noch nie gegangen war, hatte sie schließlich vor der Kirche gestanden.

Mehrere Personen hatten sie angesprochen und Maggie begrüßt. Eine Frau, Meredith, ein paar Jahre älter als Maggie selbst, hatte sie eingeladen, sich mit ihr in eine der vorderen Reihen zu setzen, und schließlich auch gesagt, Maggie könne gerne am Montagabend mit zu einer Frauengruppe kommen. Es war ein Moment, der Maggie herausgefordert hatte. Sie war sich ein wenig lächerlich vorgekommen, doch sie wollte erst einmal bei ihrer Strategie bleiben und Gott nur für den jeweiligen Tag vertrauen.

»Wäre es in Ordnung, wenn ich das spontan entscheide?«, hatte sie daher gefragt. Meredith war etwas verwirrt gewesen, hatte aber zugestimmt.

Und nun stand Maggie vor Merediths Wohnungstür. Sie blickte auf ihre Armbanduhr. Es war genau neunzehn Uhr.

Sie klopfte an und Meredith öffnete ihr. »Margret, du hast es geschafft! Komm rein!« Sie umarmte Maggie herzlich und trat dann einen Schritt zur Seite, um sie hereinzulassen.

»Guten Abend!« Maggie grüßte in die Runde. Es waren sieben Frauen, die auf Kissen im Kreis mitten im Zimmer saßen. Alle waren zwischen Anfang zwanzig und Mitte dreißig. Maggie war somit eine der Jüngeren.

Alle grüßten zurück und stellten sich mit Namen vor. Maggie ging davon aus, dass sie manche von ihnen schon gestern in der Kirche gesehen hatte. Die Namen würde sie sich sicherlich nicht merken können. Merediths Name und Adresse hatte sie sich aufschreiben müssen, um sie nicht zu vergessen.

»Schon einmal eine kleine Vorwarnung: Ich bin schlecht darin, mir Namen zu merken, und das tut mir jetzt schon leid.« Maggie wischte ihre Handflächen an ihrem Rock ab und setzte sich auf das letzte noch freie Kissen. Anscheinend hatte Meredith fest damit gerechnet, dass sie kommen würde.

»Ach, kein Problem. Ich kenne das nur zu gut.« Die Jüngste aus der Gruppe winkte ab und zog eine Grimasse. Die anderen lachten und sagten so etwas wie: »Das bessert sich bei dir aber auch nicht«, und: »Sind wir immer noch Fremde für dich?«

Maggie lächelte höflich, dachte aber bei sich: *Bei dir hat das sicher andere Gründe als bei mir.*

»Also, nun sind wir also vollzählig.« Meredith klatschte einmal kurz in die Hände und verschränkte dann beim Reden die Finger ruhig miteinander.

Hatten sie absichtlich gewartet, ob Maggie kommen würde? Sie hatte doch eigentlich nicht fest zugesagt.

»Würdest du dich vorstellen, Margret? Damit wir einen Eindruck von dir bekommen?«

Maggie schluckte. Sie hatte gehofft, sich das erste Mal nur alles anschauen zu können, ohne zu viel von sich selbst preisgeben zu müssen. Doch da sie Gott vertraute, wollte sie es wagen. Gleichzeitig war sie sich relativ sicher, dass Gott nicht von ihr verlangte, diesen Fremden bereits alles über sich zu erzählen.

»Ihr dürft ruhig Maggie sagen.« Sie schluckte. »Ich bin dreiundzwanzig Jahre alt und komme hier aus Washington. Bis vor Kurzem habe ich in einem Diner als Kellnerin gearbeitet.« Sie überlegte kurz, was sie noch preisgeben konnte. »Und ich war noch nie in solch einer Gemeinschaft.« Sie machte eine ausladende Handbewegung.

»Bist du verheiratet?«, fragte eine.

Maggie schüttelte den Kopf.

»Und wie bist du zum Glauben gekommen?«

»Ein alter Freund von mir ist durch einen Pastor zum Glauben gekommen und …«, sie zuckte mit den Schultern, »… hat mich angesteckt.«

»Wann war das?«

»1942.«

Verd utzt runzelte Meredith die Stirn. »Und wie kommt es, dass du nach so langer Zeit zum ersten Mal bei solch einem Frauenkreis dabei bist?«

Fragen über Fragen, die Maggie nur schwerlich beantworten konnte. Aber sie musste die Grenzen der Geheimhaltung wahren. »Ich habe für die Regierung eine Zeit lang im Ausland gearbeitet und dort war es mir nicht möglich, eine Kirche zu besuchen.« Kryptische Worte, obwohl sie doch Offenheit leben wollte.

Meredith blickte sie noch einen Moment an, schien dann aber zu spüren, dass Maggie noch nicht so viel von sich preisgeben wollte. Sie stieg in das Thema für den Abend ein, indem sie zusammen mit der Gruppe den Inhalt der gestrigen Predigt rekapitulierte und sie sich über ihre persönlichen Erfahrungen austauschten.

Maggie beteiligte sich nicht an dem Gespräch und war auch nicht in der Lage zu folgen, weil sie sich nicht mehr daran erinnerte, was der Pastor gestern gepredigt hatte. Sie fühlte sich wie eine Versagerin. Wie sollte sie auf diese Weise Teil so einer Gruppe werden? Die Minuten vergingen und mit ihnen stieg Maggies Unwohlsein, während sie hilflos dasaß.

Lass mich doch etwas finden, was ich dazu beitragen kann.

Doch als sich dann die Möglichkeit bot, zögerte sie zu lange. Irgendwann war sie nur noch damit beschäftigt, die Tränen der Enttäuschung zurückzuhalten. Endlich kamen das Abschlussgebet und das Ende des Frauenkreises.

Maggies Kiefer schmerzte, weil sie die ganze Zeit die Zähne aufeinandergepresst hatte. Sie folgte den anderen und räumte ihr Sitzkissen in eine Kiste, als Meredith sie auf einmal am Arm berührte. »Kannst du bitte noch kurz dableiben?« Meredith wartete, bis sich ihre Wohnung geleert und alle anderen Frauen sich verabschiedet hatten.

»Du hast verunsichert gewirkt«, stellte sie fest. Als sie sich aufs Sofa setzte, deutete sie einladend neben sich. Das würde hier wohl noch etwas dauern.

»Mhm«, erklärte Maggie, war aber zu unruhig, um sich zu setzen. Stattdessen rieb sie sich über die Oberarme, um das leichte Frösteln, das über sie gekommen war, zu vertreiben. So lange hatte sie für sich allein gekämpft, dass sie es gar nicht mehr gewohnt war, vertraulich mit einer anderen Person zu sprechen. Nathanael gegenüber hatte sie sich nicht mehr öffnen wollen.

»Weißt du, diese Gruppe baut auf Offenheit und Ehrlichkeit auf. Dafür braucht es Vertrauen von allen Seiten. Ich meine nicht, dass du dich sofort öffnen musst, aber langfristig gesehen bringt dir die Gruppe erst dann etwas, wenn du dazu bereit bist. Verstehst du das?«

Langsam nickte Maggie mit einem dicken Kloß im Hals.

»Ich hoffe, das klang nicht anklagend«, sagte Meredith mit einem freundlichen Lächeln. »Manchmal hilft es auch, erst einmal mit Gott über das zu reden, was einem auf dem Herzen liegt – vielleicht hast du das auch schon getan? Oder du möchtest dich jemand Vertrautem anvertrauen«, fuhr sie fort.

Ihre Worte lösten einen Knoten in Maggie. »Würdest du meine Vertraute sein?«, flüsterte sie fast schon.

Merediths Lächeln wurde breiter. »Natürlich.«

»Auch wenn ich erst einmal nicht bereit bin, über alles zu sprechen?«

Sie bekam ein Nicken als Antwort.

Maggie atmete tief ein und wieder aus und begann dann, mit einem Seufzen langsam zu erzählen: »Durch Gewaltanwendung auf meinen Kopf kann ich mich nur schlecht konzentrieren …«

Nürnberg, amerikanische Besatzungszone
20. Dezember 1945

Müde kam Craig in sein Zimmer in der kleinen Wohnung, die die amerikanischen Besatzer beschlagnahmt hatten. Hier wohnte er mit einem anderen UNWCC-Beamten.

Heute war der letzte Prozesstag in diesem Jahr gewesen, doch er hatte längst nicht alles mitbekommen. Er war von einem GI von der Zuhörertribüne geholt worden, um darüber informiert zu werden, dass das Gesetz Nr. 10 des Alliierten Kontrollrates formuliert worden war, das sich an der Rechtsgrundlage des derzeitigen Prozesses orientierte und für weitere Prozesse gelten würde. Zusätzlich wurde in Berlin die Anweisung des Alliierten Kontrollrats gegeben, dass sich alle vier Besatzer bei juristischen Verfahren ein Beispiel an Nürnberg nehmen sollten. Das waren entscheidende Informationen für Craigs zukünftige Arbeit.

Er ließ sich mit seiner Anzugjacke und ohne die Schuhe auszuziehen, auf sein Bett fallen. Die Matratze gab unter seinem Gewicht nach und unter dem dünnen Schaumstoff spürte Craig die Bretter, die einen richtigen Lattenrost ersetzten. Er fuhr sich mit den Händen über das Gesicht und roch die Seife, die im Justizpalast verwendet wurde.

Vor genau einem Jahr hatte er das letzte Mal Urlaub gehabt. Ebenfalls an Weihnachten. Es war also höchste Zeit dafür, auch wenn am zweiten Januar die Verhandlungen wieder anlaufen würden und er damit nur rund zwei Wochen Zeit hatte, um sich zu erholen.

Craig faltete die Hände hinter seinem Kopf und spürte, wie sich der Stoff seines Jacketts über seinen Schultern spannte. Er würde nicht lange brauchen, um einzuschlafen. Der Gedanke daran, dass er morgen Olivia wiedersehen würde, ließ ihn trotz seiner Müdigkeit zufrieden lächeln. Und die Tatsache, dass er vorhin noch einen Bankscheck über fünfhundert Pfund ausgefüllt hatte. Dieser würde in die USA gehen und dort über Bekannte anonym an eine Person weitergeleitet werden: Margret Nelson.

Washington, D.C., Vereinigte Staaten von Amerika
23. Dezember 1945

In eine Decke gekuschelt saß Maggie vor ihrem Sofa. Im Kamin brannte ein Feuer, sie hatte eine Tasse Tee in der Hand und anders als sonst lief kein Radio im Hintergrund. Auf ihrem Schoß balancierte sie die Bibel, die sie noch in Europa bekommen und bis vor Kurzem nie benutzt hatte. Doch das war jetzt anders.

Sie blätterte durch die dünnen Seiten des Neuen Testaments, bis zum siebenundzwanzigsten Kapitel des Matthäusevangeliums. Eigentlich wollte sie dort beginnen zu lesen, wo Jesus die Dornenkrone aufgesetzt wurde, doch ihr Blick fiel auf die Verse davor. Das Volk wollte Jesus am Kreuz sehen, während der Verbrecher Barabbas freigelassen werden sollte. Jesus war verraten worden von den Menschen, die ihn kurz zuvor noch jubelnd in Jerusalem willkommen geheißen hatten. Maggie wusste nicht, warum sie es erst jetzt erkannte, aber sie sah die Parallelen zu ihrem Leben und wie sehr Jesus sie verstand. Sie las weiter ab Matthäus 27,27:

> Einige der Soldaten des Statthalters brachten Jesus in das Prätorium und riefen alle anderen Soldaten zusammen. Sie zogen ihn aus und legten ihm ein purpurrotes Gewand an. Dann machten sie eine Krone aus langen, spitzen Dornen, setzten sie ihm auf den Kopf und gaben ihm einen Stock in die rechte Hand als Zepter. Daraufhin knieten sie vor ihm nieder, verhöhnten ihn und grölten: »Sei gegrüßt, König der Juden!« Und sie spuckten ihn an, nahmen ihm den Stock weg und schlugen ihn damit auf den Kopf. Nachdem sie ihn verspottet hatten, nahmen sie ihm das Gewand ab und zogen ihm seine eigenen Kleider wieder an. Dann führten sie ihn zur Kreuzigungsstätte.

Jedes Mal, wenn Maggie sich einsam und Gott so weit weg anfühlte, würde sie diese Stelle nun als Erinnerung lesen, auch an den kommenden Weihnachtstagen. Ihre Gedanken weg von dem Ort bringen, an dem sie vor einem Jahr gewesen war.

Zwar hatte Meredith sie zu sich nach Hause eingeladen, doch Maggie wollte an den Feiertagen niemandem zur Last fallen. Außerdem lebte sie immer noch nach dem Prinzip, jeden Morgen zuerst Gott zu fragen, was er für den Tag geplant hatte. Solch eine Spontanität wollte sie niemandem zumuten. Es hatte zwar gutgetan, Meredith einiges anzuvertrauen, hauptsächlich, was Maggies Gesundheit anbelangte, doch zu mehr hatte sie sich noch nicht durchringen können. Sie brauchte noch Zeit, um langfristig zu vertrauen – Gott und auch anderen Menschen.

Unwillkürlich wanderte Maggies Blick zu ihrer ungelesenen Post. Ein Brief von Nathanael, ein Brief von ihrem Vermieter. Sie würde ohne Arbeit nicht mehr lange ihre Miete zahlen können. Was das anging, musste sie Gott weitaus mehr als über einen Tag hinaus vertrauen.

Was den Brief von Nathanael anging, war Maggie zwiegespalten zwischen dem Wunsch, den Brief zu lesen, und der Scheu, ihn nicht zu öffnen. Sie war immer noch nicht über ihre Gefühle Nathanael gegenüber hinweg und erwischte sich manchmal dabei, in Tagträumerei zu verfallen, obwohl sie damit Nathanael, seiner Frau und auch sich selbst unrecht tat.

Doch nun riss sie vorsichtig den Umschlag auf. Es war eine Weihnachtskarte, die zum Vorschein kam. Sie klappte sie auf und las die Zeilen. Sie solle sich melden, wenn sie etwas brauche, und sie wünschten ihr gesegnete Weihnachten. Sie. Nathanael und seine Frau. Er hatte die Karte geschrieben, aber seine Frau hatte ebenfalls unterschrieben. *Larissa.* Maggie kannte keine Larissa, aber trotzdem war es seltsam, plötzlich den Namen seiner Frau zu kennen.

Maggie spürte, wie es ihr die Luft abschnürte. Sie stand auf und atmete tief durch, um zu verhindern, dass das Gefühl in Übelkeit ausartete. Sie hatte sich seit dem Entzug nur zwei Mal übergeben und sie war stolz, dass es nicht öfter gewesen war, doch emotional hatten diese zwei Male sie wieder komplett zurückgeworfen und ihr das Gefühl gegeben, ihr Essverhalten nicht unter Kontrolle zu haben.

Ich möchte nicht mehr dieses Gefühl haben, ich möchte nicht mehr denken, dass ich mich übergeben muss. Du hast Ruhe und inneren Frieden für mich, also lass mich das bitte spüren. Hilflos und den Tränen nahe stand Maggie da. *Zeig mir, wie ich mich beruhigen kann.*

Sie versuchte, kontrolliert ein- und auszuatmen, während sie auf und ab ging. Wie sollte sie loslassen, was sie so quälte? Sie hatte es doch Gott schon längst im Gebet anvertraut.

Auf einmal kam ihr der Gedanke, dass sie das Gebet mit etwas Greifbarem verbinden könnte. Dass eine Geste ihr helfen könnte, sich mit ihrem Verstand von dem Vergangenen loszusagen. Ihr Blick fiel auf einen Notizblock. Zaghaft lächelte sie. Er war zwar nicht sonderlich groß, aber er konnte durchaus ihrem Zweck dienen. Sie nahm ihn zusammen mit einem Stift von der Kommode und setzte sich an Ort und Stelle auf den Boden.

Was war das Erste, das ihr einfiel, das sie so quälte? Die Zelle und das, wofür sie stand.

Ihre Finger zitterten, ihre Schultern bebten, und während der Stift über das Papier fegte, machte sie sich nicht die Mühe, die Tränen zurückzuhalten. Es war ungemein befreiend und quälend gleichzeitig.

Sie zeichnete den Blickwinkel, den sie die meiste Zeit während ihrer Gefangenschaft gehabt hatte. Die Wand mit der Zellentür, die zum einen der einzige Weg in die Freiheit war, zum anderen aber auch das Tor, durch das ihre Peiniger jeden Tag getreten waren.

Maggie schraffierte die Wand schwarz, um die Atmosphäre dieses Ortes besser auszudrücken. Dann hielt sie einen Moment inne und trotz des Schmerzes nahm sie sich die Zeit, die Zeichnung einige Zeit lang anzustarren. Dann riss sie schwungvoll das Papier vom Block, knüllte es zusammen und warf es ins Kaminfeuer, ein Gebet auf den Lippen.

»Danke, Herr«, flüsterte sie und sah zu, wie das Papier vom Feuer verschlungen wurde, bis es zu Asche verbrannt war. Es war fort. Sie war befreit.

Maggie holte tief Luft und zu den Tränen kam ein Lächeln auf ihre Lippen. Es war mehr als schmerzhaft, die Erinnerungen bewusst aufleben zu lassen, aber es war notwendig, um in die Freiheit zu gehen, die Gott für sie bereithielt. Er zeigte ihr den Weg, der zwar eng und schmal war, aber sich am Ende als Segen erweisen würde.

38

Nürnberg, amerikanische Besatzungszone
15. April 1946

In dem Wissen, was heute passieren würde, war Craig kaum in der Lage gewesen, zu schlafen.

Bereits früh war er im Justizpalast aufgekreuzt, um alle vorhandenen Informationen aufzusaugen – er wollte optimal vorbereitet sein. Im März war die Beweisdarlegung abgeschlossen worden und nun lag der Fokus auf der Verteidigung der Angeklagten.

Rudolf Höß, drei Jahre lang Lagerkommandant im Konzentrationslager Auschwitz, würde als Zeuge auftreten – er war zwar als Entlastungszeuge für den Angeklagten Ernst Kaltenbrunner hier, doch seine Aussagen würden einen ungeheuren Einblick in die Tötungsmaschinerie der Nazis bieten – und das aus der Sicht eines Nazis selbst. Craig fühlte sich, als stünde er unter Strom. Erst vergangenen Monat war der Mann von dem deutschstämmigen Juden Hanns Alexander, der vor dem Nationalsozialismus nach England geflohen und dort Teil der Armee geworden war, gefunden und festgesetzt worden. Der Offizier war Teil der War Crime Investigation Group (WCIU) gewesen, ein Verbund mit der Aufgabe, Kriegsverbrecher zu jagen. Ausgangspunkt für ihre Arbeit war die Befreiung des KZ Bergen-Belsen gewesen. Alexander war nicht der einzige Jude, der vor den Deutschen geflohen war und jetzt für die Briten arbeitete. Für Craig war diese Aufgabe nie vorgesehen gewesen. Auch wenn seine Geheimdiensttätigkeit ihn oft mit Informationen versorgte, die andere nicht hatten, war er froh, beim UNWCC »nur« für die Dokumentation und Gespräche mit Zeugen zuständig zu sein, denn er und seine Kollegen konnten keine exekutive Gewalt ausüben.

Die Befragung von Rudolf Höß war der erste große Programmpunkt des Verhandlungstags. Der Verteidiger von Ernst Kaltenbrunner, Kurt Kauffmann, begann mit Fragen, die meist mit einem einfachen, sachlichen »Jawohl« beantwortet wurden. Ob es stimmte, dass er Lagerkommandant gewesen sei, dass Hunderttausende in Auschwitz gestorben waren. Höß bestätigte, dass ihm verboten worden sei, Aufzeichnungen über die Anzahl an Toten zu machen, nur Adolf Eichmann hätte solche besessen – und der war spurlos verschwunden. *Genauso wie Erich Heckler*, dachte Craig bei sich. Anfang Januar hatte ein Zeuge, der in der SS tätig gewesen war, ausgesagt, Eichmann habe angekündigt, im Falle einer Niederlage Selbstmord zu begehen und sich noch daran zu erfreuen, fünf Millionen Juden auf dem Gewissen zu haben. Doch Craig glaubte nicht, dass er tot war. Irgendwo genoss er seine Freiheit, anstatt zur Rechenschaft gezogen zu werden.

Dann folgten Fragen über Höß als Person, dass er sowohl Mitglied in der NSDAP als auch in der Sturmstaffel gewesen war. Je mehr die SS, die Gestapo und andere NS-Organisationen belastet wurden, desto größer war die Wahrscheinlichkeit, dass sie als verbrecherisch eingestuft würden, wusste Craig. Damit wären gleichsam alle ehemaligen Mitglieder schuldig an den begangenen Verbrechen. Und vielleicht würden auf diesem Wege auch die Gestapomänner bestraft, die Margret Nelson misshandelt hatten, auch wenn sie nicht direkt mit ihrem Fall in Verbindung gebracht werden konnten.

Es folgte die Aufzählung der Orte, an denen Höß eingesetzt gewesen war, bevor er in Auschwitz Dienst getan hatte. Dann begann Kauffmann mit den Fragen zu Auschwitz und was dort vorgegangen war.

Sachlich schilderte Höß die Transporte, die Selektion und die Vergasung der Menschen, die nicht arbeitsfähig gewesen waren. Drei bis fünfzehn Minuten habe es gedauert, bestätigte er auf Nachfrage, bis der Tod durch das Giftgas eingetreten sei.

Je weiter die Verteidigung mit ihren Fragen ging, desto weiter rückte Craig auf der Sitzfläche der Zuschauerbank nach vorne. Die Angeklagten sahen ganz und gar nicht begeistert davon aus, was hier laut ausgesprochen wurde – und das von einem der Ihren! Vor allem Hermann Göring war sein Missfallen deutlich anzusehen. Kauffmann ließ sich bestätigen, dass Kaltenbrunner keine Kenntnis über das Lager Auschwitz gehabt habe – immerhin diente diese Befragung aus seiner Sicht nur dazu, dass sein Mandant entlastet wurde.

Als Nächster stellte der Verteidiger der Gestapo, Rudolf Merkel, seine Fragen. Diesmal war es keine angespannte Erwartung, die Craig unruhig auf seinem Stuhl herumrutschen ließ, sondern Unmut. Auch wenn die Gesetzesgrundlage die Arbeit dieses Juristen, der in der SS gewesen war, rechtlich zuließ, war es grotesk zu hören, wie er versuchte, mit seinen Fragen klarzumachen, an welchen Verbrechen die Gestapo nicht beteiligt gewesen war.

»Diese Konzentrationslager unterstanden also von Anfang an lediglich diesem Verwaltungs- und Wirtschaftshauptamt, das heißt also der SS und nicht der Staatspolizei«, fasste der Anwalt die letzten Fragen samt Antworten zusammen. Sein »Mandant« war damit, was die Verbrechen in den Lagern anging, entlastet.

Craig hatte nicht die Zeit, sich mit jedem Verhandlungstag intensiv zu beschäftigen, aber heute war wieder solch ein Tag, wo er seiner Neugierde nachgab und sich auf die Suche nach jemandem machte, der ihm wohlgesinnt war und ihm Gilberts Notizen zum heutigen Tag beschaffen würde. Höß würde zwar separat angeklagt werden und in diesen Prozess würde Craig nicht involviert sein, aber er wollte wissen, wie dieser Mensch tickte. Gilbert hatte bereits Anfang April mit ihm gesprochen und besonders ein Satz war Craig aus dem Protokoll hängen geblieben: »Das Töten war einfach, aber das Verbrennen der Leichen kostete viel Zeit und Arbeitskraft.«

Auch wenn Craig eine tiefe Abscheu gegen Rudolf Höß und alle anderen Nazis hegte, die aussagten, war er doch froh, dass sie es taten. Er war davon überzeugt, dass sie kein weniger schweres Urteil in ihrem eigenen Prozess bekommen würden, nur weil sie vorher andere belastet hatten. Sie waren schuldig, sie wussten von den Verbrechen und hatten sie selbst begangen, das stand außer Frage. Sie waren bereit zu gestehen, was sie über die Machenschaften der Nazis wussten, sei es auch nur, um ihre eigene Haut zu retten. Doch das würde niemals die Schwere ihrer Verbrechen mildern oder weniger grausam machen, das war Craig klar.

Nürnberg, amerikanische Besatzungszone
1. Oktober 1946

Es war der zweite Tag der Urteilsverlesung.

Am Vormittag war es eine langwierige Angelegenheit gewesen, jeden einzelnen Angeklagten durchzugehen und den jeweiligen Schuld- oder Freispruch darzulegen. Aber da es äußert aufregend für alle Beteiligten, einschließlich Craig, gewesen war, hatte sich keiner um den zeitlichen Rahmen geschert. Drei Freisprüche gab es. Der Rest der Angeklagten wurden im Sinne der Anklage für schuldig erklärt.

Am Nachmittag dann wurden die Angeklagten einzeln in den Gerichtssaal geführt, um ihr Strafmaß zu erfahren. Gustave M. Gilbert war nicht anwesend. Er war im Zellenblock, um die Gefangenen zu empfangen, wenn sie dahin zurückkehrten.

Als Erstes wurde Hermann Göring aufgerufen. Tod durch den Strang. Der ehemals zweite höchste Mann in Nazideutschland war gerichtet. Er bemühte sich darum, keine Regung zu zeigen, Craig dagegen zeigte unverhohlen seine Freude. Ein zufriedenes Lächeln zeichnete sich auf seinem Gesicht ab. Das war sein Verständnis von Gerechtigkeit!

Nicht jeder der Angeklagten würde mit dem Tod bestraft werden, aber da Craig den ganzen Prozess der Beweismitteldarlegung verfolgt hatte, konnte er damit leben – immerhin basierte das Urteil auf einer rechtsstaatlichen Rechtsgrundlage und demnach waren die Männer nicht schuldig. Das war Justiz. Es mochte sich nicht zu hundert Prozent richtig anfühlen, aber dem Gesetz nach durften die Männer gehen. Insgesamt waren es am Ende des Tages zwölf Todesurteile, drei lebenslange und vier langjährige Haftstrafen.

Neben den konkreten Verantwortlichen wurden auch vier nationalsozialistische Organisationen verurteilt und als verbrecherisch eingestuft: das NSDAP-Führerkorps, die Gestapo, der SD und die SS. Damit hegte Craig die Hoffnung, dass auch die Kleinen im Getriebe durch ihre Mitgliedschaften in den entsprechenden Vereinigungen verurteilt werden würden, auch wenn man ihnen nicht jedes begangene Verbrechen nachweisen konnte.

Und dann war auf einmal alles vorbei. Die Hauptkriegsverbrecher, die die letzten Jahre unvorstellbares Leid über Europa gebracht hatten, waren bestraft worden. Anderthalb Jahre nach Ende des Krieges hatten die Alliierten ein klares Ergebnis erzielt.

Erleichtert atmete Craig aus, während er auf der Zuschauertribüne sitzen blieb, auf der er ein Jahr lang sehr viel Zeit verbracht hatte. Es würde das letzte Mal sein, dass er hier saß, und nun konnte er den Moment des Triumphes ohne die altbekannte Anspannung genießen. Nicht alle Fälle, die er mitbetreut hatte, waren abgeschlossen, nicht alle Verbrecher aufgespürt, es würde noch viele Nachfolgeprozesse geben, aber sie hatten Geschichte geschrieben, indem die ehemaligen Anführer eines Landes, das Krieg geführt und Kriegsverbrechen begangen hatte, zur Rechenschaft gezogen worden waren.

Aber trotz der Erleichterung verspürte Craig auch Wehmut. Er dachte an die vielen Beweise, die seit über einem Jahr unangerührt in Schubladen lagen und bisher nicht zum Einsatz gekommen waren. Nicht alle Opfer hatten Gerechtigkeit erfahren, nicht alle Schuldigen waren gefasst. So war zum Beispiel Josef Mengele, der Lagerarzt von Auschwitz, nicht gefunden worden.

Und Craig persönlich standen immer noch die Bilder aus der dunklen Kellerzelle bei Hamburg vor Augen. Ihm mochte die Arbeit der Justiz vertraut sein, doch wenn er an diesen einen Mann dachte, der einer jungen Frau so Entsetzliches angetan hatte, war sein Drang nach Rache größer als sein Sinn für die Rechtsprechung.

TEIL 6

Jesus erwiderte: »Ich bin das Brot des Lebens. Wer zu mir kommt, wird nie wieder hungern. Wer an mich glaubt, wird nie wieder Durst haben.«

Johannes 6,35

39

Washington, D.C., Vereinigte Staaten von Amerika
10. Juli 1955

Da die Fenster Richtung Westen zeigten, würde die Sonne erst am Abend warm durch die Scheiben scheinen. Noch war es an diesem frühen Sonntagmittag also trotz der hohen Temperaturen angenehm kühl in Maggies Wohnung.

Sie ließ ihren Schlüsselbund auf die Anrichte fallen, schlüpfte aus ihren Schuhen und ließ sie einfach an Ort und Stelle stehen. Über den weichen Teppich, der ihre Zehen kitzelte, ging sie zur Balkontür und öffnete sie, um frische Luft hereinzulassen. Sie liebte ihre Wohnung, in der sie nun schon seit sechs Jahren wohnte – sie war ein echtes Zuhause. Wenn auch nicht viel größer als ihre alte, war sie doch so viel gemütlicher.

Nachdem sie ihren Job im Diner verloren hatte, hatte sie ein paar Monate nur für sich und Gott gebraucht. Durch Merediths Hilfe hatte sie es schließlich geschafft, im Büro des Amerikanischen Roten Kreuzes ARC eine Anstellung zu bekommen. Mit der Zeit hatte sie sich die Abläufe und alles Wichtige merken können, auch wenn sie wegen ihrer Konzentrationsprobleme nur langsam arbeiten konnte und auf viel Verständnis ihrer Kollegen angewiesen war.

Inzwischen vertraute sie Gott nicht immer nur für den vor ihr liegenden Tag, sondern sie konnte ihm ihr ganzes Leben hinlegen und auf seinen Plan vertrauen. Aber selbst zu dem Zeitpunkt, als sie noch sehr zurückhaltend Gott gegenüber gewesen war, hatte er sie versorgt, denn Anfang 1946 hatte sie von einem anonymen Spender ein hoher Geldbetrag erreicht. Und da sie nicht wusste, von wem er kam, hatte sie allein Gott dafür danken können.

Maggie legte den Kopf in den Nacken und genoss die Wärme auf ihrer Haut. Hinter ihren Schläfen pulsierte ein Kopfschmerz, doch sie versuchte, ihn zu ignorieren. Sie hatte sich das Limit gesetzt, nur einmal im Monat eine Aspirin einzunehmen. Mehr nicht und besonders nicht etwas Stärkeres. Je länger sie ohne den Konsum von Schmerzmitteln gelebt hatte, desto weniger waren auch ihre Kopfschmerzen geworden. Es gab zwar gute und schlechte Tage, doch sie lebte damit.

Durch ihre Frauengruppe hatte sie erlebt, dass Gott zu vertrauen auch bedeutete, Menschen zu vertrauen. So hatte sie nach und nach Meredith vertraut und ihr wirklich alles erzählt, ungeachtet der Tatsache, dass vieles vertrauliche Informationen waren. Meredith hatte nicht gewertet, nicht kommentiert, sondern nur für Heilung und Kraft gebetet. Und sie hatten etwas vereinbart: Meredith war ihre »Beichtschwester«. Wenn Maggie das Verlangen nach einer Paracodintablette überwältigte, erzählte sie es Meredith. Jeder Sonntagnachmittag war ihr fest verabredeter Termin. Auch, was ihr Essverhalten anging, beichtete Maggie. Sie war über alles mit Gott im Gespräch, aber eine Freundin zu haben, wie Meredith es geworden war, war sehr wertvoll für sie.

Maggie überkam erneut das Durstgefühl, das sie schon direkt nach dem Gottesdienst verspürt hatte. Sie ging ins Innere ihrer Wohnung zurück und holte sich ein Glas Wasser. In den letzten neun Jahren hatte sie gelernt, glücklich zu sein, auch wenn nicht immer alles perfekt war. Sie hatte auch gelernt, Stress auszuhalten – wie letzte Woche auf der Arbeit, als sie ein wichtiges Dokument verlegt hatte, das bisher nicht wiedergefunden worden war.

Neben ihrem Job und dem Engagement in der Kirche gab es nicht viel, was ihren Alltag interessant machte – zumindest nichts, was dem Nervenkitzel, eine Spionin zu sein, nahekam. Aber das war ganz gut so, haderte sie doch immer noch mit der Tatsache, für das OSS gearbeitet und so viel Grauen erlebt zu haben, als sie Gottes Weg gefolgt war. Doch auch das alles würde wohl seinen Grund in Gottes Plan gehabt haben.

Sie war nicht verheiratet, war nicht einmal verliebt, aber das störte sie nicht – es schien nur alle anderen zu stören, die sie verkuppeln wollten. Doch Maggie war zu fokussiert auf Gott, um in irgendeiner anderen Form nach Liebe zu suchen. Sie hatte den Fehler begangen und war mit Jakob und viele Jahre zuvor mit Nathanael eine ungesunde Beziehung eingegangen. Sie war sich nicht sicher, ob sie in der Lage wäre, Liebe und Verliebtheit wirklich getrennt voneinander zu sehen, deswegen war sie zufrieden, so wie es war. Mit Nathanael und seiner Familie stand sie in losem und freundlichem Briefkontakt, aber weder seine zwei Töchter noch Larissa, seine Frau, hatte sie je persönlich getroffen. Maggie war es lieber so. Aber sie hatte Larissa in einem Brief gedankt, dass sie Nathanael geholfen hatte, für Maggie da zu sein. Erst einige Zeit nach dem Entzug hatte Maggie erfahren, warum keine Post, die sie bis dato von Nathanael erhalten hatte, als Militärpost gekennzeichnet gewesen war: Sobald er im Kampfeinsatz gewesen war, hatte er seine Briefe per Feldpost an seine Frau gesendet, die sie an Maggies Postfach weitergeleitet hatte.

Auf einmal klopfte es an der Tür. Überrascht warf sie einen Blick auf ihre Armbanduhr – sie trug ein kurzärmliges Kleid. Sie nahm sich noch die Zeit, einen Schluck Wasser zu trinken, bevor sie das Glas abstellte, ihre noch im Weg liegenden Schuhe mit dem Fuß beiseiteschob und die Tür öffnete.

Maggie brauchte einen Moment, um zu begreifen, wer vor ihr stand. Immerhin waren fast zehn Jahre vergangen, seit sie Agent Brodie das letzte Mal gesehen hatte. Sie starrte den Schotten im Nadelstreifenanzug an und auch er ließ seinen Blick an ihr heruntergleiten. Sie wog über zehn Kilo mehr als bei ihrer letzten Begegnung. Craig dagegen war schmaler geworden, er hatte Muskelmasse abgebaut. Zehn Jahre waren eine lange Zeit, in der man sich veränderte.

Maggie konnte sich nicht erinnern, wann sie sich das letzte Mal so gelähmt gefühlt hatte. Sie wusste nicht, was sie denken sollte, ihr schoss nur durch den Kopf: *Warum ist er hier? Dafür kann es doch nur einen Grund geben* … Sie glaubte nicht, dass er nur für einen Höflichkeitsbesuch gekommen war.

»Darf ich reinkommen?« Er klang nett, zumindest im Vergleich dazu, wie er sonst mit ihr geredet hatte.

Unfähig, ein Wort zu sagen, trat Maggie beiseite und ließ ihn hinein. Er zögerte nicht, sondern setzte sich gleich auf das Sofa und öffnete seine Aktentasche. Er zog eine braune Mappe heraus.

»Wollen Sie sich nicht setzen, Miss Nelson?« Brodie sah zu ihr hoch, als sie immer noch an der Tür stand. Sein Gesicht verriet Anstrengung, als würde er einen inneren Kampf ausfechten.

Erst als er sie ansprach, realisierte Maggie, dass sie am ganzen Körper zitterte. Sie ließ sich in den Sessel fallen, der dem Agenten gegenüberstand. Sein Adamsapfel hüpfte auf und ab, als er schwer schluckte und sich dann räusperte, die Finger um die Mappe geschlossen.

»Miss Nelson, ich bin hier, weil Erich Heckler gefunden worden ist.«

Maggie vernahm das Ticken ihrer Armbanduhr, während mehrere Sekunden verstrichen, in denen sie nichts sagen, denken oder tun konnte. Langsam ließ sie die Information sacken und dann weiteten sich ihre Augen. Sie fuhr von ihrem Platz hoch und ging ein paar Schritte. Sie verhielt und fühlte sich wie damals, als Jakob ihr gesagt hatte, dass er sie liebte. Sie spürte dasselbe Gefühl von Angst. Mit den Händen stützte sie sich am Fenstersims ab und beugte sich mit ihrem Oberkörper leicht nach vorne, um Luft zu holen, während sie die Augen schloss.

»Sie brauchen mich als Zeugin«, sagte sie heiser, ohne ihre Position zu verändern. Deswegen war Brodie hier. Das war sein Job.

»Ja.«

Maggie drehte sich um. Craig Brodie hatte angespannt die Hände gefaltet. Die Fältchen auf seiner Stirn, an die sie sich erinnerte, waren im Lauf der Zeit zu tiefen Furchen geworden. Wie alt war er jetzt? Mitte vierzig?

»Sie haben es schön hier.«

Maggie lachte und strich sich mit der Hand über den Scheitel. Sie spürte, dass sich einige Strähnen aus ihrem Haarknoten gelöst hatten. Er wollte ihr Zeit geben, um die Nachricht zu verdauen. »Ja. Ich liebe es.« Warum sollte sie nicht auf seinen Themenwechsel eingehen und sich als gastfreundlich erweisen? »Wollen Sie einen Kaffee?«

»Nein, danke.«

Wahrscheinlich stand er genauso unter Strom wie sie, da brauchte er nicht noch mehr Koffein. Oder hätte sie ihm vielleicht eher Tee anbieten sollen? Sie kehrte zum Sessel zurück und ließ sich langsam wieder auf das Polster nieder. »Agent Brodie, ich habe Ihnen nie gedankt, dass Sie Nathanael geholfen haben, mein Leben zu retten.«

»Es tut gut zu sehen, dass Sie Ihr Leben in den Griff bekommen haben.«

Maggie nickte und ließ den Blick durch ihre ordentliche Wohnung schweifen. »Ja, mit Gottes Hilfe«, murmelte sie.

»Er hat Sie wohl belohnt für Ihren Glauben.«

»Nein, das war allein Gnade«, entgegnete Maggie. Sie starrte noch ein paar Sekunden ins Leere, bevor sie Brodie ansah. Sie versuchte, nicht auf die dicke Akte vor ihm zu schauen. »Wie geht es Ihnen? Was machen Sie so … also ich meine, abgesehen davon.« Nun senkte sie doch den Blick auf die Mappe.

»Gut. Mein Leben verläuft ziemlich ruhig, weil ich inzwischen fast ausschließlich im Büro arbeite, aber das ist in Ordnung.« Deswegen war er wahrscheinlich nicht mehr ganz so muskulös. Es interessierte Maggie, ob er auch undercover gearbeitet hatte, aber sie fragte nicht. Er fuhr fort: »So hat Olivia auch mehr von mir.«

»Olivia.« Lange hatte Maggie nicht mehr an die Kleine gedacht, die ihr damals in der Bibliothek über den Weg gelaufen war. »Wie alt ist sie jetzt?«

»Fünfzehn«, sagte Brodie vielsagend.

Maggie lächelte. Sie war kaum älter als Olivia gewesen, als sie Nathanael kennengelernt hatte. Doch dann verblasste ihr Lächeln. »Heißt das, dass ihre Mutter nicht … gesund geworden ist?«

Als Antwort schüttelte der Agent den Kopf und Maggie musste schwer schlucken. Sie dachte daran, wie er damals fast schon schadenfroh erklärt hatte, Olivias Mutter sei in einer psychiatrischen Einrichtung, weil er wusste, dass das Maggie verunsichern würde.

Brodie dachte vermutlich auch daran. Er räusperte sich und lenkte auf ein anderes Thema um. »Seit Deutschland wieder souverän und mit dem Deutschlandvertrag offiziell nicht mehr besetzt ist, ist es auch ruhiger geworden, und meine Deutsch-Kenntnisse sind in einem geringeren Umfang vonnöten.«

Mehr sagte er nicht über sich und er stellte auch ihr keine weiteren Fragen. Warum sollte er auch? Wahrscheinlich hatte er über die CIA, Amerikas Geheimdienst seit 1947, alles Entscheidende über sie erfahren, immerhin hatte er auch gewusst, wo sie zu finden war. Ob sie im System noch als Sicherheitsrisiko geführt wurde, wusste sie nicht. Aber es schien ein gutes Zeichen zu sein, dass es Jahre her war, dass sie das letzte Mal offiziell mit einem Agenten gesprochen hatte.

»Wie hat man ihn gefunden?«, flüsterte Maggie in die Stille des Raumes, während sie versuchte, mit der Mischung aus Erleichterung und Angst in sich klarzukommen. *Sie brauchen mich als Zeugin.*

»Ich habe die Augen auf dem Kunstmarkt offen gehalten nach Gemälden aus dem Katalog, den wir in Hecklers Haus gefunden haben. Und Ende Mai ist eins in einem Auktionshaus in New York City aufgetaucht.«

Er hatte kaum zu Ende gesprochen, da schob Maggie direkt nach: »Welches Gemälde?« Eine belanglose Frage, deren Antwort keine

Relevanz hatte. Aber sie brauchte diese paar Sekunden, die die Antwort kosten würde.

»*Kleine Schwester* heißt es. Es hat eine gewisse Ähnlichkeit zur Mona Lisa und …«

»Es ist das Idealbild einer arischen Frau.« Interessiert rutschte Maggie auf die vordere Kante des Sessels. Ursprünglich hatte das Bild *Schönheit* geheißen, doch Heckler hatte scheinbar den Namen geändert, nachdem sie es als die kleine Schwester der Mona Lisa bezeichnet hatte.

»Sie kennen es«, stellte Brodie fest.

»Ja. Er hat es selbst gemalt.«

Überrascht hob der Agent die Augenbrauen. »Interessant. Das erklärt, warum es ohne Künstlernamen und weitere Angaben versucht wurde unter den Hammer zu bringen.«

»Verrückt, dass er versucht hat, es zu verkaufen.«

»Definitiv.« Brodie holte noch einmal tief Luft und für einen Moment wich er Maggies Blick aus. Seine Augen sprangen einen Augenblick lang zwischen mehreren Punkten hin und her. Er sah aus, als wollte er noch etwas sagen, doch dann schloss er den Mund.

»Was ist?«, fragte Maggie unruhig.

Er schüttelte den Kopf. »Nicht so wichtig.« Es klang wie eine Lüge, aber das kümmerte sie nicht mehr, als er mit seinen Fingern die Mappe in die Hand nahm. Er schlug sie auf und eine Vielzahl an Dokumenten und Fotografien kam zum Vorschein.

Das war ihre Akte. Die Akte, die sich mit ihrer Leidensgeschichte auseinandersetzte und sie unverblümt und faktenorientiert darlegte. Was für grässliche Tatsachen.

Er starrte das oberste Blatt an, scheinbar ohne es zu lesen, doch Maggie konnte nicht erkennen, was dort stand.

»Es wird einen nicht öffentlichen Prozess in London geben«, erklärte Brodie. »Die Anklage wird von britischer und amerikanischer Seite aus geführt, da Heckler auf dem Gebiet der ehemals britischen Besatzungszone agiert hat und sich an Verbrechen gegen eine amerikanische Agentin schuldig gemacht hat. Die Anklage fußt auf der Grundlage des Gesetzes Nr. 10 des Alliierten Kontrollrats vom 20. Dezember 1945, das angelehnt ist an das Internationale Militärtribunal von Nürnberg. Die Anklagepunkte lauten: Kriegsverbrechen, Verbrechen gegen die Menschlichkeit und Zugehörigkeit zu einer verbrecherischen Organisation. Die Anklage …« Er hielt abrupt inne und fuhr sich mit den Händen durch die Haare. »Es tut mir leid, aber Sie sollten das wissen, und je schneller wir das hinter uns bringen, desto eher können wir damit anfangen, die nächsten Schritte zu planen.«

Maggie blinzelte gegen die Tränen an, die ihr bereits über die Wangen liefen. Tapfer lächelte sie und nickte dann nur als Aufforderung, dass er weitersprechen und sich nicht von ihrer Reaktion beirren lassen sollte.

Zögernd fuhr er fort: »Die Anklage möchte Miss Margret Stacy Nelson, ehemalige Agentin des OSS, früherer Geheimdienst der USA, als Hauptzeugin aufbauen.« Brodie ließ das Papier los und faltete die Hände zwischen den Knien, als er sich vorbeugte und sie ansah. »Der Prozess wird aller Voraussicht nach im September starten. Als Hauptzeugin müssen Sie in den Zeugenstand und sind verpflichtet, die Fragen von Anklage und Verteidigung vor einem Gericht zu beantworten.« Er atmete hörbar, fast seufzend, aus. »Wenn ich ehrlich sein darf und das unter uns bleibt«, er wartete kurz, bis sie nickte, »dann möchte ich anmerken, dass die Amerikaner eine schriftliche Beweisführung bevorzugen und verhindern wollten, dass Sie als Zeugin auftreten.«

»Aber die Briten waren anderer Meinung?«, fragte Maggie stutzig.

Ein leichtes Lächeln zeichnete sich auf Craig Brodies Gesicht ab. »Ich war der Meinung, dass Sie in den Zeugenstand sollten – nicht, um Sie bloßzustellen, sondern weil ich glaube, dass Sie das Recht haben, in Ihrer Sache selbst zu Wort zu kommen – nachdem Sie das so lange nicht konnten.«

»Kann ich ablehnen und mich als Zeugin verweigern?«

Er runzelte angesichts dieser knappen Frage die Stirn. »Ich glaube, wir beide wissen, dass Sie und Ihre Aussage ziemlich ausschlaggebend für den Prozess sind.«

Maggie schluckte, sagte aber nicht sofort etwas. Sie hatte das gefragt, weil die Freiheit, Nein zu sagen, ihr ein Stück Sicherheit geben würde. Immerhin würde sie, wenn sie zusagte, keinen Rückzieher mehr machen können. »Ich will darüber nachdenken, ob ich persönlich in den Zeugenstand gehen oder eine schriftliche Aussage machen möchte«, sagte sie schließlich vorsichtig. Und darüber beten wollte sie auch.

»Natürlich.«

Angespannt befingerte Maggie eine Falte ihres Rocks. »Sind Sie extra dafür in die Staaten gekommen, um mit mir persönlich zu reden?«

Brodie schmunzelte. »Olivia wollte schon länger in die USA, deswegen habe ich die Arbeit und das Vergnügen miteinander verbunden. Außerdem glaube ich, bin ich mittlerweile der bessere Kandidat dafür als Agent Adams.«

Maggie runzelte verwirrt die Stirn, als sie versuchte den Namen zuzuordnen.

»Mein amerikanischer Kollege, der auch an den Ermittlungen in Deutschland beteiligt war«, erklärte er.

Beschämt senkte Maggie den Blick auf ihre Finger. »Natürlich.« Sie ließ den Stoff los. »Ich dachte, Sie trauen mir nicht. Warum sind Sie jetzt auf einmal so zuvorkommend?« Ihre Anspannung machte es ihr nicht möglich, darauf einzugehen, dass er mit seiner Ziehtochter in der Stadt war, auch wenn ihr die Vorstellung gefiel. Das war eine andere Seite von Craig Brodie als die, die sie kennengelernt hatte.

Diesmal war er es, der etwas unbehaglich auf seinem Platz herumrutschte. »Ich habe Ihnen nicht getraut. Doch als ich Sie an diesem Tag im November gesehen habe, leblos, fast tot, ich weiß nicht«, er zuckte mit den Schultern. »Das hat mir offenbar klargemacht, wie verletzlich Sie sind und dass ich mit meinem Urteil zu voreilig war.«

Ein warmes Gefühl breitete sich in Maggies Brust aus. Sie hatte gewusst, dass er zusammen mit Nathanael ihr Leben gerettet hatte, doch nun diese Worte, die einer Entschuldigung gleichkamen, zu hören, war Balsam auf ihrer Seele, auch wenn sie eigentlich schon damit abgeschlossen hatte. Sie lächelte und dankte Gott im Stillen.

Dann fiel ihr Blick auf die dicke Mappe vor dem Agenten und ihr Gesicht bekam einen angespannten Ausdruck. »Darf ich mir das mal anschauen?«, fragte sie heiser.

Überrascht blickte Brodie auf die Mappe, als hätte er vergessen, was da vor ihm lag, und dann wieder zu ihr. »Ich halte das für keine gute Idee. Hier … sind Fotografien enthalten, die …«

Doch Maggie ignorierte seine Bedenken und griff geradewegs selbst nach der Mappe. Er hielt sie nicht davon ab, als sie sie zu sich zog. Langsam blätterte sie durch die Dokumente. Eine Auflistung der Gemälde, die in Erich Hecklers Haus gefunden worden waren, Protokolle zu den Befragungen von Zeugen – auch von ihr –, Berichte von Craig Brodie, Agent Adams und anderen, deren Namen Maggie nicht kannte. Dann kam sie zu einer Krankenakte – ihrer Krankenakte. Es waren nicht die medizinischen Details, die sie fesselten, sondern die Fotografien von ihr und ihrem Körper, die mit einer Büroklammer an den medizinischen Dokumenten befestigt waren und sie zusammenhielten.

»Miss Nelson …« Brodie war aufgestanden und wollte ihr die Akte abnehmen, doch sie hielt sie so fest umklammert, dass ihre Knöchel weiß hervortraten. Sie sah auf das Foto und sah den Schmerz, das Grauen, das Leid. Das Pulsieren ihres Kopfes drängte sich in ihr Bewusstsein. Abrupt ließ ihre linke Hand die Mappe los, als wären ihre Finger immer noch gebrochen und unfähig, etwas zu halten. Ihr Oberkörper beugte sich leicht nach vorne, um eine Schonhaltung einzunehmen.

Doch trotz all der sofort wieder gegenwärtigen Schmerzen und Eindrücke spürte Maggie auch die Erleichterung, dass es vorbei war und schon so viele Jahre zurücklag. Sie wusste, dass sie die Ereignisse verarbeitet hatte, deswegen war sie überrascht, wie sehr sie dieser Anblick schockierte und immer noch so tief schmerzte. Das machte ihr auf einmal bewusst, dass all das noch viel schlimmer werden würde, wenn sie als Zeugin aussagte. Sie wäre den Fragen der Anklage ausgesetzt, müsste alles erzählen, was ihr angetan worden war, und sie würde den Fragen der Verteidigung standhalten müssen, die versuchen würde, alles herunterzuspielen und sie zu verunglimpfen.

Langsam fokussierte sich Maggies Blick wieder. Während sie nachgedacht hatte, hatte sie unbewusst einfach nur vor sich hin gestarrt. Mit trockenem Mund blätterte sie weiter. Fotografien von den Kellerzellen – und den Leichen. Jetzt ließ Brodie nicht mehr zu, dass sie sich das ansah, sondern nahm ihr die Mappe aus der Hand.

Maggie presste die Lippen aufeinander. Eigentlich hätte ihr dasselbe Schicksal geblüht wie den beiden Männern. Nur Erich Hecklers »Sympathien« für sie hatten das verhindert.

Es war deine Gnade, allein deine Gnade, durch die ich überlebt habe, nicht die von diesem Mann.

Doch die Verteidigung würde das nicht so sehen. Sie würde Hecklers Sympathien für sie anders deuten und für ihre Zwecke nutzen.

Kann ich das, Gott? Diesem Mann und den Männern, die mich auseinandernehmen wollen, gegenübertreten? Soll ich das wirklich tun? Sie versuchte, jegliche eigenen Gedanken beiseitezuschieben, und wartete darauf, ob sie ein Impuls durchfuhr, was sie tun sollte. Doch es blieb still.

»Ich lasse Sie am besten allein, damit Sie Zeit haben, alles zu verarbeiten und erst einmal sacken zu lassen.« Craig Brodie klang vorsichtig. Vielleicht hatte er doch wieder Angst, dass Maggie den Verstand verlor. Hatte sie nicht gerade unbewusst vor sich hin gemurmelt? »Können wir morgen nach Ihrer Arbeit wieder miteinander sprechen?«

Maggie holte tief Luft und hielt kurz inne. Dann stand sie auf und blätterte in ihrem Kalender. »Ja, das können wir machen«, sagte sie, ihren Finger auf der Spalte von Montag, dem elften Juli.

40

11. Juli 1955

Entsetzt starrte Maggie die kleine Leinwand vor sich an.

Das Zeichnen und Malen war ihre Therapie geworden, ihre Weise, um Gott gegenüber besser ihren Schmerz und ihre Freude auszudrücken. Doch dieses Ergebnis erschreckte sie. Sie war so in Gedanken versunken gewesen, dass der Pinsel wie von ganz allein über die Leinwand gefegt war. Schwarze Rechtecke, die einander überlappten und wild durcheinander gezeichnet waren. Und sie waren dunkelrot ausgefüllt, als sei Blut in sie hineingelaufen.

Maggie fuhr unruhig von ihrem Platz hoch. Sie nahm einen Lappen und wischte die an ihren Fingern klebende Farbe ab. Gleich würde Craig Brodie kommen. Doch sie hatte Angst, als Hauptzeugin für den Prozess zuzusagen. Würde sie das wirklich aushalten können? Sie hatte inzwischen mit anderen über ihre Erfahrungen gesprochen, aber es war etwas ganz anderes, wenn von ihren Aussagen ein Gerichtsprozess abhängig war. Was würde sie machen, wenn die Verhandlung eskalierte? War ihr Glaube stark genug, dem standzuhalten und sich nicht andere Wege zu suchen, um damit klarzukommen?

Unvermittelt kam ihr der Beginn von Psalm 40 in den Sinn, den sie kürzlich in der Bibel gelesen hatte. *Geduldig hoffte ich auf die Hilfe des Herrn, und er wandte sich mir zu und hörte mein Schreien. Er rettete mich aus dem Sumpf der Verzweiflung, aus Matsch und Schlamm. Er stellte mich auf festen Boden und gab meinen Füßen festen Halt.*

Etwas früher als verabredet klopfte es an der Tür. Genervt verdrehte Maggie die Augen. Sonst war Brodie nie pünktlich und schon gar nicht überpünktlich gewesen. Warum dann gerade jetzt? Hektisch stand sie auf und öffnete so stürmisch die Wohnungstür, dass sie das Türblatt bremsen musste, bevor es gegen die Wand schlug.

Irritiert runzelte Brodie die Stirn. »Alles in Ordnung?«

Maggie nickte, zuckte aber gleichzeitig die Schultern. Was war denn schon in Ordnung? »Kommen Sie herein.« Etwas halbherzig winkte sie ihn hinter sich her, ging voran auf den Balkon und stützte sich mit den Händen am Geländer ab.

»Wie fühlen Sie sich?«, fragte er und trat auch über die Schwelle der Balkontür. Er blieb einen Schritt hinter ihr stehen und starrte auf die Narben an ihren Armen.

Sie seufzte und fuhr sich mit der Hand über ihren verspannten Nacken. »Haben Sie das Bild gesehen?«

»Mhm«, bestätigte er. »Man kann noch riechen, wie frisch die Farbe ist.«

»Ich habe gar nicht gemerkt, was ich da gemalt habe, als ich so in Gedanken versunken war.«

Er stellte sich neben sie und seine Finger schlossen sich um das Gitter des Geländers. »Heißt das, dass Sie sich entschieden haben oder dass Sie hin- und hergerissen sind?«, fragte er vorsichtig und hielt gespannt abwartend die Luft an.

»Ich habe mich entschieden«, sagte Maggie langsam, als würde die Geschwindigkeit, in der sie die Worte sagte, etwas an ihren Konsequenzen ändern. Sie atmete tief ein und drehte sich zu ihm. »Aber ich habe eine Bedingung.«

Zuerst war es sichtbare Erleichterung, die ihn durchflutete, doch ihr Nachschub schien ihn zu verunsichern. »Was für eine Bedingung?«

»Ich will ihn vorher sehen. Erich Heckler.« Maggie verschluckte fast den Namen, den sie seit Jahren nicht mehr ausgesprochen hatte.

Brodies Mund öffnete sich, unfähig, etwas zu sagen, bevor er angesichts der lächerlichen Bitte würde lachen müssen. Doch dann wurde ihm klar, dass sie es ernst meinte. Er unterdrückte einen Fluch. »Als Hauptzeugin der Anklage können Sie nicht zu ihm«, fuhr er sie an.

Nun rollten die Emotionen unverhüllt über Maggies Gesicht und sie schnaubte. »Sie können doch nicht erwarten, dass ich ihm unvorbereitet im Gerichtssaal gegenübertrete! Ich kann ihm nicht begegnen vor all den Menschen und dann sagen, was er getan hat!« Sie war fest entschlossen und hob selbstbewusst das Kinn, auch wenn ihre Knie weich waren. Sie würde sich für ihr Anliegen einsetzen, denn viel zu lange hatten andere ihr vorgeschrieben, was zu tun und zu lassen war.

Brodie schlug die Hände über dem Kopf zusammen. »Das ist rechtlich nicht möglich. Und außerdem … sollten Sie nur in einem kontrollierbaren Rahmen auf Erich Heckler treffen.«

»Ein Kreuzverhör ist wohl kaum ein kontrollierbarer Rahmen«, zischte Maggie und wandte sich mit verschränkten Armen wieder der Aussicht zu, die sie gar nicht wahrnahm. Die Erinnerung an ihren Traum, dass Erich Heckler bei ihr in der Zelle gewesen war, durchzog sie unangenehm. Und bei dem Gedanken, Craig Brodie davon zu erzählen, wurde ihr ganz heiß.

Unterdessen überlegte Brodie fieberhaft, ob es eine Möglichkeit gab, Maggie zum Einwilligen zu bringen, auch ohne dass ihre Bedingung so erfüllt würde, wie sie es haben wollte. »Sie meinen mit Sehen aber nicht, mit ihm zu sprechen, richtig?«

Sie nickte.

»Reicht es Ihnen, wenn Sie eine aktuelle Fotografie von ihm sehen?«

Als Maggie laut auflachte, sah Brodie sie irritiert an. Ihr Lachen verstummte. »Na gut«, sagte sie, klang aber nicht begeistert. »Dann eben eine Fotografie.«

Zufrieden nickte der Agent. Das würde sich arrangieren lassen. »Ich bin froh, dass Sie bereit sind, als Zeugin aufzutreten. Aber trotzdem fühle ich mich verpflichtet, das zu fragen: Ihnen ist klar, dass Sie danach nicht mehr für den Geheimdienst werden arbeiten können?«

Traurig lächelte Maggie. »Ja. Der Gedanke kam mir auch, aber die CIA scheint genauso wenig an mir als Person interessiert zu sein wie das OSS zu seiner Zeit.« Dann verschwand ihr Lächeln. »Aber bedeutet das, dass Medienvertreter da sein werden? Dass mein Name an die Öffentlichkeit dringt und es Fotografien oder sogar Filmaufnahmen geben wird?«

Sie klang ängstlich und wirkte auf Brodie so wie an dem Tag, als er sie leblos aufgefunden hatte. Er schluckte. »Es werden Medienvertreter da sein, aber alle ihre Berichte müssen vorher über die Tische der Geheimdienste laufen.«

»Auch über Ihren?«

Überrascht blickte er sie an. »Hoffen Sie das?«

Maggie errötete leicht. Sie drehte sich um und lehnte sich mit dem Rücken gegen das Geländer, während sie ihn ansah. »Na ja«, sagte sie mit einem Achselzucken, »es scheint, als wären Sie anständig. Und Sie scheinen der Einzige aus der Geheimdienstecke zu sein, der mir gegenüber nicht ablehnend ist – zumindest nicht mehr.«

Zustimmend schnalzte Craig Brodie mit der Zunge. »Das kann man wohl so sagen«, murmelte er. Er fühlte sich zwar verpflichtet, sie anständig zu behandeln, nachdem er ihr monatelang misstraut hatte, doch er war sich auch bewusst, dass er seinen Kollegen nicht völlig in den Rücken fallen konnte. Er musste einen guten Mittelweg finden. »Ich werde eventuell auch als Zeuge aussagen, aber nicht eine so tragende Rolle spielen wie Sie. Es kommt darauf an, wie die Anklage sich aufbaut. Vielleicht werden Sie auch als einzige Zeugin aufgerufen und der Rest folgt über schriftliche Beweismittel und Aussagen.« Ein paar Sekunden verstrichen, bevor er mit vielsagendem Ausdruck in der Stimme noch einmal hinterherschob: »Die einzige Zeugin der Anklage. Die Verteidigung könnte auch welche aufrufen.«

Maggie wurde schlecht und sie wandte ihr Gesicht ab. Wer sollte als Leumundszeuge für Erich Heckler aussagen? Jeder, der ihr einfiel, würde selbst belastet sein. Als sie zu ihrer nächsten Frage ansetzte, merkte sie, wie sie versuchte, durch Wissen Kontrolle über diese Situation zu bekommen. »Wie lange ist er schon in Gewahrsam?«

»Seit drei Wochen.«

»Und sein SS-Freund Karl Schäfer?«

»Über seinen Verbleib wissen wir nichts. Nachdem Erich Heckler in Argentinien gefunden worden war, sind alle seine Kontakte aus den vergangenen Jahren und sein ganzes Umfeld auseinandergenommen worden, aber es konnte keine Spur zu weiteren Nazis gefunden werden.«

Maggie schob ihre Brille ein Stück höher. »Wird der Fall große Aufmerksamkeit auf sich ziehen?« Sie wollte nicht Teil von etwas sein, das Schlagzeilen machte. Das würde sie nur noch verrückter machen und ihre Sorgen verstärken.

»Ich glaube, es wird sich in Grenzen halten – auch wenn ein Geheimprozess, in den die CIA und der MI6 involviert sind, natürlich immer das öffentliche Interesse weckt. Weil die amerikanische Verfassung Geheimprozesse verbietet, wird der Prozess offiziell auch nicht so genannt werden, obwohl er de facto einer ist. Die Amerikaner sind aber meiner Meinung nach gerade zu sehr damit beschäftigt, hinter jeder Ecke einen Kommunisten zu vermuten, weswegen ich kein allzu großes Interesse erwarte. Wahrscheinlich interessiert es sie nicht sonderlich, dass ein alter Nazi, der noch nicht einmal eine Führungsposition innegehabt hat, jetzt angeklagt wird.«

Eigentlich hätte Maggie angesichts dieser Antwort Erleichterung empfinden sollen, immerhin war es das, was sie hatte hören wollen. Doch gleichzeitig verspürte sie einen Stich des Bedauerns, dass ihre Arbeit immer noch nicht wertgeschätzt wurde.

Ich darf mich davon nicht runterziehen lassen. Herr, von dir möchte ich abhängig sein, nicht von dem, was andere über mich sagen oder denken. Schenke mir das Wollen und Vollbringen. Immer wieder war das ihr Gebet und trotzdem tappte sie stets aufs Neue in die Falle, dass sie hoffte, von Menschen Wertschätzung zu bekommen. In einem gewissen Rahmen war das in Ordnung, aber keineswegs sollte davon ihr Selbstwertgefühl abhängig sein. Und dass Menschen sie ablehnten, war nicht damit gleichzusetzen, dass Gott sie ablehnte – ganz und gar nicht!

»Jemand von der CIA wird sich mit Ihnen noch vor der Verhandlung zusammensetzen, um zu klären, was weiterhin unter die Geheimhaltung fällt und was Sie sagen dürfen«, sagte Brodie.

»Das klingt nicht danach, dass ich die volle Wahrheit sagen darf.«

»Die Wahrheit schon, aber nicht alle Teile davon.«

Wieder musste sie sich also der Organisation unterwerfen. Seufzend trat sie durch die Balkontür ins Innere und hörte, dass Craig Brodie ihr folgte. »Werden auch ehemalige Mitarbeiter des OSS da sein?«, fragte sie über die Schulter. Zum Beispiel der eine, der Jakob gedroht hatte – Maggie wusste seinen Namen nicht mehr, aber begegnen wollte sie ihm auf keinen Fall.

»Ich weiß es nicht, da die CIA die Fäden in der Hand hält.«

»Konnte man noch mehr Gemälde bei Heckler finden? Oder noch die viel bessere Frage: Redet er?« Letzteres konnte sie sich beim besten Willen nicht vorstellen. Sie füllte einen Teekessel mit Wasser und stellte ihn dann auf eine Herdplatte. Das Feuerzeug klickte, als sie das Gas anzündete.

Im Türrahmen lehnend sagte Brodie: »Erstens: nein. Vielleicht hat er alle bisher verkauft, ohne dass wir es mitbekommen haben, oder an einem geheimen Ort versteckt. Zweitens: nein. Er sagt, er sei nur ein einfacher Kunsthändler gewesen.«

War die Aufzählung Brodies Art, sein Missfallen über ihre Gedankensprünge zum Ausdruck zu bringen? Verbissen blickte Maggie den Kessel an, als würde allein ihr Blick das Wasser zum Kochen bringen. Schon diese Behauptungen von Erich Heckler würde sie als Zeugin widerlegen können!

»Ich weiß, dass Ihnen das schwerfällt, aber ich glaube, Sie werden danach umso glücklicher sein, wenn das Urteil gefallen ist«, sagte

Brodie und aus dem Augenwinkel sah Maggie, dass er die Schultern zuckte. »Vielleicht wird er auch mit dem Tod bestraft. Meiner Meinung wäre das nur gerecht.«

Schlagartig wurde Maggies ganzer Körper kalt, sodass sie sicherlich den kochenden Wasserkessel hätte berühren können, ohne sich zu verbrennen. »Sie haben mal die These aufgestellt, dass ich nur am Leben geblieben sei, weil er gewisse Sympathien für mich gehegt habe«, sagte sie und hoffte, er würde verstehen, auf was sie anspielte.

Craig Brodie nickte leicht. »Das wird wahrscheinlich auch zur Sprache kommen.«

Aufstöhnend raufte Maggie sich die Haare. »O Gott!«

»Sie müssen sich auf alles, was in diese Richtung geht, gefasst machen. Und besonders darauf, dass es unverblümt und sehr direkt zur Sprache kommen wird.«

Als sie sich wie betäubt nicht von der Stelle rührte, nahm er mit einem Topflappen den Kessel vom Herd und schaltete das Gas ab.

Würde sie das wirklich schaffen? Diesem Druck standhalten? Die Wahrheit sagen? Die Nerven behalten? *O Herr, ich schreie zu dir, weil ich dich brauche!*

~

In den kommenden Wochen machte allein der Gedanke an die Verhandlung Maggie fast verrückt, auch wenn es noch Monate bis dahin waren.

Bei ihrer Arbeit war sie daher noch unkonzentrierter als ohnehin schon. Das blieb auch ihrem Umfeld nicht verborgen, doch Meredith war die Einzige, die Maggie einweihte. Immerhin war sie auch die Einzige, die das große Ganze kannte. Sie hatte ihr zwar auch ans Herz gelegt, mit den anderen aus der Gruppe zu reden, doch seit Jahren weigerte sich Maggie, das zu tun. Wenn es um ihre Arbeit für das OSS ging, blieb sie bei vagen Äußerungen, sprach aber umso offener und ehrlicher über ihre frühere Essstörung und die Tablettenabhängigkeit.

Sie traf sich noch einige Male mit Craig Brodie, bevor er zurück nach London flog. Bei dem ganzen Gefühlschaos vergaß Maggie fast, was für eine Reise er auf sich genommen hatte, nur um mit ihr zu sprechen, aber immer, wenn sich diese Tatsache doch in ihr Bewusstsein drängte, verspürte sie eine tiefe Dankbarkeit. Sie wusste nicht, woher es kam, dass sie diesem Mann auf einmal so vertrauen konnte, nachdem er sie doch so lange so schlecht behandelt hatte. Aber das hatte sie in den letzten Jahren gelernt: Wenn sie Gott vertraute, konnte sie auch Menschen vertrauen, selbst wenn sie nicht immer alle Erwartungen erfüllten und alles andere als perfekt waren.

41

Old Bailey in London, Vereinigtes Königreich
14. September 1955

Maggie konzentrierte sich auf die Bewegung des Aufzugs, als er in dem Gerichtsgebäude nach oben fuhr. Sie atmete langsam ein, und erst als er anhielt und sich mit einem Gong ankündigte, dass sie ihr gewünschtes Stockwerk erreicht hatte, atmete sie aus. Sie straffte die Schultern und verließ den Aufzug mit einem dankbaren Nicken in Richtung des Aufzugführers. Sie wollte nicht daran denken, dass sie am liebsten zu den Toiletten gerannt wäre, um mit dem Kopf über der Kloschüssel zu hängen. Und als wäre dieser Drang nicht schon schlimm genug, hämmerte es in ihrem Kopf. Das erste Mal nach Jahren sehnte sie sich nach einer Paracodintablette, die sie das einfach vergessen lassen würde.

In dem Seitengang, der den Hauptgang beim Gerichtssaal kreuzte, war es ruhig und sie war allein. Craig Brodie hatte ihr geraten, hier zu warten, bis er kommen und sie begleiten würde. Sie stellte sich steif an ein Fenster und schlang die Arme um sich. Immer wieder sah sie auf ihre Armbanduhr, um sich zu vergewissern, dass sie noch Zeit hatte.

Das Klicken des Fahrstuhls ließ sie aufblicken. Überrascht weiteten sich ihre Augen, als sie sah, wer da aus dem Aufzug stieg. Er sah sie auch direkt und kam auf sie zu.

»Mayflower«, sagte Maggie.

Mit seiner Mütze in der Hand blieb der Armeearzt in Uniform vor ihr stehen. Sein freundliches Gesicht war wie Balsam für Maggies Seele, auch wenn mit ihm die Erinnerung verbunden war, wie sie in das tiefe Loch gestürzt war.

»Mayfield«, verbesserte er sie höflich und neigte zur Begrüßung leicht den Kopf – in den zehn Jahren, die vergangen waren, hatte er alle seine Haare verloren.

Ein ehrliches Lächeln huschte über Maggies angespanntes Gesicht. *Mayfield. Natürlich.*

»Sie sehen gut aus«, sagte Evan Mayfield und musterte sie zum wiederholten Male.

Etwas verlegen und überrascht strich Maggie über ihren schwarzen Bleistiftrock, den sie mit einer weißen Bluse und einer Strickjacke kombiniert hatte. Ihre Füße steckten in Pumps mit einem Punktemuster. Ihre Haare waren zu großen Wellen gelockt und nach hinten gebürstet. Ihren leichten Mantel hatte sie sich über den Arm gelegt.

»Danke – auch dafür, dass Sie das sagen, obwohl ich so nervös bin.« Sie hob ihre Hand, damit er sah, wie ihre Finger zitterten.

»Das ist verständlich«, entgegnete er ernst. »Aber nun ist erst einmal die Anklageverlesung. Craig hat mir gesagt, wie der Ablauf ist. Sie werden als Letzte den Saal betreten und als Erste wieder gehen. Erich Heckler wird Sie nicht sehen können, wenn Sie auf der Tribüne sitzen.« Er machte eine Pause und fügte dann noch hinzu: »Es ist sehr mutig, dass Sie jetzt schon hier sind.«

Wieder versuchte Maggie zu lächeln. Ein Blick auf die Uhr sagte ihr allerdings, dass jeden Moment Craig Brodie kommen würde, um sie zum Gerichtssaal zu bringen.

Auf einmal sprang eine Tür auf und eine junge Frau, höchstens achtzehn Jahre alt, mit Pumps und geschminktem Gesicht, stürmte an Maggie und Mayfield vorbei. Gleich hinter ihr tauchte Craig Brodie auf. »Bleib hier! Mädchen, ich warne dich!« Doch trotz der lauten Stimme und des strengen Tonfalls lief die Frau weiter und verschwand hinter einer Tür, die zum Treppenhaus führte.

Verwirrt wandte sich Maggie zu dem Arzt um. »War das …?«

»Olivia«, vollendete Brodie ihren Satz, als er auf sie zukam. Er sah immer noch erregt aus, bemühte sich aber, ruhig zu werden. Er strich seine Krawatte glatt und knöpfte das Jackett seines Nadelstreifenanzugs zu. »Sie ist wütend, weil ich ihr verboten habe, mit einem Jungen auszugehen. Verdammt noch mal! Sie ist sechzehn Jahre alt, natürlich lasse ich sie da nicht auf eine Tanzveranstaltung gehen!«

Überrascht formten sich Maggies Lippen zu einem stillen Oh.

»Sie sieht älter aus«, stellte Mayfield fest.

»Das liegt wohl an ihrem Aufzug und diesem Lippenstift. Haben Sie in dem Alter etwa Lippenstift getragen?«, fragte er plötzlich an Maggie gerichtet. Perplex, diese Frage aus seinem Mund zu hören, war sie unfähig, etwas zu sagen, doch da winkte er schon ab. »Vergessen Sie es.«

Er atmete einmal tief ein und schien dann deutlich ruhiger zu sein. »Tut mir leid, dass Sie mein persönliches Drama miterleben müssen. Ich war die letzten Tage kaum zu Hause, und da Olivia gemeint hat, mich etwas überaus Wichtiges fragen zu müssen, musste ich mich wohl oder übel hier mit ihr treffen.« Nun klang er wieder so, wie Maggie ihn kannte, und das beruhigte ihre Nerven. »Es freut mich, Sie hier zu sehen.« Er reichte erst ihr die Hand und dann Mayfield. Ihre Finger waren eiskalt im Gegensatz zu seinen, die von seiner Wut noch stärker durchblutet schienen.

»Ist das in Ordnung, was ich anhabe?«, fragte Maggie mit gerunzelter Stirn und fuhr wieder mit den Handflächen über ihre Kleidung. Eigentlich war es eine sehr einfache, aber förmliche Kombination, doch trotzdem war sie enorm verunsichert.

Etwas irritiert blickten beide Männer sie an, bevor Brodie sagte: »Natürlich ist das in Ordnung. Also: Jetzt geht es los.«

Maggie holte Luft. Der Agent blieb noch ein paar Sekunden an Ort und Stelle stehen, bevor er vorausging und die beiden anderen ihm folgten.

»Es freut mich übrigens, dass Sie hier sind, Doktor Mayfield«, flüsterte Maggie dem Arzt zu, der neben ihr ging.

»Evan.«

Er hielt ihr im Laufen seine Hand hin und Maggie schüttelte sie. »Maggie.«

Überrascht stellte sie fest, dass er ihre Hand nicht losließ. Erst als sie durch die Tür den Gerichtssaal betraten und hintereinander durch die Tür gehen mussten, tat er das. Auf einmal wurde ihr klar, dass er wohl kaum hier war, um sie zu unterstützen. »Sie sagen aus. Ich meine – als medizinischer Experte?«

Sie sah nur, dass er nickte, hörte sein Ja aber nicht mehr, denn ihr Blut pulsierte schon viel zu laut in ihren Ohren.

Trotz der Angst fühlte Maggie sich sicher zwischen diesen beiden Männern auf der Tribüne. Der Angeklagte saß mit Kopfhörern mittig vor der Richterbank. Maggie war froh, ihn erst einmal nur von hinten zu sehen und sich langsam daran gewöhnen zu können, dass er sich im selben Raum wie sie befand. Als einzigen Farbtupfer nahm sie die britische und amerikanische Flagge wahr, die hinter der Richterbank aufgestellt waren.

Als Evans Finger sich an ihr Handgelenk legten und er ihren Puls fühlte, schreckte sie auf. Sah sie vielleicht so aus, als würde sie ohnmächtig werden? Sie konnte es nicht sagen. Aber dass sie sich so fühlte, als würde sie gleich umfallen, stand fest. Brodie blickte zu dem Arzt und ließ sich durch ein Kopfnicken versichern, dass Maggie im Saal bleiben konnte.

Sie erhoben sich, als die zwei Richter den Saal betraten – ein Amerikaner und ein Brite. Die Namen konnte sie sich nicht merken. Die Zuschauertribüne war nicht völlig besetzt, wer die Männer waren, die hier saßen, wusste sie aber nicht genau. Als alle wieder saßen, begannen die Formalitäten der Verhandlung. Hin und wieder lehnte sich Brodie zu ihr und flüsterte ihr etwas ins Ohr, doch sie konnte sich nicht auf seine Worte konzentrieren. Er würde es ihr später noch einmal erklären müssen. Die Anklageschrift umfasste die Hauptaspekte, die auch Brodie Maggie schon dargelegt hatte, und diese wurden nun weiter ausgeführt. *Mord, Misshandlung, Plünderung von privatem Eigentum, Folter.*

Seltsamerweise fühlte sich all das für Maggie auf einmal so weit weg an. Als würde sie etwas hören, zu dem sie keinen Bezug besaß oder das sie gar nicht kannte. Erst als der Angeklagte aufgerufen wurde, um sich im Sinne der Anklage als schuldig oder nicht schuldig zu bekennen, kehrten die Emotionen in Maggies Bewusstsein zurück, und ihr Körper reagierte darauf direkt mit Herzrasen.

Nie im Leben bekennt er sich schuldig.

Als Erich Heckler aufstand, um ans Mikrofon zu treten, stellte Maggie erschreckt fest, dass er sich kaum verändert hatte. Es schien, als wäre er in den letzten zehn Jahren nicht gealtert – zwar hatte sie das schon auf der aktuellen Fotografie von ihm gesehen, doch ihn jetzt leibhaftig vor sich zu sehen, war noch einmal etwas ganz anderes. Und dann fühlte sich alles wieder so real an! Sie biss sich auf die Lippe, um nicht zu weinen.

»Nicht schuldig.« Seine Stimme war von keinerlei Emotion gefärbt, das Gesicht völlig neutral. Trotzdem oder gerade deshalb fühlte es sich an, als würde ein Stromschlag durch Maggies Körper jagen. Heckler klang genauso wie damals.

42

Maggie atmete ganz flach, während sie den Bügel ihrer Brille zwischen den Fingern hin- und herdrehte. Auf ihrer Nase waren die Abdrücke zu sehen, die ihre Brille hinterlassen hatte.

»Gleich geht es los«, sagte Craig Brodie.

Sie versuchte, tief Luft zu holen, doch es half nichts. Die Enge in ihrer Brust wurde nicht weniger. »Was ist, wenn ich keinen Ton herausbekomme?«, japste sie panisch und sah von ihrer sitzenden Position im Warteraum für Zeugen zu dem Agenten hoch. Es war inzwischen Nachmittag und gleich würde sie als erste und wichtigste Zeugin auftreten.

»Sie haben den Männern der Geheimpolizei widerstanden. Sie werden auch in der Lage sein, zu erklären, was passiert ist. Denken Sie aber daran: Sie dürfen sich nicht einschüchtern und nicht aus der Fassung bringen lassen, besonders nicht, wenn auf Ihre Gesundheit angespielt wird.«

Sie presste ihre Zähne fest zusammen, weil sie nicht wusste, wohin mit ihrem inneren Druck. Sie wagte ihm nicht zu sagen, dass es ein Leichtes sein würde, sie zu verwirren und im Kreuzverhör zu verunsichern. Schließlich konnte sie sich längst nicht mehr an alles erinnern – weder an das, was heute gesagt worden war, noch an das, was schon zehn Jahre zurücklag.

Geduldig hoffte ich auf die Hilfe des Herrn, und er wandte sich mir zu und hörte mein Schreien. Er rettete mich aus dem Sumpf der Verzweiflung, aus Matsch und Schlamm. Er stellte mich auf festen Boden und gab meinen Füßen festen Halt.

»Mit Zustimmung des Gerichts rufe ich nun die Zeugin Margret Nelson in den Zeugenstand«, ertönte die Stimme des amerikanischen Anklägers durch die angelehnte Tür.

Geduldig hoffte ich auf die Hilfe des Herrn ... Maggie stand auf, setzte ihre Brille auf und straffte die Schultern.

Bevor Brodie ihr die Tür aufhielt und sie nach draußen in den Zeugenstand trat, flüsterte er: »Sehen Sie ihn am besten nicht an.«

Doch genau das tat Maggie. Sie sah ihn an und er hielt ihren Blickkontakt. Sie wusste nicht, wie seine Miene zu deuten war. War das wirklich ein kleines Lächeln auf seinen Lippen? Ihr schien es, als sei die Temperatur im Gerichtssaal in den vergangenen Stunden um mehrere Grad gefallen.

»Sprechen Sie mir bitte nach: Ich schwöre bei Gott, dem Allmächtigen und Allwissenden, dass ich die reine Wahrheit sagen, nichts verschweigen und nichts hinzusetzen werde.«

Maggie sprach die Worte des Vorsitzenden nach. Ihre Stimme war beherrscht, aber heiser.

»Nennen Sie bitte Ihren Namen, das Alter, den Geburtstag und Familienstand.«

»Margret Stacy Nelson, dreiunddreißig Jahre, 18. Februar 1922, ledig.«

»Miss Nelson«, der Ankläger der amerikanischen Seite war von seinem Platz aufgestanden. »Erklären Sie bitte, in was für einer Verbindung Sie zu Erich Heckler, dem Angeklagten, stehen.«

Erleichtert atmete Maggie auf. Nun begannen die Fragen, die sie im Vorhinein mit der Anklage besprochen hatte. »Ich war Haushälterin in seinem Haus in der Nähe von Hamburg.«

»Wie lange?«

»Von Mai 1944 bis zum Ende des Krieges.« Kurz verzog sich ihr Gesicht. Sie war sich nicht sicher, ob das die richtige Antwort war, immerhin war sie ab März 1945 inhaftiert und genau genommen keine Haushälterin mehr gewesen. Auch der Ankläger schien irritiert von ihrer Antwort, deswegen schob sie schnell hinterher: »Also eigentlich bis März 1945.«

Zufrieden nickte er. »Können Sie dem Gericht bitte kurz erklären, wie es dazu gekommen ist, dass Sie für Herrn Heckler gearbeitet haben?«

Und das tat sie. Dass sie vom OSS rekrutiert, ausgebildet und dann nach Deutschland geschickt worden war.

Mit einem Handzeichen gab ihr der Anwalt kurz zu verstehen, zu stoppen, und er schob dazwischen: »Sehr geehrte Vorsitzende, bei diesem Punkt möchte ich anmerken, dass aus folgendem Antrag der amerikanischen Regierung hervorgeht, dass die Art, wie Miss Nelson rekrutiert und ausgebildet wurde, Verschlusssache ist und deswegen hier nicht weiter erläutert wird.« Er ging von seinem Pult zur Richterbank und gab auch Erich Hecklers Anwalt einen Abzug. Auf dem Weg zurück zu seinem Pult sagte er: »Sie können fortfahren, Miss Nelson.«

Sie erklärte, wie ihre Arbeit im Haushalt von Erich Heckler ausgesehen hatte. Sie beschrieb die Bilder, die teilweise mit Fotografien und Besitzurkunden als Beweismaterial vorgelegt wurden, und sie berichtete auch von jenem Tag, als das Blut am Bilderrahmen klebte, weil es gerade von einer jüdischen Familie mit Gewalt geraubt worden war. Sie schilderte die geheimen Auktionen, die Besuche des SS-Freundes Karl Schäfer und dass Erich Heckler das Geld, das er verdiente, an nationalsozialistische Organisationen spendete. Dann kam sie zu der Stelle, wo sie versucht hatte, einem amerikanischen Piloten, der per Fallschirm abgesprungen war, das Leben zu retten.

»Besagter Pilot, Lieutenant Colonel Sam Harper, hat eine schriftliche Aussage getätigt, in der er diese Darstellung von Miss Nelson bestätigt.« Immer wieder untermauerte der Anwalt Maggies Aussagen mit anderen Beweismaterialien. War das normales Vorgehen oder wollte er dafür sorgen, dass Maggie glaubwürdig erschien und für die späteren Fragen des Verteidigers gerüstet war?

»Was geschah, nachdem Sie entdeckt worden sind?«

»Ich bin in einen Zellenkomplex unter der Villa von Erich Heckler gebracht worden. Und dann begannen die Fragen und die Folter.«

»Würden Sie bitte Ihre Ärmel aufrollen und Ihre Brille absetzen, damit alle die Narben sehen können?«

Maggie schluckte schwer, tat es aber. Als sie ihre Brille abnahm, blickte sie nur noch auf die Umrisse des Anwalts.

»Was genau ist hier passiert?«

Mit ihrer rechten Hand fuhr Maggie über ihren linken Arm. »Das sind Verbrennungen von Zigaretten.«

»Wer hat diese Verbrennungen verursacht?«

»Die Männer der Gestapo.«

»Und die Narben in Ihrem Gesicht? Wie sind die entstanden?«

»Sie haben mir Glasscherben ins Gesicht gedrückt.« Sie schob sich unaufgefordert wieder ihre Brille auf die Nase. Sie konnte nur ihren Gebeten zuschreiben, dass sie auf einmal so ruhig war. Es war nicht in ihrer Kontrolle, was hier geschah, sie konnte nur sagen, was sie wusste, und den Rest mussten andere entscheiden.

»Was haben sie noch getan?«, fuhr der Anwalt fort.

Maggie schluckte schwer. Seit zehn Jahren hatte sie darüber nichts mehr erzählen müssen. Sie hatte es damals Brodie und seinem amerikanischen Kollegen gegenüber noch nicht mal ausgesprochen, sondern nur aufgeschrieben. »Sie haben mir alle Reize entzogen – für Stunden, Tage, das weiß ich nicht mehr, man verliert sehr schnell das Zeitgefühl. Es gab kein Licht, die Zelle war schallgedämmt, lange gab es nichts zu essen und nichts zu trinken.«

Maggie mochte viel aus der Zeit vergessen haben – entweder, weil sie es verdrängt hatte oder weil ihr Gedächtnis Schaden genommen hatte, doch was ihr angetan worden war, stand ihr immer noch klar vor Augen.

Gib mir Kraft, weiterzusprechen.

»Dann haben sie mich mit Reizen überschüttet, mich mit hellem Licht konfrontiert, ich habe tagelang nicht schlafen können. Meistens waren es immer andere Gestapomänner, die entweder das Gleiche gemacht haben wie ihre Vorgänger oder noch drastischer vorgegangen sind. Wenn ich mal schlafen durfte, wurde in der Nacht alle paar Minuten das Licht angemacht, und ich musste aufstehen.« Maggies rechte Finger fuhren um ihr linkes Handgelenk. »Am Anfang war ich nahezu immer gefesselt. Irgendwann haben sie mich dann einfach liegen lassen, wenn sie fertig waren, wahrscheinlich haben sie gedacht, ich wäre in meinem Zustand nicht mehr in der Lage, Selbstmord zu begehen.«

Sie machte eine Pause, um kurz zu überlegen, was sie schon genannt hatte und was nicht, als der Ankläger eine Frage dazwischenschob: »Können Sie einen der Männer benennen?«

Langsam nickte sie. »Einen, weil ich ihn schon vor meiner Enttarnung kannte: Karl Schäfer, er war bei der SS und ein wiederkehrender Gast im Haus. Aber sonst sind keine Namen gefallen.«

Sie sah Erich Heckler an. Er trug Handschellen, die Hände vor sich gefaltet. Maggie meinte, leichte Falten auf seiner Stirn erkennen zu können. Hatte er die schon zu Beginn der Verhandlung gehabt oder erst, seit sie aufzählte, was ihr in seinem Keller angetan worden war? Er selbst hatte sich nicht die Hände schmutzig gemacht – aber Passivität sprach ihn nicht frei, Pontius Pilatus war genauso an der Misshandlung Jesu schuldig wie die römischen Soldaten, die ihn ans Kreuz genagelt hatten.

»Karl Schäfer hat meine Hände mit einem Eisenhaken an der Decke festgebunden. Dann hat er auf mich eingeprügelt. Wenn ich kurz davor war, bewusstlos zu werden, oder manchmal auch erst, wenn ich bewusstlos war, haben sie mich auf den Boden gelegt und mit kaltem Wasser übergossen. Dann wurde ich festgehalten und mir wurde ein Lappen aufs Gesicht gelegt, der mit Wasser getränkt wurde, bis ich fast erstickt bin.«

Was macht diese Aufzählung wohl mit Erich Heckler?, durchschoss es Maggie auf einmal. Offenbar hatte er ja nie zusehen können, was mit ihr in seinem Keller gemacht worden war. Ob er sich bei den andern Inhaftierten anders verhalten hatte?

»Sie haben meine Kleider genommen, mich bespuckt, mir Haare ausgerissen.« Sie hielt kurz inne und nickte dann dem Anwalt zu, ein Zeichen, dass sie fertig war. Er sah zufrieden aus. Anscheinend hatte sie alles erzählt, was auch in der Akte stand.

»Wie lange waren Sie inhaftiert?«

»Von März bis Anfang Mai 1945, als die Briten kamen.«

Dann kamen Fragen zu den anderen beiden Inhaftierten, die später ermordet worden waren, aber Maggie wusste nichts über sie.

»Danke. Das war es vorerst.«

Langsam atmete Maggie aus. Das war nur die erste, einfache Hürde gewesen, aber jetzt würden noch die Fragen des Verteidigers und gegebenenfalls der Richter kommen.

»Miss Nelson«, der Anwalt, der Erich Heckler verteidigte, betonte ihren Namen so seltsam melodisch, dass sie allein jetzt schon hätte wegrennen wollen. Aber sie sah nicht ihn an, sondern zwei Meter an ihm vorbei in das Gesicht von Erich Heckler. Auch er wirkte noch ruhig, auch wenn sie ihn gerade mit ihrer Aussage schuldig gesprochen hatte. Wäre es nicht besser, er versuchte nun, seine Schuldlast zu verringern, als zu versuchen, als völlig unschuldig aus dem Prozess herauszugehen?

»Miss Nelson, sehen Sie mich an.« Nun bekam die Sprachmelodie des Anwalts einen barschen Unterton.

Maggie biss die Zähne zusammen und wandte dann den Kopf zu dem Anwalt. Seine Fragen waren nicht chronologisch, er sprang von einem Thema zum anderen und sie musste sich sehr konzentrieren, um nichts durcheinanderzubringen.

»Ist Erich Heckler je bei Ihnen in der Zelle gewesen?«

»Ja.«

»Wann?«

Auf einmal spürte Maggie sich ihm überlegen. Der Anwalt wusste wahrscheinlich, dass sein Mandant kurz vor Kriegsende bei ihr gewesen war, aber er rechnete genauso wie Heckler wohl nicht damit, dass sie sich erinnerte – es sei denn, das Ganze war doch nur ein Traum von ihr gewesen.

»Ganz am Anfang, als ich eingesperrt worden bin.« Sie machte eine kurze Pause, um es zu genießen, wie der Anwalt bereits die nächste Frage stellen wollte, als sie sich entschloss, herauszufinden, ob es ein Traum oder Realität gewesen war, und schob im letzten Moment hinterher: »Und ganz am Ende. Ich weiß nicht, wann genau das war, weil ich jegliches Zeitgefühl verloren habe, aber zu dem Zeitpunkt war ich schon durch das Glas verletzt worden.«

Der Anwalt taxierte sie mit zusammengekniffenen Augen, während Maggie aus dem Augenwinkel wahrnahm, dass sich der amerikanische Ankläger zu seinem Kollegen hinüberbeugte und mit ihm flüsterte. Der Brite fing an, in seinen Unterlagen zu blättern, während er den Kopf schüttelte. Auch sie waren überrascht, hatte Maggie das doch bisher nie erwähnt. Und jetzt sah sie auch, wie irritiert und unzufrieden Craig Brodie in der vordersten Reihe der Zuschauertribüne aussah.

»Hat Erich Heckler Sie selbst geschlagen oder anders verletzt?«

Angespannt verkrampfte sich Maggies Körper. Schon war der Augenblick ihres Triumphes vorüber. »Nein«, presste sie hervor. »Aber er hat gesehen, was seine Männer gemacht haben«, fügte sie noch hinzu, um nicht das Gefühl zu haben, ihn völlig zu entlasten. Doch das schien ein Fehler gewesen zu sein, denn das Gesicht des Verteidigers leuchtete auf einmal auf.

Er blieb unmittelbar vor dem Zeugenstand stehen und zeigte hinter sich in Richtung des Angeklagten. »Seine Männer? Unterstanden sie etwa seinem Befehl? War Erich Heckler etwa derjenige, der die Fäden gezogen hat?«

Verwirrt zog Maggie die Augenbrauen zusammen. »N... nein«, stammelte sie. »Also ich meine ... es waren sein Haus und seine Zellen, er musste also einen gewissen Einfl...«

Energisch fiel ihr der Anwalt ins Wort: »Erst ein Nein und jetzt der Versuch einer Verteidigung? Ich bitte Sie, sind Sie sich jetzt sicher oder nicht?« Er versuchte, sie zu diffamieren.

»Nein, es waren nicht seine Männer, aber es war sein Zellenkomplex, ein gewisses Maß an Einfluss muss er also gehabt haben!« Sie war zu laut geworden. Sie sollte nicht so emotional reagieren, aber ihre Wut hatte ein Ventil gebraucht.

»›Sein‹ Zellenkomplex? Haben Sie in Ihrer Tätigkeit als Hausmädchen von diesem Komplex Kenntnis gehabt?«

»Nein, aber es war sein Haus.«

Der Verteidiger winkte ab und ging ein paar Schritte auf und ab. »Das sagten Sie schon. Aber es könnte also genauso gut sein, dass Karl Schäfer als Freund des Angeklagten mit dessen Erlaubnis, aber ohne dessen Wissen, was er dort tat, den Keller benutzte?«

Empört stieß Maggie die Luft aus. »Jetzt bitte ich Sie aber! Das ist eine äußerst lächerliche Schilderung. Außerdem hat der Angeklagte, wie ich schon sagte, gesehen, was dort unten passiert ist.«

»Fakt ist aber, dass es nicht zulässig ist, die Zellen als ›seine Zellen‹ zu bezeichnen. Miss Nelson: Als Sie wieder in den Staaten waren, was haben Sie dort für eine Tätigkeit ausgeübt?«

Jetzt ging also das Spiel um ihre Gesundheit los. »Ich habe als Kellnerin gearbeitet. Jetzt bin ich Sekretärin beim Amerikanischen Roten Kreuz.«

»Das habe ich nicht gefragt, sondern was im Jahr 1945 Ihr Anstellungsverhältnis war. Warum haben Sie zu diesem Zeitpunkt nicht als Sekretärin gearbeitet?«

O Gott, ich will das hier nicht. »Weil ich durch die Folter und die Gewaltanwendung auf den Kopf Konzentrationsschwierigkeiten gehabt habe«, sagte sie leise.

»Haben Sie die immer noch?«

Das kann doch nicht wahr sein. »Ja.«

»Und diese Gewaltanwendung auf den Kopf – wie Sie es genannt haben –, die Ihre Konzentrationsprobleme angeblich verursacht hat, hat die auch dazu geführt, dass Sie Probleme haben, sich an bestimmte Dinge zu erinnern?«

Mit zusammengepressten Lippen starrte sie ihn an. Im Vorfeld hatte Craig Brodie ihr erklärt, dass der Anwalt zur Verteidigung zwangsverpflichtet worden war und nicht freiwillig einen Nazi vertrat, aber trotzdem konnte sie ihn nicht ausstehen.

»Miss Nelson, Sie sind verpflichtet, meine Fragen zu beantworten.«

»Ja.«

»Einspruch. Allein das zeigt doch schon, dass Miss Nelson unter der Gefangenschaft gelitten hat – das kann man doch jetzt nicht gegen sie verwenden.« Der amerikanische Ankläger war aufgestanden – und für Maggie war es ein seltsames Gefühl, von einem Amerikaner verteidigt zu werden.

»Natürlich sind diese Fragen zulässig, wenn das zeigt, dass ihre Erinnerungen verfälscht sein könnten«, rechtfertigte sich der Verteidiger, der für einen Moment seinen Blick von Maggie abwandte.

»Mr Samuel darf fortfahren«, beschied einer der Richter.

Das war wohl Justiz, dachte Maggie bei sich. Mr Samuel hatte das Recht, diese Fragen zu stellen, auch wenn es sich für sie falsch anfühlte.

Der Anwalt ging zu seinem Tisch und nahm etwas aus einer Akte. Für einen Moment starrte er das Dokument in seiner Hand an, bevor er zu Maggie zurückkehrte. »Miss Nelson, waren Sie Erich Hecklers Geliebte?«

Entsetzt klappte Maggies Mund auf. »Was?! Nein!«

»Und diese Fotografie? Würden Sie bitte beschreiben, was da zu sehen ist?«

Nicht in der Lage, etwas zu sagen, starrte Maggie auf das Bild, das bei der Weihnachtsfeier 1944 aufgenommen worden war und das er ihr hinhielt. Woher hatte er das?! Sie blickte zu Craig, doch auch sein Anblick konnte sie nicht besänftigen, denn er sah dermaßen erbost aus, wie sie ihn noch nie gesehen hatte.

»Miss Nelson?«

»Man sieht mich auf einer Feier und Herr Heckler hat seinen Arm um meine Taille gelegt.«

»Aber Sie sagen, Sie seien nicht seine Geliebte gewesen.«

Maggie merkte, wie die Wut in ihr hochstieg. O ja, wenn sie schon als Zeugin aussagte, dann durfte sie auch emotional werden. Da war es ihr egal, wenn man das nicht gerne sah. Sie konnte ihre Gefühle nicht verleugnen. »Ich weiß nicht, was Sie sehen, aber ich finde, wild irgendetwas in ein Bild hineinzuinterpretieren, ist völlig falsch – immerhin hat uns niemand in flagranti erwischt – was ja auch gar nicht möglich gewesen wäre!«

Diesmal stand der britische Ankläger auf. »Miss Nelsons mögliche Beziehung zum Angeklagten tut nichts zur Sache, immerhin war es ihre Aufgabe, an Informationen zu kommen, der Weg dorthin ist irrelevant.«

Maggie schüttelte den Kopf. Diese Wortwahl des Anwalts half ihr auch nicht, immerhin ließ er die Möglichkeit im Raum stehen, dass sie eine Affäre gehabt haben könnte.

»Mr Samuel, wechseln Sie das Thema«, wies ihn einer der Richter an. Doch die Fragen waren gestellt worden und würden in den Köpfen aller hier Anwesenden haften bleiben. Das ließ sie in keinem guten Licht dastehen, da brachte es auch nichts, dass sie die Behauptungen abgestritten hatte.

Der Verteidiger behielt das Bild in der Hand und Maggie war sich sicher, dass er sie dadurch weiter verunsichern wollte. Und auch wenn sie versuchte, ihm nicht diese Genugtuung zu geben, merkte sie, dass er sie an ihrer Entscheidung zweifeln ließ, als Zeugin hier zu sein.

Nach zwei Stunden durfte sie endlich den Zeugenstand verlassen und das Gericht vertagte sich auf den nächsten Tag. Craig Brodie erwartete sie bereits wieder im Warteraum für die Zeugen. Maggies Wut auf den unverschämten Anwalt war inzwischen verraucht. Denn sie machte sich bewusst, dass es keine Rolle spielte, was dadrinnen geschehen war. Gott hatte sie hierhergebracht und er würde es schon richtig machen – sie hoffte bloß, dass ihre eigene Auffassung von Richtig nicht von der Gottes abwich.

»Machen Sie sich keine Gedanken. Es ist ganz klar, dass Sie hier das Opfer sind«, erklärte Brodie, sah aber keineswegs beruhigend aus. Als sie nichts erwiderte, fuhr er fort: »Morgen werden Evan Mayfield und ich aussagen.«

»Und wann wird Erich Heckler selbst zu Wort kommen?«

»Das wird noch einige Zeit dauern. Erst einmal werden alle anderen Zeugen und Beweise durchgearbeitet. Evan und ich wollten heute Abend etwas essen gehen. Wollen Sie uns begleiten?«

Maggie nahm ihren Trenchcoat, der noch über einem Stuhl lag. Offenbar hatten die beiden Männer ihre frühere Abneigung überwunden und sich sogar ein Stück weit angenähert. Doch sie konnte sich noch nicht einmal über die Einladung freuen. »Danke, aber ich wäre gerne allein.«

Der Agent nickte. »Ich werde Ihnen ein Taxi rufen.« Er ging mit ihr zurück in den Seitengang und dann in Richtung Treppenhaus. »Sie hatten bisher nie erwähnt, dass Erich Heckler noch einmal in Ihrer Zelle gewesen ist – ich meine, gegen Ende des Krieges.«

Müde lehnte sich Maggie gegen die Wand, statt die Tür zum Treppenhaus zu öffnen. »Ich wusste es zuerst selbst nicht mehr. Doch dann hatte ich mehrmals einen Traum. Es …« Sie schüttelte den Kopf und fuhr, obwohl sie allein waren, leise fort: »Es war gruselig.«

»Warum das?«

Maggie konnte den Schotten nicht ansehen, sondern schloss die Augen. »Ich wusste nicht, ob es wirklich nur ein Traum war oder Realität. Aber …« Sie atmete zitternd aus, als ihr auf einmal die Tränen kamen.

»Aber …?«

Sie ignorierte seine Ungeduld und nahm sich die Zeit, die sie brauchte, um nicht völlig in Tränen auszubrechen. Dann sagte sie: »Er ist in die Zelle gekommen, als ich kaum bei Bewusstsein gewesen bin … und er hat immer wieder meinen Namen gesagt – es klang für mich wie eine Entschuldigung. Ich glaube nicht, dass er gewusst hat, dass ich ihn gehört habe.«

»Das würde auch erklären, warum Mr Samuel kurz aus seiner Rolle gefallen ist. Er war überrascht, dass Sie es wussten.«

Fröstelnd rieb sich Maggie die Arme. »In dem Moment, als er fragte, ob ich Hecklers Geliebte gewesen sei, hatte ich Angst, er würde Hecklers Sympathien für mich erwähnen, um mir daraus einen Strick zu drehen – dass ich nur deswegen noch am Leben bin und die Gestapo … nicht gänzlich alles getan hat, was sie sonst mit Frauen in ihrer Gewalt angestellt hat.«

»Selbst wenn er es getan hätte – ich glaube, alle seine Versuche, Sie in Misskredit zu bringen, schaffen es nicht, Ihre Rolle als Opfer herunterzuspielen. Das, was Ihnen angetan wurde, ist nicht wegzudiskutieren. Die Anklage muss bloß vorsichtig sein, dass Hecklers Beteiligung daran nicht geringer bewertet wird, als sie eigentlich war.«

Und Maggie wusste: All das lag außerhalb ihrer Kontrolle.

43

Maggie schlüpfte nur aus ihren Schuhen und ließ sich dann auf das Bett ihres Hotelzimmers fallen.

Obwohl alles anders war als früher – sie war älter geworden, hatte sich äußerlich verändert und London war nach dem Krieg wiederaufgebaut worden –, fühlte sie sich gerade so verloren wie vor zehn Jahren. Sie drehte sich auf den Rücken und strich sich die Haarsträhnen aus dem Gesicht.

Du hast mich durch das stürmische Meer schwimmen lassen, damit ich den Felsen erreicht habe, auf dem ich stehen konnte. Und ich wollte nicht wieder ins Wasser springen, weil ich gemeint habe, ich sehe woanders eine schönere Insel. Doch so fühlt sich das gerade an. Als wäre ich ins Wasser gesprungen und hätte meine Meinung wieder geändert, wäre allerdings zu schwach, um zum Felsen zurückzukehren. Und in dieser Situation habe ich das Gefühl, dass du meine Schreie über das Tosen der Wellen hinweg nicht hörst.

Sie hatte gedacht, wenn sie endlich allein wäre, könnte sie weinen, um all die Tränen herauszulassen, die seit ihrer Zeugenaussage in ihr brannten. Doch ihr Körper war erstaunlich ruhig in Anbetracht dessen, dass ihr Verstand versuchte, mit den vielen Eindrücken und Emotionen umzugehen.

»Was soll ich jetzt tun?«

Ich werde dich heilen. Seit Jahren hatte sie diesen Satz nicht mehr vernommen, aber sie verstand, dass er in diesem Moment genauso galt wie vor zehn Jahren.

»Es war ein seltsames Gefühl, heute aus Margrets Mund zu hören, was sie erlebt hat – auch wenn es schon so lange zurückliegt.« Evan nippte an seinem Ale-Glas und sah über dessen Rand hinweg zu Craig, der schräg neben ihm am Bartresen des Pubs saß.

Die beiden waren nicht direkt Freunde geworden. Aber beim Wiedersehen vor dem Prozess hatten sie gemerkt, dass die Zusammenarbeit vor zehn Jahren sie doch mehr verband, als ihre früheren Vorbehalte sie zu trennen vermochten.

Als Craig nichts erwiderte, fuhr Evan schmunzelnd fort: »Ich erinnere mich noch daran, wie du vor mir standst und mich gefragt hast, ob ich gegebenenfalls bereit wäre, die medizinischen Einzelheiten zum Fall Margret Nelson vor Gericht zu erläutern.«

»Du warst ziemlich überrascht.« Craig trank kein Bier und keinen Whiskey. Am Vorabend einer Gerichtsverhandlung wollte er nichts Alkoholisches zu sich nehmen, aber dafür ließ er sich umso mehr seinen Shepherd's Pie schmecken.

»Und du sehr angespannt. Besonders, nachdem ich durch Margret erfahren habe, dass du für den MI6 arbeitest und nicht nur für die UNWCC.«

Müde fuhr sich Craig mit der Hand übers Gesicht, bevor er Evan blinzelnd anschaute. »Du musst zugeben, sie hat mir damit meinen strategischen Vorteil geraubt.« Da die UNWCC 1948 aufgelöst worden war, hatte sich Craig seitdem allein auf seine Tätigkeit beim MI6 konzentriert. Der Fall Margret Nelson war das letzte Stück der Arbeit von damals, das noch unvollendet war – doch mit dem er hoffentlich bald abschließen konnte.

»Ich hätte nicht gedacht, dass wir uns alle wiedersehen. Und erst recht nicht, dass du so höflich zu ihr bist. Du hast ihr doch von Anfang an misstraut, woher kommt also der Sinneswandel?«

Eigentlich hatte Craig versucht, zu entspannen, doch die Frage weckte in ihm all die Anspannung, die schon in den Wochen zuvor in ihm gewesen war. »Ich habe sie noch einmal gesehen. Ich meine, nachdem sie England verlassen hatte.«

»Weshalb?«

»Eigentlich war es reiner Zufall, dass ich in D. C. war. Ich habe mit Donovan, dem ehemaligen Chef des OSS, zusammengearbeitet – kurz vor den Nürnberger Prozessen, wo er Assistent der amerikanischen Anklage war. Und dann bin ich eingeschritten, als Miss Nelson Streit mit einem Agenten des Geheimdienstes hatte.« Craig stoppte in seiner Erzählung und drehte seine Colaflasche auf der Tischplatte zwischen den Fingern. »Kurz darauf war ich in ihrer Wohnung, um mit ihr zu sprechen. Und da habe ich sie gefunden.« Obwohl es ziemlich laut in dem Pub war, sprach er ziemlich leise, als könnte sie jemand belauschen. »Sie war abhängig von Paracodin und hatte an diesem Tag zu viel davon genommen.«

Überrascht schossen die Augenbrauen des Arztes in die Höhe und er beugte sich über den Tresen näher zu Craig. »Sie hatte eine Überdosis?«

»Ja. Und eigentlich hätte sie das nicht überlebt – es war ein Wunder. Ein … alter Bekannter von ihr kam zufällig vorbei und er war Sanitäter. Ich war nur die ersten Stunden da und habe versucht zu helfen, doch er hat den ganzen Entzug mit ihr durchgemacht. Danach haben Miss Nelson und ich nur einmal ganz kurz in Kontakt miteinander gestanden und uns daraufhin fast zehn Jahre nicht mehr gesehen. Und dann habe ich sie im Juli aufgesucht, um ihr zu sagen, dass Erich Heckler gefunden wurde.«

»Das kann man ja fast nicht mehr Zufall nennen, dass du ihr an diesem Tag begegnet bist und dann auch noch ihr Bekannter. Aber ich verstehe nicht.« Evan schüttelte den Kopf. »Warum hat dieses Erlebnis deine Meinung über sie geändert?«

Seufzend atmete Craig aus und zuckte mit den Schultern. »Schwierig zu erklären. Aber ich glaube, es lag daran, dass mir erst in diesem Moment klar geworden ist, dass sie das Opfer war. Durch meine Arbeit beim MI6 war ich so gepolt, dass es für mich das Wichtigste war, zu wissen, was für Folgen ihre Gefangenschaft für uns

Geheimdienste hatte. Ihre Erklärungen, was passiert war, waren an manchen Stellen diffus. Sie hat so Dinge gesagt, wie dass Gott ihr geholfen hätte, in dieser Zelle nicht verrückt zu werden. Das wäre genau etwas, was ich als Ausrede erfunden hätte, um nicht zugeben zu müssen, Informationen meines Geheimdienstes den Achsenmächten preisgegeben zu haben. Ich war mir die ganze Zeit absolut sicher, dass sie versuchte, uns zu manipulieren, um ihre Fehler nicht gestehen zu müssen. Und als sie dann dalag, mehr tot als lebendig, ist mir klar geworden, wie sehr sie litt und wie falsch es war, dass alle sie nicht unterstützten, wie sie es eigentlich verdiente.«

Anerkennend nickte Evan Mayfield. »Eine sehr reflektierte Darstellung.«

Lachend antwortete Craig: »Ich hatte fast zehn Jahre, um darüber nachzudenken.«

»Aber jetzt wirkt sie ... ich weiß nicht, wie ich es nennen soll, vielleicht: ausgeglichener. An ihrer Stelle wäre ich auch nach zehn Jahren nicht bereit, diesem Mann gegenüberzutreten und dann auch noch die beschämenden Fragen seines Anwalts über mich ergehen zu lassen.«

»Ja, sie hat sich beeindruckend aus diesem Loch, in dem sie gesteckt hat, befreit.« Craig schaufelte sich ein Stück Pie auf die Gabel. »Aber es macht mir wirklich Sorgen, dass dieser Mr Samuel so erpicht darauf ist, Erich Heckler als Unschuldslamm darzustellen. Ich meine, an manchen Stellen könnte ihm das mit den richtigen Fakten auch gelingen, aber ich bin felsenfest davon überzeugt, dass er nicht unschuldig ist.«

»Als sie gesagt hat, er sei ganz am Ende noch einmal in ihrer Zelle gewesen, haben alle, sowohl Verteidigung und Anklage als auch du selbst, sehr überrascht gewirkt.« Evan trank den letzten Schluck seines Biers und bedeutete dem Kellner, ihm noch eins zu bringen.

»Weil wir nichts davon wussten«, schnaufte Craig. Er war immer noch verärgert darüber, dass sie nie etwas davon erwähnt hatte, obwohl sie sowohl mit ihm als auch mit Männern der CIA in den letzten Monaten durchgehend Kontakt gehabt hatte. Gleichzeitig hatte er das Gefühl, klarstellen zu müssen, dass sie es zumindest zeitweise nicht absichtlich getan hatte. »Sie hat vorhin zu mir gesagt, dass sie einen Traum gehabt hat, in dem Erich Heckler noch einmal bei ihr gewesen ist. Das war, Monate nachdem wir uns das letzte Mal gesehen hatten. Sie war sich damals nicht sicher, ob ihr Verstand ihr nur einen Streich gespielt oder eine versteckte Erinnerung zutage gefördert hat. Doch im Zeugenstand hat sie dann gepokert und tatsächlich scheint es eine echte Erinnerung gewesen zu sein.«

»Ja«, murmelte Evan und nickte langsam. »Es ist durchaus möglich, dass sie diese Erinnerung verdrängt hat und erst Monate später durch einen Auslöser die Erinnerung zurückgekommen ist.«

Craig fragte sich, was dieser Auslöser gewesen war. Er schob das letzte Stück Pie von sich. Mit vollem Magen konnte er nicht gut schlafen. »Ich muss mich so langsam auf den Weg machen, um sicherzugehen, dass Olivia nicht doch heimlich abgehauen ist, um tanzen zu gehen.« Er verdrehte die Augen und der Arzt lachte amüsiert.

~

15. September 1955

In einer Hand hielt Maggie ihre Teetasse, in der anderen einen Teller mit geröstetem Toast und etwas Marmelade, als sie sich in dem Frühstücksraum des Hotels umsah. Zu ihrer Überraschung entdeckte sie Doktor Mayfield – Evan – an einem der Tische. Sie hatte nicht gewusst, dass er auch in diesem Hotel übernachtete. Sie dachte, er wohne hier in London.

»Guten Morgen.« Sie trat an seinen Tisch und er sah von dem Kreuzworträtsel auf, das vor ihm lag. Bisher hatte er nur eine Spalte füllen können. Sein Frühstücksteller mit Bacon und Spiegeleiern stand unangetastet neben ihm.

»Guten Morgen. Setzen Sie sich doch gerne.«

Zum Dank neigte Maggie leicht den Kopf und nahm dann vor ihm an dem kleinen runden Tisch mit nur zwei Stühlen Platz. »Ich wusste gar nicht, dass Sie hier übernachten.« Prüfend nahm sie einen Schluck von dem schwarzen Tee, entschied sich dann aber schnell, noch mehr Milch hineinzugeben.

»Ich wohne nicht in London.« Er drehte den Stift in seiner Hand zwischen den Fingern – er war nervös, immerhin würde er heute vor dem Gericht aussagen.

»Wie lange waren Sie in Deutschland?«, fragte Maggie in der Hoffnung, dass ihn ein Gespräch ablenken würde. Sie hatte zwar auch Angst vor dem heutigen Tag, aber da er sie in Schutz genommen hatte, als sie im Lazarett gewesen war, wollte sie nun auch ihm helfen.

»Bis Ende 1945. Danach war ich fast zwei Jahre in Palästina, bevor wir auch da abgezogen worden sind. Seitdem bin ich hauptsächlich hier in England.«

Maggie bestrich ihren Toast mit einem Hauch Marmelade. »Sehr interessant. Auch wenn es dort wahrscheinlich nicht einfach war.«

»Nein, ganz und gar nicht«, lachte er humorlos, als er endlich den Stift fallen ließ und damit nicht mehr seine Nervosität zum Ausdruck brachte. »Meiner Meinung nach war es rechtens, den Israelis ihr eigenes Land zu geben, doch das in dieser Weise zu tun, hat zu unnötig vielen Toten geführt.« Er schien noch einige Sekunden mit seinen Gedanken im Nahen Osten zu sein, bevor sein Blick klarer wurde und er den Mund zu einem leichten Lächeln verzog. »Sie müssen mich nicht von meiner Aufregung ablenken. Schließlich muten Sie selbst sich ja heute auch noch einmal zu, im Gerichtssaal zu sitzen.«

Maggie verlangsamte ihre Kaubewegungen und sie ließ das Stück Toast aus ihrer Hand zurück auf den Teller gleiten. Während sie wach gelegen hatte, hatte sie Gott gefragt, was sie hier noch sollte. Ihre Aussage war gemacht, alles andere konnte durch Beweise und andere Zeugen geklärt werden. Plötzlich ließ die Aufregung ihr Herz schneller schlagen. Ein Grund, zu bleiben, wäre die Hoffnung auf Genugtuung durch die Rechtsprechung. Aber was, wenn diese anders ausfiel, als sie es sich wünschte? Sie würde emotional abstürzen und sich ungerecht behandelt fühlen – so wie damals, als sie allein dagestanden und nicht mal das OSS sie unterstützt hatte.

Sie schluckte, blickte von ihrem Teller auf und in das abwartende Gesicht von Evan. »Sie haben recht«, sagte sie. Hektisch wischte sie sich den Mund an einer Serviette ab und stand auf.

»Ich habe gerne recht, aber mit was habe ich recht?«, fragte Evan verwundert.

»Dass es keinen Grund für mich gibt, hierzubleiben.«

»Das habe ich so nicht gesagt.«

Maggie sah dem armen Mann an, dass sie ihn komplett verwirrte. »Ja, aber Sie haben mir indirekt gerade die Antwort auf eine Frage gegeben, die ich gestern gehabt habe.« Sie war gerade so aufgeregt, dass sie es kaum schaffte, die Worte einigermaßen verständlich über die Lippen zu bringen. »Ich danke Ihnen!«

Sie ließ ihren Frühstücksteller und den ohnehin nicht gut schmeckenden Tee stehen und beeilte sich, in ihr Zimmer zu kommen.

~

Old Bailey in London, Vereinigtes Königreich

Das ist nun aber wirklich keine passende Kleidung, um damit vor Gericht aufzukreuzen, dachte sich Craig, als er Margret Nelsons Rock sah. Er war hellblau und bedruckt mit bunten Eiscremetüten. Und was noch seltsamer war, war ihr leuchtender Gerichtsausdruck, als sie über den Gang im Gerichtsgebäude auf ihn zueilte. Das komplette Gegenteil von ihrer gestrigen Verfassung. Das konnte doch unmöglich allein mit der Tatsache zusammenhängen, dass sie heute nicht mehr in den Zeugenstand musste. Nichtsdestotrotz würde sie als Zuschauerin auf der Tribüne anwesend sein.

»Agent Brodie!« Sie klang erleichtert ihn zu sehen – obwohl es keine Überraschung war, dass sie hier aufeinandertrafen.

»Miss Nelson«, erwiderte er als Begrüßung.

»Ich bin froh, Sie noch zu sehen, denn ich muss mich beeilen. Mein Zug fährt in weniger als einer halben Stunde ab!«

Craig blinzelte einmal, dann zweimal. »Ihr Zug?«, hakte er nach.

»Ja.« Sie lächelte. »Ich werde mir den weiteren Verlauf des Prozesses nicht ansehen. Ich werde mit dem Zug nach Heathrow fahren und schauen, wann ich den nächsten Flug nach D. C. bekommen kann.«

Maggie war selbst überrascht, was für eine Freude in ihr war, da sie nun wusste, dass sie abreiste. Sie hatte gedacht, diese Art von innerem Frieden würde erst möglich sein, wenn ein gerechtes Urteil gesprochen wäre, aber da hatte sie sich gründlich geirrt. Sie würde mit einem weitaus größeren Seelenfrieden abreisen, wenn sie sich nicht von der menschlichen Rechtsprechung abhängig machte. Gott würde alles zum Besten führen und mehr musste und wollte Maggie nicht wissen.

»Das kommt überraschend«, sagte Craig. »Aber ich kann verstehen, dass Sie in den nächsten Wochen nicht hier sein wollen. Ich rufe Sie dann an, damit Sie so schnell wie möglich erfahren, wie das Urteil …«

»Nein«, fiel Maggie ihm lachend ins Wort. »Ich will das Urteil nicht wissen. Ich will nichts mehr wissen von dem, was hier geschieht.«

Er runzelte die Stirn. Das ergab keinen Sinn. »Das wiederum verstehe ich nicht.«

Maggie machte eine abwinkende Handbewegung. Sie wollte sich nicht von ihren Umständen und menschlichem Handeln abhängig machen, nicht ihren eigenen Weg gehen, weil sie meinte, er wäre besser als Gottes Plan. »Ich will nicht wieder ins Meer springen und meinen Felsen verlassen, weil ich meine, woanders eine schönere Insel zu sehen.«

Ihre Augen leuchteten und in so einem Zustand der Fröhlichkeit hatte Craig sie noch nie gesehen. Deswegen nickte er, denn scheinbar war es für sie sehr wichtig und auch in sich schlüssig, wenn er selbst auch keinen blassen Schimmer davon hatte, was sie mit ihren Worten eigentlich meinte.

»Danke, danke, danke.« Kräftig schüttelte sie ihm die Hand, bevor sie zurück in Richtung Treppenhaus eilte. »Ich schreibe Ihnen eine Weihnachtskarte«, rief sie ihm über ihre Schulter zu.

»Einen Moment!«, rief er schnell, als ihm bewusst wurde, dass er sie vermutlich gerade zum letzten Mal sah. Er lief ihr nach, um ihr nicht laut hinterherrufen zu müssen. Er räusperte sich etwas verlegen. »Erinnern Sie sich an das Bild ›Laternenschein‹? Das von Ihnen ist?«

Über Maggies fröhliches Gesicht zog ein Ausdruck der Überraschung. »Ja. Sagen Sie… Sagen Sie bloß, es ist bei Erich Heckler gefunden worden…« Gebannt hielt sie die Luft an.

Craig atmete hörbar aus. »Nein«, stellte er klar. »Ich habe es entwendet. Zu dem Zeitpunkt wurde noch vermutet, es stamme von einem bedeutenden Künstler.« Er schüttelte den Kopf. »Ich hatte zu diesem Zeitpunkt viele Sorgen wegen Olivia. Ich musste mich um sie kümmern und ihre Schulbildung wurde immer teurer. Und… ich kenne durch meine Arbeit – sagen wir mal so – ein paar Bekannte, die keine Fragen stellen würden, wenn man ihnen einen van Gogh anbietet. Ich wollte warten, bis niemand mehr daran denken würde, und es dann verkaufen.« Er zuckte leicht mit den Schultern. »Vielleicht habe ich deswegen die Augen auf dem Kunstmarkt nach einem von Hecklers Bildern offen gehalten – weil ich dasselbe getan hätte wie er und genug Zeit hätte verstreichen lassen.«

Maggie sah ihn zuerst einige Sekunden ausdruckslos an. Dann begannen sich ihre Gesichtszüge leicht zu verziehen, bis sie von einem Ohr zum anderen grinste. »Ihr Motiv war ehrenwert, das muss ich Ihnen lassen. Und es ist mir egal, was mit dem Bild geschieht.

Hängen Sie es sich ins Wohnzimmer, wenn Sie wollen.« Sie stutzte kurz. »Aber ich verstehe nicht ganz … Sie sagen, Sie hatten zu diesem Zeitpunkt Geldsorgen. Aber Sie haben doch Ende 1945 Nathanael Geld dagelassen.« Dass es allein Craigs Umgang mit ihrem Gemälde und seinem Durchhaltevermögen, auf dem Kunstmarkt die Augen und Ohren offen zu halten, zu verdanken war, dass Erich Heckler heute in einem Gerichtssaal saß, äußerte Maggie nicht. Es ließ sie erschaudern, dass er ansonsten immer noch ein freier Mann gewesen wäre.

Craig war erleichtert über ihre Reaktion. Sie war ihm nicht böse wegen des Gemäldes! »Ich habe ziemlich überraschend etwas geerbt«, sagte er. Dass die große Geldsumme, die sie Anfang 1946 bekommen hatte, von ihm war, wusste sie nicht.

Nun lachte Maggie hörbar. »Das nenne ich Versorgung durch Gott.«

Dass sie diesen Bezug herstellte, war Craig unangenehm. Er blickte schnell auf seine Armbanduhr und klatschte dann mehrmals kurz hintereinander in die Hände, um sie anzuspornen. »Ihr Zug, Maggie!«

»Mein Zug«, wiederholte sie und lachte wieder. Sie hob noch einmal die Hand zum Abschied. »Gott segne Sie, Craig!« Dann lief sie die Stufen hinunter und verschwand aus seinem Blick.

Trotz ihrer Eile, um den Zug zu erwischen, nahm sich Maggie einen Moment Zeit, um ruhiger zu werden. Sie drückte gegen den Griff der Tür, die aus dem Gebäude hinausführte. Erst fiel das warme Sonnenlicht nur auf ihre Hand, dann auf ihren Arm und schließlich wurde sie ganz angestrahlt. Sie genoss dieses Gefühl von Wärme auf ihrer Haut. Es erinnerte sie immer wieder an ihre Begegnung mit Gott, bei der seine Gegenwart sie regelrecht umstrahlt hatte.

Maggie trat gegen das Licht der gleißenden Sonne aus dem Gerichtsgebäude. Es blendete sie, sodass sie nicht sehen konnte, wohin sie lief. Ihr erschien das wie ein Sinnbild für ihr Leben. Aber es war auch nicht wichtig, dass sie selbst den ganzen Weg schon sah. Gott war es, dem sie diesen neuen Lebensabschnitt und ihr ganzes restliches Leben anvertraute.

NACHWORT DER AUTORIN

Maggie fühlt sich enttäuscht von Gott, geht auf falsche Weise mit unerfüllten Erwartungen um und versteht erst mit der Zeit, dass sein Zeitplan ein ganz anderer ist als ihrer. Das kommt mir bekannt vor, dir auch? Enttäuschung, das Gefühl, dass Gebete unbeantwortet bleiben, und dann hat Gott auch oft noch ein schlechtes Timing! – Zumindest aus unserer begrenzten Sicht.

Maggie wendet sich von Gott ab, obwohl sie zuvor schon erlebt hat, dass er sie durch Leid hindurchgetragen hat. Doch von einem auf den anderen Moment ist das, was er in der Vergangenheit getan hat, vergessen und das einzig Präsente ist das Gefühl von Verlorenheit. Das erinnert mich an das Volk der Israeliten: Gerade hat Gott sie vor den Ägyptern gerettet und aus der Sklaverei befreit, doch in der Wüste beginnen sie zu meckern und sich Götzen zu bauen.

Auf weltliche Weise sucht Maggie Heilung, Erfüllung und Liebe. Wir kennen die Grundprobleme, die Maggie hat, und auch wenn die meisten von uns nicht auf solch eine drastische Weise damit umgehen werden wie sie, suchen auch wir uns einen eigenen Weg – denn Gott war ja offenbar in dem Augenblick nicht da, wo wir ihn dringend gebraucht hätten.

Das Problem: Dass etwas weniger drastisch ist, macht es langfristig gesehen nicht ungefährlicher. Und oftmals ist die Grenze zwischen gesundem und ungesundem Umgang mit Hilfsmitteln fließend. Ohne Selbstreflexion oder Menschen, die in unser Leben sprechen, merken wir nicht, dass eine weltliche Sache uns so sehr eingenommen hat, dass sie vor Gott auf der Prioritätenliste steht. *Noch eine Folge der Serie, dann schaffe ich es vor dem Zubettgehen vielleicht noch, in der Bibel zu lesen* – aber dann bin ich doch zu müde dafür. Prioritäten verschieben sich.

Aber warum lassen wir es zu, uns von weltlichen Dingen – und *weltlich* bedeutet: vergänglich, auf eine bestimmte Zeit begrenzt – abhängig zu machen, an sie unsere Hoffnung zu hängen? Derjenige, der dieses zeitliche Limit gesetzt hat, der außerhalb der Zeit ist und uns nebenbei noch unsere Bedürfnisse ins Herz gesetzt hat, ist doch viel besser in der Lage, sie dauerhaft zu stillen.

Natürlich sind wir nicht perfekt und werden nie völlig unabhängig von weltlichen Dingen sein, doch wir können das Bestreben haben, immer besser zu werden. Das Leben mit Gott ist ein Prozess und ein Teil davon bedeutet, dass wir versuchen, ihn an erste Stelle in unserem Leben zu setzen.

Maggies Geschichte zeigt den menschlichen Wunsch auf, sich von sichtbaren Dingen und äußeren Umständen sowohl negativ als auch positiv gesehen abhängig zu machen. Doch keins davon ehrt Gott. Wir dürfen uns freuen und über manche Dinge traurig sein, aber davon sollen wir nicht unsere Identität bestimmen lassen.

Viel zu oft dienen wir »falschen Göttern«, obwohl Gott die einzige Antwort auf alle Bedürfnisse ist, die ein Mensch hat, und obwohl letztendlich nur er sie stillen kann.

Abschließend möchte ich noch anmerken, dass dieses Buch als fiktives Werk natürlich meiner künstlerischen Freiheit unterliegt und sich daraus Umstände und Situationen ergeben, die in der Realität so nicht unbedingt möglich gewesen wären. Ich bin weder Historikerin noch Medizinerin und daher gibt es in beiden Bereichen sicherlich Mängel. Insbesondere Maggies Sucht, die Überdosis und der Entzug haben mich herausgefordert und ich habe mein Möglichstes getan, damit das Szenario so nahe wie möglich an der Realität liegt.

Ein historisch besonders interessanter Aspekt der Nürnberger Prozesse war für mich Gustave M. Gilberts Arbeit als Psychologe, sodass ich diese in meinen Roman eingebaut habe. Seine Gespräche mit den Angeklagten und seine Beobachtungen während der Verhandlungen hat er in dem Buch »Nürnberger Tagebuch. Gespräche der Angeklagten mit dem Gerichtspsychologen« veröffentlicht, aus dem auch die Fakten stammen, die in meinem Roman Craig zu lesen bekommt. Das Gespräch Gilberts mit Brodie ist dagegen frei erfunden – ebenso wie ich der historischen Figur William Joseph Donovan, dem OSS-Chef, erdachte Worte in den Mund gelegt habe. Es ist zudem der Handlung geschuldet, dass sich Donovan in meinem Buch wahrscheinlich das ein oder andere Mal an Orten aufgehalten hat, an denen er in der Realität zu dem Zeitpunkt nicht gewesen ist. Wichtige Hintergrund-Informationen hat mir außerdem Christof Mauchs Buch »Schattenkrieg gegen Hitler. Das Dritte Reich im Visier der amerikanischen Geheimdienste 1941-1945« geliefert, besonders was Donovan als Person, das OSS und seine Spionageaktivitäten angeht.

Historisch relevant sind damit nur die Geschehnisse rund um die Nürnberger Prozesse gegen die Hauptkriegsverbrecher des Nationalsozialismus. Maggie als Figur und ihre Erlebnisse sind ein Produkt meiner Fantasie.

Aber auch fiktive Geschichten haben Kraft – sonst hätte Jesus ja keine Gleichnisse erzählt.

REFLEXION UND DISKUSSION

TEIL 1

> Seid still und erkennt, dass ich Gott bin.
> *Psalm 46,11 (SLT)*

Nimmst du dir Zeit, auf Gott zu hören? Schaffst du es, Stille zu ertragen, um offen dafür zu sein, was Gott in der Stille hervorbringt? Gegebenenfalls: Warum nicht und würdest du es gerne können? Hast du deine eigene Art, Gott zu erkennen? Worin erkennst du ihn? Wenn du keine Routine darin haben solltest, Gott in deinem Alltag zu sehen, wie könntest du eine etablieren? Eine bestimmte Zeit am Tag, die ein täglicher Termin mit Gott ist, oder eine bestimmte Sache, die dich erinnert, dich auf Gott zu fokussieren?

Weiterführende Bibelstellen: Psalm 8,2a.4-5; Psalm 112,4; Jesaja 42,7

Speziell zu Kapitel 1
Aus welchem Gefängnis hat Gott dich herausgeholt? Wie fühlst du dich damit, dass es einen Sanitäter gibt, der sich um deine vom Feind zugefügten Wunden kümmert und auch ein Soldat ist, der alle deine Kämpfe kämpft? Lässt du zu, dass er sich um dich kümmert?
Weiterführende Bibelstellen: Josua 24,17; Psalm 136,16.24

TEIL 2

Warum bist du so fern und hörst meine Hilferufe nicht?
Psalm 22,2b

Fühlst du dich verlassen? In einem bestimmten Bereich oder vielleicht sogar in deiner ganzen Lebenssituation? Warum ist das so? Und warum fühlt sich Maggie verlassen und inwieweit hatte sie genauso wie der Psalmist einen falschen Blickwinkel darauf?

Weiterführende Bibelstellen: Jesaja 41,10; Matthäus 28,20b

TEIL 3

Warum verschließt du deine Augen vor unserem Leid und unserer Unterdrückung?
Psalm 44,25b

Verschließt Gott wirklich seine Augen vor unserer Not? Oder sind wir es, die in manchen Situationen die Ohren verschließen, weil wir nicht hören wollen, was er uns zu sagen hat? Welche Reaktion auf seine Antwort »Warte« ist besser: Vertrauen oder der Versuch, unseren eigenen Weg zu gehen?

Weiterführende Bibelstellen: Psalm 31,15; Psalm 139,15-16

TEIL 4

> Not und Leid hast du zwar zugelassen, doch du wirst mir das Leben neu schenken und mich auch aus der dunkelsten Tiefe wieder heraufholen.
> *Psalm 71,20*

Gibt es einen Bereich in deinem Leben, in dem du Not leidest, Angst hast oder von Zweifeln geplagt wirst? Wie kannst du Gott dort einbeziehen? Was wäre, wenn du durch seine Augen siehst? Inwieweit unterscheidet sich seine Vorstellung von der Zukunft von deiner? Auf welche früheren Erlebnisse von Gottes Bewahrung kannst du dich in Zeiten der Not stützen?

Weiterführende Bibelstellen: Psalm 31,15; Psalm 40,2-3; Psalm 60,14 (Anmerkung: Feinde müssen nicht nur Menschen sein, sondern alles, was uns von Gott entfernt); Psalm 115,11

TEIL 5

> Da hatte Jesus Mitleid mit ihnen und er berührte ihre Augen. Im gleichen Augenblick konnten sie sehen. Und sie folgten ihm nach.
> *Matthäus 20,34*

Im Rückblick erkennt Maggie ihre Fehlentscheidungen und sieht, wo sie weltlichen Dingen, die vermeintlich ihre Sehnsüchte stillen, mehr vertraut als Gott. Gibt es Dinge in deinem Leben, bei denen es dir ähnlich geht? Wo du bewusst oder unbewusst deine Hoffnung auf das Falsche setzt, weil es dir vielleicht im Moment Linderung bringt, aber nicht langfristig? Wo möchte Gott dir die Augen öffnen?

Weiterführende Bibelstellen: Psalm 62,7-9.11a; Psalm 127,1; Psalm 118,8 (Anmerkung: nicht nur das Vertrauen nicht auf Menschen setzen, sondern auch nicht auf vom Menschen geschaffene Dinge und Ratschläge); Psalm 139,23-24; Sprüche 14,12; Jeremia 2,13

TEIL 6

> Jesus erwiderte: »Ich bin das Brot des Lebens. Wer zu mir kommt, wird nie wieder hungern. Wer an mich glaubt, wird nie wieder Durst haben.«
> *Johannes 6,35*

Nach was sehnst du dich? Wonach streckst du dich in deinem Leben aus? Was sind Wünsche und Träume, die du gerne realisiert haben willst? Und an welcher Stelle dieser Liste befindet sich Gott? Diese Welt ist temporär und alles, was sie uns bietet, bringt nur eine zeitlich begrenzte Wirkung mit sich. Doch das Einzige – besser gesagt: der Einzige, der dauerhaft Sehnsüchte stillt, sei es nach Heilung, Beziehung, Freundschaft – ist Gott. Warum sollten wir uns an vergängliche Dinge klammern?

Weiterführende Bibelstellen: Psalm 86,7.11-13; Jesaja 43,2

DANKE

Ich muss sagen, dieses Projekt war während des Schreibprozesses weitgehend unberührt von äußeren Meinungen und Einflüssen und stattdessen eine Sache, die stark davon lebte, dass ich das Gefühl hatte, dass Gott mir diese Geschichte aufs Herz gelegt hat.

Trotzdem gibt es ein paar Personen, bei denen ich mich bedanken möchte:

Danke, Johanna, für unser stundenlanges Telefonat und die Brainstorming-Session, ohne die die Geschichte leider an einem bestimmten Punkt versandet wäre.

Danke, Sandra und Amy, dass ich euch fragen konnte, ob ihr wisst, wie man im Jahr 1945 mit einer Überdosis an Schmerzmitteln umgegangen ist. Google hatte leider auf die Frage keine hilfreiche Antwort.

Danke, Mama und Papa, euer Stolz macht mir Mut weiterzumachen.

Danke, Tabea (nicht ich 😉), dass du offen für meine Projekte und Botschaften bist.

Danke, Leserinnen und Leser, dass ihr mit auf Maggies Reise gegangen seid.

Danke, Gott, dass du dich immer wieder als so gut erweist, obwohl wir an dir zweifeln.

ANMERKUNGEN

Kapitel 7 – Informationen zum Joan/Eleanor-Funkgerät: Christof Mauch, »Schattenkrieg gegen Hitler. Das Dritte Reich im Visier der amerikanischen Geheimdienste 1941-1945«, Deutsche Verlags-Anstalt, Stuttgart 1999, Seiten 249-251.

Kapitel 20 – US-Präsident Harry S. Truman zum Abwurf der Atombombe auf Hiroshima: https://www.trumanlibrary.gov/library/public-papers/93/statement-president-announcing-use-bomb-hiroshima (zuletzt abgerufen am 16. Januar 2024).

Kapitel 35 – Thomas J. Dodd, Mitarbeiter der amerikanischen Anklage im Nürnberger Prozess gegen die Hauptkriegsverbrecher: http://www.zeno.org/Geschichte/M/Der+N%C3%BCrnberger+Proze%C3%9F/Hauptverhandlungen/Achter+Tag.+Donnerstag,+29.+November+1945/Nachmittagssitzung (zuletzt abgerufen am 11. Januar 2024).

Kapitel 35 – Gustave Mark Gilbert, Gerichtspsychologe beim Nürnberger Prozess gegen die Hauptkriegsverbrecher: Gustave M. Gilbert, »Nürnberger Tagebuch. Gespräche der Angeklagten mit dem Gerichtspsychologen«, Fischer Taschenbuch Verlag, Frankfurt/Main 2022 (17. Auflage), Seite 244.

Kapitel 38 – Gustave Mark Gilbert: ebd., S. 51 f.

Kapitel 38 – Rudolf Merkel, Verteidiger der Gestapo im Nürnberger Prozess gegen die Hauptkriegsverbrecher: http://www.zeno.org/Geschichte/M/Der+N%C3%BCrnberger+Proze%C3%9F/Hauptverhandlungen/Einhundertachter+Tag.+Montag,+15.+April+1946/Vormittagssitzung (zuletzt abgerufen am 11. Januar 2024).